L.H. COSWAY

Beyond the Sea

L. H. COSWAY

Beyond the Sea

Roman

Ins Deutsche übertragen von Maike Hallmann

LYX

LYX in der Bastei Lübbe AG
Dieser Titel ist auch als E-Book erschienen.

FSC
www.fsc.org
MIX
Papier aus verantwortungsvollen Quellen
FSC® C014496

Die Originalausgabe erschien 2020 unter dem Titel »Beyond the Sea«.

Für die deutschsprachige Ausgabe:

Textredaktion: Catherine Beck
Umschlaggestaltung: © Sandra Taufer, München,
unter Verwendung von Motiven von Shutterstock
(© Guas; © tomertu)
Satz: Greiner & Reichel, Köln
Gesetzt aus der Adobe Caslon
Druck und Verarbeitung: GGP Media GmbH, Pößneck
Printed in Germany
ISBN 978-3-7363-1584-6

1 3 5 7 6 4 2

Sie finden uns im Internet unter lyx-verlag.de
Bitte beachten Sie auch: luebbe.de und lesejury.de

Liebe Leser:innen,

dieses Buch enthält potenziell triggernde Inhalte.
Deshalb findet ihr auf der letzten Seite
eine Triggerwarnung.

Achtung: Diese enthält Spoiler für das gesamte Buch!

Wir wünschen uns für euch alle
das bestmögliche Leseerlebnis.

Euer LYX-Verlag

I hold a beast, an angel and a madman in me.
Dylan Thomas

1. KAPITEL

Sein Leben lang hat mein Vater geglaubt, er sei verflucht.

Alles fing damit an, dass seine Mutter Krebs bekam, als er zehn Jahre alt war. Dad versprach Gott, Priester zu werden, wenn Er seine Mutter vor dieser heimtückischen Krankheit errettete. Sie erholte sich wieder, und Dads Schicksal war besiegelt. Aber mit sechzehn lernte er meine Mutter kennen, und sein Versprechen geriet in Vergessenheit. Die beiden verliebten sich Hals über Kopf ineinander, und ein Jahr später war meine Mutter schwanger. Neun Monate später starb sie bei meiner Geburt.

Dann kehrte bei Dads Mutter der Krebs zurück, und diesmal ging sie nicht als Siegerin aus dem Kampf hervor.

Der Tod brach meinem Dad also gleich doppelt das Herz, und er war sicher, dass Gott ihn so strafte, weil er kein Priester geworden war. Im Laufe der nächsten Jahre verlor er auch die restlichen ihm noch verbliebenen Familienmitglieder, und auf einmal war niemand mehr da bis auf ihn und ein Kind, das er allein aufziehen und versorgen musste. Lange gab es nur uns beide, bis er schließlich Vee kennenlernte und heiratete. So bekam ich eine Stiefmutter, die meine Gegenwart zwar duldete, aber keinen Funken Liebe für mich empfand.

Als Dads Fluch schließlich zum letzten Schlag ausholte, verwandelte sich ihre Duldung in offene Abneigung: Vor zwei

Jahren war er bei einem Zusammenstoß mit einem betrunkenen Autofahrer ums Leben gekommen und hatte mich als eine Art moderne Cinderella zurückgelassen, nur dass ich nicht auf die Hilfe einer guten Feen-Patentante hoffen konnte.

Aber immerhin hatte ich ja schon eine böse Stiefmutter.

»Mein Bruder kommt zu Besuch«, sagte Vee. Sie saß rauchend am abgeranzten Küchentisch, in der Hand einen Zigarettenhalter wie eine rothaarige Cruella de Vil. »Lüfte eins der Gästezimmer und mach's für ihn fertig.«

Ich war völlig verdattert. »Du hast einen Bruder?«

Sie spitzte die Lippen und pustete eine Rauchwolke in die Luft. »Ja. Jünger als ich. Sylvia hat ihn erst sehr spät bekommen. Er war lange nicht mehr zu Hause.«

Sylvia war Vees Mom, aber sie nannte sie stets beim Vornamen. Nie sagte sie Mam oder Mammy zu ihr, nicht mal ganz förmlich *Mutter*. Ich empfand das als ziemlich kühl und distanziert, aber so war Vee eben. Eine richtige Eiskönigin. Sylvia tat mir leid, weil sie eine so gleichgültige, herzlose Tochter hatte.

Mich behandelte Vee bestenfalls wie eine unerwünschte, lästige Hausdienerin, aber wenigstens würde das nicht mehr ewig dauern. In wenigen Monaten stand mein Abschluss bevor, und dann würde ich ihrer Tyrannei endlich entkommen.

»Wie heißt er?«, fragte ich leise und achtete darauf, ihr nicht ins Gesicht zu sehen. Das empfand sie nämlich manchmal als Drohung, wie ein wildes Tier. Ich nahm eine Konservendose mit Fertigsuppe, ein Brötchen und eine Banane aus dem Küchenschrank und fing an, mir Mittagessen zu machen. Meinen Schokoriegel-Vorrat hatte ich unter meiner Matratze versteckt, damit Vee ihn nicht fand und schimpfte, ich würde zu viel Mist essen. Meine Stiefmutter hatte es nicht so mit dem Einkaufen oder überhaupt mit der Nahrungsaufnahme. Eigentlich sah ich sie praktisch nie beim Essen, mal abgesehen von den Oliven, die sie manchmal in ihre Martinis warf, also musste ich mich selbst um meine Verpflegung kümmern.

»Wie kommst du darauf, dass ich heute in Stimmung für deine blöden Fragen bin, Estella?«, fragte sie scharf.

»Tut mir leid«, murmelte ich, öffnete die Konservendose und kippte den Inhalt in den Topf, der bereits auf dem Herd stand. Manchmal wünschte ich, es gäbe eine Mikrowelle, aber von dem Wenigen abgesehen, was Dad und ich beim Einzug mitgebracht hatten, schien in diesem Haushalt alles aus einem früheren Jahrhundert zu stammen und war staubig und alt. Das hatte man davon, wenn man in einem großen, knarrenden, gruseligen viktorianischen Haus an der Küste wohnte.

Vee rauchte und beobachtete mich mit zusammengekniffenen grünen Augen. »Deine Uniform sieht ein bisschen schmuddelig aus. Du solltest sie am Wochenende mal bei *Foley's* waschen lassen.«

»Mhm.« Ich verkniff mir eine bissige Entgegnung und strich über meine marineblaue und waldgrüne Uniform mit dem Wappen des Loreto-Konvents auf der linken Brustseite. Es zeigte das Kreuz als Symbol der Erlösung, das Herz Jesu, das für seine Liebe zu uns Menschen stand, das Unbefleckte Herz Mariä, um an den Mut zu erinnern, mit dem sie uns leitete, und den Anker, ein Symbol, das uns ermutigen sollte, auf Gott zu vertrauen.

Vee wusste ganz genau, dass ich für *Foley's* kein Geld hatte. Das bisschen, was ich von ihr bekam, reichte kaum fürs Essen. Und auch wenn ich nicht die Allerdünnste war, saß meine Schulkleidung nicht wegen meiner Figur so eng, sondern weil ich seit vier Jahren dieselbe Uniform trug.

Mit achtzehn hat man nicht mehr denselben Körper wie mit vierzehn. Es war mir peinlich, optisch das genaue Gegenteil von Vee zu sein: Ihre Brust war flach, die Hüften schmal. Sie hatte die Figur eines Laufstegmodels.

Sobald meine Suppe heiß war, verzog ich mich in mein Zimmer am anderen Ende des Flurs und schloss die Tür hinter mir. Mein Zimmer, der kleinste Raum des Hauses, befand sich im Erdgeschoss und ging eigentlich nicht als richtiges Schlafzimmer durch. Eher wirkte es, als versuchte Vee mir einen alten, nicht benötigten Wandschrank als Schlafzimmer unterzujubeln. Zwischen Bett und Wand war kaum genug Platz, um zu stehen, und es gab nur ein kleines Fenster über dem Bett.

Als Dad noch lebte, hatte ich in einem großen Zimmer im Obergeschoss geschlafen. Aber ein paar Wochen nach seinem Tod hatte Vee behauptet, es gäbe dort ein Schimmelproblem, um mich zu zwingen, in mein jetziges winziges Domizil umzusiedeln. Ich hegte den Verdacht, dass diese kleinen Gemeinheiten einen winzigen Silberstreif Freude in ihr schwarzes Herz zauberten, aber ich beklagte mich nicht. Ich wartete geduldig darauf, dass meine Zeit kam.

Ich war ihr weiblicher Prügelknabe. Noch.

Ich saß auf meiner dünnen Matratze, aß meine Suppe und erledigte die Mathe- und Geografie-Hausaufgaben, ehe ich mich meinem Lieblingsfach widmete: Geschichte. Ich lernte mit großer Begeisterung jedes Detail über die Vergangenheit, die großen Kriege interessierten mich dabei allerdings weniger. Viel spannender fand ich, wie sich Kultur und Technologie im Laufe der Zeit veränderten, das menschliche Verhalten jedoch mehr oder weniger gleich blieb.

In letzter Zeit hatte sich Psychologie bei mir zu einer Art Obsession entwickelt, und je mehr ich lernte, desto mehr wollte ich wissen. Vielleicht lag es daran, dass ich Vee zur Stiefmutter hatte … die Gründe für *ihr* Verhalten herauszufinden und Theorien und Notizen dazu niederzuschreiben würde wohl selbst den qualifiziertesten Psychologen ordentlich auf Trab halten.

Hätte mein Dad noch gelebt und wäre so krank gewesen wie Sylvia, würde ich jede wache Minute an seiner Seite verbringen, um dafür zu sorgen, dass er alles hatte, was er brauchte. Ich vermisste ihn so sehr, dass ich manchmal kaum Luft bekam. Alles hätte ich gegeben, um ihn zurückzubekommen.

Dad hatte Veronica geheiratet, als ich vierzehn war, also war das Wenige, was er zu vererben hatte, nach seinem Tod in ihren Besitz übergegangen. Wegen des Autounfalls war ihr eine Entschädigung ausgezahlt worden, dazu das Geld aus seiner Lebensversicherung. Eine kleinere Summe war für mich bestimmt, aber auch wenn ich letztes Jahr achtzehn geworden war, würde mir mein Erbe erst ausgezahlt werden, wenn ich mit der Schule fertig war. So hatte Dad es in seinem Testament festgelegt. Das war sehr frustrierend – obwohl ich vor dem Gesetz bereits erwachsen war und ganz ausgezeichnet für mich selbst sorgen konnte, hatte ich ohne eigenes Einkommen keine andere Wahl, als für die restliche Zeit bei Vee zu bleiben.

Ich versuchte, es von der positiven Seite zu sehen. Schon bald würde ich diesem großen Haus, in dem nachts uralte Schreckgespenster ihr Unwesen trieben, endlich den Rücken kehren.

Über die Geschichte *Ard na Maras* wusste ich nicht viel, abgesehen von dem Namen, der bedeutete: *Hochgelegenes Haus, das die See überblickt*. Das klang recht hübsch, aber hübsch war nicht viel daran, abgesehen von der Aussicht. Ich spürte die Schlechtigkeit des Gemäuers tief in den Knochen. Schreckliches war hier geschehen. Grauenhaftes. Die viktorianische Residenz mit ihren sechs Schlafzimmern kauerte dicht am Rand einer Klippe an der östlichen Küste und überblickte die weite Irische See. Manchmal träumte ich von einer Frau, die aus dem Haus stürmte und von der Klippe hinunter in ihren nassen Tod sprang.

War der Tod weniger schrecklich als das, vor dem sie floh? Bei dem Gedanken erschauerte ich. Manchmal träumte ich auch von einem Mann, der ertrank. Er kämpfte, versuchte, Luft zu holen, aber starke, körperlose Hände drückten ihn unter Wasser.

Mühsam schob ich den Gedanken an meine verstörenden, regelmäßig wiederkehrenden Träume beiseite und konzentrierte mich wieder auf die Hausaufgaben. Einige Stunden später klopfte Vee im Vorbeigehen an meine Tür. Ihre Stimme klang hoch und dünn wie die einer geisterhaften Banshee: »Vergiss das Gästezimmer nicht, Estella.«

Ich verzog das Gesicht. Das hatte ich tatsächlich vergessen. Gerade war ich am Einnicken gewesen, immer noch in meiner Uniform, das Kinn auf einem Schulbuch.

Mürrisch stand ich auf, rieb mir mit den Fingerspitzen die Augen und holte das Putzzeug. Das Gästezimmer war oben, am anderen Ende des Hauses. Ich schaltete das Licht ein, und es flutete durch den großen Raum mit seinen hohen Decken. Die offenen Vorhänge gaben den Blick auf das dunkle Meer dahinter frei. Ich dachte an meinen Traum von der Frau, die sich von der Klippe stürzte, und mir lief ein Schauer über den Rücken.

Es roch ein bisschen muffig, so wie im ganzen Haus. Ich öffnete das Fenster und ließ die kalte Nachtluft herein. Es klang unheimlich, wie inmitten der Stille die Wellen an die Küste brandeten.

Sicher war Sylvia schon vor Stunden von ihrer Pflegerin Irene ins Bett gebracht worden, und Vee hatte sich vermutlich im Arbeitszimmer eingeschlossen und trank bis zur Besinnungslosigkeit, so wie jeden Abend. Schon als Dad noch gelebt hatte, war sie Alkoholikerin gewesen, aber inzwischen versuchte sie es nicht einmal mehr zu verheimlichen.

Dad hatte immer wieder vorsichtig versucht, ihr zu helfen, aber er war gestorben, ehe seine Bemühungen Früchte tragen konnten. Er war so ein freundlicher, sanfter Mann gewesen. Ein hoffnungsloser Romantiker. Ein gefundenes Fressen für jemanden wie Vee.

Trotzdem spürte ich, dass sie ihn auf ihre seltsame Weise geliebt hatte. Was sie jedoch nicht liebte, war seine Tochter. Eine traurige Ironie, dass am Ende ausgerechnet ich es war, die ihr blieb.

Ich putzte das Gästezimmer bis in den letzten Winkel und bezog das Bett frisch. Während der Arbeit dachte ich über Vees Bruder nach und fragte mich, wie er wohl sein mochte. Sie hatte gesagt, er sei ein Nachzügler gewesen. Hieß das, er war deutlich jünger als Vee? Ich stellte mir eine männliche Vee-Version vor und wäre fast zusammengezuckt.

Tja, wie alt er auch sein mochte – ich ahnte bereits jetzt sehr deutlich, dass es besser war, mich von Vees Bruder fernzuhalten.

»Iieh, da hat jemand seine Periode. Ich kann das riechen«, krähte Sally O'Hare, als ich am nächsten Nachmittag zur Englischstunde in die Klasse trat.

»Dass Sie wissen, wie die Periode riecht, legt nahe, dass Sie unter dem gleichen monatlichen Schicksal leiden«, merkte Schwester Dorothy trocken an, die Schildpattbrille tief unten auf der Nasenspitze. »Also zeigen Sie ein wenig Mitgefühl für ein Mädchen, das gerade aus der Gebärmutter blutet.«

Ich rümpfte die Nase über die plastische Beschreibung und ließ mich auf meinen Platz neben meiner besten Freundin

Aoife sinken. Schwester Dorothy war immer sehr direkt, vor allem für eine Nonne, aber ich fand, diesmal war sie ein bisschen übers Ziel hinausgeschossen.

Sally sah aus, als würde sie gleich das Gurkensandwich auskotzen, das sie zu Mittag gegessen hatte. »Die Gebärmutter, Schwester? Echt jetzt? Wollen Sie etwa, dass mir schlecht wird?«

»Wenn das bedeutet, dass ich mir Ihr widerliches Geschwätz nicht mehr anhören muss, dann vielleicht schon, ja.«

Einige Schülerinnen kicherten. Sally O'Hare starrte sie an.

»Ich melde Sie bei Direktor Hawkins. So dürfen Sie nicht mit mir reden.«

»Ja, so dürfen Sie nicht mit ihr reden«, fiel Claire McBride ein, Sallys beste Freundin und immer an und auf ihrer Seite.

»Ich rede mit Ihnen, wie ich will«, antwortete Schwester Dorothy, und sie hatte recht. Sie würde und durfte mit uns Schülerinnen reden, wie immer es ihr gefiel. Der Loreto-Konvent, eine reine Mädchenschule, war an die hundert Jahre alt, und ich hätte darauf gewettet, dass Schwester Dorothy schon seit mindestens fünfzig Jahren mit von der Partie war. Sie war quasi schon selbst eine Institution. Niemand würde sie feuern. Und wenn jemand es doch täte, so stellte ich es mir vor, würde sie einen glanzvollen Abgang hinlegen, einen Arm aus dem Fenster ihres roten Ford Focus hängend, um uns allen den Mittelfinger zu zeigen. Diese Siebzigjährige ließ sich nichts gefallen.

»Dann schlagen Sie jetzt bitte Seite fünfzig in Ihren Büchern auf. Heute lernen wir alles über mittelalterliche Dichtkunst.«

Mehrstimmiges Stöhnen. Schwester Dorothys Mundwinkel kräuselten sich, und ich fragte mich, ob sie vielleicht eine klitzekleine sadistische Ader hatte.

Später lief ich am Strand entlang nach Hause und hob hier und da ein paar interessante Muscheln auf. Die perlmuttschimmernden Exemplare mochte ich am liebsten. Manchmal, wenn ich Langeweile hatte, fertigte ich Schmuck und anderen Kleinkram daraus. Und als Achtzehnjährige, die ohne Handy oder Internet in einem fast zweihundert Jahre alten Haus lebt, hat man oft Langeweile. Ich besaß eine sehr ansehnliche Sammlung solcher Basteleien.

Irgendetwas anderes blinkte in der Abendsonne, direkt vor unserem Haus. Normalerweise nahm ich immer die Hintertür, aber heute lief ich aus Neugier vorn ums Haus herum. Vor dem Eingang, direkt neben Vees selten benutztem blauem Sedan, stand ein glänzendes schwarzes Motorrad. Ich bewunderte es ausgiebig. An der Seite prangte der Name *Yamaha*.

Ich schob die Daumen unter die Gurte meines Rucksacks, drehte mich zum Haus um und bekam eine Rauchwolke ins Gesicht. Ein junger Mann lehnte dort an der Wand, einen Fuß gegen die Steinmauer gestützt, und beobachtete mich.

Ich schluckte und musterte ihn. Er war von Kopf bis Fuß schwarz gekleidet, was seine auffallend grünen Augen betonte. Sein Haar war dunkel, die Miene unergründlich. Ganz zweifellos ein interessantes Exemplar, das da plötzlich in meinem Leben aufgetaucht war. Jungs gegenüber – oder Männern – war ich noch nie sonderlich selbstbewusst gewesen, und in diesem Augenblick verschlug es mir völlig die Sprache. Außerdem wurde ich knallrot, nur weil er mich ansah.

»Du bist also das Mündel«, sagte er, hob die Zigarette an den Mund und zog daran.

Eine Weile starrte ich ihn nur stumm an, ehe ich endlich Worte fand. Na gut, ein Wort jedenfalls. »Mündel?«

»Die kleine Obligation meiner großen Schwester«, setzte er hinzu, und endlich begriff ich.

»Du bist Vees Bruder?«

Er lachte, aber es klang nicht ganz echt. »Was anderes erwartet?«

»Ihr seht euch nicht ähnlich.«

»Ich komme nach meinem Vater«, sagte er trocken, schnippte den Zigarettenstummel zu Boden und trat ihn mit dem Stiefel aus. Dann musterte er mich wieder, aber ganz langsam. Fing bei den Füßen an und wanderte aufwärts, bis er endlich bei meinem Gesicht ankam.

Ich zog eine Braue hoch und wiederholte, was er zuvor gesagt hatte, nur dass ich flüsterte. »Was anderes erwartet?«

»Ja«, antwortete er und brummte dann etwas Unverständliches in sich hinein. Das einzige Wort, das ich heraushörte, war *Uniform*. Scheiße, war es wirklich so schlimm? Ich wusste, dass sie inzwischen echt eng saß, hatte aber eigentlich gehofft, dass es noch bis zum Jahresende gehen würde.

Ich stand ganz still, die Rucksackriemen fest gepackt, da kam ein Taxi und hielt am Straßenrand. Die Haustür öffnete sich, und Vee kam heraus. Sie war ungewohnt gut gekleidet, das kurze rote Haar war ordentlich und frisch gewaschen, und sie trug ein paillettenbesetztes Kleid, in dem sie aussah wie ein Flapper-Girl aus den Zwanzigern.

So herausgeputzt hatte ich sie seit Dads Tod nicht mehr gesehen.

»Ah, du hast Estella bereits kennengelernt«, sagte sie und musterte mich mit leiser Missbilligung. »Wir gehen aus. Irene ist heute früher gegangen, also musst du ein Auge auf Sylvia haben. Ihr Katheter muss gewechselt werden.«

Ich nickte und verzog nur in Gedanken das Gesicht.

»Oh, und wenn du bitte den Ofen sauber machen würdest. Du hast das so lange aufgeschoben, dass inzwischen eine zentimeterdicke Schmierschicht drauf ist.«

Vees Bruder, dessen Namen ich noch immer nicht kannte, betrachtete mich neugierig. Vielleicht fragte er sich, weshalb ich mir wie eine kleinlaute Maus Anweisungen von Vee erteilen ließ. Er konnte ja nicht wissen, dass es sich um eine reine Überlebenstaktik handelte und ich gleich nach dem Abschluss abhauen würde … dann konnten mich Vee und ihre Anweisungen mal gernhaben. Vielleicht würde ich ihr sogar noch ein ganz klein wenig die Meinung geigen, ehe ich von hier verschwand.

»Freut mich, dich kennenzulernen, Estella«, sagte er und sah mich immer noch an, während Vee schon auf das Taxi zulief. »Ich bin Noah.«

»Wie in Arche Noah?«, fragte ich. *Oje, wieso hab ich das gesagt?*

Wieder lachte er, und wieder klang es nicht ganz richtig. »Ja, nur dass ich meine Zeit nicht damit verschwenden würde, Tiere zu retten.«

Vee lachte laut auf, als wäre es das Lustigste, was sie je gehört hätte, und verschwand im Taxi. Ich stand da und fragte mich, was daran witzig sein sollte, und Noah wandte sich ab und folgte Vee.

»Vee ist ausgegangen. Wird bestimmt schön, das Haus ganz für uns zu haben«, sagte ich zu Sylvia, während ich ihren Katheterbeutel wechselte. Sie starrte mich mit ihren klugen grünen Augen an, denselben Augen wie bei Vee und Noah. Aber sie sagte kein Wort. Sie sagte in letzter Zeit fast gar nichts mehr, seit sie solche Schwierigkeiten mit dem Sprechen hatte. Um einen ganzen Satz herauszubekommen brauchte sie viel länger als andere Leute.

Als ich fertig war, machte ich uns etwas zu essen. Meine Portion stellte ich im Ofen warm und fütterte erst einmal Sylvia. Soweit ich wusste, war die MS zum ersten Mal in ihren Fünfzigern in Erscheinung getreten und nahm sie seitdem Stück für Stück auseinander. Manchmal hatte sie Schübe, in denen ihre Hände extrem zittrig wurden, und dann war sie beim Essen auf Hilfe angewiesen. Ich ermuntere sie trotzdem immer, es selbst zu versuchen, weil ich in ihren Augen zu sehen glaubte, dass sie es demütigend fand, mit dem Löffel gefüttert zu werden.

Da es aussah, als würden Vee und ihr Bruder den ganzen Abend wegbleiben, nutzte ich die Gelegenheit und machte es mir im Wohnzimmer gemütlich. Ich wollte Sylvia nicht dazu nötigen, etwas anzusehen, das sie nicht mochte, also hielt ich nacheinander DVDs hoch, bis sie etwas sah, das ihr gefiel. Witzigerweise war das ausgerechnet *Buffy – Im Bann der Dämonen*, aber darüber würde ich mich sicher nicht beschweren. Ich hatte schon immer eine Schwäche für Spike gehabt.

Ich verschwand rasch noch mal in dem Badezimmer, das an Vees Zimmer angrenzte – das einzige im ganzen Haus, das über eine Dusche verfügte, die ich nicht benutzen durfte. Dann schlüpfte ich in meinen Pyjama, kuschelte mich aufs Sofa und schaltete die DVD ein. Wir hatten ungefähr vier Folgen gesehen, da hörte ich, wie sich der Schlüssel im Schloss drehte.

Ich erstarrte.

Lachen wehte herein und kündigte Vee und Noah an. Ich blickte Sylvia an. Seltsamerweise schien sie ähnlich unglücklich über die frühe Rückkehr der beiden zu sein wie ich.

Ich trug einen Pyjama mit aufgedruckten Pandas darauf, um Himmels willen.

Die Geschwister taumelten förmlich ins Wohnzimmer, beide waren betrunken. Ich schlug die Beine unter und konzentrierte mich auf den Bildschirm. Am liebsten wäre ich in mein

Schlafzimmer geflohen, aber ich gönnte Vee den Triumph nicht, zu sehen, dass ich Angst vor ihr hatte.

»Was für einen Mist guckst du denn da, Estella?«, fragte sie, gerade als sich jemand neben mir aufs Sofa setzte. *Noah.* Er roch nach Whiskey und salzigem Meerwasser. So komisch das klingt, aber die Mischung hatte einen eigenartigen Reiz. So wie Chili und Schokolade. Oder Chicken Nuggets und Eiscreme.

Vielleicht war er ja ein Meermann, der an die Küste geschwommen war, um sich als Vees jüngerer Bruder auszugeben …

Verstohlen warf ich ihm einen Blick zu. Seine durchdringenden grünen Augen ruhten auf meinem Profil, und mir schoss das Blut ins Gesicht.

»Buffy«, murmelte ich leise und verlagerte mein Gewicht.

Irgendwas an Noah machte mich nervös. Wie alt er war, wusste ich nicht, aber ich vermutete, dass er auf Mitte zwanzig zuging.

»Ja, na ja, mach jetzt aus. Für dich ist längst Bettzeit.«

»Es ist fünf nach halb zehn.«

»Keine Widerworte. Geh ins Bett.«

»Lass sie bleiben, Vee«, bat Noah, und ich versteifte mich, als ich den Alkohol in seinem Atem roch.

»Ich sollte jetzt sowieso besser mal Sylvia ins Bett bringen«, flüsterte ich und stand auf.

Bei ihrer Erwähnung hörte Noah endlich damit auf, mich anzustarren, und richtete seine Aufmerksamkeit auf seine Mutter. Er sagte kein Wort, aber Sylvia wirkte angespannt unter seinem unverwandten Blick. Sie kam mir fast vor, als … hätte sie Angst vor ihm. *Was zum Teufel?* Ich legte die Hände auf die Griffe ihres Rollstuhls und wollte sie Richtung Tür schieben, da schlug Vee meine Hände beiseite, die Zigarette locker im Mundwinkel.

»Lass sie hier. Ich kümmere mich später drum.«

»*Du* kümmerst dich darum?«, fragte ich misstrauisch. Seit ich hier wohnte, hatte ich noch nie erlebt, dass Vee ihre Mutter zu Bett brachte, das machte immer ich oder Irene.

»Ja«, zischte sie. »Jetzt verpiss dich. Ich bin es leid, mir deine dumme, hässliche Fratze anzusehen.«

Noah zog die Brauen hoch, als würde ihre Giftigkeit ihn überraschen. Ich wusste nicht, wie Vee gewesen war, als er mit ihr zusammengelebt hatte, aber inzwischen war sie auf jeden Fall keine angenehme Gesellschaft mehr. Beim schroffen Klang ihrer Stimme wurde mir die Kehle eng, und ich spürte, wie mir Tränen in die Augen stiegen. War ich hässlich? Nein, war ich nicht. Vee wollte mich nur niedermachen, weil sie eine bösartige Giftspritze war. Ich hasste sie.

Stur legte ich die Hände wieder auf die Griffe des Rollstuhls. »Lass mich das erledigen, Vee.«

»Geh nicht zu weit, Estella, ich meine es ernst. Du willst nicht, dass ich wütend werde.«

Was ich wirklich nicht wollte, war, die arme Sylvia der Gnade dieser beiden zu überlassen, aber in Vees Augen blitzte Streitlust, und ich fühlte mich ihr nicht gewachsen. Mit einem letzten Blick zu Noah, der mich ausdruckslos beobachtete, drehte ich mich um und verließ das Wohnzimmer.

Am nächsten Morgen stand ich beim ersten Weckerklingeln auf, wusch mich und zog mich an, dann ging ich den Flur hinunter. Öffnete die Haustür, holte die Zeitung herein und legte sie für Vee auf den Tisch in der Diele, so wie jeden Morgen. Als ich danach am Wohnzimmer vorbeikam, sah ich Sylvia dort sitzen, ihr Rollstuhl stand noch genau an derselben Stelle wie gestern, und sie trug auch noch immer dieselben Sachen. Wut kochte in mir hoch.

Diese widerwärtige, bösartige Hexe!

Vee hatte keine Sekunde lang vorgehabt, Sylvia ins Bett zu bringen. Im Gegenteil. Ich hätte mein letztes Hemd darauf verwettet, dass sie ihre Mutter absichtlich die ganze Nacht hier hatte stehen lassen.

»Ich bringe sie um«, sagte ich, als ich das Wohnzimmer betrat und in Sylvias schmerzerfüllte Augen blickte. »Alles in Ordnung bei dir? Es tut mir so leid. Ich hätte dich nicht mit ihr allein lassen dürfen.«

Sylvia stieß die Luft aus, ihr Mund war vor lauter Erschöpfung und Schmerz nur noch ein dünner, gekrümmter Strich. »Alles … okay«, antwortete sie leise, aber ich wusste, dass sie log. Sie wollte nur keinen Wirbel machen, obwohl das, was Vee getan hatte, wirklich jenseits von Gut und Böse lag.

Als ich Sylvias Rollstuhl gerade in ihr Zimmer schieben wollte, wurde die Haustür geöffnet, und Irene kam herein. Als sie mich ansah, wäre ich fast in Tränen ausgebrochen.

»Estella, was ist los?« Ganz sicher fragte sie sich, was Sylvia hier tat – normalerweise holte Irene sie morgens aus dem Bett.

»Vee hat sie die ganze Nacht im Wohnzimmer stehen lassen, Irene. Ich wollte sie gestern ins Bett bringen, aber Vee hat es mir verboten, und dann hat sie sie einfach hiergelassen.«

»Oh, Liebes«, sagte Irene und eilte zu uns, um nach Sylvia zu sehen. »Du musst zur Schule. Ich kümmere mich um die arme Sylvie.«

Ich nickte und stemmte, immer noch wütend, die Hände in die Hüften. »Normalerweise lässt sie sie nur links liegen, aber jetzt wird sie richtig grausam. Wenn sie das noch mal macht, melde ich sie bei der Gesundheitsbehörde.«

»Ach, tust du das?«, fragte eine Männerstimme, und als ich aufblickte, sah ich Noah die Treppe herunterkommen. Er trug eine schwarze Jeans und ein schwarzes T-Shirt und war barfuß. Sein Haar war so wirr, als wäre er gerade erst aufgestanden.

»Ja, das tu ich«, sagte ich standhaft. »Und du bist auch nicht besser. Wie konntet ihr das eurer eigenen Mutter antun? Jetzt wird sie tagelang furchtbare Schmerzen haben, und dabei hat sie durch ihre Krankheit sowieso schon ständig welche.«

Noah starrte mich eine halbe Ewigkeit lang an. Kurz wanderte sein Blick zu Sylvia, dann wieder zu mir zurück. Über sein Gesicht glitt ein finsterer Schatten, aber im nächsten Moment war er wieder fort. Als er schließlich etwas sagte, ging er kein Stück auf das ein, was ich gerade gesagt hatte, sondern stellte nur fest: »Du bist morgens aber temperamentvoll.«

»Und du bist widerlich. Wenn du und deine Schwester ausgehen und euch betrinken wollt, ist das völlig in Ordnung. Nur lasst nicht andere Leute darunter leiden.« Ich stampfte Richtung Küche davon.

In tausend Jahren würde ich nicht so mit Vee reden. Vielleicht war ich mutig, weil er ein Fremder für mich war. Ich steckte Brot in den Toaster und nahm die Erdnussbutter aus dem Regal. Eigentlich hatte ich gar keinen Appetit, aber ich war nicht bereit, mich von Vees Verhalten fertigmachen zu lassen. Als ich gerade den Kessel aufsetzte, um Wasser für den Tee zu erhitzen, kam Noah herein.

Ich hörte, wie er sich einen Stuhl zurechtzog und sich an den Tisch setzte, aber ich sah ihn nicht an. Ich hatte schon immer gewusst, dass Vee irgendwas fehlte, etwas ganz Entscheidendes, das eigentlich zum Menschsein gehört, aber so langsam fragte ich mich, ob das vielleicht in der Familie lag.

»Ich trinke meinen mit Milch und ohne Zucker, danke«, sagte Noah, und am liebsten hätte ich die Schüssel mit dem Zucker genommen und ihm ins Gesicht geworfen. Aber das tat ich nicht. Stattdessen ließ ich meine Wut in mir gären, bis sich meine Wangen knallrot färbten und sich mein Magen in einen festen Knoten verwandelte. Um mich zu beruhigen, stellte ich mir vor, wie Dads Stimme einen Bibelvers rezitierte.

Herr, Herr, Gott, barmherzig und gnädig und geduldig und von großer Gnade und Treue, der da Tausenden Gnade bewahrt und vergibt Missetat, Übertretung und Sünde, aber ungestraft lässt er niemand …

Vielleicht stand es mir nicht zu, wütend auf Vee und Noah zu sein. Vielleicht würde sich Gott der Sache annehmen und sie dafür bestrafen, dass sie die arme Sylvia so misshandelt hatten. Aber es fiel mir schwer, meine Wut loszulassen. Ich stand am Küchentresen, kaute zornig auf dem Toast herum und machte meinen Standpunkt klar, indem ich mich nicht zu Noah an den Tisch setzte. Er streckte die langen Beine aus und lehnte sich zurück, dann legte er die Arme auf die Rückenlehnen der beiden Stühle neben ihm.

»Wie alt bist du?«, fragte er, und ich warf ihm aus schmalen Augen einen Blick zu, antwortete aber nicht. Er lachte leise. »Redest wohl nicht mit mir, was?«

»Ich rede nicht mit Leuten, die Freude am Schmerz anderer Menschen haben.«

»Dann solltest du wirklich nicht mit mir reden.« Irgendetwas in seiner unbeirrbaren, selbstzufriedenen Miene brachte mich ernstlich aus dem Konzept.

Ungläubig erwiderte ich seinen Blick. »Dir macht es wirklich Spaß, anderen wehzutun?«

Er zuckte mit einer Schulter. »Nur wenn sie es verdient haben.«

Na, die Antwort war ja zum Glück überhaupt nicht beunruhigend. Meine Augenbrauen schossen in die Höhe. »Sylvia leidet schon genug, sie hat auf keinen Fall noch mehr Schmerz verdient.«

Als er nichts darauf erwiderte, kniff ich die Augen zusammen. »Was willst du überhaupt hier? Wieso kommst du nach all den Jahren wieder nach Hause?«

Er schnalzte missbilligend. »Beantworte meine Frage, und ich beantworte deine.«

Ich seufzte. Am besten wäre ich einfach weggegangen, aber ich war nicht nur wütend, sondern auch fasziniert. Ich wollte mehr über Vees Bruder erfahren, auch wenn ich ums Verrecken nicht hätte sagen können, weshalb. »Ich bin achtzehn«, antwortete ich schließlich. »Auch wenn ich nicht weiß, warum dich das interessieren sollte.«

Noah lachte. »Nennen wir es morbide Neugier.«

Ich starrte ihn an und kapierte nicht, was daran lustig sein sollte. Er grinste übers ganze Gesicht, sein Blick klebte förmlich an mir. Sein Lächeln wirkte irgendwie unecht. Es reichte nicht bis in die Augen. Am Ende verlor ich das Blickduell und sah rasch aus dem Fenster. Seine Augen brachten mich völlig durcheinander. Ich konnte mich nicht entscheiden, ob ich sie schön oder verstörend fand. Die Wimpern waren sehr dunkel, was das ungewöhnliche Grün umso stärker leuchten ließ. Vee hatte viel hellere Wimpern und einen sehr hellen, fast kreidigen Teint, deshalb wirkten ihre Augen nicht halb so beeindruckend.

»Du hast *meine* Frage noch nicht beantwortet«, sagte ich. »Weshalb bist du nach Hause gekommen?«

»Weil es an der Zeit war«, antwortete er kryptisch.

»Tja, das sagt mir jetzt so ungefähr genau gar nichts«, sagte ich trocken, und wieder verriet das Zucken von Noahs Mundwinkeln seine Belustigung. »Was machst du beruflich?«, fragte ich weiter und hoffte, die Antwort würde meine Befürchtungen zerstreuen. Ehrlich gesagt, sah er aus wie ein Drogendealer oder was ähnlich Finsteres.

Er hob ganz sachte eine Braue. »Ich bin Location-Scout. Für Filme.«

Ich kaute auf einem Bissen Toast herum. »Echt?«

Er schnaubte, als hielte er mich für unfassbar leichtgläubig. »Nein.« Sein Blick wanderte zum Wappen meiner Uniform hinunter. »Gehst du gern aufs Loreto?«

Ich schluckte den Bissen runter und wandte kurz den Blick ab. »Ja und nein. Ich lerne gern, aber es ist manchmal ein bisschen beklemmend, wenn man immer nur Mädchen um sich hat.« Ich spekulierte darauf, dass er sich ebenfalls ein bisschen öffnete, wenn ich damit anfing, und hoffte, meine Taktik würde aufgehen.

»Ich glaub, ich hab mal einen Film mit dem Titel gesehen«, sagte er nachdenklich.

Ich verdrehte die Augen. »Sehr witzig. Wo lebst du normalerweise?«

»Nirgendwo. Ich ziehe viel rum.«

»Wie ein Vagabund?«

Er schüttelte den Kopf. »Ich bevorzuge Hotels.«

»Ich war noch nie in einem Hotel«, gab ich zu. Wenn Dad und ich im Urlaub gewesen waren, hatten wir immer im B&B oder in Ferienwohnungen übernachtet. Viel Geld hatte uns meist nicht zur Verfügung gestanden, und außerdem hatte er es gern entspannt gehabt.

»Wirklich nicht?«, fragte er, zog ein Päckchen Zigaretten aus der Hosentasche und zündete sich eine an. »Ich mag diese kleinen Pfefferminzbonbons, die sie immer aufs Kopfkissen legen. Kennst du die? Dann fühlt man sich wie jemand Besonderes. Wart mal ab, eines Tages schläfst du auch in einem Hotel, und dann siehst du den kleinen Bonbon und sagst zu dir selbst: Noah hatte recht, ich fühle mich wirklich wie was Besonderes.«

Ich betrachtete ihn und zog eine Braue hoch. »Du bist schon ein bisschen schräg drauf, oder?«

Er nahm einen Zug und atmete aus, der beißende Rauch drang mir im selben Moment in die Nase, als er Daumen und Zeigefinger hob. »Nur ein ganz klein wenig.« Seine Lippen zuckten kaum merklich.

Kurz herrschte Stille. Noah rauchte, und ich aß mein Frühstück. Dann hörte ich Geräusche aus Vees Zimmer direkt über unseren Köpfen und zog eine Grimasse. *Das Ungeheuer ist erwacht.* Vee schlief kaum, höchstens vier, fünf Stunden pro Nacht. Deshalb hatte sie immer diese grauen Säcke unter den Augen.

»Du magst meine Schwester nicht besonders, was?«, stellte Noah fest, und ich sah ihn blinzelnd an.

Eine Weile überlegte ich, was ich antworten sollte, dann entschied ich mich für Ehrlichkeit. »Wenn mein Leben ein Märchen wäre, dann wäre deine Schwester die böse Königin, die alles daransetzt, mich unglücklich zu machen.«

Noah neigte den Kopf, in seinem Blick flackerte Neugier auf. Ich bereute meine Worte augenblicklich. Würde er es Vee verraten?

»Bitte sag das nicht Vee. Sonst zwingt sie mich zu irgendwas Widerlichem. Dazu, ihre Zehennägel zu schneiden oder den Kamin zu putzen«, bat ich ihn mit weit aufgerissenen Augen.

Noah legte den Kopf schief. »Machst du das nicht eh schon?«, fragte er spöttisch. Was er damit sagen wollte, musste er nicht aussprechen: *Du bist Vees Fußabtreter. Ich bin gerade mal seit einem Tag hier, und sogar ich sehe das.*

Die Implikation, dass ich schwach war, gefiel mir nicht. Etwas tief in mir schauderte unwillkürlich vor dem Gedanken zurück. Aber es stimmte – ich war Vees Lakai, und solange ich noch zur Schule ging und ein Dach überm Kopf brauchte, blieb mir keine andere Wahl, als weiter mitzuspielen. Ich drehte mich um und kippte den restlichen Tee in den Ausguss.

»Erzähl es ihr einfach nicht, okay? Mein Leben ist eh schon völlig im Arsch. Ich brauche niemanden, der es noch tiefer reinschiebt, vielen herzlichen Dank auch.«

Sein Blick folgte mir, als ich meine Schultasche nahm und zur Hintertür ging. »Du hast ein ganz schönes Schandmaul.«

Ich antwortete nicht. Er hätte sonst nur irgendwas Blödes gekontert. Stattdessen verließ ich das Haus und machte mich auf den Weg zur Schule, wie gewohnt am Strand entlang, Noahs belustigtes Lachen im Kielwasser.

2. KAPITEL

»Meine Mutter hat erzählt, dass Vee gestern Abend mit irgendeinem jungen Stecher in die Bar gekommen ist und fast zweihundert Euro für Drinks ausgegeben hat«, sagte Aoife auf dem Weg zu Bio, die Augen tellerrund.

Aoifes Mutter war die Managerin vom O'Hares-Pub in der Stadt, der Matt O'Hare gehörte, dem Vater der widerwärtigen Sally O'Hare. Über Vees hohe Ausgaben war ich nicht besonders überrascht. Beim Alkohol bevorzugte sie die teure Sorte, und sie konnte einiges vertragen.

»Das war nicht ihr Stecher, sondern ihr Bruder. Er heißt Noah.«

»Ich wusste gar nicht, dass sie einen Bruder hat.«

Ich zuckte mit den Schultern. »Ich auch nicht, die Neuigkeit hat sie mir erst gestern eröffnet. Er wohnt bei uns. Und natürlich war ich es, die das Gästezimmer geputzt und für ihn vorbereitet hat.«

»Du musst damit aufhören, alles für sie zu erledigen, Stells. Es macht mich echt wütend, wie sie dich behandelt.«

»Mich macht es auch wütend, aber ich weiß nicht, ob sie überhaupt weiß, wie Nettsein geht. Wahrscheinlich ist sie schon Befehle keifend und mit finsterem Blick zur Welt gekommen«, witzelte ich halbherzig.

Aoife sah mich mitfühlend an und wechselte das Thema.

»Wie ist ihr Bruder denn so?«

»Die Jury hat noch nicht entschieden. Er ist ein bisschen rätselhaft.« Das eigenartige Gefühl tief unten im Bauch, das mich in seiner Gegenwart befiel und von dem ich nicht zu sagen vermochte, ob es was Gutes oder Schlechtes war, erwähnte ich nicht.

»Wie sieht er aus? Mam hat gesagt, ziemlich gut.«

»Das stimmt. Er sieht ganz anders aus als Vee. Das einzig Ähnliche sind ihre Augen«, antwortete ich, just in dem Moment, als Sarah O'Hare mitsamt ihrer Clique an uns vorbeikam.

Sobald sie mich entdeckte, trat ein hungriger, grausamer Schimmer in ihre Augen, und ich wusste, ich war fällig. Also schluckte ich schwer und wappnete mich für die Kränkung, die sie heute für mich in petto haben würde. Als nichts passierte, war ich überrascht, aber im nächsten Augenblick begriff ich, weshalb, denn ich stolperte und knallte hin, landete auf Händen und Knien auf dem kalten Linoleum. Sie hatte mir eine leere Wasserflasche zwischen die Füße geworfen, um mich zum Stolpern zu bringen. Claire McBride, ihre beste Freundin, lachte entzückt auf, und das Grüppchen entschwand den Flur hinunter. Ich schluckte die Tränen hinunter, einen dicken Kloß in der Kehle. Aoife half mir auf, das Gesicht vor Zorn verdunkelt.

»Sie ist der Antichrist, ich schwör's dir.«

»Ja. Ich frag mich, ob sie und Vee irgendwie verwandt sind«, stimmte ich mit zittriger Stimme zu und rieb mir das Knie, das später bestimmt blau sein würde.

»Würde mich nicht überraschen«, sagte Aoife.

Als wir ins Klassenzimmer kamen, kicherten Sally und Claire und tuschelten miteinander. Ich wurde jedoch von Mr Kennedy abgelenkt, der meinen Namen rief.

»Estella, ich gratuliere dir, du hast letzte Woche beim Photosynthese-Test die Bestnote erreicht.« Er strahlte mich an. Mr Kennedy war ein kleiner Mann mit hellbraunem Haar und Brille, und er war mein Lieblingslehrer, denn er hatte ein freundliches Gesicht und immer ein aufmunterndes Lächeln für seine Schüler übrig. In meinem Leben war Freundlichkeit ein seltenes Gut.

»Gut gemacht, Stells.« Aoife stupste mich mit dem Ellbogen an.

Ich räusperte mich, immer noch mitgenommen von der Demütigung, mich im Flur auf die Schnauze gelegt zu haben. »Danke«, erwiderte ich und brachte ein Lächeln zustande.

Mr. Kennedy reichte mir meine Arbeit und klopfte mir auf die Schulter, ehe er die anderen Arbeiten austeilte. Ich setzte mich auf meinen Platz neben Aoife, der sich direkt vor Sallys Tisch befand.

»Streberin«, schnaubte Sally, aber ich drehte mich nicht um. Aoife bedachte sie mit einem unfreundlichen Blick und sagte zu mir, ich solle sie einfach ignorieren.

»Die hält sich für was Besseres.« Sally gab nicht auf. »Beschissene Intelligenzbestie.«

Ich biss die Zähne zusammen und packte meinen Stift fester. Sie war meinen Zorn gar nicht wert, auch wenn ich Visionen hatte, wie ich mich umdrehte und ihr meinen Stift ins Auge rammte.

Aber nein, es gab Wichtigeres, was nach meiner Aufmerksamkeit verlangte, zum Beispiel das nächste Kapitel meines Biobuchs, das ich lesen sollte. Als Sally begriff, dass sie mir keine Reaktion entlocken konnte, gab sie schließlich auf, und ich atmete auf, erleichtert, dass sie endlich ihr Lästermaul hielt.

Nach der Schule ging ich allein nach Hause und bereitete in Gedanken mehrere Vorträge vor, die ich Vee halten wollte, weil sie Sylvia gestern so übel mitgespielt hatte. Zwar war mir insgeheim klar, dass ich am Ende kein Wort sagen würde, aber schon die Vorstellung, ihr gründlich die Meinung zu geigen, tat mir gut.

Mein Leben segelte haarscharf am Abgrund entlang, und ich musste die Füße stillhalten, bis ich mit der Schule fertig war. Wenn ich jetzt auf einmal den Aufstand probte und versuchte, Vee zur Rechenschaft zu ziehen, konnte es gut sein, dass sie mich rauswarf und ich auf einmal mittellos auf der Straße stand.

Bei dem bloßen Gedanken zog sich mein Magen zusammen.

Ich schloss die Hintertür auf, betrat die leere Küche und ließ die Schultasche auf den Boden fallen. Dann trat ich ans Waschbecken, um mir ein Glas mit Leitungswasser zu füllen; nach dem langen Weg war ich durstig. Mein Knie schmerzte noch immer, und nachdem ich das Wasser runtergestürzt hatte, stellte ich den Fuß auf einen Stuhl und zog meinen Rock hoch, um den Schaden zu begutachten. Auf dem Knie bildete sich ein dunkelvioletter Bluterguss, und auf den Handflächen hatte ich auch ein paar Abschürfungen.

»Da kommt wohl jemand aus dem Krieg«, sagte plötzlich jemand, und ich schrak zusammen. Rasch schob ich den Rock wieder runter und richtete mich auf.

Noah stand mit verschränkten Armen und undurchschaubarer Miene in der Tür. Kurz sah er mir in die Augen, dann wanderte sein Blick zu der feingliedrigen Goldkette, die ich um den Hals trug. Fasziniert betrachtete er das kleine Kruzifix, das daran hing. Die Kette war ein Geschenk von Dad, und ich nahm sie praktisch nie ab. Bei der Eindringlichkeit, mit der Noah den Anhänger betrachtete, standen mir die Härchen im Nacken zu Berge.

Während er mich musterte, nutzte ich die Gelegenheit, ihn ebenfalls zu betrachten, und mit einem Mal wurde mir klar, wie attraktiv er war. Dass er gut aussah, war mir natürlich auch schon vorher aufgefallen, aber er war tatsächlich ungewöhnlich attraktiv, auf eine dunkle, eindringliche Weise. Groß und breitschultrig und mit einem Selbstbewusstsein, das ihn fast gefährlich erscheinen ließ. Als wüsste er sich auch in einem Kampf gut zu behaupten.

»Lass mich raten, heute war Sportstunde?«, fragte Noah.

Mit finsterer Miene schüttelte ich den Kopf und fragte mich, weshalb ihn das interessierte. »Nein. Ein Mädchen aus meiner Klasse hat mich zum Stolpern gebracht.«

Er legte den Kopf schief. »Warum?«

Ich zuckte mit den Schultern. »Sie hatte schon immer irgendein Problem mit mir.« Kurz verstummte ich und sah ihn an, dann fügte ich hinzu: »Außerdem ist sie ein Riesenmiststück.«

Seine Mundwinkel zuckten, als fände er das amüsant. Er kam herein und lehnte sich gegen den Tisch. »Wie hast du es ihr heimgezahlt?«

»Ich habe es ihr heimgezahlt, indem ich sie ignoriert habe. Sie ist meine Zeit nicht wert.«

»Feigling.«

Ich riss die Augen auf. »Wie bitte?«

»Weißt du, was ich gemacht hätte?«, redete er weiter, als hätte er mich nicht gehört. »Ich hätte meinen Zirkel genommen, sie irgendwo allein abgefangen und ihr die Spitze ins Fleisch gejagt. Danach hätte sie sich nicht mehr getraut, jemandem ein Bein zu stellen.«

»Du bist ja gestört«, sagte ich und musterte ihn misstrauisch.

»Ich bin kreativ. Und ich bin hier nicht derjenige, der sich bis zum Ende des Schuljahrs mit einer Mobberin rumschlagen muss. Mach was, um ihr zu zeigen, dass du es ernst meinst, dann hört sie auf. So funktionieren solche Leute.«

Ich zog einen Stuhl unter dem Tisch heraus, setzte mich und dachte darüber nach. Vielleicht sollte ich mir wirklich was überlegen, um Sally Angst einzujagen. Andererseits wurde ich bei meinem Glück wahrscheinlich erwischt und flog von der Schule.

»Bist du in der Schule auch gemobbt worden?«

Noahs Blick verfinsterte sich. »Jemand hat's versucht.«

»Was ist passiert?«, fragte ich und beugte mich vor, seltsam begierig darauf, es zu erfahren.

Er setzte sich auf den Tisch, stellte die Füße auf einen Stuhl und sah auf mich herunter. In seinem Blick lag etwas Wildes, Ungezähmtes, das mich in den Bann schlug. »Da gab es diesen Typen, der hat das Gerücht verbreitet, ich würde gegen Bezahlung Schwänze lutschen«, sagte er, und mir blieb der Mund offen stehen.

Ich blinzelte, Hitze stieg mir in die Wangen. »Und hast du?«, fragte ich.

Er erwiderte meinen Blick ausdruckslos, kein Stück beleidigt von meiner Frage. »Nein.«

»Und was hast du gemacht?«

»Du kennst dic Bath-Siedlung, wo überall diese kleinen Gassen zwischen den Häusern sind?«

Ich nickte. »Das ist wie ein Labyrinth.«

Fast hätte Noah gelächelt. »Dieser Junge also, der ist immer quer durch diese Gassen gelaufen auf dem Weg nach Hause. Eines Abends bin ich ihm gefolgt, hab ihn im Dunkeln erwischt und dafür gesorgt, dass er aufhört, diese Lügen über mich zu verbreiten.«

»Wie?«, fragte ich so leise, dass es kaum zu hören war. Es dauerte lange, bis Noah antwortete, und ich fragte mich schon, ob er in Gedanken seine Antwort zensierte, weil er dachte, die Wahrheit wäre für mich zu krass. Aber als er dann antwortete, war gar nichts zensiert.

»Ich hab ihm damit gedroht, ihm den Griff einer Machete anal reinzurammen.«

Ich zuckte zurück, keuchte auf und schlug erschrocken eine Hand vor den Mund. Mein Magen schlug einen Salto. »Das ist fürchterlich!«

»Es hat funktioniert«, sagte Noah, und da lag etwas in seinem Blick, bei dessen Anblick sich mir die Eingeweide verknoteten. Ich fragte mich, ob er es vielleicht *wirklich* getan hatte, statt es nur anzudrohen. Aber ich verwarf den Gedanken gleich wieder, weil nur ein Psychopath so etwas täte, und ich wollte mir nicht vorstellen, im selben Haus zu schlafen wie ein Psychopath.

Als ich antwortete, wusste ich selbst nicht, weshalb ich es ihm erzählte, ich wusste nur, dass der Drang, es ehrlich auszusprechen, mich am Kragen gepackt hatte und nicht mehr losließ. »Ich wollte Sally einen Stift ins Auge rammen«, gestand ich ihm, und sofort fühlte ich mich schuldig.

Eine seiner dunklen Brauen hob sich ganz leicht, als hätte ich ihn überrascht. »Warum hast du es nicht getan?«

Ich stieß die Luft aus und wiederholte, was er zuvor über mich gesagt hatte: »Weil ich ein Feigling bin.«

Wir sahen einander in die Augen, und der Augenblick schien sich zu einer Ewigkeit auszudehnen. »Ich glaub nicht, dass das der Grund ist«, sagte Noah schließlich.

»Tust du nicht?«

»Nein. Ich glaube, dass du deine Mobberin nicht verletzt hast, weil es nicht in deiner Natur liegt, gewalttätig zu werden, ganz egal, wie es in deiner Fantasie aussieht.«

Es beunruhigte mich, dass er mich so mühelos durchschaute. »Du weißt nichts über meine Natur. Du kennst mich doch kaum.«

»Aber ich sehe dich«, sagte er, und der Ernst in seinen Augen ließ meinen Atem stocken. Tiefe Stille breitete sich aus. Was meinte er damit, dass er mich *sah*? Ohne jeden Grund füllte sich mein Bauch randvoll mit einem summenden Schwarm Bienen.

Ich war so sehr mit dieser Frage beschäftigt, dass ich kaum bemerkte, wie Vee hereinkam. Sie trug einen mit Blumen bedruckten Bademantel über dem Pyjama und Schaffellpantoffeln an den Füßen. Sie blickte zwischen Noah und mir hin und her und kniff ganz langsam die Augen zusammen. »Ich hoffe, du belästigst nicht meinen Bruder, Estella.«

Ich spannte die Muskeln und verteidigte mich: »Nein, tu ich nicht.«

»Ich hab ihr gerade eine Geschichte aus meiner Schulzeit erzählt«, sagte Noah. »Erinnerst du dich an Adam Fowler?«

Vee runzelte die Stirn, band den Bademantel zu und setzte den Wasserkessel auf. »Sollte ich?«, fragte sie desinteressiert.

Noah stieß die Luft aus. »Wahrscheinlich nicht. Du warst zu der Zeit nicht viel da.«

»Was meinst du denn damit? Ich war immer da.«

Noah bedachte sie mit einem bedeutungsvollen Blick, und seine Stimme wurde überraschend sanft. »Warst du das?«

Vee wirkte gereizt, drehte sich von ihm weg und hantierte mit den Teetassen herum. »Ich weiß nicht, wovon du da redest.«

Kurz herrschte Schweigen, dann sagte Noah einfach so: »Estella wird von einem Mädchen an ihrer Schule gemobbt.«

Entsetzt starrte ich ihn an. Ich hatte unsere Unterredung für eine Privatsache gehalten. Ich Idiotin mal wieder.

Vee drehte sich um und musterte mich, ihre rötlichen Brauen schoben sich zusammen. »Ist das so?«

Ich nickte wortlos.

»Von wem?«

Mir fiel kein Grund ein, die Antwort zu verweigern. Es war ja nicht so, als bestünde die Gefahr, dass Vee zur Schule marschieren würde, um zu verlangen, dass Direktor Hawkins Sally dafür bestrafte, wie sie mich behandelte. Um ehrlich zu sein, wäre ich im Gegenteil nicht besonders überrascht, wenn Vee sie aufsuchen und ihr zu der guten Arbeit gratulieren würde. Immerhin war es die drittgrößte Freude ihres Lebens, mich fertigzumachen. Ihre zweitgrößte Freude war es, Sylvia fertigzumachen, und ihre größte, sich Nacht für Nacht halb ins Koma zu saufen.

»Sally O'Hare«, sagte ich, und mir fiel auf, wie Noahs Augen bei dem Namen aufflammten. Kannte er sie?

Vee schürzte die Lippen und musterte mich. »Unternimmst du was dagegen?«

»Was soll ich schon machen? Sie hat mehr Freunde als ich. Das ist eine verlorene Schlacht.«

»Die O'Hares sind ein Haufen unterbelichteter Neandertaler. Du hast deinen Verstand, Estella, und der ist dem einer Sally O'Hare weit überlegen. Setz Worte als Waffe gegen sie ein, und du gewinnst.«

Ich blinzelte, fassungslos, dass Vee mir gerade ein Kompliment gemacht hatte, ganz zu schweigen davon, dass sie mir einen fast mütterlichen Rat gab. Ich öffnete den Mund, brachte aber kein Wort heraus. Vee öffnete den Hängeschrank und fluchte, als sie feststellte, dass keine Teebeutel mehr im Haus waren.

»Nimm etwas Geld aus der Schublade im Flur und lauf rasch zum Laden rüber, Estella«, befahl sie verärgert und knallte die Schranktür zu. »Jedes Mal, wenn ich einfach nur eine verschissene Tasse Tee will, haben wir entweder keine Milch, keine Teebeutel oder keinen Zucker mehr im Haus, oder gar nichts von allem.«

Stumm gehorchte ich und verließ eilig die Küche. Im Flur blieb ich stehen, weil ich einen Knall hörte, als hätte jemand mit der flachen Hand auf den Holztisch geschlagen. Es war so laut und unvermittelt, dass das Haus erzitterte. Das musste Noah gewesen sein.

»Warum gehst du denn nicht einkaufen, wenn ständig alles fehlt, *Schwester*? Du siehst aus, als hättest du seit 2008 nichts mehr gegessen.«

Leise keuchte ich auf, weil er so mit ihr zu reden wagte. Mit klopfendem Herzen wartete ich auf Vees Reaktion. Ich ging davon aus, dass sie ihn anschreien, durchdrehen würde, aber das tat sie nicht. Stattdessen wurde ihre Stimme dünn und schwächlich.

»Ich esse«, behauptete sie. »Du weißt doch, dass die Frauen in unserer Familie von Natur aus dünn sind.«

»Du bist nicht dünn, du bist ein Skelett. Traue ich mich, das auszusprechen? Ja, verflucht. Du tust so, als wäre es völlig normal, aber ich kriege bei deinem Anblick Angst, dass ich dich bald mit diesen Spezialrationen füttern muss, die sie hungernden Kindern in Afrika geben.« Das war beleidigend und gemein, aber es klang, als wäre er wütend, weil sie nicht besser auf sich achtgab.

»Du hast nicht das Recht, so mit mir zu reden«, antwortete Vee mit bebender Stimme.

»Du gehörst zu meiner Familie. Ich habe jedes Recht der Welt, dir zu sagen, wenn du dich selbst unnötig kaputtmachst.«

Vee antwortete nicht. Stattdessen floh sie aus der Küche. Ich drückte mich an die Wand und hoffte, dass sie mich nicht bemerkte und ihre Gefühle an mir abreagierte.

Aber sie rannte an mir vorbei, jagte die Treppe hinauf und knallte oben ihre Schlafzimmertür zu. Vorsichtig spähte ich in die Küche. Noah stand am Tisch, zusammengesunken und den Kopf in die Hände gestützt, seine Reue war offensichtlich. Offenbar spürte er meinen Blick, denn er sah auf und mir in die Augen. Mit wild hämmerndem Herzen machte ich kehrt, schnappte mir im Flur das Geld und verließ hastig das Haus.

Ungefähr fünf Minuten vom Konvent entfernt gab es eine öffentliche Schule, und das bedeutete vor allem eins.

Jungs.

Ich war noch nie mit einem Jungen befreundet gewesen, mal abgesehen von Aoifes Freund Jimmy, also hatte es natürlich auch nie einen festen Freund in meinem Leben gegeben. Vielleicht rief Noah deshalb dieses verwirrende Gefühlschaos in mir hervor. Mit Ausnahme von meinem Dad hatte ich in meinem bisherigen Leben mit dem anderen Geschlecht kaum etwas zu tun gehabt.

Manchmal kamen ein paar Jungs von der Öffentlichen rüber und hingen bei unserem Schultor rum, um Mädchen anzuglotzen, wenn wir Schulschluss hatten und nach Hause gingen. Claire McBride war nicht nur Sallys bösartige Verbündete, sondern außerdem widerlich hinreißend, sie erntete viel Aufmerksamkeit seitens der Jungs. Bei einem Schönheitswettbewerb wäre sie ganz klar die Gewinnerin gewesen, auch wenn ich den Verdacht hegte, dass sie bei einer größeren Konkurrenz einfach nur als niedlich gegolten hätte.

Das war das Problem daran, in einer Kleinstadt zu leben: Man wusste nie, ob man außergewöhnlich war oder einfach nur alle anderen sehr gewöhnlich, sodass jedes noch so kleine Talent überdeutlich zur Geltung kam.

»Hey, Süße«, rief einer der Jungs, und ich zog den Kopf ein und eilte durchs Tor, so schnell ich nur konnte. Sie meinten nicht mich, sondern die Mädchen hinter mir, unter denen sich auch Claire befand. Eine Schande, dass Aoife heute Basketballtraining hatte. Mit ihr an meiner Seite wäre ich nicht so nervös gewesen.

»Zeig uns deine Titten«, schrie ein anderer Junge, und ich beschleunigte meine Schritte. Unwillkürlich warf ich einen Blick in ihre Richtung und erkannte Kean Riordan. Er lebte von Vees Haus aus gesehen nur ein kleines Stück die Straße hinunter. Aber im Gegensatz zu Vees Haus war das der Riordans gut gepflegt. Seine Eltern hatten Geld, seinem Vater gehörte eine Rohrleitungsfabrik in der Gegend.

Kurz trafen sich unsere Blicke, und er lächelte mir zu, ehe ich mich abwandte und weiterlief. Wie eigenartig. Hatte er mich gerade wirklich angelächelt? Kean war ein heißer Typ, viele Mädchen aus der Stadt schwärmten für ihn. Vermutlich hätte mich sein Lächeln viel mehr begeistert, wenn nicht all meine Gedanken um Noah gekreist wären. Ich könnte nicht aufhören, seine Worte von gestern immer und immer wieder in meinem Kopf abzuspielen.

Aber ich sehe dich.

Ich wünschte, ich hätte aufhören können, an ihn zu denken, aber das war eine verlorene Schlacht. Als ich zu Hause ankam, ging ich durch die Hintertür hinein. Im Haus war es still. Wie immer ließ ich meine Tasche auf den Boden fallen, nahm mir ein Glas aus dem Regal und füllte es mit Wasser. Gerade als ich einen Schluck trank, hörte ich jemanden im Wohnzimmer sagen: »Jede Geschichte hat zwei Seiten.«

»Wie dem auch sei – deine Mutter ist eine liebenswerte Frau, und sie hat es nicht verdient, dass man so mit ihr redet.« Das klang nach Irene.

Stirnrunzelnd stellte ich das Glas ab. Als ich ins Wohnzimmer kam, sah ich Sylvia in ihrem Rollstuhl, daneben auf dem Sofa Irene. Noah saß vornübergebeugt im Sessel drüben am Fenster, den beiden zugewandt, die Ellbogen auf die Knie gestützt. Um seine Mundwinkel spielte ein spöttisches Lächeln. Der Fernseher war aus, und im Raum herrschte völlige Stille. Ich sah von Noah zu Irene. Die Spannung war mit Händen zu greifen.

»Ah, du bist zu Hause. Gut. Ich hab auf dich gewartet.« Noah stand auf und kam auf mich zu.

Ehe ich etwas darauf erwidern konnte, nahm er meine Hand und zog mich mit sich in den Flur. Ich gestattete mir nicht, der Frage nachzuspüren, wie sich die Berührung unserer Handflächen anfühlte, sondern riss mich los. »Was machst du denn da?«

»Ich nehme dich mit.«

»Ich gehe mit dir nirgendwohin.«

»Willst du lieber hier rumhängen?«

»Am liebsten würde ich hören, was da gerade zwischen dir und Irene vorgefallen ist.«

»Eine Meinungsverschiedenheit. Nichts, worum du dir Gedanken machen müsstest. Komm mit.«

Misstrauisch musterte ich ihn. »Mitkommen wohin?«

»Ich treffe mich mit einem Mann. Wegen einem Hund.«

Ich verschränkte die Arme vor der Brust. »Und wozu brauchst du mich?«

Er zögerte. »Für den Gesamteindruck.«

Ich starrte ihn an und kapierte gar nichts. Um ehrlich zu sein, sagte Noah eine Menge, was ich nicht verstand. »Na logisch. Ich hab Hausaufgaben.«

Als ich mich abwandte, packte er mich am Ellbogen. »Na, na, nicht so eilig. Was, wenn ich dich dafür bezahle?«

Das wurde ja immer verrückter, aber … nun, Geld konnte ich immer gebrauchen. »Wie viel?«

»Einen Fünfer.«

»Zwanzig.«

Er grinste über meine Dreistigkeit. »Fünfzehn.«

Ich seufzte. »Okay. Aber lass mich erst mal die Uniform loswerden.«

Ich kam nur einen Schritt weit, ehe er mich aufhielt. »Nein. Lass sie an.«

Fast hätte ich ihm gesagt, wie eigenartig er sich aufführte, aber dann schüttelte ich nur den Kopf und spielte mit. »Na schön.«

Draußen zog er Veronicas Autoschlüssel aus der Tasche.

»Vee wird sauer, wenn sie mitbekommt, dass du ihren Wagen nimmst.«

»Meine Schwester ist gerade damit fertig, eine Flasche Wodka in sich reinzukippen. Die nächsten ein, zwei Stunden macht sie gar nichts, außer tief in den Abgrund zu starren«, antwortete er.

Nachdenklich sah ich zu, wie er zur Beifahrertür ging, sie öffnete und mir bedeutete, ich solle einsteigen. Ich ging zum Auto, setzte mich hinein und fragte: »Macht es dir keine Sorgen?«

»Macht mir was keine Sorgen?«

»Dass deine Schwester mitten am Tag Alkohol trinkt.«

Er warf mir einen raschen Blick zu. »Sie trinkt auch nachts.« Mit diesen Worten schlug er die Tür zu und ging um den Wagen herum zur Fahrerseite.

Mit zusammengekniffenen Augen und Lippen musterte ich ihn, als er sich neben mich setzte. »Du solltest dir mehr Sorgen um sie machen.«

»Wer sagt denn, dass ich das nicht tu?«

»Du wirkst nicht so«, sagte ich, aber da erinnerte ich mich an gestern. Daran, wie er ausgesehen hatte nach seinem Streit mit Vee über ihr Gewicht. Traurig hatte er gewirkt, als würde er bedauern, wie das Gespräch verlaufen war. Vielleicht ging ich zu hart mit ihm ins Gericht. Immerhin hatte auch ich nicht gerade viel unternommen, um Vee am Trinken zu hindern. Na klar, sie hatte auch nicht gerade viel dafür getan, sich meine Hilfe zu verdienen, aber das hieß ja nicht, dass ich es nicht trotzdem hätte versuchen sollen. Immerhin hatte ich aus der Bibel gelernt, dass Geben seliger war denn Nehmen.

Noah musterte mich von der Seite. »Worüber denkst du gerade nach?«

»Ich hab mich nur gefragt, weshalb Vee dich nie erwähnt hat. Ich habe erst einen Tag vor deiner Ankunft erfahren, dass sie überhaupt einen Bruder hat.« Das war zwar nicht das, was ich wirklich gerade gedacht hatte, aber ich hegte den Verdacht, dass Noah es nicht zu schätzen wüsste, wenn ich ihm Textstellen aus der Bibel zitierte.

Sein Griff ums Lenkrad wurde fester. »Das liegt daran, dass ich das schwarze Schaf der Familie bin.«

»Ich würde trotzdem meinen, dass sie dich eigentlich hätte erwähnen müssen. Wenigstens irgendwann mal.«

»Es ist leichter, so zu tun, als hätte es mich nie gegeben«, sagte er, und ich zog die Stirn kraus und sah zu, wie er den Schlüssel einsteckte. Der Motor erwachte brummend zum Leben, und er schlug das Lenkrad ein und steuerte den Wagen auf die Straße. Das Haus stand an der Bowery Street, die direkt am Meer entlangführte. Eine alte viktorianische Treppe ermöglichte es, die Straße zu umgehen und direkt zur anderen Seite zu gelangen, wo ein paar weitere kleine Stufen zum Strand hinabführten.

»Hast du schon mal die Geschichte über die Treppe der Lady Maeve gehört?«, fragte Noah, nachdem er eine Weile schweigend gefahren war.

Ich blickte in den Rückspiegel und sah darin die entschwindende Treppe, und mir rann ein Schauer über den Rücken. »Na klar. Die Geschichte kennt hier jeder.«

Aber ich dachte gar nicht gern daran. Bei der Erzählung von der reichen Adligen, die freiwillig in den Tod gegangen war, drehte sich mir stets zuverlässig der Magen um. Ich war ziemlich sicher, dass einer meiner immer wiederkehrenden Träume von ihr handelte, und ich befürchtete, dass ihr Geist immer noch auf Vees Grundstück spukte.

Man sagte, dass die Adlige mit einem kalten und gewalttätigen Großgrundbesitzer verheiratet worden war und nirgendwo Trost gefunden hatte außer auf der Treppe, die zum Strand neben ihrem Schloss führte. Doch eines Nachts war ihr alles zu viel geworden, und sie hatte beschlossen, ihrem Leben ein Ende zu setzen. Viele Leute behaupteten, dass man in den frühen Morgenstunden manchmal sehen konnte, wie ihr Geist die Treppen hinaufrannte und dann zu der Klippe hinunter, von der sie sich ins Meer geworfen hatte.

Das Schloss gab es immer noch, aber es hatte schon bei meiner Geburt leer gestanden und war dem Verfall anheimgefallen. Manchmal brachen Teenager dort ein, um sich zu betrinken und zu rauchen.

»Du siehst ganz ängstlich aus«, bemerkte Noah. »Erzähl mir nicht, du glaubst an Geister.«

Ich sah ihn an. »Tust du es?«

»Nicht wirklich. In der echten Welt gibt es eine Menge echter Schrecken, da brauch ich keine unsichtbaren Schreckgespenster obendrauf.«

Meine Handflächen wurden schwitzig. »Also glaubst du nicht, dass es in Vees Haus spukt?«

»Genau genommen ist es Sylvias Haus. Und ja, dort spukt es, aber nicht so, wie du denkst.«

»Was meinst du damit?«

»Wie gesagt, die echte Welt hat viele Schrecken zu bieten«, wiederholte er.

Kurz herrschte Schweigen, dann bohrte ich weiter: »Was ist mit deinem Vater? Manchmal frage ich mich, ob sein Geist ebenfalls noch hier herumspukt.«

Noah machte ein irritiertes Gesicht. Meine Frage beantwortete er nicht, und plötzlich fühlte ich mich schuldig. Vielleicht hätte ich ihn das nicht fragen sollen. Schließlich wusste ich selbst nur allzu gut, wie schmerzhaft es war, einen Elternteil zu verlieren. Vees und Noahs Vater Victor war vor vielen Jahren an einem Herzanfall gestorben. Ich hatte ein paar alte Bilder von ihm gesehen. Ein fröhlich aussehender Mann mit buschigem grauem Bart und einem dunklen Teint, in der Hinsicht zumindest sah Noah ihm ähnlich.

»Worüber hast du mit Irene gesprochen, als ich nach Hause gekommen bin?«, brachte ich das Gespräch wieder auf das anfängliche Thema.

Er warf mir einen raschen stummen Blick zu, ehe er sich wieder auf die Straße konzentrierte.

»Du hast Sylvia schlecht behandelt, stimmt's? Du solltest dich schämen«, sagte ich mit wachsendem Zorn.

»Ganz schön hohes Ross für ein Mädchen, das davon fantasiert, einer Mitschülerin einen Stift ins Auge zu rammen«, schoss Noah zurück, und ich starrte ihn wütend an.

»Das hab ich dir im Vertrauen erzählt.«

»Und das war der erste Fehler, den du gemacht hast«, sagte Noah, ehe er den Wagen anhielt.

Als ich aus dem Fenster blickte, stellte ich fest, dass wir vor meiner Schule parkten. Verwirrt fragte ich mich, weshalb er mich hergebracht hatte. Der Konvent war praktisch leer, abgesehen von einer Handvoll Schülerinnen, die noch irgendwelche Arbeitsgruppen oder Kurse besuchten. Noah hatte in der Nähe des Sportplatzes geparkt, wo gerade das Camogie-Team trainierte.

»Warte hier«, wies er mich an.

Ich nickte und sah schweigend zu, wie er ausstieg und quer über den Sportplatz marschierte, geradewegs zum Häuschen des Hausmeisters hinüber. Mehrere Mädchen blieben stehen und beäugten ihn eingehend, und eine Sekunde lang sah ich ihn aus ihrer Perspektive. Ein heißer Typ in seinen Zwanzigern, der urplötzlich in einer Schule aufkreuzte, deren Schülerschaft (oft schmerzlicherweise) komplett aus Mädchen bestand.

Sie flüsterten miteinander und kicherten, aber er schenkte ihnen keinerlei Beachtung, sondern klopfte an die Tür des Hausmeisters, die sich gleich darauf öffnete. Noah ging hinein. Mit gerunzelter Stirn überlegte ich, was er wohl da drinnen tat.

Der Hausmeister war Sam Ryan, der einer großen, in der Gegend wohlbekannten Familie entstammte. Inzwischen war er schon alt, aber Gerüchte besagten, dass er früher während des Nordirlandkonflikts zur IRA gehört hatte. Auch wenn er aussah wie ein freundlicher alter Opa, nahmen sich die Leute vor ihm in Acht. Dass er und Noah sich offenbar kannten, ließ bei mir die Alarmglocken schrillen.

Fünfzehn Minuten vergingen, und so langsam machte ich mir Sorgen. Ich stieg aus und ging auf und ab, grübelte, ob ich rübergehen und nachsehen sollte, was da so lange dauerte. Da ging auf einmal die Tür des Häuschens wieder auf, und Noah und Sam erschienen. Sie schüttelten einander die Hände, und ich erhaschte einen Blick auf einen kleinen Briefumschlag, den Noah unter seinem Mantel verschwinden ließ. Wieder stiefelte er quer über den Sportplatz, aber diesmal wurde er von Mr Flynn aufgehalten, dem Sportlehrer.

»Entschuldigen Sie bitte, Sir«, sagte Mr Flynn. »Dürfte ich erfahren, was Sie aufs Schulgelände führt?«

Noah starrte ihn an, antwortete aber nicht. Ohne nachzudenken, eilte ich zu den beiden hinüber.

»Mr Flynn«, sagte ich, als ich sie erreichte. »Das ist mein, äh …« *Komm schon, Estella, denk schneller!* »Mein Onkel«, brachte ich meinen Satz zu Ende, und Noah hob die Brauen und verzog den Mund zu einem belustigten Grinsen. »Er ist hier, um mich abzuholen. Ich habe mich nicht wohlgefühlt.«

Mr Flynn blickte zwischen mir und Noah hin und her und kniff die Augen zusammen. Noah wirkte viel zu jung, um mein Onkel zu sein. »Ist das so?«

»Angeheiratet«, ergänzte Noah und legte mir den Arm um die Schultern. Bei der Berührung sträubten sich mir sämtliche Haare. »Ich bin Veronicas Bruder.«

Mr Flynns Augen wurden noch schmaler, als versuche er erfolglos, sich zu erinnern. Er räusperte sich. »Na dann. Eigentlich ist Unbefugten das Betreten des Schulgeländes verboten, aber ich mache mal eine Ausnahme. Nur dies eine Mal.«

»Sehr freundlich von Ihnen«, antwortete Noah mit einer winzigen Spur Sarkasmus in der Stimme.

Sobald Mr Flynn sich zum Gehen wandte, schüttelte ich Noahs Arm ab.

»Dein Onkel?«, fragte er auf dem Weg zum Wagen grinsend.

»Mir ist auf die Schnelle nichts anderes eingefallen«, sagte ich verärgert. Als Onkel konnte ich Noah auf keinen Fall sehen, vor allem, weil ich ihn so unerhört attraktiv fand. »Was hast du da überhaupt so lange gemacht? Ich hatte schon überlegt, nach dir zu sehen.«

»Wieso? Dachtest du, ich muss vor dem großen bösen Sam Ryan gerettet werden?«

Ich verschränkte die Arme vor der Brust. »Na ja, er hat schon einen gewissen Ruf.«

»Auf den dämlichen Ruf kann man meist nichts geben. Und außerdem geht Sam stramm auf die siebzig zu. Ich bin ziemlich sicher, dass ich mit ihm fertigwerden würde.«

Das bezweifelte ich nicht. Wie gesagt, Noah wirkte wie jemand, der sich im Kampf zu behaupten wusste. Wir stiegen wieder in den Wagen, und Noah zückte seine Brieftasche und reichte mir einen nagelneuen Zehner und einen Fünfer. Ich nahm das Geld wortlos entgegen und steckte es in meine Rocktasche. Einen Moment lang verweilte Noahs Aufmerksamkeit noch auf mir, dann startete er den Motor und fuhr los.

Die Rückfahrt verlief schweigend. Ich hätte ihn gern gefragt, weshalb er sich mit dem Hausmeister getroffen hatte, und auch, was sich in dem Umschlag befand, den er unter seiner Jacke hatte verschwinden lassen, aber er wirkte nicht sonderlich gesprächig.

Sobald er vor dem Haus anhielt, floh ich aus dem Wagen und wollte zur Hintertür, um Vee nicht über den Weg zu laufen, aber da flog die Vordertür auch schon auf. Da stand sie in ihrem Morgenmantel und starrte ihren Bruder und mich mit misstrauisch zusammengekniffenen Augen an.

»Wo seid ihr beide gewesen?«

Noah umrundete den Wagen und drückte ihr die Autoschlüssel in die Hand. »Sind nur ein bisschen rumgefahren.« Ohne jede weitere Erklärung ging er an ihr vorbei ins Haus.

Als sich Vees Aufmerksamkeit auf mich richtete, erstarrte ich. Obwohl ich nichts falsch gemacht hatte, fühlte ich mich schuldig. Ich fühlte mich immer schuldig, auch dann, wenn ich nichts getan hatte. Es war eine Störung.

»Wo hat er dich hingebracht?«, fragte sie und musterte mich, als suche sie nach irgendwelchen Hinweisen.

»Er hat mich nirgendwo hingebracht, er hat mich aus der Schule abgeholt.« Obwohl ich nichts zu verbergen hatte, ging mir die Lüge ganz leicht über die Lippen. Log ich für Noah? Dieser seltsame Impuls ergab überhaupt keinen Sinn.

Eine Weile lang starrte Vee mich schweigend an, und ich sah die Gedanken durch ihre Augen wirbeln. Sie trat dichter an mich heran, den Blick die ganze Zeit auf mich gerichtet. »Halt dich von meinem Bruder fern«, warnte sie mich, dann drehte sie sich um und ging ins Haus.

Ich sah ihr hinterher und fragte mich, weshalb sie nicht wollte, dass ich Zeit mit Noah verbrachte. Dass sie mich für einen schlechten Einfluss hielt, bezweifelte ich. Wenn überhaupt, war er ein schlechter Umgang für *mich* mit seinen geheimen Treffen mit Schulhausmeistern und überhaupt. Vielleicht wollte sie einfach nur nicht, dass wir uns gut verstanden, weil sie mir keine Freunde gönnte oder überhaupt irgendeinen Verbündeten, solange ich unter ihrem Dach lebte.

Ja, das klang, als würde es stimmen.

3. KAPITEL

Trauer war ein eigenartiges Wesen. An den meisten Tagen ging es mir gut, und dann, *bämm*, vermisste ich meinen Dad so sehr, als wäre er erst gestern gestorben. Ein paar Tage nachdem mich Vee aufgefordert hatte, mich von Noah fernzuhalten, lag ich im Bett und starrte an die Decke. Konnte mich nicht aufraffen, aufzustehen, verspürte keinen Drang, überhaupt irgendwas zu tun. An diesem Tag war mir zumute, als wäre ich ausgehöhlt, nichts weiter als eine leere Hülle.

Anhedonie – das Wort hatte ich in einem Psychologiebuch gelesen. Es bezog sich auf einen Motivationsmangel und die Unfähigkeit, Freude zu empfinden. Genau so fühlte ich mich in solchen Phasen. Ich wollte nichts weiter als schlafen und vergessen, dass ich existierte.

»Estella! Estella!«, hallte Vees Stimme durchs Haus und rief mich zu irgendwelchen Pflichten. Ich wälzte mich herum und zog mir die Decke über den Kopf, entschlossen, nicht auf ihre Rufe zu reagieren. Kurz darauf klopfte es an meiner Tür.

»Geh weg«, knurrte ich und wünschte mir, der Boden täte sich auf, um mich zu verschlingen. Heute konnte ich Vee nicht ertragen. Ich konnte es einfach nicht.

Die Tür öffnete sich, und ich schoss mit wutverzerrtem Gesicht in die Höhe. »Geh weg, hab ich gesagt!«

»Du hast Glück, dass ich es bin und nicht meine Schwester.

Wenn du so mit Vee geredet hättest, würde sie dich ausnehmen wie einen Fisch.« Noah stand auf meiner Türschwelle.

»Lass mich in Ruhe. Bitte«, bettelte ich ihn an und sank wieder aufs Kissen.

Neugierig hob Noah eine Braue. »Was ist mit dir los? Bist du krank?«

»Ich bin nicht krank, es geht mir nicht gut.«

Belustigung flackerte in seinen Augen. »*I'm not sick, but I'm not well*«, zitierte er. »Warst du überhaupt schon auf der Welt, als der Song geschrieben wurde?«

»Nein. Jetzt raus aus meinem Zimmer, bitte.«

»Eigentlich war das zuerst mein Zimmer.«

Ich sah ihn an, mein Hirn kam nicht richtig hinterher. »Das hier war mal dein Zimmer?«

Noah nickte und kam herein, sah sich um. Ging zu dem Regal an der rückwärtigen Wand, in dem ich meine Bücher und die gesammelten Muscheln aufbewahrte. Er zog eins der Bücher heraus und betrachtete das Cover. »Die Bibel?« Fragend zog er eine Braue hoch.

Verteidigungsbereit zog ich die Schultern hoch. »Es ist nichts dagegen einzuwenden, dass man eine Bibel besitzt.«

»Hab ich auch nicht gesagt. Hast du sie gelesen?«

»Ja. Mein Dad fand das wichtig. Er war sehr spirituell und religiös. So wie ich auch«, sagte ich und bereute es sofort. Ich wollte nicht herablassend oder wichtigtuerisch klingen. Leute, die in der Gegend herumpredigten, als müssten alle Menschen an dasselbe glauben, verabscheute ich zutiefst. An Gott zu glauben machte mich nicht perfekt oder irgendwie reiner. Ich hatte trotzdem meine Fehler, fluchte, wenn ich wütend war, hegte unfreundliche Gedanken über Leute, die ich nicht leiden konnte, und … berührte mich selbst, wenn ich mich im Dunkeln ganz besonders einsam fühlte.

»Dein Dad war religiös? Und dann hat er meine Schwester geheiratet? Na, sieh mal an«, sagte Noah trocken.

»Wenn Menschen einsam sind, machen sie alle möglichen Dummheiten.«

Noah stellte die Bibel zurück ins Regal. »Du solltest mal mit Vee so reden wie mit mir. Ich glaub, das würde eine Menge frischen Wind in die Sache bringen.«

Ich schnaubte. »Ich möchte meinen Kopf gern auf den Schultern behalten, vielen Dank auch.«

Er trat auf mein Bett zu, und ich erstarrte. Ich trug nur ein T-Shirt und keinen BH darunter, dazu Shorts. Noah in meinem Zimmer zu sehen war nicht direkt unangenehm, aber besonders wohl war mir dabei nicht. Allerdings fühlte ich mich seltsam lebendig, und ich musste zugeben, dass das besser war als die vorige Leere.

»Wieso war das hier dein Zimmer? Warum hast du nicht in einem der größeren Räume unten geschlafen?«, fragte ich.

Noah zuckte mit einer Schulter. »Sollte wohl eine Strafe sein.«

»Womit hast du dir denn eine solche Strafe verdient?«

Er antwortete nicht, sondern setzte sich neben mir aufs Bett, und meine Muskeln spannten sich. »Erzähl mir, weshalb du dich nicht gut fühlst.«

Ich blinzelte, um nicht loszuheulen. Außer Aoife fragte mich praktisch nie jemand, wie es mir ging. Warum Noah es tat, wusste ich nicht, aber das Bedürfnis, mein Herz auszuschütten, war überwältigend stark. »Ich vermisse meinen Dad.«

»Verstehe.«

Mir kullerte eine Träne über die Wange, und Noah betrachtete sie, als würden ihn meine Gefühle faszinieren. »Ich vermisse ihn so sehr, dass es fast körperlich wehtut«, fuhr ich fort. »Ohne ihn bin ich so allein.«

Ich senkte den Blick. Noahs Hand spannte sich, als würde er den Impuls unterdrücken, sie auszustrecken und tröstend auf meine zu legen. Das erstaunte mich, und fast wünschte ich, er würde es tun. Ein wenig menschliche Berührung wäre an diesem Morgen schön gewesen.

»Erzähl mir deine Lieblingsgeschichte aus der Bibel«, sagte er auf einmal.

Ich musterte ihn schniefend und setzte mich ein wenig aufrechter hin. »Wozu?«

»Weil ich immer dachte, dass ich der Einzige in meinem Alter bin, der sich immer noch für Religion interessiert. Die Technologie ist der neue Gott.«

Ich riss die Augen auf. »Du bist religiös?«

»Früher. Jetzt nicht mehr.«

»Wieso nicht?«

»Ich hab meine Ansichten geändert.«

»Oh«, sagte ich und schniefte noch einmal. »Tja, du hast recht. Technologie ist der neue Gott, aber nicht für mich. Wenn du ganz allein bist, ist der Glaube manchmal das Einzige, was dir hilft.« Ich verstummte kurz, verlegen, weil ich so offen mit ihm war. Irgendwas an ihm ermunterte mich dazu. »Außerdem«, fuhr ich fort, »selbst wenn Technologie mein Ding wäre: Deine Schwester hält gar nichts davon, dieses Haus ins einundzwanzigste Jahrhundert zu holen und es ans Netz anzuschließen. Von dem alten Fernseher und dem DVD-Player abgesehen steckt das Haus in einer Zeitschleife fest. Vee scheint es so zu gefallen.«

»Und warum ist das so, was meinst du?«

»Weil sie sich lieber eine Hand abhacken würde, als mir einen Gefallen zu tun.«

»Oder vielleicht steckt sie in ihrer ganz eigenen Art Gefängnis, hinter zu dicken Gitterstäben gefangen, um das Leid anderer zu sehen oder sich dafür zu interessieren«, wandte Noah ein.

»Wenn du versuchst, mein Mitgefühl für deine Schwester zu wecken, verschwendest du deine Zeit«, wehrte ich ab, obwohl sich mein weiches Herz sofort fragte, ob Vee wirklich litt. War sie deshalb so kalt? Lange schwiegen wir. Ich wünschte, er würde gehen, aber er blieb einfach dasitzen, blickte mich an und rührte keinen Muskel.

Als ich die Stille nicht länger aushielt, beantwortete ich seine offene Frage. »Wenn du es wirklich wissen willst: Samson und Delilah ist meine Lieblingsgeschichte aus der Bibel.«

In seinen Augen glomm ein interessierter Funke auf. »Sag mir, warum.«

»Es ist eine Mahnung, deinem Verstand zu folgen und nicht deinem Herzen. Wenn mein Vater sich daran gehalten hätte, wäre sein Leben vielleicht nicht so tragisch verlaufen. Andererseits würde es mich dann gar nicht geben, also …«

»Ich glaube, Samson ist etwas ganz anderem gefolgt«, unterbrach Noah meinen Gedankengang. Seine Hand lag inzwischen flach auf meinem Bett, und der Anblick schlug mich seltsam in den Bann. Er hatte schöne Hände, sie sahen stark aus.

»Na gut. Es ist eine Lektion darüber, deinem Verstand zu folgen und nicht deinem … Begehren«, sagte ich und versuchte abzuschütteln, was immer mich da befallen hatte. Plötzlich kam es mir hier drinnen viel zu warm vor.

Noah beugte sich ein bisschen dichter zu mir. »Denn wenn du deinem Begehren folgst, wird irgendeine hinterhältige Frau dir das Haar abschneiden, die Quelle deiner Kraft, und dich an die Philister verkaufen?«

Überrascht, dass er die Details der Geschichte kannte, betrachtete ich ihn aufmerksam. »Du hast die Bibel also auch gelesen?« Ich kannte Leute, die jeden Sonntag in die Kirche gingen, aber kaum mal einen Blick ins Heilige Buch warfen. Für sie war die Teilnahme am Gottesdienst reine Routine.

»Ich hab alle Hauptwerke gelesen«, antwortet er, und ich blinzelte.

Sein Geständnis brachte mich ganz durcheinander. Noah hatte die Heiligen Schriften aller Weltreligionen gelesen? »Ist das dein Ernst?«

»Wie sonst, meinst du denn, sollte ich zu der fundierten Entscheidung gelangt sein, an keine davon zu glauben?«

»Willst du mir sagen, dass du in all diesen Büchern nichts gefunden hast, an das es sich zu glauben lohnt?«

»Im Gegenteil. Davon hab ich eine Menge gefunden. Aber auch ebenso viel, an das ich nicht glaube«, antwortete er nüchtern.

»Tja«, sagte ich. »Ich glaube lieber, als dass ich nicht glaube.«

»Aber würdest du dich nicht lieber auf einer fundierten Grundlage entscheiden? Wie kannst du dir deines Glaubens so sicher sein, wenn du niemals etwas anderes kennengelernt hast?«

Ich runzelte die Stirn, und meine Brust fühlte sich plötzlich ganz leer an. »Ich … ich weiß es nicht.«

Noah erhob sich und ging zur Tür. »Du solltest mal darüber nachdenken. Blinder Glaube ist was für Dummköpfe.«

Er verschwand, und ich starrte die Wand an. Jeden Morgen und jeden Abend sagte ich meine Gebete auf. Ging sonntags zur Kirche. Diese Routinen hatte mir mein Vater von klein auf anerzogen. Aber dort draußen gab es Milliarden Menschen, die andere Gebete sprachen und an andere Götter glaubten. Was, wenn sie recht hatten und ich mich irrte? Wie Noah gesagt hatte, ich hatte niemals Vergleiche angestellt. Ich hatte einfach den Glauben meines Vaters akzeptiert.

Ich stand auf und zog mich endlich an. Wenigstens hatte

das Gespräch mit Noah mich aus meiner deprimierten Stimmung rausgeholt. Als Vee erneut nach mir rief, erschauerte ich bei der Frage, was sie mir wohl für eine Aufgabe übertragen wollte, schlüpfte rasch heimlich aus dem Haus und spazierte am Strand entlang. Kalter Nieselregen benetzte mir Stirn und Wangen. Die dunklen Wolken, die sich am Himmel türmten, trugen nicht gerade zu meiner Aufmunterung bei. Vielleicht würde ich irgendwann in einem Land leben, wo den ganzen Tag die Sonne schien. Wenn mich draußen die Sonne grüßte statt des üblichen dicht bewölkten, grauen irischen Himmels, war ich fast nie traurig.

Ziellos wanderte ich umher, aber eine halbe Stunde später fand ich mich plötzlich vor Aoifes Tür wieder. Sie und ihre Mutter Siobhan lebten in einer Wohnung in der Stadt. Ich klopfte, und gleich darauf hörte ich Schritte näher kommen.

»Estella! Was für eine schöne Überraschung!«, begrüßte mich Siobhan. »Komm schnell raus aus diesem Nieselregen. Janey Mac, was für ein scheußliches Wetter.«

Ich trat ein, streifte den Mantel ab und folgte ihr nach oben in die Wohnung. Aoife saß über eine Skizze gebeugt im Wohnzimmer. Kunst war ihr Lieblingsfach, und sie war richtig gut. Einmal hatte sie sogar ein Porträt von mir angefertigt. Ich bewahrte es mit all meinen anderen Schätzen in einem Karton unter meinem Bett auf. Um das, was mir wichtig war, offen zu präsentieren, fühlte ich mich nicht sicher genug – Vee war genau der Typ, der so etwas gegen einen verwendete.

»Hey, ich wusste nicht, dass du kommst«, sagte Aoife und schob ihr Skizzenbuch beiseite.

»Hatte ich auch nicht geplant. Ich musste nur aus dem Haus raus.« Ich ließ mich neben ihr aufs Sofa fallen.

»Ist Vee mal wieder unausstehlich?«

Ich stieß die Luft aus. »Sie hat nach mir gerufen, also bin ich abgehauen. Ich weiß wirklich nicht, wie lange ich es noch aushalte, mit ihr zusammenzuwohnen.«

»Sind ja nur noch ein paar Monate, Stells. Das schaffst du. Du bist der stärkste Mensch, den ich kenne.«

»Manchmal fühl ich mich nicht gerade besonders stark.«

»Tja, bist du aber.« Sie drückte meinen Arm.

Ich sah sie an. »Findest du wirklich?«

»Na klar. Du hast vor zwei Jahren deinen Dad verloren und lebst seitdem mit der schlimmsten Stiefmutter der Welt zusammen. Du bist stark, es ist dir nur selbst nicht richtig klar.«

Siobhan steckte aus der Küche ihren Kopf durch die Tür. »Möchtet ihr Mädchen eine Tasse Tee?«

»Liebend gern«, antwortete ich dankbar.

»Ich auch. Und ein paar Schokoladenkekse, bitte«, fügte Aoife hinzu.

Ein paar Minuten später brachte uns Siobhan zwei Tassen Tee, dazu wie gewünscht eine Packung Kekse, und stellte alles auf den Couchtisch. Ich griff gleich nach meiner Tasse und nippte daran. Aoifes Mam machte den besten Tee der Welt.

»Aoife hat erzählt, dass Veronicas Bruder wieder nach Hause gekommen ist«, sagte Siobhan, und bei der Erwähnung von Noah vollführte mein Magen einen kleinen Salto. Der Gedanke daran, wie er neben mir auf dem Bett gesessen hatte, drängte sich in meinen Kopf, aber ich schob das Bild beiseite. »Ich hab die beiden neulich im Pub gesehen«, fuhr sie fort. »Noah hab ich überhaupt nicht wiedererkannt. Er kann höchstens fünfzehn gewesen sein, als er zu Hause weg ist.«

Fünfzehn? Das war sehr jung, um zu Hause auszuziehen. Ich frage mich, weshalb. Andererseits eignete sich dieses Haus sehr gut dazu, Leute in die Flucht zu schlagen mit seinen in den Wänden lauernden unfreundlichen Geistern. Je schneller man dort wegkam, desto besser.

»Wie lange ist das her?«, fragte ich neugierig.

Siobhan überlegte einen Augenblick. »Oh, bestimmt schon zehn Jahre.«

Das würde bedeuten, dass er jetzt fünfundzwanzig war. »Weißt du, warum er weggegangen ist?«

»Leider nicht. Allerdings war er schon immer ein bisschen eigenartig. Ein ziemlicher Einzelgänger, du weißt schon. Ich bin mit Veronica zur Schule gegangen, und sie war das genaue Gegenteil. Alle wollten mit ihr befreundet sein. Es ist so traurig, was mit ihr passiert ist.«

Eine Veronica mit vielen Freunden konnte ich mir nicht recht vorstellen, denn heutzutage verließ sie kaum einmal das Haus, aber als Obertussi der Schule sah ich sie richtig vor mir. Ein zickiges, beliebtes Mädchen wie Sally O'Hare mit einem Gefolge aus lauter treuen Anhängerinnen.

»Was meinst du damit, *was mit ihr passiert ist*?«

»Hm«, machte Siobhan und schien zu überlegen, ob es richtig war, mir davon zu erzählen. »Die Dylans gehörten immer zur feinen Gesellschaft dieser Stadt. Aber Gerüchten zufolge verlor Mr Dylan während der Rezession das gesamte Familienvermögen. Er war einer von diesen Investoren-Typen. Sie haben es mit Müh und Not geschafft, das alte Haus zu behalten, aber mehr war nicht drin. Bald darauf ist er gestorben. Vermutlich hat der Stress ihn umgebracht. Sein Herz hat einfach nicht mehr mitgespielt. Armer Kerl.«

Ich blinzelte überrascht. Ich hatte gewusst, dass die Dylans früher Geld gehabt hatten und es in den späteren Jahren dann damit vorbei gewesen war, aber nichts Genaueres. Mein Dad war kein besonders wohlhabender Mann gewesen, aber er hatte immer hart gearbeitet und einige Ersparnisse zur Seite legen können. Jetzt gehörten diese Ersparnisse Vee. Also jedenfalls das, was nach Abzug meines Erbes davon übrig blieb.

»Das ist ja furchtbar. Ich habe Mr Dylan niemals kennengelernt, aber alle sagen, dass er ein netter Mann war.«

»Oh, wann immer er hereinkam, wurde es ein wenig heller im Zimmer«, antwortete Siobhan. »Hatte auch einen großartigen Sinn für Humor. Die ganze Stadt mochte ihn. Zu schade, dass er nicht mehr lebt.«

»Ja, das ist es«, stimmte ich ihr zu und fragte mich, ob es besser um Vee stehen würde, wenn ihr Vater noch am Leben wäre. Ob sie dann auch so mitleidlos und verschlossen wäre oder ein besserer, freundlicherer Mensch?

Irgendwann hatte ich genug Mut gesammelt, um wieder nach Hause zu gehen. Vees Wagen stand nicht mehr in der Auffahrt, und auch Noahs Motorrad war nirgendwo zu sehen. Das Haus schien leer zu sein, was wahnsinnig selten vorkam. Irene musste Sylvia auf einen Spaziergang mitgenommen haben. Es war schön, das Haus mal ganz für mich zu haben, und zum ersten Mal seit langer Zeit atmete ich tief durch und kam ein bisschen zur Ruhe.

Ich machte mir ein Sandwich, setzte mich an den Küchentisch und las Vees Morgenzeitung, um mich von den Gedanken an Noah abzulenken. Nach dem Gespräch mit Siobhan kam er mir noch geheimnisvoller vor. Weshalb war er in so jungen Jahren von zu Hause weggegangen? Und weshalb hatte er sich jetzt zur Rückkehr entschlossen?

Ich war immer noch mit meinem Sandwich beschäftigt, da kam mir eine Idee. Das Haus war leer. Ich konnte mich in sein Zimmer schleichen, niemand würde davon erfahren. Vielleicht fand ich dort ein paar Hinweise. Mir war klar, wie riskant es war, er konnte jeden Augenblick zurückkommen. Aber ich würde es hören, wenn er die Vordertür öffnete, und dann konnte ich rasch das schmale Treppenhaus im hinteren Teil des Hauses hinunterrennen, das zum Waschraum führte. Falls ich dafür nicht genug Zeit hatte, versteckte ich mich einfach im Speisenaufzug, bis die Luft rein war.

Nervös schluckte ich den letzten Bissen meines Sandwichs runter, wischte mir die Krümel vom Schoß und machte mich auf den Weg nach oben. Ich wusste, dass es falsch war, ihm hinterherzuschnüffeln, aber ich konnte der Versuchung nicht widerstehen.

Ich legte die Hand auf den kalten Messingtürknauf und drehte daran. Als ich eintrat, knarrten die Dielen unter meinen Füßen. Obwohl niemand da war, der es hätte hören können, zuckte ich zusammen. Im Zimmer gab es nicht viel zu sehen, nur ein Paar Stiefel in einer Ecke und einen dieser großen Wanderrucksäcke. Ich spähte auch in den alten Schrank, aber er war leer. Noah hatte seine Sachen nicht ausgepackt. Hieß das, er wollte nicht lange bleiben?

Als Nächstes warf ich einen Blick in sämtliche Schubladen. Die erste war leer, aber in der zweiten fand ich einen großen A4-Ordner und einen kleinen braunen Umschlag. Den Umschlag erkannte ich sofort: Noah hatte ihn in der Hand gehabt, als er aus dem Häuschen des Hausmeisters kam. Ich blickte hinein, aber es befand sich nur ein Schlüssel darin. Stirnrunzelnd fragte ich mich, wozu er diente. Auch in den Ordner schaute ich und entdeckte darin eine Menge Dokumente, konnte sie aber nicht gleich zuordnen. Es gab eine Menge Einträge mit Datum und Uhrzeit, dazu kurze Anmerkungen wie *hat Frau zur Arbeit gebracht* oder *war im Büro* oder *hat auf der Bank etwas eingezahlt.*

Was zum Geier sollte das? Spionierte Noah jemandem nach? Vielleicht war er Privatdetektiv? Das würde jedenfalls erklären, weshalb er der Frage nach seinem Beruf auswich.

Er machte sich Notizen über irgendwen, so viel stand fest, aber ganz durchblickte ich es nicht. Sorgsam legte ich alles in den Ordner zurück und packte ihn zurück in die Schublade.

Dann nahm ich mir einen Augenblick Zeit, um sorgfältig zu lauschen, aber es schien, als sei das Haus noch immer leer. Ich beschloss, schnell den Rucksack zu durchwühlen, hob ihn hoch und stellte ihn aufs Bett. Doch ich fand nichts darin außer Klamotten, überwiegend Jeans und T-Shirts. Außerdem ein paar Bücher, aber ich hatte keine Zeit, sie durchzublättern. Gerade wollte ich den Rucksack wieder zurückstellen, da fühlte ich etwas Hartes in der vorderen Tasche. Ich öffnete sie und fand ein Schweizer Armeemesser. Nicht gerade ein besonders ungewöhnlicher Fund im Rucksack eines Mittzwanzigers. Leute schleppten solche Messer aus praktischen Gründen mit sich herum, vor allem, wenn sie campten oder sonst wie draußen unterwegs waren. Es musste nichts Schlimmes zu bedeuten haben.

Ein kalter Windhauch in meinem Genick. Ich drehte mich um und sah, dass das Fenster ein kleines Stück offen stand. Instinktiv wollte ich hingehen, um es zu schließen, aber als ich hinaussah, blieb ich wie angewurzelt stehen. Die Vorhänge waren weit aufgezogen und boten einen ungehinderten Ausblick auf die Klippen und das dahinterliegende Meer.

Und dort in weiter Ferne, direkt am Rand der Klippe, stand Noah.

Mein Magen ballte sich vor Schreck zu einem festen Knoten zusammen, denn er blickte nicht aufs Meer hinaus. Nein, er stand mit dem Gesicht zum Haus, und obwohl er so weit weg war, beschlich mich das unheimliche Gefühl, als würde er mir geradewegs ins Gesicht starren. Adrenalin schoss in mein Blut, ich warf seinen Rucksack dorthin, wo ich ihn gefunden hatte, und rannte aus dem Zimmer, als wäre ein Axtmörder hinter mir her.

4. KAPITEL

Mit zitternden Händen und rasendem Herzen schloss ich meine Zimmertür ab und setzte mich aufs Bett. Ich wurde das Bild nicht los, wie Noahs einsame Gestalt da auf den Klippen stand und zum Haus herüberblickte. Er war zu weit weg gewesen, um seine Mimik zu erkennen. Er hätte ebenso gut ins Leere wie mich direkt anstarren können. Das konnte ich unmöglich mit Sicherheit sagen.

Und falls er mich gesehen hatte … würde er Vee sagen, dass ich geschnüffelt hatte? Oder würde er mich direkt konfrontieren? Bei dem Gedanken wurde mir angst und bange.

Ich hatte doch gewusst, dass meine Neugier mich eines Tages in Schwierigkeiten bringen würde!

Warum konnte ich es denn nicht einfach gut sein lassen? Der Grund seines Besuchs ging mich nichts an. Ich sollte ihm einfach aus dem Weg gehen, bis er wieder verschwand, dorthin zurück, wo auch immer er hergekommen war.

Ich weiß nicht, wie viel Zeit verstrichen war, bis es irgendwann leise an der Tür klopfte. Ich erstarrte, hielt die Luft an. Noch ein Klopfen. Ich hätte schwören können, dass mein Herz aufhörte zu schlagen. War das Noah? Oder Vee? Wer auch immer es war, das Schweigen machte mich fertig. Weshalb sagte er oder sie nichts? Fragte, ob ich da war?

Dann drehte sich der Türknauf, und ich hätte fast einen

Herzinfarkt bekommen, ehe mir einfiel, dass ich abgeschlossen hatte.

Gut gemacht, Estella!

Ich hörte, wie sich die Schritte entfernten, und plumpste mit einem erleichterten Seufzen wieder zurück auf mein Kissen. Falls das Noah gewesen war, war ich ihm fürs Erste entronnen, aber früher oder später musste ich mich ihm stellen. Beim bloßen Gedanken daran bekam ich fast eine Panikattacke.

Den ganzen Abend lang verließ ich mein Zimmer nicht, sondern saß auf dem Bett und versuchte, die Hausaufgaben zu erledigen, obwohl ich vor Nervosität fast durchdrehte. Als ich einschlief, träumte ich von gewaltigen Wellen, das unbarmherzige Meer zerrte an mir und riss mich in die Tiefe. Der Sauerstoff wich aus meiner Lunge, aber ich wehrte mich nicht, sondern überließ mich der Strömung. Es war fast, als *wollte* ich ertrinken. Mich dem Meer zu überlassen kam mir absolut folgerichtig vor, und das war der Moment, als mir aufging, dass ich nicht von mir selbst träumte, sondern wieder einmal von Lady Maeve. Sie trug ein langes, fahles Kleid, es war so lang, dass es über ihren Kopf aufstieg, während sie sank. Ihre Sicht verschwamm, das Bewusstsein schwand. Seetang wickelte sich um ihre Arme und Beine, zog sie tiefer, tiefer, tiefer …

Ich schreckte aus dem Schlaf hoch. Mein Zimmer war vollkommen dunkel. Ich wollte mich aufsetzen, aber ich konnte mich nicht rühren. Mein Körper war vollständig gelähmt. Ich versuchte zu schreien, aber kein Laut drang aus meinem Mund, und Panik ergriff mich.

Bitte, bitte, bitte sei nur ein Albtraum.

Meine Augen suchten das Zimmer ab. Alles erschien mir viel zu echt. Ich träumte nicht. Ich war vollkommen wach. Eine unsichtbare Kraft schien auf meine Brust zu drücken, und ich bekam keine Luft. Ich glaubte einen Schatten am Fuß meines

Betts zu sehen, der sich bewegte, und Angst schnürte mir die Kehle zu. Was immer das auch für ein Schatten war, ich konnte ihn nicht abschütteln.

Von Entsetzen ergriffen, konnte ich nichts weiter tun als dazuliegen und zu warten, bis der Schatten mich holen kam. War es Victors Geist? Oder der Geist eines anderen Menschen, der in diesem Haus zu Tode gekommen war? Was oder wer auch immer es war, ich spürte seine Bösartigkeit mit jeder Faser meiner Seele.

Dann, mehrere Sekunden später, löste sich der Druck auf meiner Brust, und ich rang keuchend nach Luft. Gab einen eigenartigen Laut von mir, aus schierer Bedrängnis geboren, und sprang auf. Mein eigener Pulsschlag hämmerte mir in den Ohren. Ich hastete zum Lichtschalter, schlug darauf, und Licht ergoss sich in mein kleines Zimmer und vertrieb alle Schatten. Alles wirkte vollkommen normal, aber ich bekam die Erinnerung an den erlittenen Schrecken nicht aus dem Kopf. Ich hatte nicht mal einen Finger rühren, kein Wort herausbringen können, und ich hatte keine Ahnung, weshalb.

Einer Sache jedoch war ich mir ganz sicher: In der näheren Zukunft würde ich das Licht anlassen, wenn ich schlafen ging.

Am Montag ging ich gemeinsam mit Aoife durchs Schultor, und wir plauderten über ihr neuestes Kunstprojekt. Mir war bewusst, dass Sally, Claire und ihre Clique nur ein paar Schritte hinter uns liefen. Ich wusste es immer, wenn sie in der Nähe waren. Dann sträubten sich die feinen Härchen in meinem Nacken, als hätte ich einen speziellen Überlebensinstinkt entwickelt, der mich vor Raubtieren warnte.

Ich hörte Sallys gackerndes Gelächter, wandte verstohlen den Kopf und sah das boshafte Funkeln in ihren Augen. Eindeutig hatte sie gerade einen Scherz auf meine Kosten gemacht. Mein Gesicht umwölkte sich, ich biss die Zähne zusammen, und Wut stieg in mir auf. Aber dann dröhnte Motorenlärm auf. Ein Motorrad hielt vor der Schule, und mein Hirn brauchte einen Augenblick, um zu sortieren, dass es Noah war. Er nahm den Helm ab und fuhr sich mit einer Hand durchs dicke, dunkle Haar.

»Oh mein Gott«, flüsterte ich, und Aoife blickte mich verwirrt an.

»Was ist los?« Sie folgte meinem Blick, sah, wem meine Aufmerksamkeit galt, und blinzelte ein paarmal.

»Ist das …«

»Ja.«

»Was macht er hier?«

»Keine Ahnung«, antwortete ich. Und ich hatte auch nicht vor, es herauszufinden. Seit er mich am Samstag beim Rumschnüffeln in seinem Zimmer erwischt oder nicht erwischt hatte, war ich ihm nicht mehr begegnet. Um genau zu sein, hatte ich alles darangesetzt, ihm aus dem Weg zu gehen.

Als wir an ihm vorbeikamen, zog ich den Kopf ein und versuchte, mich hinter Aoife zu verstecken, aber er rief meinen Namen. »Estella!«

Ich zuckte zusammen, und Aoife starrte mich mit großen Augen an. Ich winkte Noah schwach zu und sagte höflich »Hallo«, dann beschleunigte ich meine Schritte. Er stieg vom Motorrad und holte mich ein. Als er mir in den Weg trat, blieb ich ruckartig stehen und verschränkte die Arme vor der Brust.

»Was willst du?«

Beim gereizten Klang meiner Stimme hob er eine Braue, sein Blick wanderte über mein Gesicht und blieb für einen Augenblick an meinem Mund hängen. Unwillkürlich biss ich mir auf die Unterlippe. Unter seinem kühlen Blick fühlte ich mich unangenehm exponiert. Urplötzlich war ich mir seiner Gegenwart überdeutlich bewusst. Als er dichter an mich herantrat, bewahrte ich nur mit Mühe die Fassung. »Ist deine Mobberin zufällig in der Nähe?«, fragte er leise.

Ich biss mir fester auf die Lippe und riss die Augen weit auf. »Äh …«

»Du hast ihm von Sally erzählt?«, flüsterte Aoife, und ich nickte. Sie zog die Brauen hoch. Ich konnte ihr ihre Überraschung nicht verübeln. So, wie ich über Noah gesprochen hatte, hätte sie nicht auf die Idee kommen können, dass wir uns nahe genug standen, um über so etwas zu reden. Und das taten wir ja auch nicht. Ich wusste immer noch nicht, was mich eigentlich geritten hatte, es ihm zu sagen. Ich wusste nur, dass er es wirklich draufhatte, mir persönliche Informationen aus der Nase zu ziehen.

Noah wandte seine Aufmerksamkeit Aoife zu und bedachte sie mit einem sympathischen Lächeln. »Hallo, Estellas Freundin. Ich bin Noah.« Er streckte ihr die Hand hin, und sie beäugte sie kurz, ehe sie sie schüttelte.

»Schön, dich kennenzulernen, Noah. Ich bin Aoife.«

»Aoife«, wiederholte er und zog die beiden Silben »aeewa« mit dunkler, sinnlicher Stimme in die Länge. »Was für ein schöner Name. Sag mal, du hättest nicht zufällig Lust, mir zu verraten, wer die Mobberin ist, oder?«

Aoife sah mich fragend an, und ich schüttelte heftig den Kopf. Sie sah wieder Noah an. »Ich fürchte, das kann ich nicht tun. Tut mir leid.«

»Wer ist *das*?«, fragte Claire ganz in der Nähe, und ich sah förmlich, wie sich Noahs Ohren bei der Frage spitzten.

»Weiß nicht, aber er ist scheißheiß«, antwortete eine ihrer Freundinnen. Jetzt grinste er. *Bah.*

»Wieso redet er denn mit *der*?« Diese Stimme erkannte ich sofort. Es war Sally. Noah musste es meiner Miene angesehen haben, denn sein Kiefer spannte sich, und er blickte über meinen Kopf hinweg. Ich sah genau, wie sich sein Blick auf sie fokussierte. »Ah, da ist die kleine Schlampe ja. Das Ebenbild ihres Vaters. Na komm, nimm meine Hand. Machen wir sie neidisch.«

Moment mal. Noah kannte Sallys Vater? Perplex starrte ich ihn an, während Aoife zustimmend johlte. »Ich glaub, ich mag ihn.«

Noah grinste sie an. Mein Herz raste, und ich wusste, dass Sally hinter mir am Schultor stand und alles ganz genau beobachtete.

»Geh mit«, drängte mich Aoife. »Ich will Sallys und Claires Gesichter sehen, wenn ihr zwei mit dem Motorrad wegfahrt. Das wird großartig.«

Noah blickte mich unverwandt an, und etwas an seinem herausfordernden Blick und Aoifes Ermunterung machte mich kühn. In diesem Augenblick wollte ich nichts lieber, als Sally neidisch zu machen. Wenigstens einmal wollte ich den Sieg auf der Zunge schmecken. Und von einem heißen Fünfundzwanzigjährigen mit dem Motorrad von der Schule abgeholt zu werden wäre ganz eindeutig ein solcher Triumph.

Ohne weiter darüber nachzudenken, legte ich meine Hand in die von Noah. Seine Handfläche war unerwartet warm, sein Lächeln hintergründig.

»Bis morgen!«, rief mir Aoife hinterher, während wir zum Motorrad gingen.

Noah reichte mir den Helm, der Blick seiner grünen Augen war durchdringend. »Sieht sie her?«, fragte er.

Ich nickte nervös und nahm den Helm entgegen.

»Gut. Jetzt setz den Helm auf und steig hinter mir aufs Bike.«

Ich tat wie geheißen, warf noch einen letzten kurzen Blick in Sallys Richtung und sah, dass ihr Gesicht vor lauter Eifersucht brannte. Tiefe Befriedigung breitete sich in meinem Bauch aus. Eigentlich gab ich Rachegelüsten nicht gern nach, aber in letzter Zeit gefiel es mir immer mehr, meine Feinde leiden zu sehen.

»Halt dich an mir fest«, sagte Noah, und die Maschine erwachte brüllend zum Leben. Kurz dachte ich darüber nach, wie nah wir uns körperlich waren, aber als sich das Motorrad in Bewegung setzte, schlang ich aus lauter Angst, runterzufallen, beide Arme fest um seinen Oberkörper. Ich hatte noch nie auf einem Motorrad gesessen und war ein *ganz* klein wenig eingeschüchtert.

Wir ließen die Schule hinter uns und bogen auf die Hauptstraße ein, die aus der Stadt hinausführte. Wäre ich nicht so abgelenkt von seiner Nähe gewesen, hätte ich mich bestimmt gefragt, wo er mich hinbrachte. Sein Bauch war fest, sein Rücken an meiner Brust kräftig. Sobald wir auf offener Straße waren, beschleunigte er, und mein Rock flatterte hoch. Ich quietschte vor Schreck auf.

»Entspann dich«, rief Noah mir über dem Motorenlärm hinweg zu. »Wir sind fast da.«

Fast wo? Meine Strümpfe gingen bis zu den Knien, aber von dort aus aufwärts waren meine Beine völlig entblößt. Kurz ruckte Noahs Aufmerksamkeit nach unten, und bei dem Gedanken, dass er mich ansah, stiegen Schmetterlinge in meinem Bauch auf. Er konzentrierte sich wieder auf die Straße, und ich schloss die Augen, spürte den Fahrtwind an meinem Gesicht vorbeizischen. Für einen kurzen, seligen Augenblick rauschte Adrenalin durch meine Adern, und ich war … eigenartig glücklich.

Als Noah abbremste und anhielt, öffnete ich die Augen. Wir befanden uns ein paar Kilometer außerhalb der Stadt an einem einsamen Strandabschnitt. Die vertraute Seeluft drang in meine Lunge. Hastig stieg ich vom Motorrad und nahm den Helm ab.

»Wo sind wir hier?«, fragte ich und sah mich um. Niemand war zu sehen, und mit einem Mal fragte ich mich, ob es schlau war, so ganz allein mit Noah hier zu sein. Immerhin wusste ich immer noch praktisch nichts über ihn.

Er kam näher und ließ den Blick über mich wandern. »So solltest du die Haare öfter tragen.« Er streckte die Hand aus und strich über eine Strähne. Gegen das Erröten ankämpfend trat ich einen Schritt zurück. Noah runzelte die Stirn, sagte aber nichts. Ich hatte mein Haar heute offen gelassen und nahm an, es war wegen des Helms jetzt ein völliges Durcheinander.

Wieso war er so nett zu mir? Er hatte mich extra von der Schule abgeholt, um Sally neidisch zu machen. Das kam mir wie ein ganz schöner Aufwand vor für ein Mädchen, das er kaum kannte.

»Komm, ich will dir was zeigen«, sagte er, nahm meine Hand und führte mich einen schmalen Weg hinunter, über den wir zu einer Lichtung am Rand der Klippen gelangten. Der Wind ging in Wellen durch das hohe Gras und kitzelte meine Beine.

Ich hatte ein schlechtes Gewissen, weil ich es so genoss, Noahs Hand zu halten. Dafür gab es keinen Grund, aber mir krochen seit jeher ständig Schuldgefühle in jeden erdenklichen Riss, den sie in meinem Innern fanden. Ich musste mich selbst ermahnen, dass es nicht schlimm war, sich zu jemandem hingezogen zu fühlen. Niemand würde mich dafür verurteilen, dass ich nicht blind war für Noahs markante Kieferlinie oder die Art, wie sich das T-Shirt um seine straffe Taille spannte und die Lederjacke über seine breiten Schultern. Ein guter Mensch zu sein bedeutete ja nicht, dass ich mir selbst jede physische Anziehung verbieten musste.

Ich hatte meinen Vater geliebt, und er hatte mir viele gute Eigenschaften anerzogen, aber auf die katholische Schuld konnte ich wirklich gut verzichten. Dass bei ihm jede neue Liebe in die Tragödie geführt hatte, hieß nicht, dass mir dasselbe Schicksal bestimmt war. In mir tobte ein beständiger Kampf darum, meinem Glauben treu zu bleiben, ohne zuzulassen, dass bestimmte Regeln und Glaubenssätze mir schadeten und mich zu der Annahme verleiteten, es wäre eine Sünde, die natürliche Anziehungskraft eines attraktiven Mannes zu bemerken.

Noah blieb stehen, nur ein paar Schritte von einem klaffenden Abgrund entfernt. Ich erschreckte mich vor dem plötzlichen Blick in die Tiefe.

Ich war seit Jahren nicht mehr hier gewesen, aber plötzlich erinnerte ich mich daran, dass mein Dad mich als Kind ein paar Mal mitgenommen hatte. Die Öffnung im Fels wurde *Gearys Loch* genannt und war vermutlich nach dem Mann benannt, dem dieser Küstenabschnitt einmal gehört hatte. In unserer Gegend war die Redewendung *Lieber spring ich in Gearys Loch* eine typische Antwort, wenn man um etwas gebeten wurde, auf das man überhaupt keine Lust hatte.

Wenn man hineinblickte, sah man gut fünfzehn Meter tiefer das Wasser schäumen. Es war windig heute, also gab es eine Menge Wellen. Sie wogten auf und nieder, krachten gegen den Fels. Wenn man zu nah am Abgrund stand, sprühte einem manchmal Gischt ins Gesicht.

»Sieht wie der perfekte Platz für einen Sprung aus, oder?«, fragte Noah und starrte hinunter.

Ich starrte ihn mit großen Augen an und zog fröstelnd meinen Jackenkragen bis zu den Ohren hoch. »Hast du darüber mal ernsthaft nachgedacht?«, flüsterte ich beunruhigt. Als ich ihn betrachtete, wie er mit fast gepeinigtem Blick aufs Wasser hinunterstarrte, schnürte sich mir die Kehle zu.

»Einmal«, sagte er leise, dann sah er mich an. »Damals hatte ich viel mehr Gründe zu springen als dafür, es nicht zu tun.«

Meine Brust verkrampfte sich schmerzhaft. Er hatte über Suizid nachgedacht? »Warum hast du es nicht getan?«

Er dachte einen Augenblick darüber nach, ehe er schlicht antwortete: »Bosheit.«

Noah wandte seine Aufmerksamkeit wieder dem Loch zu. Ich schwieg. »Als ich neulich in deinem Zimmer war, kamst du mir sehr niedergeschlagen vor«, sagte er schließlich und warf mir einen fast besorgt wirkenden Blick zu.

Ich blinzelte. »Machst du dir Sorgen, dass ich versuchen könnte, mich umzubringen?«

»Würdest du?«

»Nein. Niemals.«

»Gut.« Meine Antwort schien ihn zu erfreuen. Trotz des morbiden Themas rührte es mich, dass er sich Gedanken um mich gemacht hatte. Darüber, wie es mir ging.

»In *Ard na Mara* aufzuwachsen ist ganz schön hart. Manchmal ist es, als würden die Wände immer dichter auf einen zurücken«, sagte er, und ich spürte mein Herz schneller schlagen, weil ich es oft genauso empfand.

Ich trat neben ihn und sah ebenfalls in die Tiefe. »Hier runterzuspringen würde einen möglicherweise gar nicht umbringen.« Der Gedanke schoss mir in den Kopf und aus dem Mund, ohne dass ich Zeit hatte, mich zu bremsen. Eigentlich hatte ich es nicht aussprechen wollen.

Noah musterte mich. »Du hast recht. Jemanden umzubringen ist viel schwieriger, als es im Film immer aussieht.« Eine Pause, und dann, nachdenklich: »Und dann wiederum ist es manchmal überhaupt nicht schwer.«

Ich erwiderte seinen Blick. »Sprichst du aus Erfahrung?«

Offenbar hatte er die Unsicherheit in meiner Stimme gehört, jedenfalls sagte er beruhigend: »Ich würde dir auf gar keinen Fall irgendwas antun, Estella. Bei mir bist du sicher.« Er bedachte mich mit einem wissenden Blick. »Selbst wenn du mich ausspionierst.«

»Ich habe dich nicht …« Der Protest erstarb mir mitten im Satz, als ich seine spöttische Miene sah. Also *hatte* er mich in seinem Zimmer gesehen. Ich war seltsam erleichtert, dass das jetzt geklärt war.

Ich sah ihm in die Augen. »Okay, na schön. Für den Anfang wüsste ich gern, was du da gemacht hast, als du am Rand der Klippen gestanden und das Haus angestarrt hast wie ein Psychopath?«

Das entlockte ihm ein überraschtes kleines Lachen, und mir wurde bewusst, wie gut sein Lächeln ihm stand. »Ich musste mein Motorrad in die Werkstatt bringen«, antwortete er. »Ein Problem mit dem Motor. Da hab ich beschlossen, am Strand entlang nach Hause zu gehen, aber ja, jetzt, wo du es sagst, das war schon ein bisschen schräg. Willst du noch was wissen?«

Ich holte tief Luft. »Weshalb der Besuch bei deiner Mutter und deiner Schwester?«

»Ich hab da noch was zu erledigen.«

»Was denn?«

»Eine Familienangelegenheit.«

Seufzend schüttelte ich den Kopf. »Du weichst der Frage absichtlich aus. Mal wieder.«

»Ich hab doch gesagt, dass dir meine Antworten vielleicht nicht gefallen.«

Ich betrachtete ihn eine Weile. »Wieso hast du mich heute von der Schule abgeholt?«

Noah wandte sich ab, und seine Schultern spannten sich kaum merklich. »Ich kann Mobber nicht leiden, und ich hatte den Eindruck, als könntest du ein bisschen Schützenhilfe gebrauchen.«

»Du bist überhaupt nicht dazu verpflichtet, mir zu helfen. Ich gehöre nicht zu deiner Familie. Nicht richtig«, flüsterte ich.

Er drehte sich um und kam einen Schritt näher. »Wir müssen nicht verwandt sein, damit ich dir helfen will. Ich hatte schon immer ein Herz für Underdogs.«

»Dafür hältst du mich also? Für einen Underdog?«

Er legte den Kopf schief. »Bist du keiner?«

Ich schürzte die Lippen und dachte an all die Irrungen und Wirrungen meines erst so kurzen Lebens. Vielleicht war ich ein Underdog. Oder vielleicht hatte ich einfach nur Pech. Oder vielleicht … vielleicht war der Fluch meines Vaters bei seinem Tod irgendwie auf mich übergegangen.

Nein. So wollte ich nicht denken. Dad hatte sein ganzes Leben in Furcht vor dem Zorn einer höheren Macht zugebracht, und so wollte ich auf keinen Fall leben.

»Was ist mit deinem Dad passiert? Wie ist er gestorben?«, fragte Noah, als hätte er meine Gedanken gelesen.

Ich runzelte die Stirn. »Hat Vee dir das nicht erzählt?«

»Sie weigert sich, darüber zu reden. Ist immer noch ein wunder Punkt. Und Sylvia ist auch nicht gerade sehr gesprächig.« Ein ironisches Lächeln.

In meine Stirn gruben sich noch tiefere Falten. Dieser Mann hatte wirklich einen ganz schön schrägen Humor. Ich begriff immer noch nicht, weshalb er und Vee für Sylvia so wenig Mitgefühl empfanden. »Er hatte einen Autounfall, vor etwas über zwei Jahren. Die Sanitäter sagen, er ist noch an der Unfallstelle gestorben.«

»Ach, deshalb fährt meine Schwester nicht mehr gern«, sagte Noah, dann sah er mich an. In seinem Blick glaubte ich einen Funken Mitgefühl zu sehen. »Ein schneller Tod ist immer am besten.«

»Ich würde es bevorzugen, wenn mein Dad noch am Leben wäre, vielen Dank auch. Und ich kann mich nicht entsinnen, dass Vee jemals gern selbst gefahren wäre. Sie hat sich lieber von meinem Vater herumkutschieren lassen.«

»Kannst du fahren?«, fragte er. Ich schüttelte den Kopf, und in seine Augen trat ein Funkeln. »Soll ich's dir beibringen?«

Ich wollte schon ablehnen, aber dann dachte ich darüber nach, und eigentlich konnte es gar nicht schaden, es zu lernen. Wenn ich nach meinem Abschluss im Juni allein leben wollte, wäre es durchaus nützlich. Jetzt war März, also hatte ich noch ein paar Monate Zeit. Nachdem ich jetzt zwei Jahre lang auf Vees Gnade angewiesen gewesen war, wollte ich nie wieder von einem anderen Menschen abhängig sein. Die Freiheit war so nah, dass ich sie fast auf der Zunge schmeckte. Die Aussicht auf ein vollkommen eigenständiges, unabhängiges Leben war ein Traum, dem ich mit Hingabe nachhing.

»Okay. Aber mit dem Auto. Ich hab keine Ambitionen, Motorrad zu fahren.«

Er schmunzelte. »Nicht? Ist ziemlich berauschend.«

»Und außerdem unglaublich gefährlich.«

»Das geht meist Hand in Hand.«

Einen Herzschlag lang starrte ich ihn an, ehe ich fragte: »Können wir jetzt nach Hause fahren? Ich weiß wirklich nicht, weshalb du mich hergebracht hast.«

»Ich dachte, es wäre vielleicht gut für dich, mal ein bisschen rauszukommen«, sagte er. »Hat dir die Fahrt nicht gefallen?«

Doch. Mehr, als ich jemals zugeben würde. »War ganz in Ordnung.«

»Nur in Ordnung?«

»Hast du erwartet, dass ich vor Entzücken in Ohnmacht falle, weil du mich mit dem Motorrad mitnimmst?«, fragte ich herausfordernd und bereute es sogleich, als ich sah, wie seine Mundwinkel amüsiert zuckten.

»Nein. Aber jetzt, da du es erwähnst, frag ich mich, ob du nicht vielleicht doch fast ohnmächtig geworden wärst.«

»Ha! Das wünschst du dir wohl«, schnaubte ich und verfluchte mich dafür, wie verlegen es klang.

Seine Augen schimmerten. »Möchtest du, dass ich es mir wünsche?«

»Nein.«

»Gut«, sagte er und lief an mir vorbei. »Dann mach ich's nicht.«

Er ging weiter Richtung Motorrad, und ich blieb noch einen Moment lang stehen, frustriert und mit mir selbst zerfallen, weil ich überhaupt erst mitgekommen war. Ja, es war befriedigend gewesen, Sallys entgeistertes Gesicht zu sehen, aber wenn Noah morgen nicht auftauchte und auch übermorgen nicht und überhaupt nie wieder, dann würde sie sich ins Fäustchen lachen und mit Claire darüber tuscheln, dass mein geheimnisvoller älterer Freund mit mir Schluss gemacht hatte.

Als ich Noah schließlich folgte, saß er auf seiner Maschine und wartete auf mich. Schweigend reichte er mir den Helm und musterte mich kurz, ehe er fragte: »Wer war dieses Mädchen vor der Schule, das neben Sally O'Hare stand? Die Blondine?«

Ich verdrehte die Augen. Natürlich, er hatte gehört, wie Claire gesagt hatte, er sei heiß. Wie typisch. »Wieso?«

»Sie erinnert mich an irgendwen.«

»Sie heißt Claire McBride.«

Seine Augen bekamen einen wissenden Ausdruck. »Bürgermeisterin McBrides Tochter?«

»Ja«, gab ich verärgert zurück. Na gut, ja, ich war eifersüchtig, weil Claire ihm aufgefallen war. Alle redeten ständig darüber, wie hübsch sie war. Nur zu schade, dass sie so einen verdorbenen Charakter hatte. Ich beschäftigte meine Hände damit, den Helm aufzusetzen.

»Alles in Ordnung?«, fragte Noah, der meine Verärgerung anscheinend spürte.

Ich sah kurz auf. »Ich weiß, es ist viel verlangt, aber würdest du bitte nicht mit Claire ausgehen? Ich weiß, sie ist superhübsch und so, aber sie behandelt mich in der Schule wirklich scheiße. Und ich glaub nicht, dass ich ihre Überdosis Selbstgefälligkeit ertragen könnte, wenn sie mit dir zusammenkäme.« Ich wich seinem Blick aus, und als ich mit meiner Ansprache fertig war, setzte ich mich in Bewegung, um hinter ihm aufzusteigen. Blitzschnell streckte er die Hand aus, packte mich am Oberarm und hielt mich auf.

»Estella.«

»Ja?« Ich hielt den Blick stur auf den Boden gerichtet und spürte, wie mir Hitze in die Wangen stieg. Seine Hand an meinem Arm schien zu brennen.

»Ich würde mir lieber selbst den Schwanz abschneiden, als diesem Mädchen zu nah zu kommen. Ich hab dich aus einem anderen Grund gefragt, wer sie ist. Okay?«

Bei der Vorstellung eines abgeschnittenen Penis verzog ich das Gesicht, weil *iiieh*, aber dann sah ich auf. »Welcher andere Grund?«

Seine Augen verdunkelten sich. »Nichts, womit du dich belasten solltest.«

So erleichtert ich auch war, dass er sich nicht für Claire interessierte, so neugierig war ich, weshalb er sich dann nach ihr erkundigt haben mochte. Ich stieg hinter ihm auf und hielt mich hinten am Sitz fest, als er losfuhr, fest entschlossen, ihm diesmal nicht die Arme um die Taille zu schlingen. Das war zu seltsam und zu intim. Ich war nur selten jemandem körperlich so nahe, und die Arme um Noah zu legen löste eindeutig zu viele flattrige, kitzelnde Gefühle in meinem Bauch aus. Gefühle, die alles nur noch komplizierter machten.

Eine Weile später hielten wir vor Vees Haus, und mein Puls schoss in die Höhe, als ich sie rauchend neben der Eingangstür stehen sah, wie üblich in Morgenmantel und Pantoffeln. Es schien ihr völlig egal zu sein, dass sie sich mitten am Tag noch nicht mal richtig angezogen hatte. Als sie mich hinter Noah entdeckte, kniff sie die Augen zusammen. Es würde Ärger geben, das spürte ich in den Knochen. Vee hatte mir gesagt, ich solle mich von ihrem Bruder fernhalten, und es war ganz offensichtlich, dass ich mich nicht daran gehalten hatte.

»Hast du meine Stieftochter etwa wieder von der Schule abgeholt?«, fragte sie, sobald Noah den Motor ausgestellt hatte. »Wie nett von dir, Bruderherz.«

»Ich bin ein richtiger guter Samariter«, antwortete Noah fröhlich.

Ich schlug einen Bogen und hoffte darauf, am Haus vorbeizukommen und mich eine Weile zum Strand verziehen zu können, wenigstens so lange, bis Vee wie jeden Abend im Arbeitszimmer verschwand, aber ich war nicht schnell genug, und sie packte den Gurt meiner Tasche mit ihrer Klaue. Mit ihrer Hand, meine ich natürlich.

»Wo willst du denn so schnell hin?«

Ich schluckte mühsam. »In mein Zimmer.«

»Unfug. Du musst erst mal was essen, ehe du dich den ganzen Abend lang in deiner kleinen Höhle verkriechst.«

»Okay, ich mach uns was.«

»Brauchst du nicht. Ich hab Eintopf gekocht. Steht auf dem Herd. Geh rein und deck den Tisch.«

Vee hat Essen gemacht? Das war das erste Mal.

»Du willst uns wohl alle umbringen, Veronica, hm?«, erkundigte sich Noah trocken, und das kaum wahrnehmbare Zucken seiner Mundwinkel verriet seine morbide Belustigung.

Vee wirkte verletzt. Sie war schon ein seltsames Geschöpf – im einen Moment boshaft, im nächsten so fragil. »Was für eine furchtbare Unterstellung.«

»Tja, du wirkst nun mal nicht, als würdest du Estella besonders gernhaben, oder auch mich, und man sagt Frauen ja nach, dass sie Gift bevorzugen«, redete Noah weiter.

Sie verschränkte die Arme vor der Brust. »Sei nicht albern. Ich will überhaupt niemanden vergiften. Und natürlich mag ich dich. Du bist mein Bruder.«

Innerlich verdrehte ich die Augen, weil sie ihm natürlich nicht widersprach, was mich betraf.

»In dem Fall lasst mir 'ne Schüssel übrig. Ich bin nachher wieder da«, sagte Noah, als hätte es die erste Hälfte ihrer kurzen Unterredung nie gegeben. Lässig stieg er wieder aufs Motorrad. *Moment mal, er fährt wieder weg?* Ich wollte Vees Eintopf sehr viel lieber in seiner Gesellschaft essen als allein mit ihr. Am Tisch. Der Raum erfüllt von Schweigen. Keine Chance auf ein lockeres Gespräch.

Ich stand noch immer neben Vee, als Noah außer Sicht entschwand.

»Und worauf wartest du? Ich hab gesagt, deck schon mal den Tisch.«

Mit steigender Nervosität nickte ich und ging an ihr vorbei ins Haus.

5. KAPITEL

Auf dem Weg zur Küche sah ich Sylvia im Wohnzimmer vor dem Fernseher sitzen. Vermutlich hatte Irene sie bereits gefüttert, also aßen Vee und ich tatsächlich zu zweit.

Das würde so verdammt merkwürdig werden.

Ich betrat die Küche. Vees Eintopf roch überraschend gut. Ich hob den Deckel, spähte hinein und fand im Topf einen absolut brauchbaren Gemüseeintopf mit Fleisch vor. Nichts, was Noahs Andeutung rechtfertigte, jedenfalls soweit ich es auf den ersten Blick beurteilen konnte.

Wie lange war es her, dass ich das letzte Mal eine selbst gekochte Mahlzeit gegessen hatte? Um ehrlich zu sein, erinnerte ich mich nicht. Da stand sogar ein Teller mit einem geschnittenen Laib Brot darauf, daneben eine Schüssel Butter. Nostalgie traf mich wie ein Hammerschlag vor die Brust. Dad hatte ständig solche Mahlzeiten zubereitet. Eins der vielen Dinge, die ich seit seinem Tod so schmerzlich vermisste. Er war die Wärmequelle in diesem Haus gewesen, und mit seinem Tod war die Kälte hereingekrochen.

Schniefend nahm ich zwei Schüsseln aus dem Schrank und füllte Eintopf hinein. Vee kam durch die Tür und setzte sich auf ihren üblichen Platz. Ich nahm zwei Löffel aus der Schublade, trug alles zum Tisch und stellte eine Schüssel vor Vee auf den Tisch, die andere an meinen Platz.

Während ich eine Scheibe Brot mit Butter beschmierte, spürte ich ihren Blick auf mir ruhen. Was für ein seltsames Spiel trieb sie da? War es überhaupt ein Spiel, oder versuchte sie sich vielleicht gerade wirklich an der mütterlichen Rolle?

Falls ja, dann war es so seltsam, als würde man von einer riesigen Spinne umarmt. Unnatürlich und falsch.

»Wie war es heute in der Schule?« Vee führte einen Löffel Eintopf zum Mund.

»Ganz okay.« Meine Stimme klang eigenartig.

»Und Noah hat dich abgeholt?«, erkundigte sie sich täuschend beiläufig.

»Ja.«

Ihre Augen wurden um eine Winzigkeit schmaler. »Ich dachte, ich hätte dir gesagt, du sollst dich von meinem Bruder fernhalten.«

Mir sträubte sich das Fell, aber ich versuchte, ganz ruhig zu antworten. »Ich habe ihn nicht gebeten, mich abzuholen. Er ist einfach aufgetaucht.«

»Tja, wenn er noch mal einfach auftaucht, dann kannst du ja höflich ablehnen.«

»Warum?«

»Weil ich es gesagt habe«, erwiderte sie scharf.

Frustriert starrte ich in meine Schüssel.

Vee stieß einen tiefen Seufzer aus und sagte etwas sanfter: »Hör zu, Noah ist ... ein komplizierter Mensch mit einer komplizierten Vorgeschichte. Ich habe ihn sehr lange nicht mehr gesehen und kann nicht einschätzen, wie sehr er sich in den vergangenen zehn Jahren verändert hat. Kann sein, dass du in seiner Nähe nicht sicher bist.«

Moment mal. Sie wollte, dass ich mich von ihm fernhielt, weil sie sich um *mich* Sorgen machte? Der Gedanke kam mir völlig surreal vor. Vee hatte sich mir gegenüber nur selten mütterlich gegeben. Wenn überhaupt jemals.

»Na ja.« Ich stippte das frisch gebutterte Brot in meine Schüssel und fragte mich, was genau sie mit seiner komplizierten Vorgeschichte wohl meinte. »So sehr wird er sich wohl nicht verändert haben.«

»Du weißt nicht, was er erlebt hat.«

»Laut deiner eigenen Aussage weißt du das aber auch nicht.«

»Ich weiß mehr darüber als du«, erwiderte sie barsch, und ich beschloss, es gut sein zu lassen. Ich konnte in der richtigen Stimmung durchaus streitlustig sein, aber ich durfte nicht vergessen, was für eine schlechte Idee es war, einen Streit mit Vee vom Zaun zu brechen. Ich wurde unter ihrem Dach nur geduldet, um es optimistisch auszudrücken, und da ich schon achtzehn war und damit praktisch erwachsen, konnte sie mich jederzeit rauswerfen, noch ehe ich mein Erbe erhielt und mich selbst versorgen konnte.

»Kennst du die Geschichte von Phineas Gage?«, fragte Vee und zog damit meine Aufmerksamkeit wieder auf sich.

Phineas wer? Ich schüttelte den Kopf.

»Er war ein amerikanischer Schienenarbeiter um 1800 rum, dem bei einem Unfall eine Eisenstange durch den Kopf getrieben wurde.« Sie tippte sich an die Stirn, und ich zog eine Grimasse. »Wie durch ein Wunder hat er überlebt, aber er erlitt eine ernsthafte Hirnverletzung. Sein Frontallappen wurde zerstört. Vor dem Unfall hätten seine Freunde Phineas als tüchtigen, gutmütigen Kerl beschrieben. Aber nach dem Unfall hatte sich seine Persönlichkeit von Grund auf verändert. Er war jähzornig, mürrisch und unberechenbar. Der Hirnschaden hatte seine Persönlichkeit vollkommen umgekrempelt.«

Ich runzelte die Stirn. »Das ist interessant, aber ich bin nicht ganz sicher, worauf du hinauswillst.«

Vee schnaufte ungeduldig, als würde ich mich unerwartet blöd anstellen. »Noah ist mein Bruder, und deshalb werde ich ihn immer lieben, aber er hat im Lauf der Jahre zu viele Schläge gegen den Schädel abbekommen, vor allem als Teenager. Er ist nicht mehr derselbe liebe Junge, mit dem ich mal gespielt habe. Tatsächlich ist er jähzornig, mürrisch und unberechenbar.« Sie sah mich bedeutungsvoll an, und mir drehte sich der Magen um, als sie leise hinzufügte: »Gott weiß, dass er jede Menge Gründe hat, wütend zu sein.«

Was meinte sie damit – zu viele Schläge gegen den Kopf? Hatte jemand ihn geschlagen? Bei dem Gedanken lief mir ein Schauer über den Rücken. Hatten nicht die meisten berühmten Mörder und Psychopathen ihre Taten begangen, weil bei ihnen im Hirn was nicht stimmte?

Mit verzerrtem Gesicht starrte ich sie an. »Wenn er so unberechenbar ist, warum erlaubst du dann, dass er hierbleibt?«

Vee saß ganz still da, und ich sah Scham in ihren Augen aufflackern. »Weil ich nicht für ihn da war, als er mich am allermeisten gebraucht hätte.« Sie räusperte sich. »Ich lasse ihn nicht noch mal im Stich.«

»Wann hast du …«

»Iss auf und halt den Mund, Estella. Das war jetzt genug Widerrede für einen Abend«, unterbrach sie mich.

Widerrede? Ich hatte doch nur Fragen gestellt. Und *sie* war es, die das Gespräch überhaupt erst begonnen hatte. Manchmal verstand ich meine Stiefmutter wirklich überhaupt nicht. Immer mal wieder blitzte ein wenig Freundlichkeit auf, wurde aber schnell wieder hinweggefegt von einem gehässigen Ausbruch oder einer üblen Beleidigung. Vielleicht hatte Vee selbst ein paar Schläge gegen den Kopf erlitten. Aber immerhin konnte man ihr nicht nachsagen, dass ihre Persönlichkeit fade war. Ich konnte mir nur allzu oft keinen Reim auf ihr Verhalten machen.

Ich konzentrierte mich auf meinen Eintopf, und wir aßen schweigend weiter. Vees Eintopf war lecker, aber ich konnte nicht aufhören, an Noah zu denken. Was war ihm zugestoßen? Und hatte ich deshalb in seiner Nähe so eigenartig gemischte Gefühle? Ich hätte so gern gewusst, weshalb sie meinte, ihn im Stich gelassen zu haben. Ich wollte die ganze Geschichte hören, aber Vee war nicht gerade mitteilsam veranlagt. Unsere Unterhaltung eben war vermutlich das längste Gespräch, das wir je miteinander geführt hatten, wenn man ihre Schimpftiraden und das Herumkommandieren nicht mitzählte.

Ich futterte meine ganze große Schüssel leer, was mich nicht überraschte, weil ich immer hungrig war. Eine Begleiterscheinung des Lebens in einem Haus, in dem es nie genug zu essen zu geben schien. Und falls doch mal was da war, durfte ich es normalerweise nicht haben. Ich musste mich selbst versorgen, was ohne eigenes Einkommen schwierig war. Ich hatte versucht, mir in der Stadt einen Job zu suchen, aber die wenigen freien Stellen kollidierten alle mit meinem Stundenplan.

Mir fiel das Geld ein, das Noah mir dafür gegeben hatte, dass ich ihn zur Schule begleitete, und ich überlegte, ob ich es für ein paar Kleinigkeiten des täglichen Bedarfs ausgeben sollte. Mein Shampoo und das Duschgel waren beinahe aufgebraucht. Beides war mir schon mal ausgegangen, da hatte ich mir mit Seife behelfen müssen, aber die hatte Haut und Haare ganz furchtbar ausgetrocknet. Binden und Deo brauchte ich auch. Irgendwie ging mir momentan gefühlt alles gleichzeitig aus.

Ich beschloss, morgen nach Schulschluss in die Stadt zu gehen und ein bisschen einzukaufen.

Am nächsten Morgen wachte ich zur üblichen Zeit auf und wollte ins Bad, doch als ich den Türknauf drehte, stellte ich fest, dass jemand abgeschlossen hatte. Normalerweise war ich immer als Erste wach, aber vielleicht war auch Noah schon aufgestanden. Allerdings hatte ich ihn gestern gar nicht heimkommen gehört.

Ich klopfte zweimal an die Tür. »Ist jemand da drin?«

Ich hielt inne und lauschte, aber es war vollkommen still. Kein laufendes Wasser. Keine Schritte. Ich klopfte noch einmal. Immer noch keine Antwort und nicht das leiseste Geräusch. Ich dachte an gestern, an Vees Blick, als sie mich hinter Noah auf dem Motorrad entdeckt hatte. Ein Blick, der deutlich besagt hatte, dass ich dafür bezahlen würde, und anscheinend war es jetzt so weit. Es reichte ihr nicht, mich einfach zu ermahnen, dass ich von Noah wegbleiben sollte. Sie musste es ein für alle Mal klarstellen.

Und das tat sie, indem sie mich aus dem einzigen Bad aussperrte, zu dem ich Zugang hatte.

Wut kochte in mir hoch. Am liebsten hätte ich geschrien, aber ich beherrschte mich.

Geduld, Estella. Nur noch ein paar Monate, und das alles hier wird zu einer blassen, fernen Erinnerung.

Einen Knoten in der Kehle, atmete ich tief durch und kehrte in mein Zimmer zurück. Ich würde nicht zulassen, dass Vee mich fertigmachte. Wenn sie unbedingt ihre fiesen Spiele spielen musste, dann würde ich wenigstens dafür sorgen, dass sie keine Reaktion erntete. Ich zog frische Unterwäsche und meine Uniform an. Immerhin konnte ich mir in der Küche das Gesicht waschen und die Zähne putzen, aber ich fühlte mich immer noch dreckig. Ich brauchte ein Bad. Noch besser wäre eine Dusche gewesen, aber wie gesagt, die einzige Dusche im ganzen Haus befand sich im Bad, das zu Vees Schlafzimmer gehörte, und sie hatte mir sehr nachdrücklich verboten, es zu benutzen.

Ich konnte nur hoffen, dass sie das Badezimmer wieder aufschloss, ehe ich nach Hause kam. Vielleicht reichte es ihr ja, mich einen Morgen lang zu bestrafen. Zwar hätte ich auch die Duschen neben der Sporthalle benutzen können, aber dort wucherte schwarzer Schimmel zwischen den Fliesen, und das Wasser war immer eiskalt.

Nein, das war wirklich nur die allerletzte Notlösung.

In der Schule angekommen, rannte ich sofort aufs Klo, denn ich hatte seit dem Aufstehen angehalten und wäre fast geplatzt. Es war eine unglaubliche Erleichterung. Ich verließ die Kabine, wusch mir die Hände und suchte Aoife bei ihrem Spind auf. Als sie mich kommen sah, ließ sie die Brauen auf und ab tanzen.

»Na los, erzähl mir alles, was gestern mit *Noah* passiert ist, nachdem ihr von der Schule weg seid. Ich will sämtliche Details.« Seinen Namen sagte sie in einem verzückten Singsang, und es tat mir leid, ihr sagen zu müssen, dass gar nichts Spannendes passiert war. Jedenfalls redete ich mir das selbst ein. Ich gab mein Bestes, zu verdrängen, wie er mich angesehen hatte, als er mein Haar berührte, oder wie gut er roch, wie schön es gewesen war, seine Wärme zu spüren, als ich die Arme um ihn geschlungen hatte. Aber am meisten dachte ich an die Sorge in seinem Blick, als er gesagt hatte, wie fertig ich neulich gewirkt hatte. Bei der Vorstellung, dass er sich Gedanken um mich machte, wurde mir ganz schwindelig.

Vee hatte mir gesagt, ich solle mich von Noah fernhalten. Eigentlich wollte ich ihrem Befehl ungern gehorchen, aber wenn Widerstand bedeutete, dass ich jetzt jeden Morgen aus dem Bad ausgesperrt wurde, würde ich es tun. Was immer für ein friedliches Leben nötig war.

»Äh, ich weiß nicht, was für Details du erwartest, aber er hat mich jedenfalls zu Gearys Loch gebracht.«

Aoife legte die Stirn in Falten. »Außerhalb der Stadt? Vor

Gearys Loch gruselt's mich. Ich denke immer, gleich kommt ein Windstoß und bläst mich mitten hinein.«

»Iiieh, behalte deine Freizeitbeschäftigungen bloß für dich, Aoife«, sagte jemand, und mir wurde die Brust eng. Sally war eine Schlange, immerzu kroch sie leise in der Nähe herum und hörte zu.

»Vielleicht solltest du nicht lauschen«, spottete ich.

»Ja, kümmer dich um deinen eigenen Kram«, stimmte Aoife mit ein.

»Irgendwelche Löcher blasen.« Sally kicherte laut. »Mir war gar nicht klar, was für eine dreckige kleine Schlampe du bist.«

»Die einzige dreckige Schlampe hier bist du«, schoss Aoife zurück.

»Miss Boyle, achten Sie auf Ihre Ausdrucksweise«, ermahnte Schwester Dorothy sie. Sie stand mit verschränkten Armen vor ihrer Klassentür, aber besonders empört sah sie gar nicht aus. Eigentlich sogar eher amüsiert, als würde sie Aoifes Einschätzung insgeheim zustimmen. Ich wusste schon, weshalb ich sie gut leiden konnte.

Sally, mit dem Rücken zu Schwester Dorothy, streckte Aoife die Zunge raus, und als sie an uns vorbeiging, rammte sie mich absichtlich mit der Schulter. Sally war viel kleiner als ich, kurz geraten und klapperdürr. Manchmal fragte ich mich, weshalb ich mich von ihr überhaupt bedroht fühlte, aber andererseits war es ja kein physikalisches Phänomen, sondern ein psychologisches.

Genau wie Vee hatte sie ein Talent dafür, mich zu treffen. Zog ich solche Leute irgendwie an, oder hatte ich einfach Pech?

Kurz schwiegen wir beide, dann sagte ich leise: »Heute Morgen hat mich Vee aus dem Bad ausgesperrt. Ich glaub, das war eine Bestrafung, weil ich mit Noah unterwegs war.«

Aoife starrte mich mit offenem Mund an. »Das … das kann sie nicht tun. Das ist doch unmenschlich.«

»Irgendwie bezweifle ich, dass Vee eine große Fürsprecherin der Menschenrechte ist.«

»Die Frau ist ein Monster, Stells.« Eine Pause. »Aber wieso sollte sie dich dafür bestrafen, dass du mit Noah unterwegs warst?«

»Ich bin nicht ganz sicher.« Ich war immer noch damit beschäftigt, die Vorstellung zu verdauen, dass sie dabei mein Wohl im Auge haben könnte. Vee hielt Noah für unberechenbar. Allerdings war es seltsam, dass sie so besorgt um mich sein sollte, dass sie mich vor einer möglichen Bedrohung warnte, mich aber trotzdem leiden ließ.

»Ich erzähl es meiner Mam.« Aoife schäumte vor Wut. »Dann redet sie mal ein ernstes Wörtchen mit Vee. So kann das nicht weitergehen.«

Ich griff nach ihrem Arm. »Nein, tu das bitte nicht. Ich muss es ja nur noch ein paar Monate unter ihrem Dach aushalten. Ich übersteh das schon.«

Traurig schlug Aoife die Augen nieder, und ich sah ihr an, dass widerstreitende Gefühle in ihr um die Vorherrschaft kämpften. Lange sah sie mich an, und schließlich sagte sie: »Na schön, ich sage Mam nichts, aber du kommst nach der Schule zu uns, du kannst unsere Dusche benutzen. Mam ist auf der Arbeit. Jimmy kommt rüber, wir wollen einen Film sehen, aber er wird dich in Ruhe lassen.«

Ich drückte ihren Arm und versuchte ihr mit meinem beredten Blick mitzuteilen, wie sehr ich das zu schätzen wusste. »Danke«, flüsterte ich. Aoife gehörte zu der Sorte Menschen, die von Natur aus freundlich und fürsorglich sind. Ich war sehr dankbar, sie zur Freundin zu haben.

Nach der Schule brachen wir gemeinsam auf, und ich freute

mich schon auf die Dusche. Wir kamen aus dem Tor, und da sah ich zu meiner Überraschung Noah, der genau wie gestern auf seinem Motorrad saß und auf mich wartete.

»Er ist wieder da.« Aoife zog die Augenbrauen hoch.

Ich verzog das Gesicht. »Lass mich mit ihm reden. Ich komme nach.«

Sie nickte. »Ich treffe mich ja sowieso vor dem Supermarkt mit Jimmy. Wir warten dort auf dich.«

Aoifes Freund hatte seinen Abschluss schon letztes Jahr gemacht und jobbte momentan im örtlichen Supermarkt, wo er Regale auffüllte. Außerdem spielte er Schlagzeug in einer Rockband namens *The Magnificient Owls*.

»Okay, bis gleich.«

Ich atmete tief durch und ging auf Noah zu. Er hatte seine Zigarette fast aufgeraucht und nahm einen letzten tiefen Zug, ehe er sie auf den Boden warf und mit dem Stiefel austrat.

»Was machst du denn hier?«, fragte ich, als ich nah genug heran war.

Er verzog den Mund. »Dachtest du, das wäre eine einmalige Sache gewesen? Tut mir leid, dir das sagen zu müssen, Estella, aber ich kümmere mich jetzt um dich. Ich ziehe das bis zum Ende durch.«

»Was ist *das*?«

Kurz war er von den Schülern abgelenkt, die durchs Tor strömten. Ich hörte das übliche aufgeregte Tuscheln und Gekicher, das seine Gegenwart hervorrief. Dann beugte er sich vor, bis sein Mund direkt an meinem Ohr war. »Steig aufs Bike, Baby.«

Bei dem Kosenamen zuckte ich zusammen. Noahs Stimme war zugleich heiser und bestimmt und hatte einen bestürzenden Abfall meiner Willenskraft zur Folge. Aber nein. *Nein.* Ich musste bei meiner Entscheidung bleiben. Ganz gleich, ob sein

Befehl sexy war oder ob er etwas in mir zum Leben erweckte, das noch nicht voll erblüht war.

»Ich kann nicht«, sagte ich und erwiderte seinen Blick.

»Wieso nicht?«

»Weil ich nicht rausfinden will, was Vee mit mir anstellt, wenn ich schon wieder mit dir zusammen zu Hause aufschlage«, antwortete ich ehrlich.

Seine Brauen schoben sich zusammen. »Was hat sie getan?«

Müde stieß ich die Luft aus, den Blick zu Boden gerichtet. »Sie hat mich heute Morgen aus dem Bad ausgesperrt. Ich musste in die Schule, ohne dass ich mich waschen konnte, was ebenfalls ein Grund ist, weshalb du nicht wirklich willst, dass ich hinter dir aufsteige. Ich stinke. Ich gehe zu Aoife und dusche bei ihr.«

»Woher willst du wissen, dass sie es war, die dich ausgesperrt hat? Es ist ein altes Haus. Die Tür könnte auch einfach klemmen.«

Ich musterte ihn. »Sie klemmt nicht. Ich weiß, dass es Vee war. Sie hat mir gesagt, ich solle mich von dir fernhalten.«

Ich beobachtete sein Gesicht, aber es zeigte keine erkennbare Regung. Dann allerdings flackerte doch ein winziger Schatten von Verärgerung über seine Züge. »Das hat sie also getan, ja?«

»Sie hat gesagt, du bist unberechenbar.« Das hätte ich ihm nicht sagen sollen. Ich wusste selbst nicht, weshalb ich es getan hatte. Vielleicht wollte ich ja insgeheim, dass er mir bewies, dass Vees Befürchtungen unbegründet waren. Ich wollte, dass er mir sagte, dass er ein guter Mensch war, damit ich meinen Gefühlen erlauben konnte, sich zu entwickeln, statt sie im Keim zu ersticken.

Kurz sah er weg und fuhr sich mit einer Hand durchs Haar, ehe er seine hypnotischen Augen wieder auf mich richtete. »Kann sein, dass sie recht hat, aber *du* kannst mir vertrauen.«

»Warum ich?«

»Weil ich mit allem gerechnet hatte, aber nicht mit dir.« Noah rieb sich mit der Handfläche über den Stoppelbart. »Du wolltest wissen, weshalb ich zurückgekommen bin? Tja, du kannst beruhigt schlafen, du bist keiner der Gründe.«

»Also ... bin ich vor dir sicher, aber andere Leute nicht?«, fragte ich beunruhigt.

»Mach dir keine Sorgen, Estella. Sie haben es verdient.«

»Wer hat was verdient?«

»Steig auf«, wiederholte er, diesmal mit mehr Nachdruck.

Ich sah ihn lange an, und dann drehte ich mich wortlos um und ging fort. Ich war die ständigen ausweichenden Antworten leid.

Ein paar Meter weiter hörte ich, wie er den Motor anließ. Der Lärm wurde lauter, und ich begriff, dass er langsam am Straßenrand entlangfuhr und mir folgte. Ich biss die Zähne zusammen, tat, als würde ich ihn gar nicht bemerken, und war mir der Tatsache, dass die anderen Schüler uns beobachteten, durchaus bewusst. Ich hasste es, im Mittelpunkt zu stehen, aber Noah hatte eine Neigung dazu, Aufsehen zu erregen.

Ich erreichte den Supermarkt und entdeckte Aoife und Jimmy, die davor warteten.

»Hey, ich muss noch kurz reinrennen und ein paar Sachen besorgen«, sagte ich, »dauert nur eine Minute.«

»Kein Ding, lass dir Zeit«, antwortete Aoife.

Jimmy begrüßte mich wie üblich mit einem stummen Nicken und schüchternem Lächeln. Er war einer der ruhigsten, süßesten Jungs aller Zeiten. Aoife konnte sich glücklich schätzen, jemanden wie ihn gefunden zu haben.

Ich hörte Noahs Motorrad nicht mehr, anscheinend hatte er es aufgegeben, mich zu verfolgen. Ich machte mich auf den Weg zum Gang mit den Toilettenartikeln, aber mir ging nicht aus dem Kopf, was er über seine Pläne gesagt hatte. Ich hatte doch gewusst, dass ich bei ihm seltsame Schwingungen wahrnahm. Er hatte irgendwas vor, und ich war froh, dass es nichts mit mir zu tun hatte.

Oder hatte er gelogen?

Aber was hätte es denn mit mir zu tun haben sollen?

Ich schnappte mir das billigste Trio aus Shampoo, Spülung und Duschlotion, das ich finden konnte, und nahm noch ein Paket preisreduzierte Binden mit.

»Eines Tages muss ich vielleicht nicht mehr auf den Preis achten«, murmelte ich sehnsüchtig vor mich hin.

»Wenn du Geld brauchst, kann ich dir welches geben.« Beim Klang von Noahs Stimme machte ich vor Schreck einen Satz und rang nach Luft.

»Wo zum Teufel kommst du auf einmal her?«

»Gib mir das mal«, sagte er und streckte die Hände nach meinen Einkäufen aus.

Ich beäugte ihn misstrauisch. »Wieso?«

»Damit ich es für dich bezahlen kann.«

»Nein, danke. Ich bin auf deine Gefälligkeit nicht angewiesen.«

»Wer sagt denn, dass es eine Gefälligkeit ist? Auch wenn meine Schwester dir das Gegenteil eingeredet hat, hab ich kein durch und durch boshaftes Herz. Ich möchte dir helfen.«

»Okay. Wenn das die Wahrheit ist, frag ich dich noch mal: Wieso?«

Noah lächelte mich an, als würde mein Misstrauen seine Anerkennung finden. »Eigentlich ist es nur ein fairer Handel. Ich bräuchte bei ein paar Angelegenheiten deine Hilfe.«

»Was für Angelegenheiten?«

»Für den Anfang hätte ich gern, dass du ein paar Briefe für mich auslieferst.«

»Warum?«

Jetzt grinste er. Beugte sich dichter zu mir heran und flüsterte: »Ein Brief, den ein Fremder einwirft, macht mehr Eindruck als einer, den der nette Postbote bringt.«

Ich betrachtete ihn, und die feinen Härchen in meinem Nacken stellten sich auf. Seine Worte hallten in meinem Kopf nach, und ich war so abgelenkt, dass ich nicht sofort merkte, dass mir Noah meine Sachen aus den Händen pflückte. Ich blinzelte peinlich berührt, als mir einfiel, dass sich darunter auch ein Paket Binden befand, aber Noah zuckte nicht mit der Wimper.

»Moment mal, gib das zurück«, protestierte ich, aber er tat, als hätte er nichts gehört, und machte sich mit ausgreifenden Schritten auf den Weg zur Kasse. Ich eilte hinterher und zog eine Grimasse, als ich die Kassiererin sah: Mary Crosby war eine der eifrigsten Klatschbasen der ganzen Stadt. Sie musterte uns beide, ohne ein Wort zu sagen, aber ich wusste, dass sie ihre Schlüsse zog. Vor allem, als Noah den Kopf zu mir drehte, die Hände voll, und fragte: »Würdest du das Portemonnaie hinten aus meiner Hosentasche holen, Süße?«

Bei dem Kosewort verspürte ich ein Kribbeln im Bauch. Mary zog die Augenbrauen hoch. Zögernd griff ich in seine Gesäßtasche und zog so schnell wie möglich das Portemonnaie heraus. Ohne nachzudenken, klappte ich es auf und erblickte in einem Fach einen Ausweis. Noahs Bild war darauf, aber nicht sein Name. Stattdessen stand da *Aleksy Mazur*.

Was zum Teufel? Hastig klappte ich das Portemonnaie wieder zu und reichte es Noah. Zum Glück hatte er nicht bemerkt, dass ich einen Blick hineingeworfen hatte. Meine Gedanken rasten, und ich prägte mir den osteuropäisch klingenden Namen für spätere Nachforschungen ein. War es ein Deckname? Eine gefälschte Identität?

Noah bezahlte, packte alles ein und reichte mir die Tüte mit einer betont schwungvollen Geste. »Hier, bitte sehr, Madame.«

»Äh, danke dafür. Aber jetzt gehe ich erst mal zu Aoife, also kannst du nach Hause fahren, wenn du möchtest.«

Er starrte mich an. Angesichts des wilden Ausdrucks in seinen Augen wurde mir die Kehle eng. »Du kommst mit, und wir beide weisen meine Schwester mal gründlich in die Schranken.«

Mir erstarb jeder Protest auf der Zunge. Stumm folgte ich ihm nach draußen. Aoife sah mich mit großen Augen fragend an, als ich an ihr vorbeilief. »Ich, äh, ich seh dich dann morgen in der Schule«, brachte ich noch heraus, ehe mich Noah an den Hüften packte und auf sein Motorrad setzte. Mir blieb keine Zeit, darüber nachzudenken, wie sich seine Hände an meinem Körper anfühlten, denn im nächsten Augenblick waren wir auch schon unterwegs. Aber ich spürte seine Berührung noch immer wie ein unsichtbares Tattoo auf meiner Haut. Seine Berührungen waren mir immer so überdeutlich bewusst, viel mehr, als ich es je bei einem anderen Menschen erlebt hatte.

Fünf Minuten später fuhren wir auf die Auffahrt von *Ard na Mara*. Zum Glück stand Vee heute nicht in der Tür. Noah stellte den Motor ab, stieg von der Maschine und stiefelte schnurstracks aufs Haus zu.

Ich hatte ein ganz ungutes Gefühl.

Er stieß die Tür auf, stampfte lautstark hinein und geradewegs die Treppe hoch.

Vee kam im Pyjama aus dem Wohnzimmer geschossen. »Was soll der Krawall?«, fragte sie ungläubig.

Sie sah mich an, und ich blickte Noah hinterher, der gerade das obere Ende der Treppe erreicht hatte. Es gab ein lautes Krachen, und sie rannte ihm hinterher. Ich folgte ihnen und keuchte auf, als ich sah, dass er gegen die Badezimmertür trat. Das Bad, aus dem Vee mich ausgesperrt hatte.

Sylvias Schlafzimmer befand sich unten und hatte genau wie das von Vee ein eigenes Bad, also waren Noah und ich die Einzigen, die dieses hier benutzten. Verspätet begriff ich, dass er letzte Nacht nicht nach Hause gekommen war, denn sonst hätte er ja gemerkt, dass das Bad verschlossen war, ehe ich es ihm erzählt hatte. Was die Frage aufwarf: Wo hatte er gesteckt?

»Noah! Was um alles in der Welt tust du da?«, wollte Vee wissen.

»Wonach sieht es denn aus? Ich trete die verdammte Tür ein«, antwortete er laut, aber mit ruhiger Stimme. Mich täuschte er nicht. Noah war wütend. Und zwar meinetwegen, wie es aussah. Vee hatte recht gehabt, er war tatsächlich unberechenbar, aber es fühlte sich eigenartig gut an, vor allem, als ich Vees erschüttertes Gesicht sah. Noah sei Dank fand der Zorn, der seit dem frühen Morgen in mir schwelte, jetzt endlich ein Ventil.

»Hör sofort damit auf! Du machst ja die Tür kaputt!«, schrie Vee ihn an.

»Wenn du dich unbedingt wie eine Irre aufführen und andere Leute aussperren willst, dann wunder dich nicht, wenn sich die anderen im Gegenzug ebenfalls wie Irre benehmen«, brüllte Noah sie an.

Mein Herz hämmerte laut. Ich hatte zugleich Angst vor ihm und war vollkommen entzückt. Er benahm sich verrückt, ja, aber es gefiel mir, Vee so erschrocken zu sehen. Ich hätte ihre Angst nicht so genießen dürfen, aber sie sorgte seit zwei Jahren dafür, dass ich mich wertlos fühlte, und bei mir hatte sich eine Menge Groll aufgestaut.

»Ich hab doch nicht *dich* ausgesperrt«, sagte Vee, und er wirbelte herum.

»Wen wolltest du denn dann aussperren?«, zischte er.

»Na … Estella«, antwortete sie verängstigt. Schuldgefühle sickerten in meinen Verstand, aber ich schob sie beiseite. Wenn jemand es verdiente, den Kopf zurechtgerückt zu bekommen, dann Vee.

»Also bist du jetzt dazu übergegangen, andere Leute zu foltern«, stellte Noah fest.

»Das ist doch keine Folter«, widersprach ihm Vee.

»Jemandem den Zugang zu einem Badezimmer zu verweigern *ist* Folter, Veronica. Du benimmst dich genau wie *sie*. Mach das nie wieder.« Noah betonte jedes Wort, und Vee schien in sich zusammenzusinken.

Wer waren *sie*?

Noah trat noch einmal kräftig zu, und endlich sprang die Tür auf. An der Stelle, wo er zugetreten hatte, hatte sein Fuß beinahe ein Loch in die Tür gerissen. Splitter ragten aus dem Holz.

»Das ist doch schon viel besser«, verkündete er fröhlich. »Jetzt können wir alle das Bad benutzen, wann immer wir es verdammt noch mal wollen.«

»Du bist ja völlig wahnsinnig geworden!«, sagte Vee mit tränenerstickter Stimme, machte auf dem Absatz kehrt und floh in ihr Zimmer.

Noah richtete den Blick auf mich. »Siehst du? Problem gelöst. Ich hab doch gesagt, ich helfe dir.«

»Äh …« Ich wusste nicht, was ich sagen sollte. Was er getan hatte, war völlig übergeschnappt, und auch wenn es schön war, dass Vee ihre wohlverdiente Strafe bekommen hatte, war mir angesichts der aggressiven Strategie, für die er sich entschieden hatte, überhaupt nicht wohl in meiner Haut.

»Ein einfaches Danke reicht«, sagte Noah und ging an mir vorbei. »Ich leg dir dann nachher die Briefe raus, die du auf dem Weg zur Schule abliefern sollst.«

Mit diesen Worten war er verschwunden. Ich starrte die gesplitterte Tür an und seufzte.

Dann war ich es wohl, die das alles aufräumen durfte.

6. KAPITEL

Ich konnte mich kaum auf meine Hausaufgaben konzentrieren, und ich wusste nicht, ob mich Noahs Auftritt eher abstieß oder ich ihm applaudieren sollte. So oder so herrschte eine angespannte Stimmung im Haus, und ich beschloss, zur Abendmesse zu gehen, um meinen Kopf ein bisschen frei zu bekommen.

Ich brauchte ganz unbedingt einen klaren Kopf, um meine Gefühle für Noah zu sortieren.

Es war lächerlich. Ich sollte überhaupt keine *Gefühle* für ihn haben, schon gar nicht solche kribbelnden, mädchenhaften. Warum musste er denn so geheimnisvoll und anziehend und gefährlich sein? Das war ein Cocktail, der förmlich darum bettelte, dass jemand wie ich ihn runterstürzte.

Ich zog die Uniform aus und schlüpfte in eine Jeans, ein ärmelloses weites Oberteil und eine lange Strickjacke, dann ging ich nach unten und klopfte leise an Sylvias Tür.

»Herein«, antwortete sie mit ihrer leisen Stimme.

Ich steckte den Kopf durch den Türspalt. »Ich geh zur Messe. Möchtest du mitkommen?«

Bei der Aussicht, ein wenig rauszukommen, leuchteten ihre Augen auf, auch wenn es nur ein Gottesdienst war. Sie freute sich über die frische Luft auf dem Hin- und Rückweg, deshalb lud ich sie immer ein, mich zu begleiten.

Ich rollte sie gerade zur Tür, da hörte ich Schritte die Treppe herunterkommen.

»Wo willst du hin?«, fragte Noah.

Ich drehte mich zu ihm um. »Wir gehen zur Abendmesse. Möchtest du mitkommen?« Meine Einladung war ein bisschen sarkastisch gemeint. Ich nahm an, eine Kirche war so ziemlich das Letzte, was Noah lockte, vor allem, nachdem er mir gesagt hatte, dass er nichts von Religion hielt.

Er kniff die Augen zusammen und sah seine Mutter an. Mir fiel auf, wie sich Sylvias Schultern spannten. Dann sagte Noah: »Ich hol meine Jacke.«

Tja, das war wohl nach hinten losgegangen. Aber ich würde meine Einladung nicht zurücknehmen. Noah hatte etwas für mich getan (auf seine ganz eigene Art), indem er Vee zur Rede stellte, und ich hatte gerade sehr warme Gefühle für ihn. Mir war klar, dass das nicht angebracht war, vor allem, wenn man bedachte, wie irre er sich aufgeführt hatte, aber ich kam nicht dagegen an.

Gleich darauf war er wieder da und warf sich lässig in seine Lederjacke, und wir machten uns auf den kurzen Weg zur Kirche. Ich warf ihm einen raschen Blick zu und stellte fest, dass er mich ansah. Ehe ich mich hastig abwandte, sah ich die leise Andeutung eines Grinsens auf seinen Lippen.

»Wo warst du letzte Nacht?«, fragte ich beiläufig.

»Arbeiten.«

Ich zog die Brauen hoch. »Du hast einen Job?«

»Ich geb unten in der Stadt ein paar Mal pro Woche den Barkeeper. Letzte Nacht ist es spät geworden, da hab ich bei einem Freund auf dem Sofa übernachtet.«

»Oh«, sagte ich, überrascht, dass ich ihm eine ehrlich klingende Antwort entlockt hatte. Ich hatte den albernen Wunsch, das Gute in Noah zu sehen, wahrscheinlich, damit ich mich wegen der zuvor erwähnten *Gefühle* nicht ganz so schuldig fühlte.

Eine Weile liefen wir schweigend weiter, dann fragte ich: »Erinnerst du dich an den Jungen aus deiner Schulzeit, von dem du mir erzählt hast? Dem, der versucht hat, dich zu mobben?«

Noah nickte, offenbar fasziniert davon, dass ich das Thema wieder auf den Tisch brachte.

»Das, was du zu ihm gesagt hast«, sagte ich leise. »Damit hast du ihm nur gedroht, stimmt's? Du hast das nicht wirklich getan?«

Ein belustigtes Zucken um seinen Mundwinkel. »Natürlich hab ich das nicht getan. Dafür müsste ich ja wahnsinnig sein.« Mit schief gelegtem Kopf dachte er kurz nach. »Und ein Vergewaltiger. Und auch wenn es eine ganze Menge von denen auf der Welt gibt, ich bin keiner, das kann ich dir versichern.«

Kurz blickte er Sylvia an, die immer noch angespannt wirkte, als würde sie sich in Gegenwart ihres Sohns nicht besonders wohlfühlen. Weshalb? Hatten sie einfach eine dieser distanzierten Mutter-Sohn-Beziehungen, oder steckte mehr dahinter? Vee und Sylvia standen sich ebenfalls nicht nah, obwohl sie unter einem Dach lebten. Es war wohl nur so, weil sie keine andere Wahl hatten – Vee konnte gemein sein, aber selbst sie war nicht so hart, dass sie ihre Mutter ins Pflegeheim abschob.

Ganz knapp vor Beginn der Andacht schlüpften wir in die Kirche. Ich schob Sylvia zur hintersten Reihe und stellte den Rollstuhl neben der Bank ab, auf die ich mich setzte, Noah quetschte sich an mir vorbei, sein Bein streifte meins, und er setzte sich neben mich.

Vater Connolly in seinem Priestergewand tauchte auf, verneigte sich vor seinen Ministranten, küsste den Altar und beräucherte anschließend ihn und das Kreuz feierlich mit Weihrauch. Ich spähte zu Noah hinüber. Er sah mit ausdruckslosem Gesicht zu. Der Anblick seines stoischen Profils lenkte mich ab, gerade als die Gemeinde sich erhob, und ich stand verspätet auf, gemeinsam mit Noah.

»Im Namen des Vaters, des Sohnes und des Heiligen Geistes«, eröffnete Vater Connolly den Gottesdienst und nahm den Klingelbeutel für die Kollekte entgegen. »Amen.«

Ich stellte fest, dass Noah zwar aufgestanden war, aber nicht Amen sagte.

»Der Herr sei mit euch.«

»Und mit deinem Geiste.«

Während Vater Connolly die Gemeinde durch den Bußritus leitete, wurde meine Aufmerksamkeit ganz von Noah in Anspruch genommen. Dass er hier war, schlug mich in den Bann. Er schien mit dem Ablauf wohlvertraut zu sein, obwohl er nicht richtig teilnahm, keine der rituellen Antworten aufsagte. Das ergab Sinn – er hatte ja gesagt, dass er früher mal religiös gewesen war, aber seinen Glauben verloren hatte. Als die Heilige Kommunion begann, fragte ich Sylvia, ob ich sie nach vorn bringen sollte.

»Ja, sehr gern«, sagte sie und legte ihre Hand dankbar in meine.

Noah schnaufte leise, beugte sich vor und musterte seine Mutter. »Ist das dein Ernst?«

Er klang sarkastisch, aber Sylvia erwiderte weder seinen Blick, noch gab sie ihm eine Antwort. Ich blickte ihn finster an und verstand nicht, was das sollte. Sylvia empfing oft die Heilige Kommunion, wenn sie mit mir die Messe besuchte.

Ich stand auf und schob sie ans Ende der Warteschlange. Als wir zurückkamen, saß Noah noch immer in der Kirchenbank und erinnerte mich an einen dunklen, gefallenen Engel, der zurückgekehrt war an einen Ort, den er einst seine Heimat genannt hatte, an den er aber nicht mehr gehörte.

Ich stellte Sylvias Rollstuhl wieder an ihrem Platz ab, kniete mich hin und faltete die Hände, senkte für das Gebet den Kopf. Ich spürte Noahs Aufmerksamkeit, und aus dem Augenwinkel sah ich, wie er sich vorbeugte, um mich näher zu betrachten.

Er schien wirklich außerordentlich fasziniert zu sein. Sein Blick verweilte auf meinem Nacken, und die feinen Härchen in meinem Genick sträubten sich warnend. Dann raschelte Kleidung, er ließ sich zurückfallen und stieß schwer die Luft aus.

»Du bringst mich um, Estella.«

Seine Worte waren kaum zu hören, und ich wusste nicht, was er meinte. Vielleicht hatte es etwas damit zu tun, dass ich zum Gebet niederkniete? So ungewöhnlich war das gar nicht, aber es schien ihn regelrecht in den Bann zu schlagen. Seine Stimme hallte in meinem Kopf wider und machte es mir schwer, mich zu konzentrieren oder mich auch nur zu entsinnen, wofür oder für wen ich eigentlich hatte beten wollen.

Ich spürte Noahs Gegenwart mit jeder Faser. Spürte seine Neugier so deutlich, als würde sie von dort, wo er saß, direkt auf mich übergehen. Vielleicht war er nur fasziniert davon, dass jemand so Junges wie ich eine solche Hingabe zu Gott empfand und sogar die Messe besuchte. Etwas in der Richtung hatte er schon mal erwähnt. Und ja, es stimmte, heutzutage besuchten immer weniger junge Leute die Kirche, aber es war nicht so, dass es gar keine gab. Immer noch kamen mehrere Leute in meinem Alter jede Woche in die Kirche – auch wenn ich nicht ganz sicher war, ob sie es so wie ich aus freien Stücken taten oder von ihren Eltern dazu ermuntert wurden.

Mich ermunterte niemand dazu, aber ich wusste nicht, was ich ohne meinen Glauben getan hätte. Vielleicht hätte ich mich in einem meiner vielen dunklen Momente der Depression ergeben. Hätte mich ganz in ihren Abgrund hinabziehen lassen. Bei dem Gedanken erschauerte ich.

»Ich dachte, das Beten stimmt dich zuversichtlich«, flüsterte Noah kaum hörbar. »Du bist gerade erschauert. Ich hoffe, Gott hat dir kein schlechtes Omen gesandt.«

Ich öffnete kurz die Augen und bedachte ihn mit einem strafenden Blick. Sein Blick wanderte über mein Gesicht und dann hinunter auf meine Brust. Wieder schien mein Kruzifix seine Aufmerksamkeit auf sich zu ziehen, und seine Augen flammten auf. Dieselbe Hitze schoss mir durch die Brust, und ich wandte mich rasch wieder zum Altar um, schloss die Augen und versuchte mich zu konzentrieren. Aber es war aussichtslos. Noahs Gegenwart brachte mich zu sehr durcheinander, und wenn er so dicht bei mir war, brauchte ich es gar nicht erst zu versuchen.

Ich erhob mich von den Knien und setzte mich wieder auf die Bank. Vater Connolly beendete die Messe, und ich stand auf und schob Sylvia aus der Kirche. Noah schlenderte neben mir her, und obwohl er nichts sagte, war mir seine Gegenwart sehr bewusst.

»Das war interessant«, brach er schließlich das Schweigen.

»War ja nur eine Messe«, sagte ich und versuchte, beim Klang seiner tiefen Stimme nicht zu erbeben.

»Die meisten Leute träumen während der Messe einfach vor sich hin, aber du bist voll dabei«, fuhr er fort.

»Wäre ja sonst Zeitverschwendung, wenn ich teilnehme und dann nicht ...« Ich warf ihm einen kurzen Blick zu. »... voll dabei bin, wie du sagst.«

»Nicht unbedingt. Ich wette, die Hälfte der Leute geht nur hin, um für fromm gehalten zu werden.« Sein Blick zuckte zu Sylvias Hinterkopf.

»Das ist sehr zynisch«, antwortete ich.

Er schmunzelte. »Dann nenn mich einen Zyniker.«

Zu Hause brachte ich Sylvia in ihr Zimmer; Irene war gerade gekommen und stand bereit, um sie bettfertig zu machen. Ich ging in die Küche, um eine Kleinigkeit zu essen. Noah war schon da und trank eine Tasse Tee. Ich nickte ihm flüchtig zu und öffnete den Kühlschrank, betrachtete die karge Auswahl und sagte, den Rücken zu ihm gewandt: »Ich möchte, dass du mich nicht mehr von der Schule abholst.«

Angespannt wartete ich auf seine Antwort und hörte, wie er die Tasse abstellte. »Warum nicht?«

»Weil ich glaube, dass es ein falsches Bild abgibt.« Außerdem wollte ich Vee nicht noch mehr auf die Palme bringen. Ich wusste es zu schätzen, dass Noah mir zur Seite gestanden hatte, aber ich war kein Fan von großen Dramen. Außerdem konnte ich für mich selbst sorgen, auf meine eigene Weise.

»Ist das so«, sagte er, eher nachdenklich als fragend.

Ich nahm den Brotlaib, schloss den Kühlschrank und drehte mich mit rasendem Herzen zu ihm um. »Es war schön, Sally in ihre Schranken zu verweisen, aber dies ist eine Kleinstadt. Es wird nicht lange dauern, bis sie rausfindet, dass du Vees Bruder bist, und dann wird es Hohn und Spott regnen, weil ich so getan habe, als ob mein … mein …«

Uff, warum kriegte ich es nicht über die Lippen?

Noah hob eine Braue. »Dein?«

»Tja«, flüsterte ich, »faktisch gesehen bist du mein Stiefonkel, also ist das echt ziemlich bizarr.«

Er verzog ganz eigenartig die Lippen, und ich vermochte nicht zu sagen, ob er verärgert war oder belustigt. Dann sagte er »Stiefonkel, ja?«, und ich wusste, es war Letzteres.

Ich schluckte, drehte mich um und wollte Butter auf mein Brot schmieren, weil ich mich nicht in der Lage sah, mit seinem Spott umzugehen. In meinem Rücken scharrte sein Stuhl über den Boden, und ich spürte, wie er hinter mich trat. Er stützte links und rechts von mir seine Hände auf den Küchentresen, und seine Wärme umfing mich, als er sich zu mir runterbeugte und seinen Mund an mein Ohr brachte. »Wenn du nicht willst, dass ich dich abhole, dann tu ich's nicht mehr«, flüsterte er, und mein Magen schlug einen Purzelbaum. »Aber nur um das klarzustellen: Ich bin nicht dein Onkel und werde auch niemals dein Onkel sein, Estella.«

Und dann war er weg. Das war ein unerwartet intensives Gespräch gewesen. Kitzelnde Schauer liefen mein Rückgrat hinunter, und seine leise Stimme hallte in meinem Kopf wider. Draußen hörte ich sein Motorrad aufdröhnen und atmete erleichtert auf. Wahrscheinlich war er unterwegs in die Stadt, zu der Bar, in der er arbeitete. Zu wissen, dass er einen ganz normalen Job hatte, machte ihn ein bisschen weniger geheimnisvoll, aber trotzdem brachte er mich völlig durcheinander. Ihn zur Messe mitzunehmen war zweifellos ein Erlebnis gewesen, aber ich würde ihn bestimmt nicht noch mal fragen, ob er sich uns anschloss.

Am nächsten Morgen stellte ich erleichtert fest, dass Vee nicht beschlossen hatte, die aufgetretene Tür kurzerhand mit ein paar Brettern zuzunageln. Zugetraut hätte ich es ihr. Die Tür war immer noch gesplittert und ließ sich nicht abschließen, aber immerhin konnte ich ins Bad.

Ich wusch mich und zog mich an, dann ging ich nach unten, um Frühstück zu machen. Auf dem Küchentisch entdeckte ich einen säuberlichen Stapel Briefe, und mir fiel wieder ein, dass ich sie für Noah ausliefern sollte.

Neben dem Stapel lagen eine Notiz und zwanzig Euro. Auf dem Zettel stand: *An die Adressen auf den Umschlägen liefern.*

Falls du es schaffst, ohne gesehen zu werden, ist noch ein Zwanziger mehr drin.

Ich erinnerte mich an seine gestrigen Worte: *Ein Brief, den ein Fremder einwirft, macht mehr Eindruck als einer, den der nette Postbote bringt.*

Allzu wild war ich nicht auf den Job, aber vierzig Euro für das Ausliefern von ein paar Briefen würde ich nicht ausschlagen. Rasch sah ich sie durch und runzelte die Stirn, als ich sah, an wen sie adressiert waren: Lydia McBride, die Bürgermeisterin und Claire McBrides Mutter, Direktor Hawkins, Matt O'Hare, Pubbetreiber und Sally O'Hares Vater, und zuletzt Keans Vater Enda Riordan. Mein Magen verwandelte sich in einen Klumpen. Weshalb schickte Noah ausgerechnet diesen Leuten Briefe? Immerhin erklärte es sich jetzt, dass ihm Sallys Name etwas gesagt und er sich bei Gearys Loch nach Claire erkundigt hatte.

Trotzdem, es war eine eigenartige Gruppe, und soweit ich es überblickte, verband sie nur eine Gemeinsamkeit.

Sie alle verfügten in der Stadt über Einfluss.

Ich hob einen Brief ins Gegenlicht und versuchte zu erkennen, was sich darin befand, aber der Umschlag bestand aus dickem Papier, durch das ich rein gar nichts erkennen konnte. Kurz blickte ich zum Kessel und überlegte, ob ich einen der Briefe mithilfe von Wasserdampf öffnen sollte, aber das war zu riskant, und ich hatte nicht genug Zeit.

Also steckte ich die Briefe in die Tasche und machte mich auf den Weg. Zuerst ging ich zu Kean Riordans Haus, das am anderen Ende der Straße lag. An der Grundstücksmauer war ein kleiner Briefkasten angebracht, sodass ich den Brief einwerfen konnte, ohne zum Haus gehen und riskieren zu müssen, dass jemand mich sah.

Als das erledigt war, wandte ich mich gerade zum Gehen, da fragte jemand neugierig: »Bist du das, Estella Shannon?«

Mit einem nervösen Lächeln drehte mich um und sah, wie Kean in seiner Schuluniform durchs Tor kam. »Oh, hallo«, antwortete ich linkisch und fragte mich, ob er gesehen hatte, wie ich den Brief einwarf. Mein Blick streifte das Schulwappen auf seiner Brust und wanderte weiter zu seinem Hals, den ich eigenartig anziehend fand. Er hatte dunkelblondes Haar und tiefbraune Augen.

»Was machst du denn an diesem Ende der Straße?«, fragte er, und ich atmete heimlich auf, weil er nicht gesehen hatte, wie ich den Brief einwarf.

»Ich wollte nur vor der Schule noch ein bisschen laufen«, antwortete ich. Kean und ich kannten uns, seit wir klein waren, aber richtig angefreundet hatten wir uns nie. Es war seltsam, hier zu stehen und mit ihm zu reden, vor allem, weil er viel größer war als früher, seine Stimme viel tiefer. Ich dachte daran, wie sich unsere Blicke vor der Schule getroffen hatten, an sein Lächeln.

»Joggst du manchmal?«, fragte Kean. »Ich und mein Dad laufen jeden Sonntag acht Kilometer am Strand lang. Du kannst dich uns sehr gern anschließen.«

»Oh, nein, ich gehe lieber einfach spazieren«, sagte ich und wurde von zwei widerstreitenden Impulsen geschüttelt – dem, zu fliehen, und dem, zu bleiben.

»Gehst du jetzt zur Schule? Hättest du was dagegen, wenn ich dich begleite?«

»Äh, eigentlich muss ich erst noch bei einer Freundin vorbei«, log ich.

»Nächstes Mal vielleicht.« Kean sah ein bisschen enttäuscht aus.

»Na klar. Ich geh mal besser los.« Ich wich ein paar Schritte zurück, und er nickte.

»Man sieht sich, Estella.«

Auf dem Weg zur nächsten Adresse, dem Haus von Bürgermeisterin McBride, dachte ich über Keans Angebot nach, mich zur Schule zu begleiten, und verspürte ein aufgeregtes Kribbeln im Bauch. Ich war Aufmerksamkeit von Jungs nicht gewöhnt, vor allem, weil ich auf eine reine Mädchenschule ging und kaum mit welchen zu tun hatte. Aber ich stellte fest, dass es mir sehr gefiel, wie Kean mich angesehen hatte.

Natürlich war es kein Vergleich dazu, wie Noah mich auflodern ließ, als würde ich von innen heraus verbrennen, aber schön war es trotzdem.

Die Briefe an Bürgermeisterin McBride und Matt O'Hare lieferte ich ab, ohne dass mich jemand dabei sah, Gott sei Dank! Sally oder Claire über den Weg zu laufen wäre sehr unangenehm gewesen. Aber bei Direktor Hawkins hatte ich weniger Glück. Gerade als ich den Brief einwerfen wollte, öffnete er die Haustür.

Er hob die Brauen, und mich durchlief ein nervöses Kribbeln. Er wirkte sehr überrascht, mich zu sehen.

»Estella Shannon? Was wollen Sie denn hier?«, fragte er neugierig.

Ich hielt den Brief hoch. »Ich, äh, wollte nur das hier abliefern.« Ich drückte ihm den Brief in die Hand und versuchte, mich zu verdrücken, aber er rief mich zurück.

»Warten Sie mal kurz. Was ist das?« Er drehte den Brief um und begutachtete die handgeschriebene Adresse, ehe er ihn vorsichtig öffnete. Mein Puls raste. Noah hatte nicht gewollt, dass mich jemand beim Ausliefern der Briefe sah, was bedeutete, dass der Inhalt irgendwie unerfreulich sein musste.

Direktor Hawkins zog eine kleine Karte aus dem Umschlag. Als er sie aufmerksam betrachtete, nutzte ich die Gelegenheit und reckte heimlich den Hals, erhaschte aber nur einen flüchtigen Blick.

Sie sind hiermit herzlich zu der Feier von Veronica Shannons 40. Geburtstag eingeladen.

Oh! Noah organisierte eine Geburtstagsfeier für Vee? Das war … unerwartet. Und weshalb verschickte er nur an vier Leute Einladungen? Das kam mir eigenartig vor.

Direktor Hawkins schob die Einladung zurück in den Umschlag und reichte ihn mir. Besonders begeistert sah er nicht aus. Eher ein bisschen angespannt – seine Lippen waren nur ein fester dünner Strich.

»Bitte teilen Sie Ihrer Stiefmutter mit, dass ich an dem betreffenden Wochenende leider beschäftigt bin und nicht kommen kann«, sagte er schroff.

»Äh …« Fast hätte ich gesagt, dass die Einladung nicht von Vee kam, überlegte es mir dann aber aus irgendeinem Grund anders. »Okay.«

Ich wandte mich zum Gehen. Direktor Hawkins räusperte sich. »Wie geht es denn Sylvia?«

Ich drehte mich wieder zu ihm um. »Ganz okay. So gut, wie man es eben erwarten kann.«

Kurz huschte ein seltsam sentimentaler Ausdruck über sein Gesicht. Dann nickte er ernst. »Gut. Sagen Sie ihr bitte, dass ich mich nach ihr erkundigt habe.«

»Mach ich«, sagte ich und wunderte mich über den wehmütigen Schimmer in seinen Augen.

»Jetzt gehen Sie besser zur Schule, nicht dass Sie zu spät kommen. Ich muss jetzt ebenfalls in mein Büro.«

»Wiedersehen.« Ich machte mich über seine Auffahrt davon.

Den ganzen Tag fiel es mir schwer, mich auf den Unterricht zu konzentrieren. Nur allzu gern hätte ich gewusst, was es mit Noahs Einladungen auf sich hatte. Er kam mir nicht wie der Typ vor, der gern Partys veranstaltete, und Vee erschien mir nicht wie jemand, der solche Anlässe zu schätzen wusste.

Nach der Schule ging ich am Strand entlang nach Hause und nahm die Steintreppe zum Haus hinauf. Als ich in die Küche kam, traf ich dort Irene an, die gerade Sylvia fütterte.

»Hallo, Estella«, begrüßte sie mich.

»Hi, Irene. Hi, Sylvia.« Ich nahm mir ein Glas Wasser mit auf mein Zimmer. Es sah nicht aus, als sei Vee zu Hause, und darüber war ich froh. Seit sie gestern Abend in ihr Zimmer geflohen war, hatte ich sie nicht mehr gesehen.

In meinem Zimmer stellte ich das Glas auf die Kommode und wollte mir gerade die Kekse holen, die ich unterm Bett versteckt hatte, da sah ich etwas aus dem Augenwinkel. Jemand hatte einen Stapel Bücher in mein Regal gelegt. Heute Morgen vor der Schule waren sie definitiv noch nicht dort gewesen, und es waren auch keine von meinen eigenen.

Bei näherer Betrachtung entdeckte ich, dass ein Zettel darauf lag, und ich erkannte Noahs zackige, unordentliche Handschrift.

Ein bisschen Lesestoff. Damit du eine fundierte Entscheidung treffen kannst. Dein Noah

Ich betrachtete das oberste Buch, es war eine Ausgabe des Korans. Die anderen waren die Tora, der Talmud, das Daodejing, die Veden und die Upanischaden und noch einige mehr, von denen ich nie zuvor gehört hatte.

Er hatte mir eine Sammlung Heiliger Schriften unterschiedlicher Religionen gegeben. Waren das die Bücher, von denen er behauptet hatte, sie selbst gelesen zu haben? Und, noch wichtiger: Erwartete er von mir, dass ich sie ebenfalls las?

Eigenartigerweise schmeichelte mir der Gedanke, dass er mich für klug genug hielt, solche Werke zu verdauen. Ich war es ja auch, aber ich war es gewohnt, von Vee als naiver, dummer Teenager verunglimpft zu werden. Es war schön, zur Abwechslung auch mal Anerkennung zu finden, allerdings machte mich

Freundlichkeit bei Noah misstrauisch. Ich vermochte nie zu sagen, ob sie gratis war oder irgendeinen Haken hatte.

Die Bücher wirkten reichlich abgenutzt, als wären sie immer und immer wieder durchgeblättert worden. Die Bücherliebhaberin in mir war entzückt darüber, diese Sammlung in Händen zu halten, aber ich wusste nicht, ob sie als Geschenk oder als Leihgabe gedacht waren, also achtete ich sorgfältig darauf, sie nicht zu beschädigen. Nachdenklich betrachtete ich die Bücher und wusste nicht, mit welchem ich anfangen sollte. Einem Impuls folgend suchte ich schließlich die Tora heraus. Sie schien mir ein guter Start zu sein, weil sie sich zum Teil mit dem Alten Testament überlappte. Ich machte es mir in meinem Bett gemütlich, schlug die erste Seite auf und fing an zu lesen.

Mehrere Stunden später war mein Hirn ein einziges Durcheinander. Noah hatte recht. Von anderen Religionen konnte man viel lernen, und ich hatte ja kaum die Oberfläche angekratzt. Über den Unterschieden konnten sich Menschen entzweien, aber je mehr ich las, desto augenfälliger wurden die Gemeinsamkeiten, nicht die Unterschiede.

Ich brannte darauf, mit Noah darüber zu diskutieren, also ging ich nach oben, um ihn zu suchen, aber als ich an seine Tür klopfte, antwortete er nicht. Ich warf einen Blick ins Zimmer, aber es war leer.

»Was machst du da?«

Mit heftig pochendem Herzen drehte ich mich um. Vee stand in ihrem langen Hausmantel hinter mir. Ihr Haar sah aus wie ein struppiges Vogelnest, die Augen waren blutunterlaufen. In den Händen hielt sie Wodka, den sie direkt aus der Flasche zu trinken schien.

»Ich wollte nur, äh …« Ich verstummte, statt ihr eine Erklärung zu liefern, weshalb ich vor Noahs Zimmer stand. Vee verdrehte die Augen und geriet leicht ins Taumeln. Sie war betrunken, und das machte mich nervös. Nüchtern konnte Vee schon gemein sein, aber wenn sie sich derart abgeschossen hatte, kannte sie keine Grenze.

»Dein Liebster ist unten.«

»Er ist nicht mein …«

»Er ist fünfundzwanzig Jahre alt. Wusstest du das? Dein Vater würde sich im Grab umdrehen, wenn er wüsste, dass du hinter älteren Männern her bist.«

»Ich bin hinter überhaupt niemandem her.«

Wieder ein Augenrollen. »Was schert's mich? Du bedeutest mir nichts. Ich lasse dich nur wegen deinem Vater hier wohnen. Er war der einzige Mann, der mich je geliebt hat. Zu gut für diese Welt.«

Als ich diesen kurzen Blick auf ihre Trauer erhaschte, zog sich mein Herz zusammen. Es fiel mir schwer, Vees Grausamkeit gegen mich mit ihrer Liebe für meinen Vater zusammenzubringen. »Na, da wenigstens sind wir uns einig«, flüsterte ich. Dad war definitiv zu gut für diese Welt gewesen. Auch zu gut für Vee, aber das sprach ich nicht aus.

Sie betrachtete mich mit ihren grünen Katzenaugen. »Du bist nicht so ein guter Mensch wie er. Du bildest es dir zwar ein mit deiner dummen Bibel und deinen Messen, aber es stimmt nicht. Ich durchschaue dich. Du bist genau wie ich. Verbittert und kaputt.«

Wenn ich verbittert und kaputt war, dann ihretwegen. Allerdings glaubte ich nicht, dass sie recht hatte. Nicht wirklich. Ja, ich hatte es in gewisser Weise genossen, ihr Entsetzen zu sehen, als Noah die Tür eintrat. Nach dem jahrelangen emotionalen Missbrauch kam es mir gerechtfertigt vor. Es ist schon schwer genug, einen Elternteil zu verlieren, ohne dass die Stiefmutter alles daransetzt, einem jeden wachen Augenblick zur Hölle zu machen. Ja, ich hatte meine Gründe, sie leiden sehen zu wollen, aber umgekehrt traf das nicht zu.

Ich erwiderte ihren Blick fest. »Vee, du hast zu viel getrunken. Du solltest dich hinlegen.«

»Wag es nicht, so mit mir zu reden«, zischte sie. »Und sag mir nicht, was ich tun soll. Ich bin hier die Erwachsene. Ich sage *dir*, was du zu tun hast.«

Plötzlich und unerwartet überkam mich bei ihrem Anblick Mitleid. Vee war ein völlig kaputter und unglücklicher Mensch, das musste ich mir immer wieder in Erinnerung rufen. Deshalb behandelte sie mich so. Ich dachte an die Geburtstagsfeier, die Noah für sie organisierte. Vee war nicht stabil genug für so etwas. Ich wusste ehrlich gesagt nicht, was er sich dabei dachte.

»Wusstest du, dass Noah dieses Wochenende eine Geburtstagsfeier für dich gibt?«, fragte ich sanft. Ich glaubte, ihr einen Gefallen zu tun, wenn ich es ihr erzählte. Wer wusste schon, wie sie reagieren würde, wenn er es geheim hielt und dann plötzlich all diese Leute kamen, mit denen sie wahrscheinlich seit Jahren kein Wort mehr gewechselt hatte.

Vee starrte mich erst verwirrt an, dann wurde mit einem Mal die Luft dick. »Er tut *was*?«, zischte sie.

Nervös kratzte ich mich am Arm. Vielleicht hätte ich doch besser den Mund gehalten. »Noah hat mich heute damit beauftragt, ein paar Einladungen …«

Ihre Augen traten hervor, und sie rannte die Treppe hinunter. Ich war ihr dicht auf den Fersen, als sie durch die Wohnzimmertür stürmte und ihre fast leere Wodkaflasche nach Noah warf. Er stand am Fenster und telefonierte, bemerkte sie aber in letzter Sekunde, duckte sich, und die Flasche zersprang an der Wand in lauter Scherben.

»Tad, ich ruf dich zurück«, sagte Noah ruhig, beendete das

Telefonat und steckte das Handy weg. Wütend fixierte er Vee. »Was zum Henker soll das, Veronica?«

»Du gibst eine Geburtstagsparty für mich!«, schrie sie zornentbrannt. Ein normaler Mensch wäre begeistert gewesen, aber Veronica war alles andere als normal. Ich hatte nicht erwartet, dass sie sich freute, aber auch nicht, dass sie so ausflippen würde.

Noahs Gesicht wurde ernst, und er sah mich an. »Du hast eine meiner Einladungen geöffnet?«

»Nein, ich … Direktor Hawkins hat mich erwischt, als ich seine gerade einwerfen wollte, und sie vor meinen Augen geöffnet.«

»John Hawkins?«, rief Vee. »Wen hast du sonst noch eingeladen?«

»Nur ein paar Leute aus der Stadt«, antwortete Noah. »Estella hat einige Sondereinladungen für mich abgegeben, an Enda Riordan, Matt O'Hare, Lydia McBride und Direktor Hawkins, die ja alle so gut Freund mit unseren Eltern waren.«

So wenig Farbe Vee auch hatte, jetzt wurde sie noch bleicher. Im nächsten Moment ging sie auf Noah los und schlug ihm voller Zorn auf die Brust. »Wie konntest du das tun? Das sind die letzten Menschen auf der Welt, die ich sehen will!«, schrie sie, und ich hörte, wie sich Sylvia in ihrem Zimmer am Ende des Flurs regte. Sie fragte sich vermutlich, was der Aufruhr zu bedeuten hatte. Ich blieb, wo ich war, außer Reichweite von Vees Zorn.

Noah packte sie um die dünnen, bleichen Handgelenke. Sein Blick ließ mir das Blut in den Adern gefrieren. »Wie ich das tun konnte?«, fragte er. »Ich mache das alles für dich! Ich dachte, du wüsstest meine Mühen zu schätzen.«

Tränen rannen Vee über die Wangen, und sie schüttelte langsam den Kopf. »Wenn dir auch nur im Allergeringsten was an mir läge, dann würdest du das alles in der Vergangenheit ruhen lassen, wo es hingehört. Stattdessen zerrst du alles wieder ans Licht. Ich weiß doch, dass du irgendwas vorhast. Was auch immer es ist, es wird in einer Katastrophe enden. Das tut es immer.«

Noah ließ sie los, drehte sich zum Fenster um und fuhr sich mit beiden Händen durchs Haar. Lange schwieg er, dann endlich drehte er sich wieder um, die Augen unendlich traurig. »Sieh dich doch nur an, Vee. Was ist aus dir geworden? Wir müssen das alles hinter uns lassen, damit wir endlich wieder nach vorn sehen können. Darum geht es mir, nur darum.« Sein Blick war verzweifelt, und ihr Zorn schien ein wenig zu schwinden.

Ich hatte keine Ahnung, wovon sie da eigentlich redeten. Vee sackte ein wenig in sich zusammen, erwiderte seinen Blick.

»Ich hab es hinter mir gelassen«, sagte sie mit dünner Stimme, drehte sich um und ging. Ich stand ganz still und lauschte darauf, wie sie die Treppe hinaufging und ihre Zimmertür hinter sich schloss. Weder Noah noch ich sagten ein Wort. Ich konnte mir immer noch nicht den leisesten Reim darauf machen, über was für eine Vergangenheit er und Vee sich soeben gestritten hatten, aber mich beschlich das unangenehme Gefühl, dass ich es auch lieber nicht wissen wollte.

Und deshalb fragte ich ihn nicht nach der Party und auch nicht danach, weshalb Vee deshalb so ausgerastet war.

Nein, beides fragte ich ihn nicht. Ich ging auf ihn zu und blieb vor ihm stehen, die Hände in die Hüften gestemmt. Er hob den Blick, und ich musterte ihn.

Dann, als ich endlich den nötigen Mut zusammengekratzt hatte, fragte ich: »Wer ist Aleksy Mazur?«

7. KAPITEL

Langsam verzog sich sein Mund zu einem Lächeln, die Wut war wie weggewischt. In seine Augen trat ein Ausdruck, der mir so gar nicht vertrauenerweckend vorkam. Überhaupt kein bisschen.

»Wenn du mal nicht voller Überraschungen steckst«, murmelte er.

»Ich hab den Namen auf deinem Ausweis gesehen, als du mich gestern gebeten hast, dir deine Brieftasche zu geben.«

Seine Brauen ruckten in die Höhe. Lange sagte er nichts dazu, und ich fing an, nervös zu werden. Viel zu viele Überlegungen zuckten durch diese Augen, die so grün waren wie Scherben, die das Meer glatt geschliffen hatte.

»Was hast du vor?«, fragte ich.

»Ich habe nichts vor. Ich denke nur nach.«

»Sagst du mir, wer er ist, oder willst du mich einfach nur bis in alle Ewigkeit so gruselig anstarren?«

Noahs Mundwinkel zuckten. »Nein, Estella, ich sag es dir nicht, ich *zeig* es dir.«

Mein Herz schlug schneller. »Wie willst du mir das zeigen?«

»Erst mal gehst du nach oben und ziehst dir was Normales an.«

Ich blickte auf die zerknitterte Uniform hinunter, die ich schon den ganzen Abend lang trug. »Gehen wir irgendwohin?«

»Ja. Zieh dich um.«

Plötzlich packte mich freudige Erwartung. Ich sollte keine freudige Erwartung empfinden, und erst recht sollte ich nicht mit Noah irgendwohin gehen, aber nach Vees Wutanfall wollte ich auf keinen Fall hierbleiben. Ich ging nach oben und zog Jeans und ein schwarzes, langärmliges Oberteil mit V-Ausschnitt an. Fand meine alten Doc Martens und schnürte sie zu, dann band ich mir das Haar zu einem Dutt. Als ich nach unten ging, wartete Noah vor dem Haus, Vees Autoschlüssel in der Hand.

»Sagst du mir auch, wo wir hinfahren?«

Er zuckte mit den Schultern. »Komm mit oder bleib hier. Deine Entscheidung.«

Kurz zögerte ich, aber dann gewann meine Neugier die Oberhand. Vielleicht war ich auch in abenteuerlustiger Stimmung. Ich stieg in den Wagen und schnallte mich an. Wortlos fuhr Noah los, aus dem Örtchen hinaus und auf die Autobahn, die in die Stadt führte.

»Warum hast du mir die ganzen Bücher ins Zimmer gelegt?«, fragte ich nach ein paar Minuten.

Noah ließ sich Zeit mit der Antwort, als würde er genau darüber nachdenken. »Du kommst mir vor wie jemand, der eine Menge Fragen hat. Ich hab mir gedacht, vielleicht würden dir die Bücher ein paar davon beantworten.«

»Sind das deine Bücher?«

»Das waren sie.« Er sah mich an. »Jetzt gehören sie dir.«

Wärme strömte in meine Brust, und mir wurde die Kehle eng. Weshalb berührte es mich so, dass er mir Bücher schenkte, die einmal ihm gehört hatten? Sie hatten ihm offensichtlich etwas bedeutet, so zerlesen, wie sie waren. Man sah ihnen an, dass er sie immer mal wieder aufschlug.

»Du willst sie nicht zurückhaben? Niemals?«

»Bei mir ist Hopfen und Malz verloren, Estella. Weder dein Gott kann mich retten noch irgendein anderer.« Sein Blick wurde eindringlich. »Bei dir ist nichts verloren, deine Seele hat sich nur verirrt. Und Seelen können immer gerettet werden.«

»Du glaubst, du hättest keine Seele?«, fragte ich.

»Falls doch, habe ich sie schon lange nicht mehr gesehen.«

»Jeder Mensch hat eine Seele«, flüsterte ich.

»Ja, klar. Wenn man an Seelen glaubt. Nur …« Er verstummte und streckte die Hände am Lenkrad, ehe er es wieder fester fasste und mir einen raschen, sehr ernsten Blick zuwarf. »Vergiss nur niemals: Ganz gleich, wie eindrucksvoll manche Gedanken und Philosophien in diesen Büchern sein mögen, das alles wurde von Menschen geschrieben, und Menschen irren oft. Die Wahrheit kann sich hinter vielen Schichten verbergen, was bedeutet, dass du dich durch eine Menge Scheiße graben musst, um ein kleines Körnchen Weisheit zu finden.«

Ich sah ihn an, und mir wurde ganz warm ums Herz. Ich stellte fest, dass es mir sehr gefiel, wenn Noah philosophisch wurde. »Dann ist es wohl gut, dass es mir nichts ausmacht, danach zu graben.« Ich lächelte ihn an und betrachtete sein Profil, während er sich auf die Straße konzentrierte. »Du hattest übrigens recht.«

»Womit?«

»Als du gesagt hast, dass es in Religionen eine Menge gibt, was sich lohnt. Ich glaube, du versteifst dich viel zu sehr auf das, was den Glauben nicht wert ist, und deshalb findest du deine Seele nicht mehr. Sie liegt unter einem zu großen Berg an Zweifeln verschüttet.«

Rasch blickte Noah mich an. »Spar dir den Atem. Das mit den existenziellen Ängsten hab ich schon lange hinter mir gelassen. Es liegt mir nicht, über den Sinn des Lebens nachzugrübeln oder mich zu fragen, weshalb guten Menschen Schlimmes zustößt. Das ist sowieso vergebene Liebesmüh. Jetzt lebe ich einfach mein Leben, und was auch immer nach meinem Tod passieren mag – darum kümmere ich mich, wenn es so weit ist.« Seine Augen funkelten belustigt. »Allerdings werde ich das bestimmt ein bisschen bereuen, falls es doch eine Hölle gibt und mein Arsch für alle Ewigkeit auf den Grill kommt.«

»Wer sagt denn, dass du in die Hölle kommen würdest?«

Sein Gesicht verdunkelte sich. »Nur so eine Ahnung.«

»Aber *willst* du denn nicht an irgendwas glauben?«

»Klar will ich. Ich hab es auch versucht, aber ich kann nicht.«

»Woran liegt es?«

»Weil ich, wenn ich mir die Welt so ansehe, nicht viele Gründe dafür finde.«

Seine Worte nahmen mir den Wind aus den Segeln, denn ich wusste, wie er sich fühlte. Manchmal haderte ich sehr damit, was für ein Pech mein Vater gehabt hatte, und fragte mich, wie Gott das hatte zulassen können. Dann musste ich mir in Erinnerung rufen, dass das Leben nicht dafür bestimmt war, leicht zu sein. Die Dunkelheit von Kampf und Schmerz und Verlust gehörte dazu, damit Frohsinn, Liebe und Gemeinschaft umso heller leuchteten.

Ich betrachtete Noah und fragte mich, ob es möglich wäre, ihm mein Argument nahezubringen. Ich wollte nicht hinnehmen, dass er verloren sein sollte, nur weil er das behauptete. Andererseits brauchte er vielleicht einfach nur Gott nicht so sehr, wie ich es tat. Viele Leute lebten sehr gut, auch ganz ohne Religion oder Spiritualität.

»Übrigens hat Direktor Hawkins gesagt, er kann nicht zu deiner Party kommen«, sagte ich. »Er hat schon was anderes vor.«

Noahs Brauen schoben sich zusammen. »Das hat er also gesagt, ja?«

Ich nickte. »Wozu lädst du denn diese Leute überhaupt ein? Vee ist doch gar nicht mit ihnen befreundet.«

»Vee hat keine Freunde. Die vier kommen dem als Freunde unserer Eltern schon am nächsten.«

»Wenn sie Freunde eurer Eltern sind, weshalb besuchen sie Sylvia dann nie?«, fragte ich und dachte an Direktor Hawkins fast beschämte Frage nach ihrem Wohlergehen. Wenn es ihn wirklich interessieren würde, wäre er persönlich vorbeigekommen. »Die einzigen Leute, mit denen sie wirklich zu tun hat, sind Irene und ich, vielleicht ab und zu mal Vee, wenn sie zufällig gerade Lust hat, ihrer Mutter ein wenig Zeit zu schenken, was so ungefähr alle Jubeljahre mal der Fall ist.«

»Sylvia wird's schon überleben«, sagte Noah, und dann brummte er etwas vor sich hin, das ich nicht verstand.

Inzwischen waren wir in der Stadt angekommen, und zwar in einem der schäbigeren Viertel. Noah fuhr auf einen kleinen, dunklen Parkplatz und stellte den Motor aus. Ich sah mich um. Neben einer Metalltür stand ein Türsteher in Lederjacke. Das Gebäude sah aus wie eine Fabrik, die meisten Fenster waren geschwärzt.

»Wo sind wir?«, fragte ich.

»Hier arbeite ich.« Er rieb sich mit einer Hand über die Bartstoppeln und sah mich beinahe schelmisch an, als würde er mir gleich ein Geheimnis verraten. Kurz wirkte er viel jünger. »Genauer gesagt, hier arbeitet *Aleksy*.« Er stieg aus dem Wagen, ehe ich etwas darauf erwidern konnte, und ging auf den Türsteher zu. Hastig folgte ich ihm. Der Mann nickte Noah zu, als würde er ihn kennen.

»Aleksy, freut mich, dich zu sehen«, sagte er mit starkem osteuropäischem Akzent.

»Gleichfalls«, antwortete Noah mit demselben Akzent.

Ich glotzte ihn mit offenem Mund an. Was war das denn?

Der Blick des Türstehers wanderte zu mir. »Wer ist denn das?«

Noah legte mir den Arm um die Schultern. »Das ist Estella«, sagte er. Seine Stimme und die Berührung ließen mir die Haare zu Berge stehen. Es war immer noch Noahs tiefe, männliche Stimme, aber sie klang, als gehörte sie einem anderen, und ich konnte mich nicht entscheiden, ob ich erschrocken oder beeindruckt sein sollte ob der Leichtigkeit, mit der er umschaltete. »Ich hoffe, es macht Tomasz nichts aus, dass ich eine Freundin mitgebracht habe.«

Der Mann musterte mich. »Sieht 'n bisschen jung aus. Du bürgst für sie?«

»Natürlich.«

»In Ordnung. Dann mal rein mit euch«, sagte der Mann mit einem Schulterzucken.

Er öffnete die Tür, und Noah schob mich hinein. Ich sah ihn mit großen Augen an, mir lagen eine ganze Menge Fragen auf der Zunge, aber im nächsten Moment standen wir schon in einem großen, dunklen, verrauchten Raum. Rings um einen Tisch saßen mehrere Männer, spielten Karten und tranken Alkohol, und an einer Bar stand eine Handvoll weitere Typen, die mit spärlich bekleideten Frauen plauderten und ebenfalls tranken. Was war das für ein Laden?

Ich begann mich zu fragen, ob ich Noah trauen konnte. Immerhin hatten vertrauenswürdige Leute keinen gefälschten Ausweis. Dies war anscheinend sein Arbeitsplatz, ja, aber weshalb musste er vorgeben, Aleksy zu sein? Das ergab doch keinen Sinn.

Rasch blickte ich zum Tisch rüber und stellte fest, dass die Männer Poker spielten. Dann sah ich die Scheine auf dem Tisch und begriff, dass sie um Geld spielten.

»Tomasz«, grüßte Noah einen Mann mit schwindendem

Haar, der aussah, als hätte er hier das Sagen. Er saß am Kopf des Tischs, unter seinem schwarzen Hemd blitzten mehrere Goldketten hervor.

»Aleksy«, antwortete Tomasz mit einem stoischen Nicken.

Noah machte sich auf den Weg zur Bar, und ich folgte ihm. Er begrüßte den jungen Mann am Tresen in einer Sprache, die ich nicht erkannte, und übernahm seinen Posten. Noah beherrschte eine Fremdsprache? Nur ungern gab ich zu, dass es mich beeindruckte und auch ein bisschen anmachte. Zögernd nahm ich auf einem der Barhocker Platz und sah zu, wie er Drinks für die Männer und Frauen an der Bar mixte und in derselben Sprache wie eben mit ihnen plauderte. Für meine ahnungslosen Ohren klang es nach Russisch oder so, aber sicher war ich nicht.

Noah erklärte mir die Sache mit keiner Silbe, als würde er erwarten, dass ich die Tatsache seines Doppellebens erst mal ganz allein verdaute.

Endlich gelang es mir, seine Aufmerksamkeit auf mich zu ziehen, indem ich mit hochgezogenen Brauen gereizt mit beiden Händen gestikulierte. Doch er schmunzelte nur und arbeitete weiter. Irgendwann stellte er mir wie zur Beschwichtigung eine Cola vor die Nase. Zögernd nippte ich daran, denn zugegebenermaßen war ich wirklich durstig. Als es ruhiger wurde und Noah nicht mehr so viel zu tun hatte, lehnte er sich über den Tresen zu mir rüber. »Drei Fragen beantworte ich dir. Wähle weise.«

Im Hintergrund spielte leise Musik, sodass wir uns ziemlich ungestört unterhalten konnten, aber er fiel trotzdem nicht aus der Rolle, sprach Englisch, aber noch immer mit diesem Akzent, den ich so schrecklich sexy fand. »Drei Fragen?«, wiederholte ich, ohne auf die Schauer zu achten, die mich beim Klang seiner Stimme überliefen.

Er hob drei Finger. »Drei, nicht mehr.«

Ich stieß die Luft aus und betrachtete ihn misstrauisch, dann sah ich mich um. »Erste Frage: Was für eine Sprache war das eben?«

»Polnisch«, antwortete er schlicht.

»Oh.« Ich kam mir ein bisschen blöd vor. An der Schule gab es ein paar polnische Mädchen, mit denen ich gemeinsam Unterricht hatte. »Was ist das hier für ein Laden?«

»Ein Privatclub. Man muss Mitglied sein, um hineinzudürfen.«

Ich beugte mich dicht zu ihm. Vielleicht ein bisschen zu dicht. Unsere Münder waren nur wenige Zentimeter voneinander entfernt. »Weshalb Aleksy und nicht ...« Ich senkte die Stimme. »... Noah?«

Er zuckte mit den Schultern. »Ihren eigenen Landsleuten vertrauen sie eher.«

Meine Miene schien zu verraten, dass ich mit der Antwort nicht sehr zufrieden war. Ich verschränkte die Arme vor der Brust.

Noah seufzte. »Außerdem hat es zur Folge, dass mein Arbeitgeber sich nicht über meinen Background schlaumachen kann.«

Ich stutzte. »Was könnte er denn in deinem Background finden?«

Er sah meinen Kreuzanhänger an und hob den Blick dann wieder zu meinem Gesicht. »Sünde.«

Mein Herz setzte einen Schlag aus. Ich lehnte mich zurück. »Was für eine Sünde?«

Noah richtete sich zu seiner vollen Größe auf. »Drei Fragen, sagte ich, Estella, und du hast jetzt schon vier gestellt.« Ich wollte gerade protestieren, aber da winkte ihn jemand am anderen Ende des Tresens zu sich.

Ich sah zu, wie er rüberging, und mein Verstand raste. Jede Antwort hatte, so wie es immer war, zehn neue Fragen aufgeworfen.

Kurze Zeit später leerte sich langsam der Club, und nur die Pokerspieler blieben zurück. Noah wischte gerade den Tresen ab, da fragte der Mann namens Tomasz: »Willst du spielen, Aleksy?«

»Klar«, antwortete Noah, putzte fertig und bedeutete mir, ihm zu folgen. Er setzte sich auf den letzten freien Platz am Tisch. Trotz meines Unbehagens stellte ich mich dicht hinter ihn. Das vertrautere Übel und so weiter. Ich versuchte mich möglichst unsichtbar zu machen, aber leider klappte es nicht.

»Sonst kommst du doch allein. Wer ist deine Freundin?«, fragte Tomasz.

Noah warf mir einen flüchtigen Blick zu. »Das ist Estella.« Weitere Erklärungen gab er nicht ab.

Tomasz musterte mich von Kopf bis Fuß, das lüsterne Funkeln in seinen Augen gefiel mir gar nicht. Ich rückte ein bisschen dichter an Noah heran, mein Ellbogen streifte seine Schulter. Offenbar spürte er mein Unbehagen, jedenfalls griff er nach meiner Hand. Ehe ich wusste, wie mir geschah, zog er mich nach unten. Als mein Hintern auf seinem Schoß landete, fuhr mir ein Blitz durch den ganzen Körper. Tomasz gluckste leise, als hätte er sich gerade selbst einen Witz erzählt.

Ich sog scharf die Luft ein, als Noah eine Hand auf mein Bein legte, knapp oberhalb des Knies; mit der anderen Hand hielt er die frisch ausgeteilten Karten.

»Die Stühle sind neu«, bemerkte Noah, immer noch mit diesem vorgetäuschten Akzent, bei dem mir gegen meinen Willen ganz schwindlig wurde. »Wo hast du die her?«

»Eins der Mädchen hat die mitgebracht. Frag Linda«, antwortete Tomasz desinteressiert.

»Sieht nach Hans Wegner aus«, sagte Noah und betrachtete den Stuhl seines Sitznachbarn.

»Hans wer?«, schnaubte der Mann und bedachte ihn mit einem irritierten Blick.

Noahs Blick zeigte unmissverständlich, dass er ihn für einen unkultivierten Idioten hielt, was ziemlich lustig war, da ihn selbst eine alles andere als kultivierte Aura umgab. Eher eine Ich-schlitz-dir-in-einer-dunklen-Gasse-den-Bauch-auf-Aura.

Und warum gibst du dich dann immer noch mit ihm ab?, fragte eine vernünftige Stimme in meinem Kopf. Ich bleib ihr die Antwort schuldig.

»Hans Wegner war ein dänischer Möbeldesigner. Der Stuhl, auf dem du sitzt, ist ein Replikat seines Wishbone-Designs von 1949. Einer meiner Favoriten.«

»Ich wusste ja gar nicht, dass du so wild auf Stühle bist, Aleksy.« Tomasz kicherte amüsiert.

»Bin ich tatsächlich. Besonders interessieren mich Designs aus dem zwanzigsten Jahrhundert.«

»Steckt da Geld drin?«, fragte ein anderer Mann. Er trug eine Schirmmütze, die einen tiefen Schatten über sein Gesicht warf. Ich konnte nicht mehr erkennen als dünne, grausame Lippen.

»Schon«, antwortete Noah. »Wenn man sich damit auskennt.«

Tomasz richtete sich auf und musterte ihn amüsiert. »Möchtest du vielleicht gern einen Stuhl mit nach Hause nehmen?«, bot er an.

Noah erwiderte seinen Blick sehr lange, und ich verspannte mich. Dann lächelte er und gab ein leises, dunkles Lachen von sich. »Natürlich nicht. Sind nur Stühle.«

»Können wir dann jetzt weiterspielen?«, fragte der Mann

neben ihm, der offenbar keine Geduld mehr für Gespräche über Möbel hatte.

Die Männer nahmen ihr Kartenspiel wieder auf, wobei sie sich hin und wieder auf Polnisch unterhielten, und ich betrachtete Noah. Er war so ein seltsamer Kerl. Im einen Augenblick erzählte er mir von dem Mobber, den er als Teenager bedroht hatte, im nächsten ließ er poetische Erklärungen über den Verlust seines Glaubens vom Stapel, und jetzt fachsimpelte er über das Design eines klassischen Möbelstücks.

Meine Gedanken schweiften ab, ich ließ den Blick durch den Raum wandern. Mit der niedrigen Decke und der schummrigen Beleuchtung erinnerte er mich an eine Billardhalle. Weil ich nicht wusste, wie man Poker spielt, hatte ich keinen Schimmer, wer gerade gewann. Eine Weile später legte Noah seine Karten auf den Tisch, und die anderen Männer am Tisch wirkten verärgert. Mit einem vergnügten Lächeln strich er seinen Gewinn ein.

»Willst du uns nicht die Chance geben, unser Geld zurückzugewinnen?«, fragte Tomasz eisig.

»Ich bin morgen wieder da«, versicherte ihm Noah. »Dann bekommt ihr eure Chance.«

Seine Finger streiften mein Bein, gaben mir zu verstehen, dass ich aufstehen sollte. Die leichte Berührung ließ Schmetterlinge in meinem Bauch aufflattern. Ich erhob mich, und Noah nahm meine Hand und zog mich nach draußen. Ich sah zu ihm hoch und spürte, wie mich ein Schauer durchrann, so sehr fühlte ich mich zu ihm hingezogen. Ich hatte nie darüber nachgedacht, auf welchen Typ Mann ich stand, aber so langsam nahm ich an, dass es Männer wie Noah waren. Ich wusste nicht, was das über mich aussagte, denn er war alles andere als der altmodische junge Kirchgänger, den sich mein Dad für mich gewünscht hätte.

Auf dem ganzen Rückweg zum Wagen raste mein Herz wie wild. Ich machte mir Sorgen, dass die Männer uns folgen könnten, um Noah und mich zusammenzuschlagen und sich ihr Geld zurückzuholen. Wäre das hier ein Film, dann wäre genau das passiert.

Aber sie folgten uns nicht, und wir erreichten unbehelligt den Wagen. Ich schnallte mich gerade an, da stopfte Noah mehrere Bündel Scheine ins Handschuhfach und warf mir eins in den Schoß.

Dümmlich starrte ich es an. Das waren mindestens drei- oder vierhundert Euro. Für die meisten Leute eine bescheidene Summe, aber nicht für mich. Bei dem Gedanken, was ich damit alles tun könnte, schoss mein Puls in die Höhe.

Ich suchte Noahs Blick. »Wofür ist das?«

»Weil du Aleksy nicht verraten hast.«

Ich sah das Geld an, dann wieder ihn. »Äh, okay, aber … du hättest mich ja gar nicht mitnehmen müssen. Und jetzt bezahlst du mich dafür. Das ergibt keinen Sinn.«

»Ich wollte dich mitnehmen.«

»Wieso?«

Er erwiderte meinen Blick. In seinen Augen funkelte fast so etwas wie Zuneigung, um ein Haar hätte das Lächeln seine Lippen erreicht. »Weil ich deine Gesellschaft ganz eigenartig genieße.«

Bei seiner Antwort wurde mir plötzlich ganz warm. *Lass dich nicht so von Noah einwickeln!*, schrie mich mein Hirn an. Er war ein Fremder. Ein Rätsel. Ihm war nicht zu trauen. »Aber wer genau *ist* Aleksy?«, bohrte ich nach, ohne auf die Schmetterlinge in meinem Bauch zu achten. »Wieso gibst du dich als er aus?«

»Er ist einfach jemand, zu dem ich werde, wenn es notwendig ist.«

»Wird es oft notwendig?«

Ein kurzer Seitenblick. »Kommt drauf an.«

Ich kniff die Augen zusammen. »Und gibt es noch jemanden, zu dem du wirst, *wenn es nötig ist*?«

Noah neigte den Kopf, und jetzt erreichte das Lächeln seine Lippen. »Tja, Aleksy spiele ich schon sehr oft, aber manchmal muss ich auch zu Timothy Burns werden«, sagte er mit vornehmem britischem Akzent. »Manchmal François Bisset.« Diesmal französisch.

Wie betäubt starrte ich ihn an. »Noch irgendwer?«

»Ein paar, aber die brauchen noch Feinschliff.«

»Wie machst du das mit den ganzen Akzenten?«

»Das hab ich mir von verschiedenen Leuten abgeguckt. Imitation ist mir immer leichtgefallen. Sprachen zu lernen ebenfalls.«

Kopfschüttelnd lehnte ich mich zurück und sah ihn ratlos an. »Wer zum Teufel *bist* du?«

Er rückte dichter heran und sah mir in die Augen, und kurz verlor ich mich in seinem Blick. »Wer soll ich für dich sein?«

Bei der Frage bekam ich Gänsehaut. Ich hatte keine Ahnung, was ich antworten sollte, und es wurde ganz still. »Ich bin nur … verwirrt«, antwortete ich schließlich. »Noah Dylan ist deine echte Identität, oder?«

»Korrekt.«

»Wozu dann die ganzen gefälschten Identitäten? Bist du ein Identitätsdieb?«

Er verzog das Gesicht. »Natürlich nicht. Aleksy, Timothy und Francois sind alle frei erfunden.«

»Leidest du unter einer multiplen Persönlichkeitsstörung?«

Er blickte mich an, dann wieder auf die Straße. »Ich habe alles bestens im Griff, ganz egal, was meine Schwester dir eingeredet hat.«

»Deine Schwester hat mir erklärt, dass du mehrere ernste Traumata und Hirnverletzungen erlitten hast und jetzt völlig unberechenbar bist.«

Sein Lächeln kehrte zurück. Selbstironisch erwiderte er: »Okay, da liegt sie vielleicht nicht ganz falsch.«

Ich schüttelte den Kopf und fragte leise: »Was ist dir passiert?«

Lange blieb er mir die Antwort schuldig, aber dann sah er mich plötzlich an, und sein Blick bohrte sich geradewegs in meine Seele. »Sagen wir einfach, ich weiß, wie es ist, sich in diesem Haus ausgeliefert zu fühlen.«

Meine Kehle war wie zugeschnürt. Er drehte den Schlüssel und startete den Motor, steuerte den Wagen vom Parkplatz und fuhr schweigend weiter. Ich ließ die Schrecken der letzten beiden Jahre Revue passieren, in denen ich mich nach Dad gesehnt und unter Vees Fuchtel in *Ard na Mara* festgesessen hatte.

Aber was hatte Noah für eine Kindheit erlebt? Sylvia war so sanft und freundlich, und sein Vater schien nach allem, was man über ihn sagte, ein guter Mann gewesen zu sein. Wem also hatte sich Noah ausgeliefert gefühlt?

Vee hatte vor seiner Geburt keine Geschwister gehabt, und als einziges Kind reicher Eltern war sie womöglich sehr verwöhnt gewesen. Hatte sie es dem kleinen Noah übel genommen, dass sie die Aufmerksamkeit ihrer Eltern mit ihm hatte teilen müssen? Hatte sie ihn damals tyrannisiert, so wie sie jetzt mich tyrannisierte?

Bei dem bloßen Gedanken kochte mein Blut vor Zorn, und mit einem Mal empfand ich ein ganz neues Mitgefühl für Noah. Falls er wirklich so kaputt war, wie Vee mich hatten glauben machen wollen, dann war vielleicht sie es gewesen, die daran schuld war.

Noah hat im Lauf der Jahre zu viele Schläge gegen den Schädel abbekommen.

Ihre Worte hallten in meiner Erinnerung nach. War sie es gewesen, die ihm jene Schläge verpasst hatte?

Als wir auf die Einfahrt einbogen, war es bereits sehr spät, die Straßenlaternen glommen in der nächtlichen Dunkelheit. Noah stellte den Motor aus. Er machte keine Anstalten auszusteigen, ebenso wenig wie ich. Sein Blick zuckte zu dem Bündel Geldscheine, das immer noch in meinem Schoß lag.

»Nimmst du das Geld jetzt oder nicht?«

Die zweite Frage hing unausgesprochen in der Luft: *Behältst du meine Geheimnisse für dich?* Bei der Vorstellung, Noahs Vertraute zu sein, die Bewahrerin all dessen, was er vor der Welt verbarg, rann ein Kribbeln durch meinen Körper. Obwohl es mir Angst machte, wollte ich alles über ihn wissen. Ich wollte, dass er mir sein Vertrauen schenkte, weil ich mich dadurch wie etwas Besonderes fühlte. Ich konnte mir nicht vorstellen, dass Noah vielen Menschen vertraute.

Und dank meiner Theorie, dass Vee ihn tyrannisiert hatte, fühlte ich mich ihm umso tiefer verbunden. Zu wissen, dass wir durch die Hand desselben Peinigers gelitten hatten, schuf ein Zusammengehörigkeitsgefühl.

Wortlos faltete ich die Scheine in der Mitte und stopfte sie in die Tasche. Noah sagte ebenfalls kein Wort, aber ich spürte seine Zufriedenheit. Ich hingegen hatte mit einem plötzlichen Aufruhr in meinem Magen zu kämpfen.

All die Fantasygeschichten, die ich verschlungen hatte, fielen mir ein: über Menschen, die ins Feenreich geraten waren und einen einzigen kleinen Happen von der Feentafel mit lebenslangem Dienst im Feenreich hatten bezahlen müssen. Würde ich es bereuen, Noahs Geld genommen zu haben? Würde es mir auf die Füße fallen, wenn ich seine Geheimnisse bewahrte? Ich versuchte mich selbst davon zu überzeugen, dass nichts dabei war, und außerdem konnte ich das Geld wirklich gut gebrauchen.

Kein Grund zur Sorge. Das war echt keine große Sache …

Nur weshalb war mir dann zumute, als hätte ich nicht nur einen kleinen Happen von der Feentafel genommen, sondern gleich einen ganzen Teller leer gegessen?

8. KAPITEL

Einer der ersten Hinweise, die Menschen auf den Gedanken gebracht hatten, die Erde sei womöglich rund, war die Beobachtung, dass fortsegelnde Schiffe nicht einfach immer kleiner und kleiner wurden, bis sie schließlich verschwanden, sondern immer tiefer sanken, bis sie schließlich hinter dem Horizont abtauchten. Wie ein Auto, das über einen Hügel fährt.

Da ich in einem Küstenstädtchen mit einem nahen Hafen lebte, sah ich häufig Schiffe kommen und gehen. So auch jetzt: Ich saß am Strand, Wellenrauschen und Wind in den Ohren, und blickte einem großen Fischerboot hinterher, das immer weiter aufs Meer hinausfuhr.

Boote wegfahren zu sehen gefiel mir am allerbesten. So konnte ich mir vorstellen, dass sie zu fernen Ländern aufbrachen, mit einer gefährlichen und abenteuerlichen Mission. In Wirklichkeit fingen sie nur mit riesigen Netzen Fische, aber ich bevorzugte es, meiner Fantasie die Zügel schießen zu lassen.

Das war meine Art von Beschäftigung, wenn Vee mich aus dem Haus verbannte. Sie sagte, ich würde Unordnung verbreiten, was ich nie tat, aber mit ihr zu streiten hatte keinen Zweck. Als ich aus der Schule gekommen war, hatte sie am Küchentisch gesessen und ihre übliche Zigarette geraucht.

»Denk nicht mal daran, nach oben zu verschwinden und dich in deinem Zimmer zu verstecken, Estella«, hatte sie mich angeblafft. »Zieh dich um, geh in die Stadt und mach dich schlau, ob irgendwo jemand Verkaufspersonal in Teilzeit sucht.«

Sie wusste nur zu gut, dass es keine Jobs gab, aber nach gestern Nacht war sie offenkundig fest entschlossen, sich wenigstens einen Teil ihrer Macht wieder zurückzuholen. Zum Glück wusste sie nichts von dem Bündel Geldscheine, das Noah mir gegeben hatte. Ich hatte es gestern, auf meinem Bett kniend, noch gezählt. Es waren vierhundertfünfundfünfzig Euro. Eine unfassbare Summe. Noch nie zuvor hatte ich so viel Geld besessen, und das machte es ungeheuer wertvoll.

Ich hatte es säuberlich wieder zu einem Bündel zusammengefasst und unter einer losen Fußbodendiele versteckt, damit Vee es nicht fand. Wenn alles so richtig vor die Hunde ging, hatte ich jetzt wenigstens etwas Geld, um abzuhauen. Dafür war ich Noah dankbar, auch wenn er so teuflisch zwielichtig war mit seinen ganzen Tarnidentitäten und seinem Pokerspiel und den ganzen Geheimnissen.

Ich saß am Strand und wartete auf die Dunkelheit. Abends war Vee normalerweise damit beschäftigt, sich zu betrinken, und dann konnte ich gefahrlos nach Hause gehen. Ich litt darunter, dass ihr Haus meine einzige Zuflucht war. Wirklich erbärmlich.

Diese Zuflucht barg für mich weder Sicherheit noch Behaglichkeit, nur Bitterkeit und Ablehnung.

Ich fühlte mich wie ein alter streunender Hund, den niemand wollte und der ständig irgendwo herumstrich auf der Suche nach einem Unterschlupf und einer Handvoll Abfällen.

Apropos Hund – ein Golden Retriever schoss aufgeregt ins Wasser und planschte wild darin herum, vollkommen außer Rand und Band vor Begeisterung. Ich beneidete ihn um seine schlichte Freude.

»Sparky, komm sofort her!«, rief eine vertraute Stimme, und ich sah Kean den Hügel zum Strand runterrennen. Er trug einen teuer aussehenden Trainingsanzug und Nike-Laufschuhe, das blonde Haar war stylisch zerstrubbelt.

Bei seinem Anblick machte mein Herz einen kleinen Satz. Ich dachte an unsere kurze Unterhaltung vor seinem Haus, daran, wie er mir angeboten hatte, mich zur Schule zu begleiten. Mochte er mich, oder hatte er nur nett sein wollen? Schwer zu sagen.

»Estella, hey«, sagte er etwas atemlos, als er mich entdeckte. Sein Hund kam aus dem Wasser gerast, sprang ihn an und durchweichte seinen schicken Trainingsanzug gründlich. Kean kicherte, offenbar kein bisschen verärgert.

»Runter, Junge«, sagte er und betrachtete seinen Hund liebevoll. Eine eifersüchtige Stichflamme schoss in mir auf angesichts der unschuldigen Liebe zwischen den beiden. Ich hatte schon sehr lange kein Haustier mehr gehabt. Seit Dads Hochzeit mit Vee. Sie behauptete, sie sei gegen Hunde und Katzen allergisch, aber ich hegte den Verdacht, dass sie einfach nur nicht wollte, dass es jemanden in meinem Leben gab, der mich liebte.

»Hi«, sagte ich mit einem flüchtigen Lächeln. »Dein Hund ist ja völlig außer sich.«

»Er liebt das Meer. Immer wenn ich die Hintertür öffne, rennt er hier runter. Ich schwöre es dir, ihn zu jagen ist das Einzige, was mich fit hält.«

»Machst du nicht auch Sport?«, fragte ich, obwohl ich genau wusste, dass er im Rugby-Team spielte.

Er grinste. »Ja, stimmt, das kommt noch dazu.« Er deutete auf den Sand. »Ist es okay, wenn ich mich zu dir setze?«

»Ja, klar, mach das.«

Er setzte sich, und mir wehte ganz schwach der Geruch seines Rasierwassers in die Nase. Es roch würzig, teuer, genau wie seine Klamotten. Wie es wohl sein mochte, einen so erfolgreichen, wohlhabenden Vater zu haben? Wann immer man etwas brauchte, ging man einfach los und kaufte es, man musste nicht erst darauf sparen.

»Was machst du denn hier draußen, so ganz allein?«, erkundigte sich Kean.

Ich musterte ihn von der Seite. Er war einer dieser Jungs mit vollen Lippen, viel voller als meine, und ich war ein Mädchen. »Ich versteck mich nur vor meiner bösen Stiefmutter«, antwortete ich ehrlich, und er hob die Brauen.

»Übertreibst du, oder ist sie wirklich böse?«

»Vielleicht ein bisschen was von beidem.« Ich grinste.

Die Sorge wich aus seinem Gesicht, aber ein Stirnrunzeln blieb. »Ihr kommt nicht gut miteinander aus?«

Seufzend zog ich die Fingerspitzen durch den Sand. »Ist schwierig, mit jemandem auszukommen, der einem die Luft nicht gönnt, die man atmet.«

»Wow, das klingt hart.«

»Entschuldige, ich bin gerade schlecht drauf. Du solltest mit deinem Hund spielen. Das macht bestimmt mehr Spaß, als hier mit mir zu sitzen und sich mit mir zu unterhalten.«

»Hey, ich hab 'ne Menge Spaß«, widersprach Kean. Ich zog eine Braue hoch. Er lachte leise. »Okay, vielleicht ist Spaß nicht ganz das richtige Wort. Aber es gefällt mir. Wir wohnen in derselben Straße, aber wir haben uns nie richtig kennengelernt. Und außerdem komm ich selten hier raus und setz mich an den Strand.«

»Ich sehe gern den Booten zu.« Ich deutete auf das schon fast über den Horizont verschwundene Fischerboot.

»Ja?«

Ich nickte. »Ich finde das meditativ.«

Kean blickte aufs Meer hinaus. »Ich hab noch nie daran gedacht, mir mal die Boote anzusehen. Bin immer zu sehr damit beschäftigt, auf mein Handy zu glotzen.«

»Das Problem hab ich nicht, weil ich kein Handy besitze.«

Er wirkte überrascht. »Echt nicht?«

»BS kauft mir keins.« Im nächsten Moment fiel mir das Geld von Noah ein, und mir wurde klar, dass ich mir selbst eins kaufen konnte. Ganz sicher würde ich die Kohle nicht für ein teures Smartphone verschleudern, aber ein billiges wäre auch schon toll. Ich könnte damit ins Internet. Nach irgendwas suchen, wann immer ich Lust dazu hatte.

Kean formte die Buchstaben BS mit den Lippen wie in einem stummen Selbstgespräch. Dann lächelte er. »BS. Böse Stiefmutter. Gefällt mir.«

»Wo wir gerade von ihr reden – kommt dein Vater zu ihrer Geburtstagsparty am Wochenende?«

»Oh, ja, ich glaub schon. Jedenfalls hat er Mam gesagt, dass sie am Samstag zu einer Party eingeladen sind.« Kurz hielt er inne, dann blitzte sein strahlendes Lächeln auf. »Meine Eltern lieben rauschende Feste.«

Ich stellte mir vor, wie die Leute zu einer Party kamen, deren Gastgeberin sich nicht blicken ließ, und mir wurde flau im Magen. Aber vielleicht würde Noah Vee ja irgendwie überreden, sich dazuzugesellen. Es waren schon größere Wunder geschehen.

Kean stieß mich mit der Schulter an. »Wenn du keine Lust auf die BS-Party hast … ich und noch ein paar andere gehen morgen Abend zum Schloss rauf. Gibt Musik und Alk.«

Ich starrte ihn an. »Du lädst *mich* ein?«

»Klar. Du kannst auch deine Freundin mitbringen, die mit den Sommersprossen.«

»Aoife?«

»Japp. Sie scheint nett zu sein. Immer wenn ich euch beide sehe, lacht ihr und blödelt rum.«

Immer wenn er uns sah? Ach ja, Kean und ein paar seiner Mitschüler hingen ja manchmal nach Schulschluss noch beim Tor des Konvents rum. Da musste er mich mit Aoife gesehen haben. Bei dem Gedanken, dass ich ihm aufgefallen war, fing mein Bauch an zu kribbeln.

»Okay, ich denk drüber nach«, sagte ich, dann sah ich ihn an. »Kann ich dich was fragen?«

»Klar.«

»Ich wüsste gern … warum stehen du und deine Freunde vor dem Tor rum und pfeifen den Mädchen hinterher?«

Kean wirkte peinlich berührt. »Ich weiß, wie dumm das ist. Die Jungs machen das gern. Ich sollte wahrscheinlich nicht mitmachen, aber ich glaub, ich hab Angst davor, dann außen vor zu sein. Bin ich ein Arschloch?«

»Nein, das verstehe ich.« Seine Ehrlichkeit gefiel mir. »Dem Gruppendruck nicht nachzugeben ist hart. Übrigens hab ich dich nie pfeifen hören.«

»Ich stehe nur dabei, während meine Freunde pfeifen«, sagte er und blickte mich beschämt an. »Vielleicht kann ich sie ja nächstes Mal stehen lassen und stattdessen dich nach Hause begleiten?«

Nervös grub ich die Finger tiefer in den Sand. »Wieso das?«

Kean zuckte mit den Schultern. »Ich mag dich. Ich finde dich cool.«

Wirklich? »Das tust du?«

Ein herzliches Lachen. »Sonst würde ich nicht hier sitzen und mich mit dir unterhalten.«

Angenehme Wärme erfüllte meine Brust. Kean war so ein netter Kerl. So anders als Noah. Wenn ich mit ihm redete, fühlte ich mich sicher, zufrieden. Bei Noah war ich ständig auf der Hut und völlig durch den Wind. Aber leider war Noahs Gegenwart viel verlockender als die von Kean. Ich musste dagegen ankämpfen.

Keans Hund Sparky, der eben noch vergnügt in der Brandung getobt hatte, kam auf uns zugerast, sprang Kean auf den Schoß und leckte ihm wild durchs Gesicht.

»Ach, komm schon, Junge, ich versuch mich hier mit einem hübschen Mädchen zu unterhalten, und du schmierst mich mit deinem Hundesabber voll«, beschwerte sich Kean.

Hübsch? Ich kicherte und wurde rot. Im Dauerfeuer von Vees Kritik vergaß ich oft, dass mich nicht die ganze Welt so sah wie sie.

Sparky drehte den Kopf, bemerkte auf einmal, dass da noch jemand war, und schleckte auch mir feucht über die Wange. Es fühlte sich seltsam an. Kichernd schloss ich die Augen, zum ersten Mal seit wer weiß wie langer Zeit wieder richtig fröhlich.

»Macht nix, ich mag Hundesabber«, sagte ich, als Kean aufstand und Sparky auf den Kopf klopfte.

»Na, Gott sei Dank. Ich bring ihn mal besser nach Hause. Sehen wir uns denn morgen beim Schloss? So gegen acht?«

Ich war versucht, die Unnahbare zu spielen und ihm eine unverbindliche Antwort zu geben, aber ehe ich fertig darüber nachgedacht hatte, antwortete ich auch schon: »Okay, bis morgen dann.«

Kean lächelte breit. »Bis dann, Estella.«

Er ging, und Sparky folgte ihm, Seite an Seite stiegen sie den Hügel hoch. Ich sah ihnen nach, den Bauch voller Schmetterlinge. Mich hatte noch nie jemand ins Schloss eingeladen. Es stand leer und verfiel vor sich hin, aber es wurde regelmäßig von Teenagern heimgesucht, die sich dort betranken und Partys veranstalteten. Ich war ganz fassungslos bei der Vorstellung, dass Aoife und ich dort hingehen und mit Kean und seinen Freunden abhängen sollten, die als beliebteste und exklusivste Clique der ganzen Stadt galten.

Der Himmel wurde so langsam dunkel. Ich hoffte, dass Vee sich inzwischen ordentlich weggeknallt hatte, sodass ich übers Haustelefon Aoife anrufen und ihr von der Party erzählen konnte. Mit beschwingten Schritten ging ich zum Haus zurück, tausend Ideen im Kopf, was ich fürs Schloss anziehen könnte. Ich besaß ein dunkelblaues Kleid, das ganz knapp bis zu den Knien reichte. Das Hübscheste, was ich besaß.

Ich kam durch die Hintertür, da schreckten mich ein lauter Knall und ein spitzer Schmerzensschrei aus meiner Vorfreude. Mehrere Sekunden lang stand ich wie erstarrt. Meine gute Laune war verflogen, nahtlos von Furcht ersetzt.

Leise huschte ich durch die Küche und glitt so lautlos wie möglich durch den Flur ins Wohnzimmer. Die Tür stand offen, und ich spähte hinein. Was ich sah, ließ mir das Blut in den Adern gefrieren.

Sylvia lag auf dem Boden neben dem umgekippten Rollstuhl, als hätte jemand ihn umgestoßen, damit sie stürzte. Und über ihr, mit dem Rücken zu mir, stand Noah.

Mir war nicht bewusst gewesen, dass ich laut aufkeuchte, doch er fuhr herum, schiere Mordlust in den Augen. Mit rasendem Herzen wich ich zurück.

»Estella, warte«, sagte er, aber ich war schon losgerannt. Ich hörte, wie er mich verfolgte. Gerade als ich die Haustür erreichte, packte er mich von hinten. Ich wehrte mich, wand mich in seinem Griff, um ihm zu entkommen. Er fluchte und versuchte schwer atmend, mich festzuhalten.

»Hörst du mal auf, so zu zappeln, und lässt es mich erklären?«, flehte er mich an, aber das hatte ich auf gar keinen Fall vor. Er hatte Sylvia aus dem Rollstuhl gestoßen und ganz so ausgesehen, als hätte er ihr noch weitaus Schlimmeres angetan, wenn ich nicht aufgetaucht wäre. Wer wusste schon, was er mit mir machen würde, wenn ich aufhörte, mich zu wehren?

Vee hatte recht.

Ich sollte mich unbedingt von Noah fernhalten. Ganz, ganz weit.

Ich konnte nicht fassen, dass ich angefangen hatte, ihn für einen guten Menschen zu halten. Sogar angefangen hatte, ihn zu mögen. *Mehr als das.*

Ich trat ihm mit aller Kraft auf den Fuß, und er knurrte, lockerte seinen Griff aber nicht, sondern packte fester zu, seine Brust an meinen Rücken gepresst, die Arme um mich geschlungen. Wieso zum Teufel war er so stark? Ich blickte nach unten, stellte fest, wie dicht sein Arm sich an meinem Mund befand, und ohne nachzudenken versenkte ich die Zähne in seinem Fleisch. Sein Ächzen vibrierte durch mich hindurch, und endlich ließ er los.

Ich rannte schnurstracks die Treppe hoch und begriff meinen Fehler erst, als ich hörte, wie er mir hinterherkam.

Warum war ich nicht vorne rausgerannt? Idiotin.

Ich war zu verängstigt, um einen klaren Gedanken zu fassen.

Ich erreichte die oberste Treppenstufe und wusste, es gab kein Entkommen. Als ich mit der Faust an Vees Tür hämmerte, bekam ich keine Antwort. Ich rüttelte an der Klinke, aber die Tür war abgeschlossen. Wahrscheinlich lag sie bewusstlos im Bett. Nicht dass sie mir zu Hilfe geeilt wäre, wenn sie bei Sinnen gewesen wäre. Vee würde sich einfach zurücklehnen und zusehen, wie Noah mich umbrachte.

In meiner Verzweiflung fiel mir das Zimmer unter dem Dach ein. Dort schlief niemand, aber vielleicht konnte ich mich dort verstecken. Eine andere Möglichkeit blieb mir ohnehin nicht mehr.

Ich raste den nächsten Treppenabsatz hoch, der zum Dachboden führte, stieß die Tür auf und knallte sie hinter mir zu.

Es war ganz still bis auf meinen schweren Atem. Erleichtert, Noah entkommen zu sein, lehnte ich die Stirn gegen die Tür. Doch dann drehte ich mich um, und beim Anblick des Raums, in dem ich mich befand, fragte ich mich, ob es nicht weniger schlimm gewesen wäre, mich von Noah erwischen zu lassen.

9. KAPITEL

Der Dachboden war völlig heruntergekommen. Ich hatte nie zuvor einen Grund gehabt, hier heraufzukommen, und Vee benutzte den Raum ebenfalls nicht. Jetzt wusste ich, weshalb.

In den Ecken unter der Decke wucherte schwarzer Schimmel, an einer Wand befanden sich nebeneinander Toilette und Waschbecken, beides mit Dreck und Kalkablagerungen verkrustet. Gegenüber vom Waschbecken stand ein schmales Bett an der Wand, die antike Sorte mit Metallrahmen, der schon lange vor sich hin rostete. Das mit Blumen gemusterte Bettzeug war voller gelblicher Flecken, die schon wer weiß wie lange darin nisten mochten. Neben dem Bett stand ein kleines Kinderbett. Ich trat näher und entdeckte einen völlig zernagten alten Teddybären.

Ein Quieken ertönte, und ich zuckte zusammen und verzog das Gesicht. Es hatte wie das Geräusch geklungen, das eine Maus oder Ratte machen würde. *Bitte, bitte lass keine Ratten hier oben sein.*

Ich hob den Blick zur Wand über dem Bett. Im Putz waren eigenartige Spuren. Ich trat näher und hielt mir die Nase zu, weil der modrige, dumpfe Gestank mir in der Nase brannte. Als ich mir die Spuren näher ansah, erschauerte ich. Es sah aus, als hätten sich menschliche Fingernägel in die Wand gegraben, so tief, dass sie Kerben hinterlassen hatten. In manchen dieser

Kerben entdeckte ich bräunliche Flecken, die eindeutig nach getrocknetem Blut aussahen.

Ich schluckte schwer. Mir war übel.

Unglaublich, dass ich seit vier Jahren hier wohnte und die ganze Zeit nicht geahnt hatte, was für ein Grauen sich direkt über meinem Kopf befand. Was war das für ein Zimmer? Und wer zum Teufel hatte hier geschlafen?

Ein Knarren drang an mein Ohr, und mein Puls ging durch die Decke. Ich sah mich um, aber es war zu dunkel, um die Quelle des Geräuschs ausfindig zu machen. Wahrscheinlich wieder eine Ratte. Oder ein Geist. Ich wusste nicht, welche Vorstellung ich beängstigender fand.

Ich wusste nur eins: Ich musste hier raus. Der Raum dünstete Elend und Finsternis aus, und ich wollte sofort hier weg. Es war dieselbe Finsternis, die ich im gesamten Haus spürte, aber hier oben war sie viel dichter.

Plötzlich kam es mir weit weniger furchterregend vor, runterzugehen und Noah die Stirn zu bieten, als hier oben zu übernachten.

Es klopfte an der Tür, und ich zuckte erschrocken zusammen.

»Estella, ich weiß, dass du da drinnen bist. Komm raus und rede mit mir«, bat mich Noah. »Du überreagierst.«

Ich lachte freudlos auf. »*Ich* überreagiere? Du hast gerade deine eigene Mutter aus ihrem Rollstuhl gestoßen. Was für ein Psychopath macht so was?«

Es klang, als lehne er sich gegen die Tür. »Ich hab sie nicht gestoßen«, sagte er mit rauer Stimme. »Ich bin ins Wohnzimmer gegangen, weil ich ihren Schrei gehört habe. Da lag sie schon auf dem Fußboden. Ich glaube, sie wollte aus dem Rollstuhl aufs Sofa rüberklettern, und dabei ist sie umgefallen. Ich wollte sie gerade aufheben, als du gekommen bist.«

Ich runzelte die Stirn, unsicher, ob ich ihm das abkaufen sollte. Es klang einleuchtend, erklärte aber nicht, weshalb er über ihr gestanden hatte – mit angriffslustig gespannten Schultern wie jemand, der etwas Übles vorhat.

»Estella, jetzt komm bitte da raus«, wiederholte er, als ich nicht antwortete. Wusste er, wie schrecklich es hier drinnen war? Versuchte er deshalb nicht, hereinzukommen?

Plötzlich fiel mir ein, dass Sylvia gerade ganz allein im Erdgeschoss war. Ich konnte kaum fassen, dass ich sie in meiner Eile, von Noah wegzukommen, allein gelassen hatte. Was stimmte denn nicht mit mir?

Ich sah mich auf dem Dachboden um, und wieder stieg eine grauenhafte Beklemmung in mir auf. »Wessen Zimmer war das?«, fragte ich und betrachtete das uralte Kinderbett. »Hat hier jemand ein Kind bekommen?«

»Unsere Urgroßmutter hat den Dachboden als Kinderzimmer benutzt«, antwortete er. »Sie hat ihre fünf Kinder hier geboren.«

»Mein Gott«, flüsterte ich und betrachtete wieder die Kratzer in der Wand. Hatte Noahs Urgroßmutter solche Schmerzen gelitten, dass sie die Fingernägel in die Wand gegraben hatte? Ich erschauerte, und bei der Vorstellung hätte ich beinahe beschlossen, nie im Leben Kinder zu bekommen. Andererseits – eine PDA bekam man nicht unbedingt zu Hause, vor allem zu jener Zeit. Ich flüsterte eine Frage, von der ich selbst erst wusste, wie sie lauten würde, als ich sie selbst hörte: »Haben alle Babys überlebt?«

»Nur drei, soweit ich weiß.«

Na, das erklärte die negative Aura des Zimmers. »Das ist fürchterlich«, sagte ich leise und sah mich noch einmal um.

»Damals war das ganz normal.« Seine Stimme war ebenfalls leise.

Lange schwiegen wir beide, dann sagte ich: »Schwör mir, dass du Sylvia nicht aus dem Stuhl gestoßen hast.«

»Ich schwöre es«, antwortete er eindringlich und ohne jedes Zögern. »Komm runter und frag sie selbst, was passiert ist.«

Das war wohl wirklich eine Möglichkeit. Peinlich berührt von meiner eigenen Überreaktion öffnete ich die Tür. Da stand Noah, mit wildem Blick. Ich betrachtete ihn einen Moment. Irgendwas stimmte nicht mit ihm, aber vielleicht war er nur aufgewühlt von unserer Rangelei und der anschließenden Jagd.

Ich trat auf den Flur hinaus, und mein Arm streifte leicht seinen. Stumm und wachsam sahen wir einander an.

Seine Mundwinkel zuckten ironisch. »Ich kann nicht fassen, dass du mich gebissen hast.«

»Du hast mich nicht losgelassen. Ich hatte keine andere Wahl.«

Seine Augen flammten auf. »Was für ein wunderbar gewalttätiges Geschöpf du doch bist.«

Ich rieb mir den Arm und senkte den Blick. »Tut mir leid, dass ich überreagiert hab.«

»Schon okay.« Er klang, als würde er schmunzeln. »Hat mir irgendwie gefallen.«

Mit weit aufgerissenen Augen sah ich zu ihm auf. Er neigte den Kopf, seine Augenlider senkten sich, und er streckte eine Hand aus und strich mir über die Wange. Ich wich zurück und stieg die Treppe hinunter – ich war nicht in der richtigen Verfassung für solche Berührungen.

Als ich das Wohnzimmer betrat, spürte ich ihn in meinem Rücken. Sylvia saß wieder in ihrem Rollstuhl. Noah musste zu ihr zurückgekehrt sein und sie aufgehoben haben, ehe er mir auf den gruseligen Dachboden gefolgt war. Bestimmt war das dort oben mal ein helles, luftiges Kinderzimmer gewesen, aber jetzt war es nur noch ein düsteres, von Schimmel zerfressenes Loch, und ich schwor mir, nie wieder einen Fuß dort hineinzusetzen, solange ich hier lebte.

Gebäude speicherten die Energie der in ihnen stattfindenden Geschehnisse, davon war ich fest überzeugt, und dieser Dachboden hatte ohne jeden Zweifel einige wirklich üble Schwingungen aufgesaugt.

Ich kniete mich vor Sylvia auf den Boden und nahm ihre kleinen, zerbrechlichen Hände in meine. Ich liebte es, wie sich ihre Hände anfühlten, sie waren immer so weich. Wie Engelsflügel.

Ich sah ihr in die grünen Augen und fragte ganz sanft: »Sylvia, bist du von allein aus deinem Stuhl gestürzt?«

Sie erwiderte meinen Blick, und in ihren Augen stand Schmerz. Kurz blickte sie zu Noah hinüber, der direkt hinter mir stand. Ich spürte seine Gegenwart, als würde er mich berühren. Mir gefiel es gar nicht, wie unsicher Sylvia aussah, ehe sie wieder mich ansah und ganz leise antwortete: »Ja.«

Mein Atem ging schnell, mein Kiefer spannte sich. Irgendwas an ihrer Antwort stimmte nicht, und Noah ragte hinter mir auf wie eine stumme Bedrohung. Mir drehte sich fast der Magen um. Log sie für ihn? Oder war ich zu misstrauisch? Dieser gruselige Dachboden hatte mich ganz durcheinandergebracht. Noch immer verspürte ich tiefes Unbehagen, es ließ sich nicht abschütteln.

»Okay, gut. Kann ich dir irgendwas bringen? Vielleicht einen Tee?«

»Nein, danke, L… Liebes. Irene kommt bald und bringt mich ins Bett.« So leise war ihre Stimme, kaum ein Flüstern.

Ich erhob mich und drückte ihr die Schulter, dann drehte ich mich um und ging an Noah vorbei in den Flur. Meine Gedanken jagten im Kreis, und ich wusste nicht, was ich glauben sollte. Ich ging in die Küche und sah durchs Fenster, dass es regnete. Leise fluchte ich in mich hinein. Ich war drauf und dran, zu Aoife rüberzugehen nach dem, was gerade geschehen war. Ich wollte heute Nacht nicht hier schlafen. Aus irgendeinem Grund fühlte ich mich nicht sicher.

Ich erblickte meine eigene Spiegelung im Glas, den Ausdruck in meinem Gesicht. Dann tauchte Noah hinter mir auf, und ich zuckte zusammen.

»Warum stehst du hier im Dunkeln?« Er schaltete das Licht ein.

Ich schluckte, drehte mich aber nicht um. »Ich wollte nur … äh, ich glaub, ich brauche ein bisschen frische Luft.« Ich schlüpfte durch die Hintertür nach draußen.

»Es regnet wie aus Kübeln«, rief Noah mir hinterher, aber ich achtete nicht darauf. Es schüttete tatsächlich ordentlich, kalte Tropfen peitschten auf meine Haut herunter. Irgendwie kam es mir hier draußen besser vor als drinnen. Ich wollte, dass der Regen das miese Gefühl fortwusch, das sich tief in meinem Bauch eingenistet hatte.

Eine Hand auf meiner Schulter. Rasch drehte ich mich um. Es war Noah, ebenso durchweicht wie ich. Ich blickte in seine kalten, wunderschönen Augen und fragte mich einen Moment lang, ob er überhaupt echt war. Mir war, als wäre ich in einem Albtraum gefangen, einem von jener Sorte, in dem man nicht zu sagen vermochte, wer gut war und wer einem etwas Übles wollte.

»Was machst du hier draußen?« Tropfnasse Haarsträhnen hingen ihm in die Stirn, aber er stand vollkommen reglos, als würde er den Regen gar nicht bemerken.

»Ich will nicht mehr in diesem Haus sein«, antwortete ich ehrlich.

»Wieso das?«

»Weil die Wände etwas Übles ausdünsten. Ich spüre es ganz deutlich.« In seinen Augen blitzte es auf, aber er antwortete nicht. Eindringlich starrte ich ihn an. »Bist du ein schlechter Mensch, Noah?«

Er blinzelte und schien kurz darüber nachzudenken, ehe er antwortete: »Nicht schlecht, nur deformiert.«

»Ich weiß nicht, was das heißen soll.«

Sein Blick wurde durchdringender. Er ließ ihn über mich wandern, und dann antwortete er mit getragener Stimme: *»Es war in unseres Lebensweges Mitte, als ich mich fand in einem dunklen Walde, denn abgeirrt war ich vom rechten Wege.«*

»Jetzt sprichst du in Rätseln«, erwiderte ich frustriert, wedelte ungeduldig mit der Hand und starrte zum dunklen Himmel empor. Keine Sterne heute, nur Regen. Warum musste er mich so durcheinanderbringen?

»Das ist aus Dantes *Inferno*. Die Beschreibung der Reise durch alle neun Kreise der Hölle.«

»Oh«, hauchte ich. »Das hab ich nie ganz gelesen. Die Beschreibungen der Hölle haben mir Angst gemacht.«

»Du musst dir wegen der Hölle doch keine Gedanken machen, Estella. Ich bin sicher, du kommst auf direktem Weg in den Himmel. Ich hingegen lande vermutlich im siebten Kreis.«

Ich wich vor ihm zurück. War der siebte Kreis nicht der schlimmste? Ganz sicher war ich nicht. Noahs Obsession mit Himmel und Hölle kam mir eigenartig vor. Er sprach jetzt schon zum zweiten Mal davon, und ich fühlte mich ziemlich unwohl.

»Gehst du wieder rein?«, bat ich ihn. »Ich möchte allein sein.«

»Ich dachte, du hättest mir geglaubt, als ich dir sagte, dass dir von mir keine Gefahr droht.«

»Wenn es um dich geht, weiß ich nicht, was ich glauben soll.«

Er trat auf mich zu, stand mit einem Mal direkt vor mir. Streckte die Hand aus, berührte eine nasse Strähne meines Haars, neigte kaum merklich den Kopf. »Das muss ziemlich spannend für dich sein.«

»Es ist sehr beängstigend«, erwiderte ich wütend. Es gefiel mir gar nicht, dass mein Atem in seiner Nähe auf einmal schneller ging. In seinen Augenwinkeln bildeten sich kleine Fältchen und verrieten seine Belustigung. Hielt er das hier für eine Art Spiel?

»Du findest mich nicht beängstigend«, sagte er mit heiserer Stimme.

Ich drückte den Rücken durch, plötzlich in Alarmstimmung. »Versuch mir nicht zu sagen, was ich fühle. Das weiß ich selbst am besten.«

»Dann weißt du wohl auch, wie sich dein Herzschlag beschleunigt, wenn ich dich berühre«, murmelte er und strich mit den Fingerknöcheln behutsam über meinen Hals. Er hatte recht. Ich hasste ihn dafür, wie recht er hatte. Mein Herz raste. Dummes Hasenherz.

»Ja, weil du mir Angst machst«, brachte ich heraus und schluckte.

»Bist du da ganz sicher?«, flüsterte er, beugte sich vor und atmete meinen Geruch ein. »Oder ist es doch etwas anderes?« Die Zeit stand still. Ich wusste nicht, ob seine Lippen wirklich mein Ohrläppchen streiften oder ich es mir nur einbildete. Aber auf jeden Fall musste ich *sofort* Abstand zwischen uns bringen.

»Lass. Mich. In. Ruhe«, flüsterte ich und betonte jedes Wort.

Noah erstarrte. Dann richtete er sich auf. In seinen Augen tobte wieder ein Aufruhr, wie die Wellen auf einem sturmgepeitschten Meer. Ich drückte mich an ihm vorbei und rannte zurück ins Haus, raste durch die Küche und den Flur bis in mein Zimmer. Untermalt von einem Donnerschlag knallte ich die Tür zu und schloss ab. Ließ mich mit dem Rücken gegen die Tür sinken, das Herz schlug mir bis zum Hals.

Was wollte Noah von mir? Warum konnte er nicht einfach tun, was immer er tun musste, und mich aus der ganzen Sache rauslassen?

Ich bebte am ganzen Leib. Meine Klamotten waren klatschnass, klebten an meiner Haut, und ich bekam am ganzen Körper eine Gänsehaut. Hastig riss ich mir das nasse Zeug runter und kroch auf der Suche nach Wärme unter die Bettdecke.

Ein paar Minuten später klopfte es.

»Geh weg«, rief ich. Bestimmt war das Noah.

Seltsamerweise erhielt ich keine Antwort, hörte nur Schritte, die sich entfernten.

Ich stand auf und ging zur Tür, lauschte kurz, dann öffnete ich sie. Wie vermutet, war Noah fort. Ich blickte nach unten und entdeckte zwei frische Handtücher auf dem Fußboden. Als ich sie aufhob, wehte mir ganz schwach sein Geruch in die Nase. Er hatte mir Handtücher gebracht? Mein Herz setzte einen Schlag aus, aber ich befahl ihm, Ruhe zu geben. Noahs freundlichen Gesten war nicht zu trauen, sie steckten voller Geheimnisse und Halbwahrheiten.

Das Problem war nur: Wenn ich daran dachte, wie ich auf die leichte Berührung seiner Lippen an meinen Ohrläppchen reagiert hatte, beschlich mich das ungute Gefühl, dass ich längst zu tief drinsteckte.

10. KAPITEL

Trotz meiner Vorbehalte wickelte ich mich in die sauberen, trockenen Handtücher und kletterte wieder zurück ins Bett, schwelgte in der Wärme und versuchte, nicht darüber nachzudenken, wie sehr es mir gefiel, dass sie nach Noah rochen. Man sagte, der Teufel erscheine einem nicht mit Hufen und Hörnern, sondern wähle gern eine verführerischere Gestalt. So wie Joseph Geefs Luziferstatue *Le génie du mal*. Das Original galt allgemein als zu schön, also hatte er seinen Bruder Guillaume veranlasst, eine weniger verführerische Version zu erschaffen.

War Noah genau das für mich? Eine Versuchung, der ich widerstehen musste? Ich zog mir die Decke über den Kopf und döste langsam weg, als mich die Erschöpfung überwältigte.

Ich hatte einen lebhaften Albtraum.

Nur mit einem dünnen weißen Nachthemd bekleidet stand ich oben auf dem Dachboden. Aus dem Kinderbett drang das Weinen eines Babys, aber als ich hineinsah, fand ich keinen Säugling darin vor, sondern nur einen dunklen, wirbelnden Schatten. Das Geschrei hörte jedoch nicht auf, und vor angsterfülltem Grauen drehte sich mir der Magen um.

Plötzlich war der Boden nass, und das Wasser begann zu steigen. Es drang zwischen den Bodendielen herein, zuerst nur ein schwaches Rinnsal, doch es wurde rasch mehr, und der schrecklich muffige Geruch wurde vom salzigen Geruch des Meers davongespült. Fische und Krebse und Tang wirbelten im steigenden Wasser umher, immer höher, und es hob mich ebenfalls empor, bis zwischen meinem Kopf und der Decke nur noch eine Handbreit Platz blieb. Ich rang nach Luft und kämpfte darum, Mund und Nase über Wasser zu halten.

Dann schlang sich etwas um meinen Fuß. Ein Seil, das um mein Fußgelenk gebunden war. Am anderen Ende war ein Anker befestigt, der mich in die Tiefe zog. Ich versuchte gegenanzuschwimmen, aber es hatte keinen Zweck. Mein Kopf geriet unter Wasser, und meine Lunge schrie nach Sauerstoff.

Ich erwachte mit einem stummen Schrei auf den Lippen. Wie beim letzten Mal kam kein Laut heraus, und ich konnte keinen Muskel rühren. Nichts konnte ich tun, nur daliegen, gelähmt und von Entsetzen erfüllt, als hätte mich irgendeine dunkle Macht in meinem eigenen Körper eingesperrt. War es dieselbe unheimliche Präsenz, die oben auf dem Dachboden lauerte? Suchten mich die Geister der Babys heim, die Noahs und Vees Urgroßmutter verloren hatte?

Die Lähmung hielt nur wenige Sekunden an, aber mir kam es vor wie eine Ewigkeit.

Ich schoss hoch und riss die Vorhänge auf. Es regnete immer noch, und der Morgen war noch nicht angebrochen. Ich verabscheute diese Stunden zwischen gestern und morgen, in denen man, wenn man versehentlich erwachte, so unermesslich allein war. Nach Dads Tod waren diese Augenblicke vertraute Begleiter geworden – monatelang hatte ich nie mehr als eine, höchstens zwei Stunden am Stück geschlafen.

Ich ließ mich wieder aufs Bett fallen. Die Handtücher, in die ich mich vor dem Einschlafen gewickelt hatte, lagen zusammengeknüllt unter der Decke. Ich musste mich im Traum wie wild herumgewälzt haben.

Eine Weile lag ich im Bett und spürte dem Entsetzen des Ertrinkens nach. Ich war völlig fertig, fast als würde ich eine Erkältung ausbrüten. Das lag an dem ganzen Stress. Als ich es endlich schaffte, aus dem Bett zu kriechen, ging ich nach oben und ließ mir ein heißes Bad ein, solange das Haus noch so wunderbar ruhig war. Noah wollte ich heute nicht sehen. Die letzte Nacht steckte mir immer noch in den Knochen, und ich wusste nicht, ob er Freund oder Feind war.

Im Augenblick tendierte ich allerdings dazu, ihn als Feind zu betrachten, trotz der Scheine, die er mir zugesteckt hatte.

Ich stieg in die Wanne und wusch mich gerade mit einem Waschlappen, da fiel mir die kaum wahrnehmbare Berührung ein, mit der seine Lippen mein Ohr gestreift hatten. Hatte er das wirklich getan, oder hatte ich es mir eingebildet? Benommen rieb ich mir mit dem Waschlappen über den Bauch, immer wieder, während mein Verstand wie besessen um diese Frage kreiste.

Reiß dich zusammen, Estella!

Für meinen Geschmack fand Noah ein bisschen zu viel Vergnügen an seinen kleinen Spielchen. Ich hatte nicht vor, weiterhin das kleine unterhaltsame Spielzeug zu sein, mit dem er sich neben der Arbeit an seinen geheimnisvollen großen Plänen ein bisschen die Zeit vertrieb.

Nach dem Bad trocknete ich mich ab, zog mich an und ging in die Küche, um zu frühstücken. Als ich durch die Tür trat, zuckte ich zusammen – am Tisch saß Vee, einen dampfenden Becher mit Tee vor sich.

»Guten Morgen«, sagte ich und öffnete den Schrank.

»Letzte Nacht war hier ja ganz schön was los«, merkte sie an.

Ich spürte ihren Blick im Rücken und holte meine Erdnussbutter aus dem Schrank. »Ich dachte, du hättest geschlafen. Hab mehrmals an deine Tür geklopft.« Ich drehte mich zu ihr um.

Vee schaffte es, ihren Seufzer nach gelangweiltem Nihilismus klingen zu lassen. »Ich war nicht in der Stimmung, mich da reinziehen zu lassen.«

Ich runzelte die Stirn, mir wurde die Brust eng vor Wut. »Nein, das warst du wohl anscheinend nicht.«

»Was hast du gesagt?«, fragte sie mit scharfer Stimme.

Ich vermochte nicht zu sagen, ob es an dem Geld lag, das ich in meinem Zimmer versteckt hatte, oder ob ich das ständige Laufen auf Zehenspitzen satthatte, aber jedenfalls erwiderte ich ihren Blick wütend. »Ich sagte, ich nehme ebenfalls an, dass du nicht in der Stimmung warst, dich mit reinziehen zu lassen. Du hast nie auch nur einen Scheiß auf mich gegeben, wieso sollte sich das jetzt auf einmal ändern?«

Vee blinzelte ein paar Mal rasch hintereinander, dann blitzten ihre Augen zornig auf, und sie schlug mit der Hand auf den Tisch. »Wie kannst du es wagen, so mit mir zu reden?«

»Wie ich es wagen kann? Du sagst jeden Tag sehr viel Schlimmeres zu mir, und ich habe es satt, so zu tun, als hätte ich Angst vor dir. Das habe ich nicht. Sieh dich doch nur mal an. Du bist erbärmlich.« Es war nur zur Hälfte gelogen. Ich hatte schon ein bisschen Angst vor Vee, denn immerhin hatte sie die Macht, mich einfach auf die Straße zu setzen, aber vor allem tat sie mir leid. Sie führte ein einsames, deprimierendes Leben. Sie war kein Monster, das man fürchten oder vor dem man sich verstecken musste. Sie war ein Opfer ihres eigenen Elends.

Vee starrte mich immer noch an, als könne sie es nicht fassen, dass ich auf einmal den Mut fand, ihr Paroli zu bieten. Aber dann wurde sie auf einmal unheimlich ruhig, und meine Haut fing an zu kribbeln.

»Du solltest Angst vor mir haben«, sagte sie leise und selbstsicher. »Ich kann dich ruinieren. Ich kann dir alles wegnehmen.«

Bei dieser kaum verschleierten Drohung explodierte mir fast das Herz. Sie redete von dem Geld, das mir Dad hinterlassen hatte. Dieses Geld bedeutete alles, es bedeutete Freiheit. Aber Vee bluffte ganz eindeutig. Sie konnte nicht verhindern, dass mir mein Erbe ausgezahlt wurde. Es war unmöglich, das wusste ich, aber trotzdem reichte allein die Vorstellung aus, um mir den Wind aus den Segeln zu nehmen.

Mir wurde klar, dass das Leben, das ich nach der Schule führen wollte – einen Sommer lang durch Europa reisen, dann aufs College gehen –, an einem seidenen Fädchen hing. Es war schrecklich, dass meine Zukunftsträume ganz und gar von diesem Geld abhingen. Es kam mir oberflächlich und materialistisch vor. Und ich war ein bisschen enttäuscht von mir selbst, weil mein Glück nicht von Geld abhängen sollte. Mein Glück sollte etwas sein, das ich aus mir selbst heraus schöpfte.

Die Spannung wich aus mir, und in Vees Augen blitzte es triumphierend auf. Zufrieden mit sich selbst lehnte sie sich zurück. Der Appetit war mir vergangen, und ich wandte mich zum Gehen, nicht mehr in der Lage, ihre Gegenwart länger zu ertragen.

»Sieh zu, dass du heute Abend rechtzeitig zu meiner Party wieder da bist«, sagte sie, und ich drehte mich um und sah sie ungläubig an.

»Du gehst hin?«

»Natürlich geh ich hin.«

»Ich dachte, du willst keine Party.«

»Ich hab unnötig dramatisch reagiert«, antwortete sie und wedelte wegwerfend mit der Hand.

Dramatisch und betrunken, dachte ich. Hatte sie deshalb so seltsam reagiert? Wegen dem Alkohol?

»Man wird nicht jeden Tag vierzig, und ich hab vor, endlich mal wieder ein bisschen Spaß zu haben«, fuhr sie fort.

Meine Eingeweide zogen sich zusammen. Ich hatte gar kein gutes Gefühl bei der Sache. Dann fiel mir ein: Wenn ich zu Vees Party ging, konnte ich nicht zum Schloss, um mit Kean und seinen Freunden zu feiern. Enttäuschung stieg in mir auf. Aber Moment mal, vielleicht konnte ich ja beides machen. Ich würde mich einfach ein bisschen hier sehen lassen und mich dann später wegschleichen.

Bisher hatte ich noch keine Gelegenheit gehabt, mit Aoife zu reden, also beschloss ich, zu ihr zu gehen und ihr von Keans Einladung zu erzählen. Sie würde sich so freuen!

Als ich ankam, fand ich ihre Mutter in der Küche vor, wo sie wie wild herumwirbelte. Siobhan betrieb nebenher einen kleinen Catering-Service.

»Oh, hallo, Estella.« Sie lächelte übers ganze Gesicht. »Du freust dich bestimmt schon auf heute Abend.«

Ich runzelte die Stirn. »Heute Abend?«

»Veronicas Geburtstagsparty. Du kommst doch auch, oder? Noah hat mich fürs Catering gebucht. Ich bin schon seit Sonnenaufgang am Kochen.«

»Oh, äh, ja, ich bin auch da.« Bei der Erwähnung von Noahs Namen stockte mir der Atem. Ich bekam ihn einfach nicht aus dem Kopf. Sobald ich meinen Gedanken die Zügel schießen ließ, galoppierten sie zu ihm.

»Aoife ist in ihrem Zimmer, falls du zu ihr möchtest«, sagte sie.

Ich nickte und lief den Flur entlang, wo ich an Aoifes Tür klopfte, ehe ich eintrat. Ich erzählte ihr von der Einladung aufs Schloss, und sie drehte fast durch. Sie fragte, ob sie Jimmy mitbringen könnte, und ich sagte, na klar, warum nicht. Ich war sicher, dass Kean nichts dagegen hatte. Er schien ein so netter Kerl zu sein, ganz anders als andere in seinem Alter.

Ich wünschte, er wäre es, um den all meine Gedanken kreisten. Stattdessen dachte ich ununterbrochen an Noah. Der Blick seiner grünen Augen schien sich unauslöschlich in mein Hirn gebrannt zu haben, und ich analysierte ständig an seinen kryptischen Bemerkungen und seinem seltsamen Verhalten herum.

Am Ende verbrachte ich fast den ganzen Tag bei Aoife. Wir sahen uns auf ihrem Laptop YouTube-Videos an, und ich flocht ihr das Haar zu einem französischen Zopf.

Als ich aufbrach, packte Siobhan gerade das ganze Essen in den Wagen. Sie bot mir an, mich mitzunehmen, und ich nahm dankbar an und half ihr nach unserer Ankunft, die Speisen ins Haus zu tragen. Als ich die Haustür öffnete, sog ich scharf die Luft ein. Das Haus war wie verwandelt, so prächtig hatte ich es noch nie gesehen. Alles funkelte vor Sauberkeit, das Treppenhaus und der Eingang zum Wohnzimmer waren geschmackvoll und anscheinend kostspielig geschmückt.

»Vielen Dank, ihr habt ganz wunderbare Arbeit geleistet«, sagte Noah zu zwei jungen Frauen, die wie Reinigungskräfte aussahen, und reichte ihnen ein paar Scheine. Also hatte er nicht nur Siobhan für die Verpflegung angeheuert, sondern auch jemanden, der das Haus auf Vordermann brachte. Er zog wirklich alle Register.

Die Frauen verabschiedeten sich, und ich wechselte einen kurzen Blick mit Noah, dann stellte ich einen der Behälter auf den Küchentresen.

»Die Verpflegung ist da. Ich hoffe, du erwartest eine Menge Gäste, denn es würde ausreichen, um eine kleine Armee sattzubekommen.«

»Dann ist es ja gut, dass ich die Schweizergarde eingeladen hab«, konterte Noah, und ich verdrehte die Augen. Sosehr ich ihm misstraute, so sehr fühlte ich mich dennoch von ihm angezogen. Es war nicht zu leugnen, ich fand Noah zutiefst faszinierend. Aber das hieß nicht, dass ich ihn auch mochte.

Charakterlich fand ich ihn höchst fragwürdig, um es freundlich auszudrücken.

»Wie findest du das Haus?«, fragte er. »Ich gebe zu, es ist ein bisschen wie eine Nutte im Abendkleid, aber ich glaube nicht, dass die Gäste so genau hinsehen werden.«

Ich sah ihn fragend an.

»Äußere Eleganz«, erklärte Noah. »Schickes Aussehen, darunter nichts als sittlicher Verfall.«

Amüsiert schüttelte ich den Kopf – seine Beschreibung von *Ard na Mara* war durchaus treffend. Das Haus mochte frisch poliert worden sein, aber darunter war es noch immer dasselbe alte, heruntergekommene, verwahrloste Gemäuer wie immer. »Tja, diese Mädels haben ganze Arbeit geleistet.«

»Wenn Vee das sieht, scheißt sie sich in die Hose. Wird ganz so sein wie in den guten alten Zeiten.« Trotz dieser Worte hörte ich keinen Funken Nostalgie in seiner Stimme. Stattdessen klang er zu meiner Verwirrung eher rachsüchtig.

»Haben eure Eltern oft Partys veranstaltet?«, fragte ich ihn.

»Ab und zu.« Siobhan kam mit einem Stapel Behälter herein, und er nahm sie ihr ab. »Lassen Sie mich helfen.«

»Danke«, sagte Siobhan. »Ich hoffe, es reicht für alle. Ich richte dann gleich alles an.«

»Ich zieh mich um.« Kurz begegnete ich Noahs Blick, dann lief ich in mein Zimmer, wo ich das blaue Kleid heraussuchte und das Make-up auspackte, das mir Aoife vorhin geliehen hatte. »Du willst für Kean doch bestimmt so gut wie möglich aussehen«, hatte sie begeistert gesagt, und ich verstand ihre Aufregung – wenn es um die Jungs in dieser Stadt ging, war Kean Riordan ganz weit oben.

Ich versuchte mir vorzustellen, wie es wäre, seine Freundin zu sein. Ich würde zu seinen Rugbyspielen gehen und ihm zujubeln, danach würden wir miteinander ausgehen, er würde mich zu Cheeseburgern einladen, und zum Nachtisch würden wir uns einen Eisbecher teilen und uns dabei verträumt in den Augen des anderen verlieren.

Ich stellte es mir vor, aber während ich Kean noch anstrahlte, verblasste sein fröhlich lächelndes Gesicht, und auf einmal grinste mich Noah an, packte meine Hand, zog sie an seinen Mund und leckte mir Eis von den Fingern.

Uff! Nein! Aufhören! Ich verscheuchte das Bild aus meinem Kopf und konzentrierte mich mit aller Kraft darauf, mich fertig zu machen, damit mich nicht noch mehr solche aufwühlenden Fantasien heimsuchten.

Ich löste meinen Dutt. Heute Morgen hatte ich mir das noch feuchte Haar nach dem Baden hochgesteckt, und jetzt fiel es mir in sanften Wellen über die Schultern. Als Nächstes trug ich eine dünne Schicht Foundation, ein bisschen Puder und Highlighter auf, dann Mascara und flüssigen Eyeliner. *Danke, Aoife!* Ich betrachtete mich in dem kleinen Spiegel und war entzückt, wie viel älter ich aussah. Man hätte mich leicht für Mitte zwanzig halten können. Nicht dass ich das nötig hätte, aber … Jungs mochten es, wenn Mädchen sich schminkten, oder?

Ich schlüpfte in mein Kleid und zog dazu eine schwarze Strumpfhose und meine Doc Martens an. Dann setzte ich mich hin und las noch ein paar Seiten im Koran. Ja, ich war immer noch dabei, mich durch Noahs Bücher zu arbeiten. Mein Wissensdurst litt nicht unter der Frage, ob er ein schlechter Mensch war.

Zu meinem Ärger stellte ich fest, dass ich ihm immer mehr zustimmte. Für jeden Punkt, dem ich zustimmen konnte und an den ich glaubte, fand ich etwas anderes, dem ich in gleichem Maß widersprechen musste. Ich hatte angefangen, mir Notizen zu machen, eine Sammlung von Gedanken, die eine

Saite in mir anschlugen, während ich den Rest zu vergessen versuchte.

Vermutlich eine ignorante Herangehensweise. Eigentlich wollte ich keiner von diesen Leuten sein, die sich aus der Bibel heraussuchten, was ihnen am besten passte, und alles ausblendeten, was ihnen missfiel. Vielleicht sollte ich mir auch das notieren, was meinen Überzeugungen widersprach, und darüber nachdenken, *weshalb* ich anderer Meinung war. War es, weil ich etwas hätte ändern müssen, wenn ich an diese Dinge glaubte? Oder war ich wirklich auf einer tief spirituellen Ebene anderer Ansicht?

Ich seufzte und wünschte, Dad wäre noch da. Wir hatten ständig über solche Themen geredet. Bei Religion und Spiritualität war er sehr leidenschaftlich geworden, manchmal vielleicht ein bisschen zu sehr, aber ich vermisste es trotzdem, mit ihm darüber zu reden. Er hatte mir immer so sehr dabei geholfen, die kleinen Widerstände und Herausforderungen zu überwinden, denen ich mich gegenübersah.

Die Türklingel unterbrach meine Grübeleien. Ich hörte Stimmen – die Partygäste waren eingetroffen. Ich atmete tief durch, klappte mein Buch zu und stand auf.

Lass dich kurz blicken und schleich dich dann aus dem Haus. Ganz einfach.

Aoife und ich hatten verabredet, uns um halb neun am anderen Ende der Straße zu treffen. Jetzt war es fünf nach acht, ich hatte also nur fünfundzwanzig Minuten Zeit, um mich auf der Feier sehen zu lassen. Ich ging nach unten und fand im Wohnzimmer mehrere Leute vor, die miteinander plauderten und sich an dem von Siobhan zubereiteten Fingerfood gütlich taten.

Noah stand am Kamin und unterhielt sich mit Bürgermeisterin McBride und ihrem Gatten. In Hemd und Krawatte wirkte er viel erwachsener und seriöser als in Jeans und T-Shirt. Als er die Aufmerksamkeit auf mich richtete und mich eindringlich musterte, konnte ich mich nicht rühren. Sein Blick nahm mich gefangen. Sah ich für ihn ebenfalls anders aus als sonst in meinem Kleid, mit Aoifes Make-up und dem sonst glatten, jetzt aber in Wellen über meine Schultern fallenden Haar? Gefiel ihm, was er sah?

Ich wollte *dringend*, dass es ihm gefiel.

Unter seinem Blick wurde mein Atem schneller. Rasch floh ich in die Küche, wo Siobhan einen Großteil der Speisen angerichtet hatte. Urplötzlich furchtbar hungrig, stopfte ich mir einen Cracker mit Frischkäse und Lachs in den Mund. Fünf Appetithäppchen später spürte ich jemanden hinter mir, dann hörte ich ein Räuspern.

»Estella.«

Ich drehte mich um und stand Noah gegenüber. Mit vollem Mund kaute ich auf Siobhans köstlicher Kreation herum und schluckte sie runter. »J… ja?«, fragte ich angespannt.

Er drückte mir ein Glas Whiskey in die Hand, und ich starrte es verwirrt an. »Äh, ich trinke nicht.«

»Ist nicht für dich, sondern für meine Schwester. Sie ist immer noch nicht runtergekommen. Ich dachte, es könnte ihr vielleicht helfen, sich ein bisschen Mut anzutrinken. Würdest du ihr das Glas bringen?«

»Lieber nicht«, antwortete ich ehrlich. »Kannst du das nicht selbst machen?«

»Ich muss die Gäste unterhalten.« Er betrachtete mich. »Was ist los?«

»Vee und ich haben uns heute Morgen gestritten.« Bei der Erinnerung schnitt ich eine Grimasse.

Noah hob eine Braue. »Was für 'ne Sorte Streit?«

»Nichts wirklich Schlimmes«, antwortete ich sarkastisch.

»Ich hab ihr widersprochen, und da hat sie gedroht, mir mein Erbe wegzunehmen.«

Er runzelte die Stirn. »Welches Erbe?«

Ich versteifte mich. Eigentlich wollte ich nicht mit ihm darüber reden. »Nur ein bisschen Geld, das mir mein Dad hinterlassen hat«, sagte ich beiläufig.

»Du hast es nicht bekommen, als du achtzehn geworden bist?«, bohrte er nach.

Missmutig schüttelte ich den Kopf. »Nein, ich bekomme es erst, wenn ich meinen Abschluss mache.«

»Das ist ungewöhnlich.«

»Dad war es sehr wichtig, dass ich die Schule fertig mache. Er selbst hat mit sechzehn abgebrochen und hatte es deshalb ziemlich schwer.«

Lange musterte er mich schweigend. »Nun«, sagte er endlich, »mach dir wegen Vees Drohungen keinen Kopf. Wenn dein Vater dir Geld hinterlassen hat, dann kann sie es dir nicht wegnehmen. Sie versucht nur, dir Angst einzujagen.«

Ich wollte ihm gerade sagen, dass ich das wusste, da ertönte aus dem Wohnzimmer lautes Klatschen und Jubeln. Anscheinend hatte sich Vee doch noch entschlossen, auf ihrer Party zu erscheinen. Noah setzte sich in Bewegung, und ich schielte auf das Whiskeyglas in meiner Hand hinunter. Ich hatte noch nie Alkohol getrunken, aber vor allem deshalb, weil sich noch nie zuvor die Möglichkeit geboten hatte. Vielleicht sollte ich es mal ausprobieren. Herausfinden, ob ich das Zeug mochte.

Spontan hob ich das Glas an die Lippen und leerte es in mehreren brennenden Schlucken. Zuckte zusammen und verzog das Gesicht. Erstes Fazit: kein Fan von Alkohol. Allerdings verspürte ich auf einmal einen eigenartigen Tapferkeitsschub, der es mir sehr erleichterte, ins Wohnzimmer rüberzugehen.

Beim Eintreten sah ich Vee sofort und starrte sie verblüfft an. So elegant hatte ich sie noch nie gesehen. Das kurze Haar hatte sie zu einer Tolle hochfrisiert, sodass ihr langer, schwanengleicher Hals zur Geltung kam. Sie trug ein smaragdgrünes Abendkleid, von den Ohren baumelten teuer aussehende Ohrringe.

»Vornehm verspätet, so wie immer«, brummte Noah, ehe er sich unter die Gäste mischte, die Vee umringten. Sie beglückwünschten sie und erklärten ihr, wie fabelhaft sie aussah.

Ich warf einen Blick auf die Uhr über dem Kamin und stellte fest, dass mir nur noch drei Minuten blieben, ehe ich zu meinem Treffen mit Aoife aufbrechen musste. Etwas unsicher auf den Beinen wegen des Whiskeys wandte ich mich zum Gehen, da fiel mein Blick auf Sylvia, die still und ganz allein in einer Ecke saß. Ihr Blick ruhte auf Vee, und ich erstarrte kurz – ihr Gesicht war wutverzerrt. Noch nie hatte ich sie so gesehen. Ihre sonst so freundliche, angenehme Miene war vollkommen verwandelt, sie wirkte erschreckend bösartig.

Offenbar hatte sie meinen Blick gespürt – sie sah zu mir herüber, der wütende Ausdruck verschwand und wurde durch ihr übliches sanftmütiges Lächeln ersetzt. Ich erwiderte das Lächeln. Zwar ging mir ihre böswillige Miene nicht aus dem Kopf, aber vermutlich war sie nur wütend, weil Vee diese große Party bekam, die sie gar nicht verdiente. Sie hing ständig im Haus rum und überzog Sylvia und mich mit ätzenden, feindseligen Bemerkungen, und jetzt wurde sie mit Aufmerksamkeit überschüttet. So unfair.

Jetzt, da ich drüber nachdachte, kam es mir auf einmal durchaus möglich vor, dass Noah die ganze Party nur organisiert hatte, um seine Mutter zu ärgern. Immerhin war ganz offensichtlich, dass die beiden einander nicht liebten.

Ich stattete dem Bad noch einen kurzen Besuch ab und beschloss, aus meinem Fenster zu klettern, damit mich niemand sah. Endlich war es mal von Vorteil, dass ich im Erdgeschoss wohnen musste. Ich öffnete das Fenster so weit wie möglich und schob Mantel und Tasche hindurch, ehe ich mich ebenfalls hindurchquetschte und zu Boden fiel.

Zum Glück verstauchte ich mir bei dem Sturz nicht den Knöchel. Ich klopfte mir den Staub ab, hob meinen Mantel auf und zog ihn an.

Als ich gerade den Reißverschluss zuzog, ertönte eine Stimme, und ich schrak zusammen. »Was hast du denn vor?«

Es war Noah. Er lehnte an der Hauswand und rauchte.

»Oh mein Gott, du hast mich fast zu Tode erschreckt«, rief ich.

Seine Mundwinkel verzogen sich zu einem Grinsen. Er hob die Zigarette an seine unverschämt anziehenden Lippen, trat einen Schritt vor und sah auf mich herunter. »Ich hab dir noch gar nicht gesagt, wie hübsch du heute aussiehst.« Er hob die Hand und berührte die Spitzen meines Haars, und mir stockte der Atem. Meine Haut schien zu glühen, und kurz war mir, als wären wir in eine ganz eigene kleine Blase eingeschlossen. Sein Blick senkte sich zu meinem Mund, und ich schüttelte den Bann ab und wich zurück.

»Ich treffe mich mit Aoife. Vor Mitternacht bin ich wieder zurück.«

»Bring dich nicht in allzu große Schwierigkeiten.«

Nicht, wenn du nicht dabei bist, hätte ich fast gesagt, konnte es mir aber gerade noch verkneifen. Das hätte ihm viel zu gut gefallen. »Mach ich nicht«, entgegnete ich leise und sah zu ihm hoch.

Er zog an der Zigarette und atmete aus, und im wirbelnden Rauch sah er plötzlich genauso aus wie der verführerische Teufel, als den ich ihn mir letzte Woche vorgestellt hatte. Aufmerksam ließ er den Blick über mich wandern, und meine Bauchmuskeln spannten sich. Er sagte jedoch nichts, und die Anspannung zwischen uns wurde so unerträglich, dass ich mich rasch umwandte und ging.

»Hab einen schönen Abend«, rief er mir hinterher. Beim Klang seiner heiseren Stimme machte mein Magen einen Hopser.

Am Ende der Straße warteten Aoife und Jimmy bereits auf mich, beide trugen warme Mäntel und Schals. »Hey«, begrüßte mich Aoife. »Wir dachten schon, wir müssten dich holen.«

Ich schüttelte den Kopf. »Die Party ist in vollem Gang, war gar nicht so leicht, sich davonzustehlen. Hallo, Jimmy.«

»Hey, Estella«, antwortete er scheu, Hand in Hand mit Aoife.

»Okay, dann gehen wir wohl besser mal los«, sagte sie, und wir setzten uns in Bewegung. Das Schloss war nicht weit von *Ard na Mara* entfernt. Wir nahmen die Abkürzung durch ein kleines Wäldchen, und schon bald kam das verwitterte alte Gemäuer in Sicht. Ich dachte an die adlige Lady, die hier einst gelebt und ihr Leben so sehr verabscheut hatte, dass sie in den Tod gesprungen war. Lady Maeve. Bei der Erinnerung an meine Träume erschauerte ich.

»Alles in Ordnung?« Aoife sah mich an.

»Ich musste nur gerade an Lady Maeve denken.«

»Oh, ja, die hatte ich schon fast vergessen. Glaubst du, sie spukt noch durchs Schloss?«, fragte Aoife mit Gruselstimme.

Jimmy lachte leise. »Sei nicht albern. Es gibt keine Geister.«

Da war ich mir nicht ganz so sicher. Im Gegenteil, in letzter Zeit hatte ich eher das Gefühl, dass sich in der Welt viel mehr Geister herumtrieben, als man gemeinhin so annahm.

»Du Skeptiker«, neckte ihn Aoife und piekte ihn in den Bauch. »Natürlich gibt es Geister. Unterstütz mich mal, Stells.«

»Ja, ich bin ziemlich sicher, dass es wirklich welche gibt. Allerdings lebe ich in einem fast zweihundert Jahre alten Haus, seltsame Geräusche und gruselige Schwingungen gehören für mich zum Alltag.«

Jimmy warf mir einen neugierigen Blick zu. »Hast du denn schon mal einen Geist gesehen?«

Ich schüttelte den Kopf. »Nein, aber …« Ich zögerte kurz, es ihnen zu erzählen, aber der Whiskey in meinem Blut löste mir die Zunge. »Ich hab da manchmal diese Albträume, und wenn ich aufwache, kann ich mich nicht rühren. Ich bin wach und kann mich im Zimmer umsehen, aber sprechen oder mich bewegen geht nicht. Und ich hab das gruselige Gefühl, dass es ein Geist ist, der diese Albträume auslöst, und dass er noch Macht über mich hat, wenn ich aufwache, zumindest ein paar Sekunden lang.«

»Das klingt ja furchtbar«, rief Aoife. »Glaubst du, du bist besessen?«

Ich stieß die Luft aus. »Weiß nicht. Kann sein.«

»Sie ist nicht besessen.« Jimmy sah mich an. »Klingt ganz nach einer Schlafparalyse, Estella.«

Ich runzelte die Stirn. »Schlafparalyse?«

Er nickte. »Wenn man sie bewusst erlebt, handelt es sich um eine Schlafstörung. Du weißt schon, so wie Narkolepsie oder Schlaflosigkeit. Man wacht auf und kann sich nicht rühren. Manchmal fühlt es sich an, als ob etwas einen nach unten drückt, oder man hat Halluzinationen. Hattest du in letzter Zeit besonders viel Stress? Stress und Angstzustände können dazu beitragen.«

»Äh, ja, kann schon sein, dass ich ein bisschen Stress hab.« Untertreibung des Jahrhunderts. Vees Tyrannei zu Hause, Sallys Mobbing in der Schule, die Sorge um Sylvias Sicherheit und die ständigen Grübeleien, was Noah vorhaben mochte …

ich stand so unter Druck, dass ich fast durchs Dach ging. »Oh mein Gott, ich bin so erleichtert, dass es kein Geist ist.« Ich machte mir eine geistige Notiz, am Montag in der Schulbibliothek alles über Schlafparalyse nachzulesen, was ich in die Finger bekam.

»Ich bin ziemlich sicher, dass es nicht gefährlich ist«, sagte Jimmy. »Auch wenn es bestimmt ein unschönes Erlebnis ist.«

Aoife kniff ihm in die Wange. »Du bist nicht nur schnucklig, sondern auch schlau.«

Er lächelte flüchtig. »In einen Kaninchenbau zu fallen hat seine Vorteile.«

Als wir das Schloss erreichten, hörte ich Musik und Gelächter aus dem Innern. Offenbar waren Kean und seine Freunde bereits da. Ich wurde nervös, als wir hineingingen und feststellten, dass alles voller Teenager war. Gut, dass das Schloss so abgelegen lag, sonst hätte garantiert schon jemand die örtliche Gardaí gerufen.

Wir liefen durch einen dunklen Gang, und mit einem Mal überfiel mich ein Schwindelgefühl. Ich blieb stehen und stützte mich an der Wand ab. Mein Hals schnürte sich zu, und als mir plötzlich eine Vision erschien, verkrampfte sich meine Lunge. Ich sah eine Frau, nur wenige Meter von mir entfernt. Sie war wie jemand aus dem 19. Jahrhundert gekleidet, in ihrem Gesicht stand Verzweiflung. Sie sah mich an, ehe sie den Gang hinunter verschwand.

»Estella, alles in Ordnung?« Aoife tauchte vor mir auf.

»Ja, ich … ich glaub, ich bin nur ein bisschen müde«, sagte ich und verzog das Gesicht. Die Erscheinung war dieselbe Frau gewesen, die ich auch in meinen Träumen sah. Die ich für Lady Maeve hielt. Halluzinierte ich? Vielleicht lag es an der Umgebung, dass meine Fantasie Purzelbäume schlug.

Aoife hakte sich bei mir ein. »Na komm. Bleib dicht bei mir. Es ist ganz schön dunkel hier, da kann man sich leicht verirren.«

Sie führte mich in einen Raum, in dem es vor Teenagern nur so wimmelte. Ich entdeckte Kean und wollte ihm gerade zulächeln, da fiel mir auf, in wessen Gesellschaft er sich befand: Er stand in einer Gruppe aus Jungs und Mädchen, und direkt neben ihm stand Sally O'Hare. Sie machte gerade einen Witz und legte ihm dabei eine Hand auf den Arm, und alle fingen an zu lachen. Auch Claire war da, mehrere Jungs gleichzeitig buhlten um ihre Aufmerksamkeit.

Ich hielt mich an Aoifes Schulter fest. »Vielleicht ist das doch keine so gute Idee. Mir geht's nicht so besonders.«

Sie musterte mich einen Augenblick lang, dann sah sie sich um und entdeckte Sally und Claire. Begreifen dämmerte in ihren Augen. »Lass dir von denen nicht den Abend versauen.«

»Das ist es gar nicht, es ist nur … okay, ja, doch. Mir war nicht klar, dass Kean mit denen befreundet ist.« Innerlich verabschiedete ich mich von der Vorstellung, ihn zu seinen Rugbyspielen zu begleiten und mit ihm Burger und Eisbecher essen zu gehen. Wenn Kean ausgerechnet mit Sally befreundet war, wollte ich nichts mit ihm zu tun haben.

Mir fiel auf, dass auch Jimmy nicht sonderlich glücklich wirkte. Ich folgte seinem Blick und stellte fest, dass einige von Keans Freunden kicherten und auf ihn zeigten.

»Estella hat recht«, sagte Jimmy. »Mir macht es auch nichts aus, wenn wir jetzt gehen.«

Aoife sah ihn an. »Nicht du auch noch.«

»Hey, Jimmy«, rief einer der Jungs. »Ist das etwa deine Escortdame?«

Aoife starrte ihn wütend an. »Fick dich, ich bin seine Freundin.«

»Oh ja, eindeutig Escort«, spottete der Junge.

Die anderen lachten, und ich kniff die Augen zusammen, denn Kean stimmte mit ein. War seine Netter-Junge-Attitüde etwa nur Fassade?

Ich sah ihn finster an, und er musste meinen Zorn trotz der Entfernung irgendwie gespürt haben, denn auf einmal bemerkte er mich, und das Lächeln fiel ihm aus dem Gesicht. Er kam auf mich zu, streckte die Hand aus, aber ich wich zurück.

»Estella, ich freu mich so, dass du gekommen bist«, sagte er.

»Ich mich nicht«, erwiderte ich trocken und winkte Aoife und Jimmy zu. »Na kommt, wir gehen. Dieses Schloss ist voller Arschlöcher.«

Meine Freunde widersprachen mir nicht, und wir wandten uns zum Gehen.

»Hey, bleib doch hier«, bat mich Kean, aber es war zu spät. Nachdem ich Sally und Claire gesehen hatte, wollte ich nicht bleiben, und ganz sicher würde ich nicht mit den Jungs abhängen, die Jimmy so schlecht behandelten – Jimmy, der Aoife gegenüber so unglaublich loyal war und außerdem der wohl liebenswürdigste Mensch, dem ich je begegnet war.

11. KAPITEL

»Dieses Schloss ist voller Arschlöcher.« Aoife lachte laut auf. »Der war gut, den würde ich glatt auf ein T-Shirt drucken.«

»Um ehrlich zu sein, war es wirklich voller Arschlöcher.« Jimmy lächelte mir zu.

»Tut mir leid, dass diese Typen so ätzend zu dir waren«, sagte ich.

Er zuckte mit den Schultern. »Ich hatte bis letztes Jahr mit ein paar von denen gemeinsamen Unterricht. Sind halt Idioten, daran kann man nichts ändern.«

»Bah, die sind einfach widerlich.« Aoife strich ihm tröstend über den Arm. »Ich bin froh, dass du nicht mehr mit denen zur Schule gehen musst.«

»Ich möchte sowieso lieber mit euch beiden abhängen«, sagte ich, und es war die Wahrheit. Ich hatte mich auf diesen Abend gefreut, aber ins Schloss zu gehen hatte sich angefühlt, als beträte ich eine Löwengrube. Grauenhafte Schwingungen in der Luft. Und damit meinte ich nicht meine seltsame Vision von Lady Maeve.

»Ich auch«, sagte Aoife. »Warum gehen wir nicht schnell zu dir, mopsen uns ein bisschen Alk von Vees Party und betrinken uns am Strand?«

»Gute Idee«, stimmte ich zu. »Solange der Alk, den wir

klauen, bloß kein Whiskey ist. Ich hab das Zeug vorhin mal probiert, und es hat mir nicht besonders geschmeckt.«

»Natürlich nicht«, rief sie. »Whiskey ist was für Profis. Für den Einstieg fängt man besser mit Rum und Coke an oder mit Weißweinschorle.«

»Rum und Coke klingt gut«, antwortete ich, und gleich darauf erreichten wir auch schon das Haus.

Vees Party war immer noch in vollem Gange. Ich nahm Aoife und Jimmy mit zur Hintertür, damit wir niemandem über den Weg liefen. Die Küche war zum Glück leer und verlassen. Rum fand ich zwar nicht, dafür standen ein paar Flaschen Budweiser auf dem Tresen. Ich steckte sie ein, während Aoife und Jimmy Schmiere standen.

Mir fiel auf, wie aufmerksam sie sich umsahen. Aoife war noch nie hier gewesen, Vee duldete keinen Besuch. Aoifes und Siobhans Wohnung war hell und modern, im Kontrast dazu musste ihr dieses Haus vorkommen, als sei sie gerade aus einer Zeitmaschine gestiegen.

Aoife warf Jimmy einen Blick zu. »Und glaubst du jetzt immer noch nicht an Geister, hm?«

»Okay, ich gebe zu – wenn es welche gibt, dann bestimmt hier.«

»Hey! Ich muss hier noch wohnen.« Ich öffnete die Hintertür. »Und ich hab jetzt schon genug Albträume.«

»So früh schon zurück?«, fragte jemand, und ich drehte mich um. Noah war mit einem Tablett voller leerer Gläser hereingekommen. Er stellte es neben der Spüle ab und musterte uns.

»Planänderung«, sagte ich, und die feinen Härchen in meinem Nacken sträubten sich, so überdeutlich bewusst war mir seine Gegenwart. »Wir gehen ein bisschen an den Strand runter.«

Anscheinend hatte er meiner Stimme etwas angehört, denn seine Miene verfinsterte sich. »Was ist passiert?«

»Auf dem alten Schloss findet eine Party statt«, sagte Aoife und blickte rasch zwischen uns hin und her. »Die Leute waren Idioten, also sind wir wieder gegangen.«

»Ach was«, erwiderte Noah und betrachtete mich. »Na, dann hast du dich ja ganz umsonst schick gemacht. Was für eine Schande.«

Verärgert von seiner Großspurigkeit, hob ich das Kinn und bedachte ihn mit einem selbstbewussten Lächeln. »Umsonst würde ich nicht sagen. Immerhin hab ich gesehen, wie dir der Mund offen stehen geblieben ist.«

Aoife stieß einen Pfiff aus. Ich wartete Noahs Antwort nicht ab, sondern drehte mich um und sah zu, dass ich wegkam. Aoife und Jimmy folgten mir, und Aoife hakte sich wieder bei mir ein. »Oh mein *Gott*, hast du etwa gerade mit ihm geflirtet?«

»Ich weiß nicht …« Ich schnitt eine Grimasse. »Okay, ja. Aber ich hatte das gar nicht vor, es ist mir einfach so rausgerutscht. War es sehr peinlich?«

»Nein! Nein, kein bisschen. Es war frech. Frech gefällst du mir total gut.« Sie betrachtete mich kurz. »Hast du gemerkt, wie sein Beschützerinstinkt angesprungen ist? Total heiß! Ich mein ja nur … sein Gesicht, als er dachte, es wäre irgendwas Schlimmes passiert. Als ob er jeden umbringen würde, der dir blöd kommt. Hatte richtig Gänsehaut.«

Sie musterte mich aufmerksam, und ich versuchte, die Schmetterlinge in meinem Bauch zur Landung zu zwingen. Noah wollte mich beschützen? Ich wusste nicht, was ich sagen sollte.

»Er war neulich bei uns, um mit Mum die Speisenauswahl zu besprechen, da hatte ich Gelegenheit, ihn mir ein bisschen näher anzusehen«, fuhr Aoife fort. »Du weißt ja, wie besessen ich von Gesichtern bin? Noah wäre ein fantastisches Motiv für eine meiner Porträtzeichnungen. Er sieht zwar eigentlich auf handelsübliche Weise gut aus, aber irgendwas an seinem Gesicht ist trotzdem ungewöhnlich. Es ist voller Schatten.«

Ach was. Manchmal fragte ich mich, ob dieser Mann nicht *ausschließlich* aus Schatten bestand. Und jeder dieser Schatten barg ein eigenes dunkles Geheimnis.

»Er bringt mich ganz durcheinander.« Ich seufzte. »Ja, er kann sehr fürsorglich sein, aber zugleich kommt es mir vor, als hätte er etwas zu verbergen.«

Aoife grinste. »Du stehst auf ihn.«

Mit offenem Mund starrte ich sie an. »Ich stehe überhaupt nicht …«

»Ach, gib dir keine Mühe.« Sie winkte ab. »Sogar *ich* stehe ein bisschen auf ihn, und mein Herz gehört Jimmy.«

»Ich weiß nicht, was ich davon halten soll.« Jimmy lachte leise.

»Wenn mir deine Schwärmerei für Emilia Clarke nichts ausmacht, dann darfst du auch nicht beleidigt sein, wenn ich Estellas Stiefonkel heiß finde.«

»Nenn ihn nicht so«, bat ich sie. Ich konnte es nicht gebrauchen, mich wegen meiner Schwäche für ihn noch komischer zu fühlen.

»Tja, technisch gesehen ist er aber genau das, immerhin ist Vee deine Erziehungsberechtigte«, stellte sie fest. »Außerdem hat doch jeder einen gruseligen Onkel. Das gehört irgendwie dazu. Zu deinem Glück gehört Noah zu der Sorte, die auf sexy Weise gruselig ist.«

»Ich weiß nicht, ob es das gibt – auf sexy Weise gruselig.«

»Natürlich gibt es das. Was meinst du denn, weshalb Ted Bundy immer noch so viele Fans hat?«

Ich bedachte sie mit einem skeptischen Blick. »Ist das denn

so? Ted Bundy sah doch nicht mal besonders gut aus. Es gibt von ihm nur dieses eine Foto, auf dem er halbwegs heiß aussieht, und das lag nur an der günstigen Beleuchtung. Und was er Frauen angetan hat, war zutiefst unsexy, also …«

»Das sehe ich genau wie Estella«, warf Jimmy ein. »Gruselig und sexy funktioniert nicht zusammen, Ersteres schließt Letzteres aus.«

»Danke.« Bedeutungsvoll sah ich Aoife an. »Siehst du? Ich hab recht.«

Sie grinste. »Tja, und warum bist du dann so heiß auf deinen Stiefonkel?«

»Erstens hör endlich auf, ihn so zu nennen, und zweitens: Ich finde es ein bisschen unfair, ihn mit einem Serienmörder zu vergleichen.«

»Okay, stimmt schon, und ich sag ja auch gar nicht, dass er wirklich ein Psychopath ist, aber er hat schon so eine leicht psychopathische Aura.«

»Du findest eine leicht psychopathische Aura sexy?« Ich hob eine Braue.

Verlegen erwiderte sie meinen Blick. »Ein bisschen schon, ja.« Als ich sie ungläubig ansah, warf sie dramatisch eine Hand in die Luft. »Ach, komm schon, jetzt erzähl mir nicht, dass es dir keinen Kick gibt, dir vorzustellen, dass er dich umbringt, nachdem er seine Spielchen mit dir getrieben hat.«

»Was stimmt denn bloß nicht mit dir?« Ich schüttelte den Kopf. Aber insgeheim musste ich zugeben, dass sie ganz vielleicht ein winzig kleines bisschen recht hatte. Es war völlig irrational, aber trotzdem. Was war denn an der Gefahr bloß so faszinierend?

»Und schon wieder muss ich Estella zustimmen«, merkte Jimmy an.

»Danke!«, rief ich.

Aoife kicherte, als hätte sie Spaß daran, uns so zu provozieren. »Keine Sorge«, summte sie vergnügt, »du bist sicher. Du bist das eine Mädchen im ganzen Film, das der Killer verschonen wird, weil er eine unerklärliche Schwäche für dich hat.«

»Tut mir leid, ein Spielverderber zu sein, aber echte Killer kennen keine solchen Schwächen«, sagte Jimmy.

Mich überlief ein Schauer. Mir war klar, dass Aoife nur herumalberte, aber was, wenn sie recht hatte? Was, wenn mit Noah wirklich etwas nicht stimmte? Ich hatte ein-, zweimal miterlebt, wie er Vee gegenüber ausrastete. Andererseits schrie Vees oft absurdes Benehmen förmlich nach einer solchen Antwort.

»Schluss mit dem Thema.« Ich zeigte mit dem Finger auf Aoife. »Ich schlaf sowieso schon schlecht. Das wird bestimmt nicht besser, wenn ich glaube, mit einem Mörder unter einem Dach zu leben.«

Ich stapfte über den Strand und setzte mich in den Sand. Aoife ließ sich neben mir nieder und legte mir schwungvoll einen Arm um die Schultern. »Ich nehm dich doch nur auf den Arm. Ist das erste Mal, dass du verknallt bist, und ich kann nicht anders, ich muss dich ein bisschen necken.«

»Ja, hm. Selbst wenn ich verknallt bin, hab ich nicht vor, daraus irgendwas zu machen.«

»Wieso nicht?«

»Zum Beispiel, weil er viel zu alt für mich ist.«

»Nein, ist er nicht. Er ist doch erst ... wie alt ungefähr? Vierundzwanzig, fünfundzwanzig? Und du wirst bald neunzehn. Die paar Jahre sind doch gar nichts. Ist ja nicht, dass er eine Art Leonardo DiCaprio wäre.«

»Kann sein.« Ich wollte die Diskussion nicht vertiefen. Manchmal war Aoife wie ein Hund mit seinem Knochen – wenn sie sich erst mal in eine Idee verbissen hatte, ließ sie so schnell nicht wieder davon ab.

Jimmy setzte sich auf ihre andere Seite, und wir teilten die geklauten Bierflaschen unter uns auf. Vom Haus her wehte Musik an den Strand, aber ich versuchte, sie auszublenden und mich stattdessen auf die Wellen zu konzentrieren, die gleichmäßig an die Küste brandeten. Ich liebte und verabscheute es gleichermaßen, hier zu leben – so unglücklich ich in *Ard na Mara* auch war, so gern war ich am Meer. Seine Weite schenkte mir Trost und einen seltsamen inneren Frieden.

Aoife, Jimmy und ich leerten jeder zwei Flaschen Budweiser. Zwei Stunden lang saßen wir gemeinsam am Strand, unterhielten uns und alberten herum, und ich fühlte mich leicht und ein bisschen betrunken. Als sie schließlich aufbrechen mussten, winkte ich ihnen zum Abschied und machte mich auf den Rückweg. Hoffentlich war die Party inzwischen vorbei. Unterwegs stolperte ich über einen Stein und brauchte einen Augenblick, um mein Gleichgewicht wiederzufinden.

Ich hatte das Haus schon fast erreicht, da blieb ich plötzlich wie angewurzelt stehen. Mitten im Garten stand Noah. Wenn er nicht an seiner Zigarette gezogen hätte und das orange Aufglühen auf sein Gesicht gefallen wäre, hätte ich ihn gar nicht gesehen.

»W… was machst du denn hier?«

»Ich rauche.«

Ich verzog das Gesicht. »Warum? Vee raucht ständig im Haus.«

»Manchmal rauche ich lieber draußen. Das ist erfrischender«, antwortete Noah.

»Rauchen ist das Gegenteil von erfrischend«, entgegnete ich. »Eine sehr ungesunde Angewohnheit.«

»Wenn du wüsstest, was ich durchgemacht habe, würdest du mir dieses Laster nachsehen.«

Ich sah ihn genauer an. Mir wurde klar, dass er genau wie ich schon ein bisschen was getrunken hatte. Er wirkte ziemlich ungezähmt, und auf einmal verspürte ich den Impuls, schnell von hier zu verschwinden. Aber ich tat es nicht.

Nein, ich war viel zu hingerissen, um vernünftig zu sein.

»Erzähl mir, was du durchgemacht hast«, flüsterte ich so leise, dass es fast im Wind unterging.

Noah kam einige Schritte auf mich zu und blieb direkt vor mir stehen. Er umfasste mein Kinn und strich mit dem Daumen über meinen Unterkiefer. »Wozu? Willst du niederknien und für mich beten, Estella?«

Seine Stimme klang nach Sünde, und ich erschauerte. »Ich will dich nur verstehen.«

Er schüttelte den Kopf. »Diese Geschichten sind nichts für unschuldige Ohren.«

»Ich bin nicht unschuldig«, erwiderte ich und verlor mich in seinen Augen.

»Nur die Unschuldigen bestreiten ihre Unschuld«, antwortete er. Jetzt umfasste er meinen ganzen Unterkiefer, nicht nur das Kinn. Ich holte scharf Luft und bekam am ganzen Körper Gänsehaut.

»Ist die Party schon vorbei?« Fast wäre ich gegen ihn getaumelt.

»Ja.« In seiner Stimme schwang etwas mit, das ich nicht zu deuten vermochte.

»Gefällt es dir, wie ich heute aussehe?« Der Alkohol hatte mir die Zunge gelöst.

Es dauerte lange, ehe er murmelte: »Es gefällt mir immer, wie du aussiehst. Das ist das Problem.«

»Warum ist das ein Problem?«

»Weil du nicht für mich bestimmt bist.« Es klang eigenartig traurig.

Ich sah zu ihm hoch, und unser Atem mischte sich miteinander. Ich konnte mir nicht helfen, ich musste seinen Mund anstarren. »Und warum bin ich das nicht?« Mein Gesichtsausdruck musste wohl furchtbar mitleiderregend sein, denn Noah betrachtete mich bekümmert. Nichts wollte ich in diesem Augenblick lieber, als ihn zu küssen, und ich begriff, dass ich dieses Verlangen schon seit einiger Zeit unterdrückte.

Mit dem Daumen strich er über meine Unterlippe. »Es geht einfach nicht.«

Ich schob die Unterlippe vor. »Das ist doch kein Grund.«

»Es ist der einzige Grund, den ich dir sagen kann.«

»Ich will dich«, flüsterte ich verzweifelt. Wäre ich nüchtern gewesen, hätte ich es niemals zugegeben. Noahs Augen loderten auf. Er kam mit dem Mund ganz dicht an mein Ohr, und ich fühlte seinen warmen Atem auf der Haut. »Dann geh in dein Zimmer. Berühr dich. Denk dabei an mich.«

Ich erbebte und senkte den Blick. Ich konnte ihn nicht ansehen. In meinem ganzen Leben war ich noch nie so beschämt und zugleich so erregt gewesen. Ich presste die Oberschenkel zusammen und konnte mich nicht rühren, als er mir einen flüchtigen, kaum spürbaren Kuss auf den Unterkiefer gab und dann zurückwich. Ohne ein weiteres Wort drehte er sich um und ging zum Haus zurück. Ich stand wie festgefroren da und fühlte mich unglaublich lebendig. Er hatte mich kaum berührt, und dennoch spürte ich ihn überall.

Ich nahm mir noch eine Minute Zeit, mich zu erholen, dann ging ich in mein Zimmer. Ich würde es niemals zugeben, aber ich tat genau das, was er mir gesagt hatte.

»Mir ist zu Ohren gekommen, dass ihr beiden am Samstag versucht habt, mit uns im Schloss abzuhängen, und Kean Riordan hat euch rausgeschmissen.« Sally kicherte hämisch.

Wir waren in der Sporthalle und sollten auf der Stelle laufen.

»Er hat uns nicht rausgeworfen«, erwiderte Aoife, ein klein wenig außer Atem. »Wir sind gegangen, weil wir es wollten.«

»Wenn's das ist, was du dir selbst einreden willst«, sagte Claire abfällig. Die beiden standen eine Reihe hinter uns, umgeben von ihren Anhängerinnen. Ich versuchte, nicht weiter auf sie zu achten, ich war erschöpft und schlecht drauf und hatte Angst, dass mir diesmal die Hutschnur platzen könnte. Das ganze Wochenende über hatten mich fürchterliche Albträume geplagt, ich hatte kaum geschlafen.

Heute war ich so früh gekommen, dass ich vor Unterrichtsbeginn noch eine Weile an einen der Bibliothekscomputer gehen konnte. Ich hatte mir eine Menge Informationen über Schlafparalyse ausgedruckt, die ich später zu Hause in Ruhe lesen wollte.

»Kean hat auch was über dich gesagt, Estella«, sagte Sally, und meine Nackenhaare sträubten sich. Ich wünschte, ich könnte so tun, als hätte ich sie nicht gehört, aber ein destruktiver Teil von mir wollte wissen, was sie zu sagen hatte.

»Was hat er gesagt?«, fragte ich leise.

»Oh, nur dass ihr beiden Nachbarn seid und du ihm immer hinterherrennst wie ein liebeskrankes Hündchen. Bist du ins Schloss gekommen, um ihn zu stalken? Das wäre sogar für dich erbärmlich. Jemand wie Kean interessiert sich nicht für eine wie dich.«

Ich wusste nicht, ob es ihre Abfälligkeit war oder Keans Lüge, jedenfalls war es jetzt vorbei mit meiner Selbstkontrolle. Wut schoss in mir auf, als würde ein Dämon von mir Besitz ergreifen. Ich fuhr herum und schlug Sally mitten ins Gesicht. Sie hob die Hand zu ihrer Wange und starrte mich mehrere Sekunden lang erschüttert an, ohne sich zu regen, dann aber packte sie meinen Pferdeschwanz und riss meinen Kopf hart nach hinten. Es schmerzte entsetzlich, und ich riss abwehrend die Hände hoch, stieß sie vor die Brust und versuchte, ihre Finger aus meinem Haar zu lösen. Aber sie ließ nicht los. Die anderen Schülerinnen ringsum hatten vor Schreck aufgekeucht, und jetzt fingen ein paar vor Begeisterung über den Kampf an zu johlen.

»Lass sie los, du Schlampe«, fauchte Aoife und versuchte, Sally von mir wegzuzerren. Ich grub die Nägel in den Arm meiner Gegnerin. Sie kreischte auf und ließ endlich los, allerdings erst, als die grelle Trillerpfeife des Sportlehrers ertönte.

»Was ist da drüben los?«, verlangte er zu wissen und kam auf uns zu.

»Sie hat angefangen«, behauptete Sally. Ihre Wange war noch ganz rot von meiner Ohrfeige.

»Ja, hat sie«, bestärkte sie Claire. »Ich hab alles gesehen.«

»Estella hat nicht angefangen«, mischte sich Aoife ein und starrte Sally mit zusammengekniffenen Augen an. »Sie hat uns schon die ganze Stunde lang angegiftet.«

»Das reicht«, rief der Sportlehrer und musterte mich und Sally. »Miss Shannon und Miss O'Hare, Sie begeben sich auf der Stelle ins Büro von Direktor Hawkins.«

Und so kam es, dass ich eine Weile später mit einigen Stuhllängen Distanz neben einer zornig dreinblickenden Sally saß. Uns wurde mitgeteilt, dass unsere Eltern unterwegs waren. Das verblüffte mich, denn ich konnte mir kaum vorstellen, dass Vee das Haus verließ, um meinetwegen zur Schule zu kommen.

Aber zwanzig Minuten später klärte sich das Rätsel: Die Tür schwang auf, und Noah kam herein. Bei seinem Anblick spannte ich mich an, und als ich an Samstagabend dachte, erschauerte ich. Er war den ganzen Sonntag lang weg gewesen, also hatte ich ihn seitdem nicht mehr gesehen. Kurz musterte er mich mit einer hochgezogenen Augenbraue. Ich trug noch immer mein verschwitztes Sportzeug, der Pferdeschwanz war völlig derangiert.

»Kann ich Ihnen helfen?«, erkundigte sich die Sekretärin. Noah drehte sich zu ihr um.

»Ja. Ich bin Veronica Shannons Bruder. Meine Schwester ist im Augenblick nicht erreichbar, also bin ich an ihrer Stelle hier, um mit Direktor Hawkins zu reden.«

Ich musste Sally nicht ansehen, um zu wissen, dass sie alles aufmerksam beobachtete. Sie schnaubte leise. »Das ist dein Onkel? Und ich dachte schon, du hättest einen Freund. Ich hätte es wirklich besser wissen müssen.«

Die Sekretärin nickte und musterte Noah anerkennend von oben bis unten, dann griff sie zum Telefon und informierte Direktor Hawkins über seine Ankunft. Noah drehte sich um, kam näher und begutachtete Sally und mich.

»Was für ein Kampf. Ihr blutet ja nicht mal«, stellte er belustigt fest.

»Ihre Nichte ist ein Psycho«, zischte Sally. »Sie hat mich angegriffen.«

Noah sah sie an. »Wie?«

Sally runzelte die Stirn. »Wie jetzt, wie?«

»Wie hat sie dich angegriffen?«, spezifizierte Noah. Es gefiel mir, dass er redete, als hätte er es mit einer Idiotin zu tun.

Sallys Selbstbewusstsein bekam Risse. »Sie hat mir ins Gesicht geschlagen.«

Noah lachte leise, sah wieder mich an und stieß einen leisen Pfiff aus. »Was machst du denn nur? Wieso verteilst du liebevolle Klapse? Hab ich dir etwa ganz umsonst gezeigt, wo man treffen muss, um den Gegner zu töten?«

Sally erbleichte. Ich lächelte Noah an. Er hatte sich meine

Gunst ganz klar zurückerobert. »Ich wollte sie nicht *umbringen*«, antwortete ich ganz ernsthaft. »Ich wollte nur, dass sie den Mund hält.«

»Hat 'ne große Klappe, was?«

»Die allergrößte von allen.«

»Hey! Ich kann euch hören«, beschwerte sich Sally.

In dem Moment öffnete sich Direktor Hawkins Bürotür. Er kam heraus und erstarrte mitten in der Bewegung, um Noah anzuglotzen, als wäre ihm ein Geist erschienen. Seltsam. Gleich darauf drückte er den Rücken durch, räusperte sich und bedeutete uns, einzutreten. Zum Abschied grinste ich Sally noch mal an und folgte Noah ins Schulleiterbüro.

»Bitte setzen Sie sich«, forderte Direktor Hawkins uns auf und musterte Noah voll Unbehagen. »Ich wusste nicht, dass Sie wieder zurück sind.«

»Sie freuen sich bestimmt sehr, mich zu sehen«, antwortete Noah, der sich diebisch über das Unwohlsein des Direktors zu freuen schien. Die eigenartige Anspannung zwischen den beiden verwirrte mich. Ganz eindeutig hatten sie irgendeine Geschichte miteinander.

Hawkins verlagerte das Gewicht. »Veronica hatte keine Zeit?«

»Meine Schwester ist anderweitig beschäftigt«, sagte Noah nur und sprach den Rest des Satzes nicht aus: *mit einer Flasche Wodka*.

Direktor Hawkins nickte. »N... na schön. Estella hat sich heute ganz hübsch in Schwierigkeiten gebracht. Mehrere Zeugen gaben an, dass sie bei dem Streit mit Miss O'Hare als Erste zugeschlagen hat.«

Noah sah mich an. Er wirkte beeindruckt. Dann maß er Hawkins mit einem herablassenden Blick. »Meine Familie pflegt eine Vorliebe für den ersten Schlag.«

Direktor Hawkins schluckte schwer. »Wir dulden an dieser Schule keine Gewalt.«

Noah neigte den Kopf, fast drohend. »Nur außerhalb der Schule, ja?«

Kurz wirkte der Schulleiter regelrecht erschrocken. Er öffnete den Mund, um etwas zu sagen, aber er brachte kein Wort heraus. Ängstlich sah er Noah an. Aber dann riss er sich zusammen. »Wir nehmen solche Vorfälle sehr ernst. Normalerweise würden wir Estella für eine Woche suspendieren, aber da es das erste Mal ist, dass sie in eine solche Auseinandersetzung verwickelt ist, und sie sich ansonsten vorbildlich beträgt, verkürze ich die Suspendierung auf zwei Tage.«

Noah lachte leise in sich hinein. »Wie großmütig von Ihnen.«

»Wollen Sie mich etwa herausfordern, Mr Dylan?«, zischte der Direktor.

Statt zu antworten, drehte sich Noah zu mir um. »Na, was sagst du zu zwei freien Tagen, Estella? Wir könnten zur Maniküre *und* zur Pediküre gehen.«

Ich schluckte das Lachen hinunter. Die Vorstellung, mit Noah in einen Schönheitssalon zu gehen, war einfach absurd. Ich fand es eigenartig aufregend, wie herablassend er meinem Schulleiter gegenüber auftrat, ganz als würde er viel weniger auf dessen Meinung geben als auf meine. »Ich habe angefangen. Jedenfalls was die körperliche Ebene betrifft. Also würde ich sagen, ich verdiene die Strafe.«

»Was meinen Sie damit – die körperliche Ebene?«, fragte Direktor Hawkins.

Ich erwiderte seinen Blick und spürte auf einmal eine Veränderung in mir. Vor ein paar Wochen hätte ich mich das, was ich gleich darauf sagen würde, niemals zu äußern getraut, aber seit Noah in mein Leben getreten war, hatte sich etwas mit meinem Selbstbewusstsein getan. Seine Scheiß-drauf-Haltung färbte auf mich ab. Vermutlich hatte ich Sally deshalb eine runtergehauen.

»Sally ist eine Mobberin. Sie sagt ständig irgendwelche Gemeinheiten zu mir und einer Menge anderer Mädchen.«

Direktor Hawkins schürzte die Lippen. »Warum haben Sie mir das nie gesagt?«

»Hätten Sie deswegen denn irgendwas unternommen?«, fragte ich unverblümt. Noah gab ein leises, anerkennendes Geräusch von sich.

»Natürlich wäre etwas passiert. Mobbing dulden wir ebenso wenig wie körperliche Gewalt.«

»Okay, dann wissen Sie ja jetzt Bescheid und können etwas dagegen unternehmen.«

Noah stieß ein leises Pfeifen aus, lehnte sich zurück und verschränkte die Arme vor der Brust. »Jetzt hat sie Sie, John.«

Hawkins kratzte sich am Kopf, anscheinend befremdet und auch nicht sonderlich begeistert davon, dass Noah ihn mit seinem Vornamen anredete. Er stand auf. »Sie sind für zwei Tage suspendiert, und ich hoffe, dass mir nichts über weitere Kämpfe zwischen Ihnen und Miss O'Hare zu Ohren kommt, wenn Sie wieder am Unterricht teilnehmen. Sie wird ebenfalls für zwei Tage suspendiert, und ich werde mich mit ihrem Vater unterhalten, was das Mobbing betrifft.«

»Ja, das machen Sie mal.« Noah erhob sich ebenfalls.

Direktor Hawkins begleitete uns nach draußen, wobei er darauf achtete, Noah nicht zu nahe zu kommen. Er wirkte nervös. Okay, ich musste dringend herausfinden, was zwischen den beiden vorgefallen war – so hatte ich meinen Schulleiter noch nie erlebt.

Sally saß immer noch im Vorzimmer und bedachte mich zum Abschied mit einem giftigen Blick. Draußen entdeckte ich Vees Wagen und war ein bisschen enttäuscht, dass Noah nicht mit dem Motorrad gekommen war. Jetzt hinter ihm aufzusteigen hätte meinem Hochgefühl genau den richtigen letzten Schliff verliehen.

Ich rutschte auf den Beifahrersitz, und Noah startete den Motor. »Danke, dass du gekommen bist«, sagte ich leise.

»Ich bin ans Telefon gegangen, als die Schule angerufen hat.« Noah zuckte mit den Schultern. »Hatte eh gerade nichts anderes zu tun. Dachte mir, Hawkins ein bisschen auf den Sack zu gehen, könnte lustig werden.«

»Und war es lustig?«

Er grinste und betrachtete meine Sportklamotten. »Es macht mir immer Spaß, solche Arschgeigen auf ihren Platz zu verweisen.«

»Hawkins ist eine Arschgeige?«

Noahs Augen loderten auf. »Oh ja, das ist er. Ein richtiges Stück Scheiße.«

Ich runzelte die Stirn. Streng war Hawkins manchmal schon, aber es gab weitaus Schlimmere als ihn. Und außerdem leitete er eine reine Mädchenschule, war also niemals Noahs Schulleiter gewesen – woher kannte er ihn überhaupt so gut? Es musste was damit zu tun haben, dass seine Eltern mit ihm befreundet gewesen waren.

»Ist zwischen euch beiden mal was vorgefallen?«

»Könnte man so sagen.«

Ich fuhr mit einer Hand durch die Luft. »Und zwar?«

Noah sah mich an, und sein glühender Blick ließ mir das Blut ins Gesicht schießen. Statt meine Frage zu beantworten, fragte er mit tiefer, leiser Stimme: »Hast du gestern Nacht an mich gedacht?«

Ich blinzelte. Bei dem unerwarteten Themenwechsel spannten sich meine Muskeln. Ich war verlegen und fühlte mich so ertappt, dass ich ganz vergaß, was ich eben eigentlich gefragt hatte. Ich *hatte* an ihn gedacht. Sogar ganz schön lange.

Anscheinend sah er mir meine Gedanken an, denn er lachte leise. »Ich wette, du bist richtig heftig gekommen.«

Oh. Mein. *Gott.*

»Ich hab keine Ahnung, wovon du redest«, flüsterte ich.

Er zog eine Braue hoch. »Nein?«

»Nein«, behauptete ich stur.

Noah sagte nichts weiter, sondern konzentrierte sich wieder auf die Straße. Ich konnte mich nicht dazu überwinden, ihn anzusehen, also blickte ich angestrengt aus dem Fenster.

»Hat Vee ihre Geburtstagsparty gefallen?«, fragte ich eine Weile später, um die dichte, unentrinnbare Spannung in der Luft zu brechen.

»Mehr oder weniger.«

»Ich weiß nicht, weshalb du das Ganze organisiert hast. Sie hat gar keine Feier verdient.«

Er runzelte die Stirn. »Meinst du nicht?«

Ich schüttelte den Kopf, betrachtete sein schönes Profil. Es war männlich, aber dennoch eigenartig fein geschnitten. Aoife hatte recht. Sein Gesicht war wirklich voller Schatten. Und ich hegte den deutlichen Verdacht, dass Vee dafür verantwortlich war.

»Noah.« Meine Stimme klang ernst.

Er warf mir einen flüchtigen Blick zu. »Ja?«

Ich schluckte, raffte meinen ganzen Mut zusammen und fragte: »Hat Vee dich genauso behandelt, wie sie mich behandelt?«

Er wirkte verdutzt. »Was meinst du damit?«

»War sie gemein zu dir, als du noch ein Kind warst?«

Ich hätte nicht zu sagen vermocht, mit welcher Reaktion ich gerechnet hatte, aber ganz sicher nicht damit, dass er in brüllendes Gelächter ausbrach. Er warf den Kopf in den Nacken und lachte, als hätte er den Verstand verloren, aber eine Antwort bekam ich nicht. Er lachte immer noch, als wir auf die Einfahrt von *Ard na Mara* einbogen, und so langsam fing ich an, mich zu ärgern. Was um alles in der Welt war daran denn so witzig?

»Okay, wenn du unbedingt kindisch sein willst, dann geh ich eben«, sagte ich, öffnete die Wagentür und stieg aus. Als ich die Haustür erreichte, hörte ich ihn immer noch vor sich hin kichern. Was war denn bloß mit ihm los? Sein Gelächter war irgendwie kränkend. Ich fühlte mich wie ein Dummkopf und hatte keine Ahnung, weshalb.

12. KAPITEL

Ich zog mich auf mein Zimmer zurück und sah die ausgedruckten Informationen über Schlafparalyse durch. Ich war ganz vertieft in die Liste der Symptome, da hörte ich, wie jemand auf mein Zimmer zustampfte. Die Tür flog auf, und Vee stürmte herein. Ihr Gesicht war wutverzerrt.

»Du wurdest suspendiert!«, schrie sie. »Wie kannst du es wagen, dich derart danebenzubenehmen? Ich sollte dich auf der Stelle rauswerfen!«

Mein Herz raste, und meine Augen brannten, weil sie mich so anschrie. Sie sah völlig irre aus, und mir wurde die Kehle eng. Hatte Noah es ihr erzählt? Warum um alles in der Welt würde er so etwas tun? Er wusste doch, wie sie mit mir umging.

»Tut mir leid«, flüsterte ich voller Angst vor dem, was sie jetzt tun mochte.

»Ich hatte gerade Matt O'Hare am Telefon, der mich rundgemacht hat, weil meine idiotische Stieftochter seine kostbare Sally angegriffen hat«, schrie Vee.

Also hatte Noah mich nicht verpfiffen? Wenigstens bewahrten wir immer noch die Geheimnisse des anderen.

»Es tut mir leid«, wiederholte ich, den Kopf demütig gebeugt, den Blick gesenkt. Ein riesiger Unterschied zu meinem Auftreten ihr gegenüber am Morgen der Geburtstagsfeier, aber heute war sie wie ein Tornado mitten in mein kleines Refugium gefegt, mit blutunterlaufenen Augen und einer Fahne. Ich roch den Alkohol, als würde er ihr aus sämtlichen Poren dünsten.

»Das reicht nicht!«, brüllte sie, packte mein Bücherregal und warf es um.

Ich japste auf. Meine gesammelten Muscheln zerschellten auf dem Boden, und meine Bücher flogen quer durchs Zimmer. Vee hob eins auf und fing an, Seiten herauszureißen. Jetzt fingen meine mühsam zurückgehaltenen Tränen doch an zu fließen.

»Nein!«, schrie ich und versuchte, ihr das Buch zu entreißen, aber anscheinend verlieh ihr der Alkohol übermenschliche Kräfte. Sie packte mich und riss mir das Kruzifix vom Hals, das mir Dad geschenkt hatte, brach es entzwei und stieß mich zu Boden. Schmerz schoss durch meine Wirbelsäule. Sie riss noch mehr Seiten aus meinen Büchern, und ich schrie auf. Ich hatte nicht viele Bücher, hielt aber jedes einzelne in Ehren, und jetzt machte sie alle kaputt. Ich hob meinen zerbrochenen Anhänger auf, barg ihn in der Hand. Er war das Kostbarste, was ich besaß, und sie hatte ihn so beiläufig zerbrochen, als hätte er keinerlei Bedeutung.

Plötzlich stand Noah auf der Türschwelle. »Was zum Henker soll das, Vee?«, wollte er wissen. Er war außer Atem, als sei er gerade die Treppe runtergerannt.

»Hau ab«, fauchte Vee ihn an. »Das hier geht dich nichts an.«

»Sie ist völlig eingeschüchtert, Veronica«, sagte Noah leise und ruhig. »Du hast deinen Standpunkt ausreichend klargestellt.«

»Oh nein, das hab ich noch nicht«, zischte sie. »Noch lange nicht. Wusstest du, dass die kleine Schlampe suspendiert worden ist, weil sie sich in der Schule geprügelt hat?«

»Ja, aber das war nicht …«

»Du wusstest es!«, brüllte Vee und geriet noch übler in Rage. Wutentbrannt trampelte sie auf meinen Sachen herum.

Ich wurde von Schluchzern geschüttelt, bekam kaum Luft. Noah kam zu mir, hob mich hoch und trug mich hinaus.

Mein dunkler, von Schatten erfüllter Retter.

»Das war echt daneben, Vee«, sagte er im Weggehen zu Vee, die Enttäuschung in seiner Stimme war nicht zu überhören.

Er trug mich die Treppe hinauf, stieß die Tür zum Gästezimmer auf und legte mich auf sein Bett. »Hey«, flüsterte er und strich mir über die Wange. »Schon gut. Wenn sie sich abgeregt hat, reparier ich dein Regal. Sie beruhigt sich bald wieder.«

Sanft hob er mich noch mal hoch und zog die Decke zurück. Gleich darauf war ich warm eingewickelt wie in einen Kokon, sein Geruch hüllte mich ein. Er beruhigte mich. Noah roch immer nach dem Meer. Meine Schluchzer ebbten ab, und tiefe Erschöpfung überkam mich. Der heutige Tag hatte mich mehr ausgelaugt, als ich gemerkt hatte.

»Warum ist Vee so gemein zu mir?«, fragte ich ihn so leise, dass man es kaum hörte.

Noah stieß die Luft aus, und seine wie gemeißelten Züge und traurigen Augen erinnerten mich auf einmal an eine Marienstatue. »Meine Schwester ist ein sehr wütender Mensch. Das Problem ist, dass nur wenige Menschen es schaffen, ihre Wut zur richtigen Zeit auf den richtigen Menschen zu richten. Und deshalb bekommt normalerweise ein nichts ahnender Unbeteiligter die ganze Wucht ab.«

»Ich weiß nicht mal, womit ich mir ihren Hass zugezogen habe.«

»Sie hasst dich nicht. Sie ist nur …« Er brach ab, offenbar nicht imstande, den Satz zu beenden. Ja, alles klar, sie hasste mich. Ich wünschte, ich könnte ihr vergeben, aber ich fand nicht die nötige Stärke in mir. In diesem Augenblick erwiderte ich ihren Hass mit gleicher Inbrunst.

»Schlaf ein bisschen«, sagte Noah leise und strich mir noch mal über die Wange. Bei der Berührung erzitterte ich und schloss die Augen.

Der Schlaf kam rasch. Ich schlief wie eine Tote, den zerbrochenen Anhänger fest umklammert. Nur einmal dämmerte ich hoch und wurde mir vage bewusst, dass ich allein war. Benommen fragte ich mich, wo Noah wohl schlief, dann überwältigte mich erneut die Erschöpfung.

Als ich wieder erwachte, war der Morgen bereits angebrochen. Licht flutete ins Zimmer. Noah schien seine Vorhänge niemals zuzuziehen. Vielleicht gefiel es ihm, wenn ihn die Sonne weckte. Oder er sah nachts gern die Sterne.

Ich setzte mich auf und blickte mich um. Ich wollte das Zimmer noch nicht verlassen und eventuell Vee über den Weg laufen. Plötzlich kehrte die Erinnerung zurück, wie sie mein Regal umwarf und meine Bücher zerriss, und ich fing wieder an zu weinen. Ich besaß nicht viel, aber das Wenige war alles, was ich hatte. Lange saß ich da und weinte einfach nur leise vor mich hin, bis irgendwann der Türknauf gedreht wurde und jemand die Tür mit einem leichten Stoß öffnete. Doch niemand kam herein. Stattdessen schob sich eine körperlose Hand durch den Spalt, die ein Smartphone hielt. Musik ertönte, und ich erkannte das Intro von »Magic Dance« aus dem Film *Die Reise ins Labyrinth*.

Verwirrt wischte ich mir die Tränen von den Wangen. Was sollte das denn werden? Als David Bowies Stimme einsetzte, kam Noah herein. Er hielt das Handy wie ein Mikrofon und sprach den Text über die Macht des Voodoo mit.

Das entlockte mir ein leises, überraschtes Lachen. Der Anblick eines albernen Noah Dylan ließ meine Tränen versiegen, fügte in mir zusammen, was Vee gestern zerschlagen hatte.

Ich blieb im Bett sitzen, auch als er auf mich zutanzte und seine Interpretation von Jareth dem Koboldkönig zum Besten gab. Mir fehlten die Worte. Mit einer Hand hielt er das Handy, die andere streckte er mir entgegen und zog mich vom Bett. Als er mir einen Arm um die Taille schlang und mich hin und her schwenkte, lief mir ein Schauer über den Rücken. Er bewegte nicht nur die Lippen, sondern sang leise mit. Mit einem Mal kam es mir gar nicht mehr so albern vor, stattdessen fing mein Bauch ganz seltsam an zu kribbeln.

Er hatte eine wirklich schöne Stimme.

»Was soll das?«, fragte ich über die Musik hinweg.

Noah antwortete nicht, sondern sang einfach weiter. Ich wusste, was er da tat: Er versuchte auf seine merkwürdige Art, mich aufzumuntern, und es funktionierte.

Als das Lied endete, wurden meine Wangen heiß, weil wir uns körperlich so nah waren. Die Kleidung, die aneinanderrieb, die Wärme, die von ihm auf mich überging. Die Musik verklang, Noah trat einen Schritt zurück und fragte mit der Andeutung eines Lächelns: »Hast du einigermaßen gut geschlafen?«

Scheu strich ich mir das Haar hinters Ohr. »Ja. Erstaunlicherweise hab ich das tatsächlich. Danke, dass du, äh, mich in deinem Bett hast schlafen lassen.«

»Kein Ding. Na komm, zieh dich an. Wir beide machen heute einen Ausflug.«

»Machen wir?«

»Willst du lieber bei meiner dämonischen Schwester bleiben?«

Ich erschauerte. »Nein. Auf gar keinen Fall.«

Er versetzte mir einen spielerischen Klaps auf den Hintern,

und ich quiekte erschrocken auf. »Dann zieh dich an. Wir treffen uns in zwanzig Minuten unten.«

Was war das denn?! Ich hatte keine Zeit, um auf den Klaps zu reagieren oder dem Kribbeln nachzuspüren, das durch meinen Körper jagte, denn im nächsten Moment schob mich Noah aus dem Zimmer und schloss die Tür hinter mir. Er brachte mich echt durcheinander. Im einen Moment war er zärtlich, im nächsten so abrupt.

Beklommen ging ich die Treppe hinunter und betrat mein Zimmer. Als ich sah, wie aufgeräumt es war, japste ich auf. War das Noah gewesen? Mein Herz machte einen Satz. Er hatte alles so gut repariert, wie es nur ging. Meine Bücher lagen auf einem Stapel neben dem wieder heilen Regal, und die, die Vee zerrissen hatte, waren mit Tesa geflickt. Selbst die Heiligen Schriften von Noah hatten etwas abbekommen, und ich wusste, dass das für Vee echt schlechtes Karma bedeutete. Mein Bett war frisch bezogen, und auf dem Kissen lagen ein paar frisch gesammelte Muscheln neben einem Notizzettel, auf dem in Noahs unordentlicher Handschrift stand:

Scheiß auf Vee. Mach was Neues.

Ehrfürchtig strich ich über die Muscheln, und mein Herz wusste nicht, wohin mit sich. Er war zum Strand gegangen und hatte Muscheln für mich gesammelt? Bei dem Gedanken wallten viel zu wilde Gefühle in mir auf.

Ich sah mich noch mal um, und Panik schnürte mir die Kehle zu. Was, wenn Vee mein Geldversteck gefunden hatte? Hastig sah ich unter dem losen Dielenbrett nach. Zu meiner Erleichterung war das Geld noch da. Ich stopfte es zurück und ging ins Bad, um mich rasch zu waschen und anzuziehen.

Als ich endlich runterkam, wartete Noah im Flur auf mich. Er ließ den Blick langsam von meinen Füßen bis zu meinem Gesicht wandern, dann öffnete er die Tür, und ich folgte ihm nach draußen. Er stieg aufs Motorrad und reichte mir schweigend den Helm. Ich setzte ihn auf, stieg hinter Noah in den Sattel und schlang die Arme um ihn, diesmal ohne zu zögern. Ihm so nah zu sein beruhigte mich, und ich beschloss, es einfach zu genießen.

Noah fuhr aus der Stadt hinaus und auf die Schnellstraße, wo auf einem leeren Grundstück direkt am Straßenrand ein Imbisswagen stand. Anscheinend versorgten sich hier Arbeiter und Fernfahrer gern mit einer Kleinigkeit zu essen – auf dem Seitenstreifen parkten mehrere Nutzfahrzeuge.

»Hier gibt es die allerbesten belegten Brötchen«, sagte Noah, nachdem er geparkt hatte. Als ich die Arme von ihm löste, vermisste ich sofort seine Körperwärme. Ich folgte ihm zum Imbisswagen, wo er zwei Brötchen und zwei Tassen Tee bestellte. Wir warteten ein paar Minuten, und als unsere Bestellung fertig war, setzten wir uns an einen der Picknicktische.

Langsam begriff ich, dass Noah nicht besonders gesprächig war. Meistens schien er einträchtiges Schweigen zu bevorzugen. Ich wickelte mein Brötchen aus und biss hinein. Es war mit gebratenem Speck, Würstchen und Ei belegt und die reinste Offenbarung; so etwas Köstliches hatte ich selten gegessen.

Noah beobachtete mich und grinste. »Gut, hm?«

»So gut«, sagte ich und stöhnte vor Entzücken leise in mich hinein. Noahs Augen flammten auf, und mit einem Mal wurde ich verlegen. *Begehrte* er mich? Der Gedanke war gleichermaßen erschreckend wie faszinierend. Als er den Blick nicht abwandte, wurde ich nur noch verlegener. »Was?«

»Ich betrachte dein Gesicht.«

Ich schluckte einen Bissen hinunter, Schmetterlinge im Bauch. »Warum?«

»Ich habe sehr, sehr lange kein Gesicht wie deins gesehen.«

Ich wusste nicht, was er damit meinte, aber anscheinend war das irgendeine Art Kompliment? Ich schob meinen Fuß in seine Richtung, bis er seinen berührte. »Danke, dass du mein Zimmer aufgeräumt hast. Und für die neuen Muscheln. Das war sehr lieb von dir.«

Er antwortete nicht, blickte mich nur stumm an wie ein wildes Tier, das Angst hat, dass jemand versucht, es zu zähmen. Seinen Fuß zog er jedoch nicht weg, und ich hatte den Verdacht, dass er die Berührung ebenso sehr mochte wie ich.

Schweigend aßen wir auf. Ich wischte mir Hände und Gesicht mit einer Serviette sauber, und dann streckte Noah unerwartet die Hand aus und wischte mir einen Krümel aus dem Mundwinkel. Er leckte ihn von seinem Daumen, und diese stumme, kleine Geste sorgte dafür, dass sich ganz tief in mir alles zusammenzog. Je mehr Zeit ich mit ihm verbrachte, desto lebendiger fühlte ich mich, auf eine ganz neue, unvertraute Weise.

Wir stiegen wieder aufs Motorrad, und erneut schlang ich die Arme um ihn und genoss es auf dem Rückweg in die Stadt, seine Wärme zu spüren. Aber als er in die Straße einbog, in der Direktor Hawkins wohnte, und einige Häuser entfernt parkte, wurde ich misstrauisch.

»Was machen wir hier?«

»Ein bisschen Unheil anrichten.«

Unheil? Das klang gar nicht gut. Als er zu Direktor Hawkins Haus marschierte, schloss ich hastig zu ihm auf. Noah ging schnurstracks zur Haustür, aber statt zu klingeln, zog er einen kleinen Schlüssel aus der Tasche und schob ihn ins Schloss. Er drehte ihn und wollte gerade eintreten, da packte ich ihn am Ellbogen. »Was machst du da?«, zischte ich unterdrückt.

Er bedachte mich mit einem irritierten Blick, als würde ich mich völlig unnötig aufregen. »Hab ich dir doch schon gesagt.«

»Da hab ich nicht gedacht, dass du in das Haus des Schulleiters einbrechen willst! Es könnte jemand zu Hause sein.«

»Nein, keiner da. Und ich breche nicht ein«, korrigierte er mich, »ich habe einen Schlüssel.« Er hob besagten Gegenstand hoch, und ich erkannte ihn: Es war jener Schlüssel, den ich in seiner Schublade gefunden hatte. In dem Umschlag, den er von Hausmeister Sam Ryan bekommen hatte. Hatte der ihn für Noah gestohlen?

»Du weißt genau, was ich meine.« Ich starrte ihn unverwandt an.

Er senkte den Blick zu meiner Hand an seinem Ellbogen und sah mir dann wieder in die Augen. »Ich habe an dich gedacht«, sagte er leise.

Meine Haut kribbelte. »Was?«

»Samstagnacht. Ich hab an dich gedacht, dich in deinem blauen Kleid«, sagte er, und meine Hand löste sich von seinem Ellbogen, meine Wangen brannten.

Noah verschwand im Haus, und ich fluchte leise. Mir war klar, dass er das nur gesagt hatte, um mich so durcheinanderzubringen, dass ich seinen Arm losließ, aber ich fragte mich, ob es vielleicht trotzdem stimmte. Bei der Vorstellung, dass Noah auf diese Weise an mich dachte, fühlte ich mich unglaublich lebendig.

»Noah!«, zischte ich laut, immer noch auf der Schwelle.

Keine Antwort.

»Noah!«, versuchte ich es erneut. Dieser verflixte Mistkerl antwortete immer noch nicht, und ich warf einen raschen Blick über die Schulter, zunehmend nervös. Niemand zu sehen, und die säuberlich getrimmten Hecken, die das Grundstück umgaben, waren zu hoch, als dass irgendwelche Nachbarn mich hätten entdecken können. Jedenfalls solange sie nicht aus den Fenstern im ersten Stock herüberblickten.

Ich beschloss, es drauf ankommen zu lassen, trat ein und schloss die Tür hinter mir. Dies war ein altes Haus, vermutlich irgendwann in den Sechzigern erbaut, und zum Glück schien es keine Alarmanlage zu geben. Nichtsdestotrotz war ich höllisch nervös, als ich durch die Eingangshalle ins leere Wohnzimmer lief. Die Einrichtung sah teuer aus, sehr viel nobler, als ich es im Haus eines Schulleiters erwartet hätte. Und es war blitzsauber, ich entdeckte nirgendwo auch nur das kleinste Staubkorn. Eine Wand wurde von einem Regal voller kleiner Statuetten von Tänzerinnen gesäumt. Die Frau des Schulleiters schien eine Sammlerin zu sein. Oder vielleicht auch er selbst, wer weiß.

Als Nächstes warf ich einen Blick in die Küche und fand Noah vor einem geöffneten Hängeschrank, wo er Gewürze und andere Zutaten miteinander vertauschte.

»Warum machst du das denn?«, fragte ich neugierig mit unterdrückter Stimme.

Noah schloss den Schrank und drehte sich zu mir um. Musterte mich, als fände er meine Anspannung hinreißend. Er nahm einen Apfel aus einer Obstschale, biss einmal ab und legte ihn zurück.

»Während der Sowjetzeit ist der KGB angeblich manchmal in Häuser eingestiegen und hat ein paar Dinge umgeräumt, um die Hausbewohner durcheinanderzubringen«, antworte er.

»Du willst also Direktor Hawkins noch mehr durcheinanderbringen?« Ich stemmte die Hände in die Hüften. Mein Puls ging mit jeder Minute in diesem Haus schneller.

»Er hat meine Einladung zu Vees Party nicht angenommen«, sagte Noah, als wäre das eine Erklärung.

»Und? Er sagte, er hätte schon was anderes vor. Außerdem kannst du nicht einfach in ein Haus einbrechen, nur weil jemand deine Einladung ausschlägt ...«

Tadelnd zog er eine Braue hoch.

»Okay. Deshalb kannst du nicht einfach uneingeladen sein Haus betreten.«

»Nur für den Fall, dass es dir noch nicht aufgefallen ist: Ich bin anders als die meisten anderen Leute.«

»Das stimmt. Du bist anders als andere. Ich halte dich für ein klein wenig gestört.«

Noah lachte. »Nur ein bisschen?«

»Okay. Dann eben hochgradig gestört.«

Er marschierte an mir vorbei in eine Art Salon, fasste hoch konzentriert einen braunen Ledersessel ins Auge und ließ sich dann darauf nieder. Strich fast genüsslich über die ledernen Armlehnen. »Der Scheißkerl hat einen Eames-Sessel«, stellte er fest und legte die Füße auf den dazugehörigen Fußhocker, kreuzte lässig die Knöchel und verschränkte die Hände hinter dem Kopf.

»Netter Sessel.« Ich zuckte mit den Schultern.

Noah beäugte mich. »Hast du auch nur die leiseste Ahnung, was so ein Sessel mitunter kostet? Mehrere Tausend. Hawkins hat sehr von meinem Vater profitiert.«

Ich runzelte die Stirn. »Was meinst du damit?«

»Victor war ein Investor. Er hat seinen Freunden eine Menge Kohle verschafft. Mit dem Gehalt eines Schulleiters kann man sich eine solche Einrichtung jedenfalls nicht leisten.«

»Oh. Na ja, ich würde sagen, man kann sein Geld auch schlechter investieren«, sagte ich. »Wieso weißt du eigentlich so viel über Sitzmöbel?« Ich dachte an seinen Kommentar über die neuen Stühle in dem Privatclub, in dem er arbeitete.

»Ich hab mal ein Buch über Designermöbel gelesen. Den Teil über Sitzmöbel mochte ich am liebsten.«

»Du bist so seltsam.«

»Nein, gar nicht. Den meisten Leuten ist gar nicht klar, wie wichtig ein bequemer Sessel oder Stuhl ist. Ohne kann das Leben verdammt scheiße sein. Glaub mir, ich weiß, wovon ich spreche.« Er erhob sich und begab sich wieder in die Eingangshalle. Kurz brachte mich seine seltsame Bemerkung so aus dem Konzept, dass ich fast vergaß, wo wir waren; dann fiel es mir wieder ein, und meine Panik kehrte zurück. Er war schon halb die Treppe rauf.

»Noah, bitte geh nicht dort rauf«, flehte ich ihn an, aber er hörte mir gar nicht zu. Mit einem unterdrückten Fluch lief ich ihm hinterher und fand ihn im Schlafzimmer des Schulleiters, wo er neben dem Nachttisch stand und ein Bild von Hawkins und seiner Frau betrachtete, ehe er es umgedreht flach auf den Nachttisch legte. Anschließend öffnete er den Schrank und sah die Sachen von Hawkins Frau durch. Ich sah, wie er sein Schweizer Armeemesser zückte, dasselbe, das ich bei der Zimmerdurchsuchung in seinem Rucksack gefunden hatte. Er griff nach einem ärmellosen lila Kleid mit glitzernden Fransen und zog das Messer einmal mitten hindurch.

»Noah«, zischte ich. »Hör auf, das ist Sachbeschädigung.«

Er sah mich an, griff nach einem weiteren Kleid und schnitt auch das in zwei Hälften. »Aber es ist so befriedigend. Ich mag das Geräusch so gern«, sagte er. In seinen Augen schien ein wahnsinniges Funkeln zu stehen, und ich bekam eine Gänsehaut.

Gerade als er ein weiteres Kleid aufschlitzen wollte, eilte ich zu ihm und hielt seine Hand fest. »Hör auf«, flüsterte ich. »Bitte.«

Seine grünen Augen richteten sich auf mich, und der Wahnsinn wich aus seinem Blick. Sein Griff ums Messer lockerte sich, und ich nahm es ihm weg. Nur zur Sicherheit steckte ich es in die Hosentasche und dachte an das, was Aoife über Noahs

»psychopathische Aura« gesagt hatte. Ich fragte mich, ob sie recht hatte. Es verstörte mich, dass mich der Gedanke nicht erschreckte, sondern ich mich umso mehr zu ihm hingezogen fühlte.

Seine Unberechenbarkeit war eigenartig attraktiv. Die Arbeitsweise seines Verstands war mir ein Rätsel, und das war verführerisch aufregend. Dass ich ihm ins Haus gefolgt war, statt einfach wegzugehen, legte davon beredtes Zeugnis ab.

Noah ging zum Schminktisch hinüber, wo Hawkins' Frau ihr Make-up vor dem Spiegel aufgebaut hatte, sah die Sammlung rasch durch und fand einen brandneuen Lippenstift. Er pulte den Aufkleber ab und winkte mich zu sich. »Komm her«, sagte er, nahm die Verschlusskappe ab und drehte den leuchtend roten Lippenstift heraus.

»Warum?«, fragte ich misstrauisch.

Er richtete die volle Wucht seines Blicks auf mich und sagte mit der leisen, heiseren Stimme, der ich kaum widerstehen konnte: »Estella.«

Puh. Ich verabscheute es, wie sehr ich es mochte, wenn er meinen Namen auf diese Weise sagte.

Ich ging zu ihm, und er umfasste mein Kinn, ganz sanft. Ich unterdrückte ein Schaudern, als er mein Kinn nach oben drückte. Aber als er den Lippenstift auf meinen Mund zubewegte, wich ich zurück. »Nein. Mach das nicht. Der gehört mir nicht.«

»Aber der wird dir gut stehen«, murmelte er, und zwischen meinen Beinen pulsierte es. Es war, als würde er mich hypnotisieren. Als er den Lippenstift erneut hob, rührte ich mich nicht. Seine Pupillen wurden groß. Ich hörte auf zu atmen, als der Lippenstift über meine Haut glitt. Als er fertig war, trat er einen Schritt zurück und betrachtete mich mit schief gelegtem Kopf.

»Du siehst aus, als würdest du dir nichts gefallen lassen.«

Ich runzelte die Stirn. »Sei nicht albern.«

Er kam näher. Legte die Hände auf meine Hüften und drehte mich zum Spiegel. »Siehst du?«, flüsterte er.

Ich starrte mein Spiegelbild an und erbebte, weil er recht hatte. Das Rot verlieh mir ein leidenschaftliches, kompromissloses Aussehen. Es war ein berauschendes Gefühl. Meine Lippen sahen voller und sinnlicher aus als sonst. Zwar hatte ich schon mal Lippenstift aufgelegt, aber noch nie eine so intensive Farbe.

»Küss den Spiegel«, forderte Noah mich auf und schob mich an den Hüften leicht nach vorn. Wie in Trance beugte ich mich vor und drückte die Lippen auf das kühle Glas. Unter seinem zustimmenden Blick fühlte ich mich lebendig, als würde seine Ungezähmtheit von mir Besitz ergreifen. »Du bringst mich um«, flüsterte er.

Sein Blick nahm mich gefangen, ich konnte nicht wegsehen. Dann schlug jemand draußen auf der Straße eine Wagentür zu, und das Geräusch riss mich aus meiner Trance. Ich zuckte zusammen und wich zurück, vor Schreck fröstelte ich.

»Können wir jetzt gehen?«, flüsterte ich.

»Noch nicht. Zuerst musst du mir noch helfen, das Bett zu zerwühlen.« Er sprang auf das breite Doppelbett und sprang darauf herum wie ein Kind, dann warf er sich auf den Rücken.

Ich schluckte, als er den glühenden Blick auf mich richtete. »Ich glaub, das machst du allein schon ganz prima.«

»Nee, das ist ein Job für zwei Leute.« Er packte mich und zog mich zu sich aufs Bett. Ich quietschte und kicherte, weil er anfing, mich unter den Armen zu kitzeln.

»Stopp«, keuchte ich und versuchte, mich unter ihm herauszuwinden. »Ich halt das nicht aus. Ich bin viel zu kitzlig.«

»Ich weiß«, flüsterte er.

»Jetzt hör auf.« Ich drückte gegen seine Brust. Er rührte sich keinen Millimeter.

»Ich will nicht.«

Ich holte tief Luft, von seiner Nähe war mir ein bisschen schwindlig. Kurz verlor ich mich in seinen Augen, aber dann erinnerte ich mich streng daran, wo wir uns befanden und weshalb es keine gute Idee war, so herumzualbern.

»Ich spüre, wie dein Herz schlägt«, sagte Noah, die Finger um mein Handgelenk geschlossen. Mit dem Daumen strich er über die empfindliche Haut auf der Unterseite.

Vorsichtig bewegte ich mich, aber das führte nur dazu, dass sich meine Brüste fester gegen ihn drückten. Sein Kiefer zuckte. Ich versuchte es anders. »Können wir jetzt gehen?« Meine Stimme klang wie ein sinnliches Flüstern.

Jetzt war er es, der aussah wie hypnotisiert. Erschauernd richtete er den Blick auf meinen Mund. Das aufflammende Verlangen in seinen Augen überwältigte mich. Er *wollte* mich. Es elektrisierte mich, dass dieses Begehren beiderseitig war, auch wenn ich mir nicht erklären konnte, weshalb wir uns so sehr zueinander hingezogen fühlten. Wir passten überhaupt nicht zueinander. Jedenfalls passte er nicht zu mir. Durch ihn tat ich lauter Dinge, an die ich normalerweise nicht mal denken würde. Unsere augenblickliche Lage war ein ausgezeichnetes Beispiel dafür.

Offenbar suchte ich unbewusst die Gefahr. Sehnte mich danach.

Als er plötzlich den Kopf senkte, das Gesicht an meinem Hals barg und tief einatmete, erschrak ich zu Tode. Mein ganzer Körper kribbelte, und zwischen meinen Beinen tat es fast weh. Seine Nase, sein Mund auf meiner Haut, seine heiße Haut auf meiner, fast wäre ich gekommen.

»Fuck«, stieß er undeutlich mit rauer Stimme hervor. Seine Finger schlossen sich fester um mein Handgelenk, und ich wusste, dass mein Puls noch immer raste. Als er mit der Zungenspitze über meinen Hals bis zum Ohrläppchen hinauf leckte, explodierte mir fast das Herz.

Gott.

Wollte er mich umbringen?

Ein leises Stöhnen drang an meine Ohren. Es klang seltsam, wie aus dem Mund eines anderen, aber *ich* war es, die da stöhnte. Doch kaum hatte ich das begriffen, klingelte es an der Tür. Wir erstarrten. Das wundervolle Gewicht von Noah löste sich von mir, als er aufstand und aus dem Fenster sah. Mit einem leisen, boshaften Lachen zog er eine Sonnenbrille aus der Tasche und setzte sie auf, dann verließ er das Schlafzimmer und ging nach unten. Panisch kletterte ich aus dem Bett und trat ebenfalls ans Fenster. Draußen stand ein Postauto.

Mir rutschte das Herz in die Hose, als ich hörte, wie Noah unten die Tür öffnete und den Paketboten begrüßte. Ich blieb oben stehen und lauschte. Noah nahm die Lieferung entgegen, unterschrieb, verabschiedete sich und schloss die Haustür. Sobald ich sie ins Schloss fallen hörte, huschte ich die Treppe nach unten.

Noah legte gerade den kleinen braunen Karton auf eine Kommode, da stieß ich ihm gegen die Schulter. »Was zum Teufel sollte das? Willst du etwa erwischt werden?«

Er packte mich an den Handgelenken, damit ich nicht noch mal zuschlug, dann drückte er mich gegen die Wand und presste die Brust gegen meine. »Bitte entschuldige die Unterbrechung. So, wo waren wir stehen geblieben?« Wieder drückte er das Gesicht gegen meinen Hals, und ich konnte keinen klaren Gedanken mehr fassen. »Sag mir, was du willst«, flüsterte er und legte eine Hand an meine Hüfte.

»Ich … ich will, dass wir jetzt gehen«, krächzte ich mühsam und spürte sein Lächeln an meinem Hals.

»Wie du willst.«

Und damit war seine Wärme weg, einfach so, und ich wusste nicht, ob ich erleichtert oder enttäuscht war, als er nach draußen voranging. Er zog die Tür hinter uns zu, schloss sie ab und steckte den Schlüssel wieder ein. Sein Motorrad stand immer noch dort, wo er es geparkt hatte. Erst als wir losfuhren und Direktor Hawkins' Haus hinter uns zurückblieb, bekam ich wieder richtig Luft.

Mein Herz raste. Ich spürte das gestohlene Rot auf meinen Lippen und hatte das Gefühl, ich wäre gerade noch so eben mit einem Verbrechen davongekommen. Und im Grunde war es ja auch so. Aber das war es nicht, was mir am meisten Angst machte.

So schrecklich ich mich auch davor gefürchtet hatte, mit Noah in diesem Haus erwischt zu werden: Ein Teil von mir war restlos begeistert und hätte keinen Augenblick missen wollen.

13. KAPITEL

Vee blieb den ganzen Tag in ihrem Zimmer. Ich war froh, sie nicht sehen zu müssen, obwohl die Angst und der Schmerz über mein demoliertes Zimmer inzwischen von Schmetterlingen und dem Nervenkitzel verbotener Freuden abgelöst worden war. Ständig dachte ich daran, wie Noah in Direktor Hawkins' Haus sein Gesicht an meinen Hals gedrückt hatte. Immer wieder schloss ich die Augen, spürte seine Zunge auf meiner Haut und seinen schweren Atem. Sah vor mir, wie er die ganze Konzentration auf meinen Mund richtete, während er mir die Lippen rot schminkte und mir sagte, ich würde aussehen, als würde ich mir nichts gefallen lassen.

Sexuelle Gefühle waren kein Neuland für mich. Da war dieses Erweckungserlebnis gewesen, als ich mit vierzehn bei Aoife übernachtet hatte und wir *Lady Chatterley* angesehen hatten – den mit Sean Bean. Seit diesem Abend verstand ich, was die Gefühle tief in meinem Bauch und das Ziehen zwischen meinen Beinen zu bedeuten hatten. Auch bei meiner ersten Begegnung mit Noah hatte ich diese Gefühle verspürt, als er dort neben seinem Motorrad ans Haus gelehnt gestanden und geraucht hatte.

Mir war klar, dass der Altersunterschied und die familiäre Verwicklung die ganze Angelegenheit ein wenig eigenartig machten. Aber wie Aoife gesagt hatte, ich wurde bald neunzehn, und sechs Jahre waren gar nicht so viel. Mir war, als würde ich mir das ständig selbst erklären und versuchen, eine mögliche Beziehung zu Noah vor mir selbst zu rechtfertigen. Und ich war verwirrt – bei Vees Party hatte er zu mir gesagt, wir seien nicht füreinander bestimmt, aber sein Verhalten heute sagte etwas ganz anderes. Hatte er seine Meinung geändert? Wollte er mich so sehr, dass seine Vorbehalte, welche es auch immer sein mochten, nicht ausreichten, um ihn von mir fernzuhalten?

Ich dachte daran, wie er am Morgen für mich David Bowie imitiert hatte, die Albernheit, mit der er versucht hatte, mich aufzumuntern, und wie er mich gestern hochgehoben und vor Vees Zorn gerettet hatte. Wenn er sich nicht um mich scheren würde, hätte er all das nicht getan, richtig? Wenn er nicht ähnlich für mich empfand wie ich für ihn …

Dachte er ebenso oft an mich wie umgekehrt?

Der zweite Tag meiner Suspendierung war weniger aufregend. Aoife kam mich in ihrer Frühstückspause besuchen, ich schlich mich zum Strand hinunter, und wir saßen nebeneinander im Sand, während sie mir erzählte, dass mich alle an der Schule für ein knallhartes Miststück hielten (ihre Worte, nicht meine), weil ich Sally eine gelangt hatte. Aber sie konnte nicht lange bleiben. Wir umarmten uns, und ich sagte zu ihr, dass wir uns morgen früh sehen würden.

Nach dem ganzen Theater war ich fest entschlossen, ab jetzt in der Schule den Ball flach zu halten. Ganz egal, was Sally zu mir sagte, ich würde mich von ihr nicht mehr provozieren lassen. Am nächsten Morgen saß ich am Küchentisch und frühstückte, da schlenderte Noah herein. Er trug Hemd und Krawatte, Anzughose und schwarze Lederschuhe. Auch zu Vees Party hatte er sich schick angezogen, aber normalerweise trug er Jeans und T-Shirt.

»Morgen«, sagte er und ging zur Kaffeemaschine.

»Guten Morgen.« Ich wusste nicht recht, wie ich mich ihm gegenüber verhalten sollte, jetzt, da meine Gefühle … intensiver waren. Fast wünschte ich mir, wir hätten einander niemals so berührt, denn dann wüsste ich jetzt nicht, was mir fehlte. »Was hast du denn vor?«

»Neue Arbeit, erster Tag«, antwortete er, als wäre nichts dabei.

Ich starrte ihn an. »Du hast einen neuen Job? Wo?«

»Ich arbeite für Bürgermeisterin McBride. Sie hat jemanden gesucht, der sich um ihre Sicherheit kümmert.«

Ich blinzelte. »Die Bürgermeisterin dieser Stadt beschäftigt einen Sicherheitsdienst?«

Seine Mundwinkel zuckten. »Sieht so aus.«

Mir fiel ein, wie Noah auf Vees Party mit der Bürgermeisterin und ihrem Mann geplaudert hatte. Vielleicht hatte er sie charmant dazu gebracht, ihn einzustellen, indem er ihr eingeredet hatte, sie bräuchte jemanden, der für ihre Sicherheit sorgte?

»Na, dann mal viel Glück an deinem ersten Tag.«

»Und dir ebenfalls viel Glück an *deinem* ersten Tag zurück in der Schule. Versuch, nicht allzu viele andere Schülerinnen zu verstümmeln«, neckte er mich.

»Ich geb mein Bestes«, erwiderte ich mit einem flüchtigen Lächeln und nahm dann meinen ganzen Mut zusammen, um ihn um einen Gefallen zu bitten. »Bist du irgendwann diese Woche mal in der Stadt?«

Noah hob seinen Kaffeebecher. »Kann schon sein.«

»Könntest du mir was mitbringen?«

Er kam auf mich zu, kniete vor mir nieder und legte eine Hand auf mein Knie. »Was brauchst du?«

Kurz war mir schwindlig, als ich ihn so vor mir knien sah. Ich räusperte mich. »Ein billiges Smartphone. Das allerbilligte, das du nur finden kannst. Ich würde ja selbst eins kaufen, aber hier im Ort gibt es keine Fachgeschäfte.« Ich reichte ihm das Geld, das ich heute Morgen aus dem Versteck geholt hatte. Er nahm es und steckte es ein.

»Okay«, sagte er, und ich hätte jubeln mögen. Wenn ich ein eigenes Telefon hatte, würde ich endlich Aoife anrufen können, wann immer ich wollte.

»Danke«, sagte ich leise. Er machte keine Anstalten, wieder aufzustehen, und je länger er vor mir kniete und mich mit seinem unwiderstehlichen, rätselhaften Lächeln anblickte, desto heißer wurde mir.

»Was?«, flüsterte ich, kaum imstande, die Intensität seiner Gegenwart zu ertragen.

Noah stieß den Atem aus und betrachtete seine Hand auf meinem Knie. »Ich tu anderen Leuten normalerweise keinen Gefallen, Estella.« Eine kurze Pause. Er sah mir in die Augen. »Aber bei dir mach ich eine Ausnahme nach der anderen.«

Mein Herz setzte einen Schlag aus. »Was willst du damit sagen?«

Sein Blick wurde noch intensiver. »Ich will damit sagen, dass ich die Gefahr sehe, du könntest mich in einen guten Menschen verwandeln.«

Tja, wenn das mal keine Ironie war, denn er war möglicherweise im Begriff, mich in einen schlechten Menschen zu verwandeln. In mir hallte noch immer der unerhörte Nervenkitzel unseres Einbruchs in Direktor Hawkins' Haus nach.

Die Haustür wurde geöffnet – Irene war eingetroffen. Als ihre Schritte durch den Flur hallten und sie in Sylvias Zimmer verschwand, stand Noah auf, lehnte sich wieder an den Küchentresen und nippte an seinem Kaffee. Ich erhob mich ebenfalls, spülte meinen Teller und die Tasse am Waschbecken ab und spürte die ganze Zeit Noahs Blick auf mir ruhen.

Ich nahm meine Tasche und ging zur Hintertür. »Bis später«, sagte ich und ging hinaus. Die kalte Seeluft kühlte meine Wangen, und zum ersten Mal war ich froh über das hiesige Wetter. In Noahs Gegenwart war mir immer zu heiß.

In der Schule holte ich ein paar Bücher aus meinem Spind, da kam Schwester Dorothy auf mich zu. »Miss Shannon, wie schön, dass Sie wieder da sind«, sagte sie mit ihrem stets etwas rätselhaften Lächeln.

»Danke, Schwester Dorothy. Es ist gut, wieder hier zu sein.«

»Ich hoffe, Sie haben Ihre Lektion gelernt«, sagte sie, doch dann beugte sie sich dichter zu mir heran und fuhr leise fort: »Wenn Sie mich fragen, hat Sally O'Hare es allerdings dringend gebraucht, dass ihr mal jemand ordentlich den Pelz gerbt.«

Blinzelnd fragte ich mich, ob ich richtig gehört hatte. Aber dann zwinkerte sie mir zu, und ich wusste, ich hatte sie richtig verstanden.

Mit normaler Stimme sagte sie: »Wenn Sie jemanden zum Reden brauchen: Meine Tür steht Ihnen immer offen.« Sie klopfte mir auf die Schulter, dann setzte sie sich wieder in Bewegung. Kopfschüttelnd kicherte ich in mich hinein. Schwester Dorothy hatte etwas Verschwörerisches an sich. Nach der kurzen Unterredung kam es mir vor, als sei sie auf meiner Seite, und es war ein gutes Gefühl, dass ich jederzeit zu ihr gehen und mit ihr reden konnte.

Später war ich gerade unterwegs, um mich mit Aoife zum Frühstücken zu treffen, da entdeckte ich Direktor Hawkins, der in eine offenbar ernste Unterhaltung mit Mr Hanley vertieft war, unserem Physiklehrer. Ich versteckte mich in der Nähe und lauschte.

»Hast du das zur Anzeige gebracht?«, fragte Mr Hanley.

»Natürlich«, antwortete Hawkins. »Aber du weißt ja, wie das läuft. Die Polizei ist absolut inkompetent. Ich bezweifle, dass sie überhaupt nach dem Mistkerl suchen werden, schließlich wurde nichts gestohlen.«

»Hast du ihnen das mit Theresas Kleidern erzählt?«

»Ich habe ihnen *alles* erzählt. Dieser Irre hat sogar von einem meiner Äpfel abgebissen, aber die haben nicht mal nach Fingerabdrücken gesucht. Bevor die sich so viel Mühe machen, muss man schon tot in seinem blutdurchtränkten Bett liegen. Theresa war bleich wie ein Gespenst, als sie gesehen hat, was passiert ist.«

»Klingt fast nach einem Stalker«, befand Hanley.

»Dasselbe habe ich auch gedacht. Vor ein paar Wochen ist mein Ersatzhausschlüssel verschwunden. Ich dachte, ich hätte ihn nur verlegt, aber … tja, jetzt frag ich mich natürlich, ob er vielleicht gestohlen wurde. Der Einbrecher hat sogar ein Paket angenommen und den Empfang quittiert. Ich habe auf der Post angerufen, und sie haben in den Unterlagen nachgesehen. Dieser unverschämte Kerl hat mit *meinem* Namen unterzeichnet.« Jetzt war ihm die Wut deutlich anzuhören. Was auch immer Noah mit seinem Einbruch ins Haus des Direktors bezweckt hatte – wenn er ihn auf die Palme hatte bringen wollen, dann hatte er sein Ziel ganz klar erreicht. »Ich habe sogar mit dem Paketboten persönlich gesprochen, aber er konnte mir nichts über den Mann sagen, der ihm die Tür geöffnet hat, er sagte nur, er hätte eine Sonnenbrille getragen.«

»Das ist seltsam«, befand Mr Hanley.

Hawkins rieb sich den Unterkiefer. »Mehr als seltsam. Es ist vollkommen verrückt.« Er machte eine lange Pause, ehe er fortfuhr: »Ich habe da einen leisen Verdacht, wer es gewesen sein könnte, aber ohne Beweise habe ich nichts in der Hand.«

Mein Herz setzte kurz aus. Hatte er etwa Noah in Verdacht?

»Wer denn?«, fragte Mr Hanley.

Hawkins' Stimme klang angespannt, sogar ein bisschen ängstlich. »Ich kann es nicht … ach nein, vergiss, dass ich überhaupt etwas gesagt habe. Ich bin einfach nur völlig aufgebracht wegen dieser Sache. Bei uns wurde noch nie eingebrochen, und jetzt muss ich mich um neue Schlösser und ein Sicherheitssystem kümmern.«

Ich ging um die Ecke und warf Hawkins einen raschen Blick zu. Er hatte Ringe unter den Augen, die normalerweise nicht da waren, als hätte er kaum geschlafen.

Ein leises Schuldgefühl ziepte an mir. Aber andererseits ging ich davon aus, dass Noah seine Gründe dafür hatte, Hawkins zu piesacken. Dafür gab es allerdings keinen anderen Hinweis als mein Bauchgefühl, und es war denkbar, dass meine Urteilskraft getrübt war, weil ich mich so von ihm angezogen fühlte.

Nur zu gern hätte ich Aoife erzählt, was während meiner Suspendierung geschehen war, aber ich befürchtete, dass sie mich dafür schelten würde, dass ich mit Noah ins Haus gegangen war. Ich dachte daran, wie er mit dem Lippenstift über meinen Mund gefahren war. Der surreale Moment, als ich einen Kuss auf den Spiegel gedrückt hatte und sich meine Lippen auf dem Glas abzeichneten. Ich schämte mich, weil ich es insgeheim genossen hatte.

Als ich an diesem Abend zurückkehrte, war das Haus vollkommen still. Zu meiner Enttäuschung stand Noahs Motorrad nicht in der Einfahrt, und ich fragte mich, was genau seine Arbeit für die Bürgermeisterin wohl alles mit sich brachte.

Ich ging nach oben ins Bad, und auf dem Rückweg blieb ich auf der vorletzten unteren Stufe unvermittelt stehen, weil ich eine leise weibliche Stimme hörte. Was sie sagte, verstand ich nicht. Ich ging wieder nach oben und stellte fest, dass die Stimme aus Vees Zimmer kam. Die Tür stand einen Spalt offen, und es klang, als spräche Vee mit sich selbst.

Mich fröstelte.

»Du bestimmst nicht mehr über mich, du Idiot«, schnaubte sie und stieß ein gruseliges, freudloses Lachen aus. Als ich durch den Türspalt spähte, sah ich, dass sie in einem seidenen Morgenmantel durch ihr Zimmer lief. Ich schnitt eine Grimasse, weil es ganz danach aussah, als wäre sie darunter nackt. Das musste ich wirklich nicht sehen. Aber trotzdem blieb ich wie festgefroren stehen. Ich wollte wissen, was sie sagte, mit wem sie zu reden glaubte.

»Das hier ist jetzt mein Haus. Sylvia kann gegen mich überhaupt nichts ausrichten. Eines Tages brenne ich es einfach nieder, wenn ich Lust dazu habe. Wo ich dann wohnen will? Ha! Ich finde schon was, da bin ich ganz sicher. Du hast immer gesagt, ich wäre so schön. Irgendwer nimmt mich schon auf. Aber Sylvia? Die landet auf der Straße. Oder, schlimmer noch, in einem dieser fürchterlichen Pflegeheime.«

Auf der Fensterbank stand eine Flasche mit einer klaren Flüssigkeit darin, dem Anschein nach Gin, und sie griff danach, führte sie an ihre Lippen und nahm einen tiefen Schluck, während sie im Zimmer umherwirbelte, ein seltsamer, trunkener Tanz. Ich war sehr beunruhigt wegen der Bemerkung, sie wolle das Haus niederbrennen.

Trotz unserer schwierigen Beziehung machte es mir keine Freude, Vee in diesem Zustand zu sehen. Oft hatte ich darüber nachgedacht, wie ich ihr helfen könnte, mit dem Trinken aufzuhören, aber ich wusste nicht einmal, wie ich das Thema überhaupt anschneiden sollte. Ich hatte es nie über mich gebracht, etwas zu sagen. Vermutlich deshalb, weil sie mich immer mit irgendeiner fiesen Bemerkung unterbrach, ehe ich auch nur die leiseste Chance hatte, mal etwas Nettes zu sagen. Oder versuchen konnte, ihr zu helfen.

Während Vee sich weiter mit ihrem imaginären Gegenüber

unterhielt, wer auch immer es sein mochte, plagte mich mein Gewissen. In diesem Haus spukte es wirklich, aber es waren keine Geister, damit hatte Noah recht gehabt. In Vee lebten genügend Dämonen, um hundert Häuser mit Geistern zu füllen. Und in Noah ebenfalls, wie es aussah.

Mehr als je zuvor wünschte ich, ich würde die ganze Geschichte kennen, um zu begreifen, wie die beiden zu den Menschen geworden waren, die ich kannte.

Ich wandte mich zum Gehen, da knarrte eine Diele unter meinen Füßen. Vee verstummte, und ich erstarrte. Verdammt! Sie würde mich hier vor ihrer Tür erwischen. Ich hörte auf zu atmen und wartete auf das Unvermeidliche, aber nichts geschah. Stattdessen schloss Vee mit einem leisen Kichern ihre Tür und machte es damit neugierigen Ohren unmöglich, ihrem irren Gestammel zu lauschen.

So leise wie möglich lief ich die Stufen wieder hinunter und zog mich in mein Zimmer zurück, wo ich mich aufs Bett setzte, immer noch ganz mitgenommen von Vees unheimlichem Monolog. Vermutlich wäre ich, wenn ich so lange hier leben müsste wie sie, eines Tages ebenso irre geworden wie sie.

Mich beschlich eine dunkle Vorahnung, denn mein Plan, so bald wie möglich so weit wie möglich von hier abzuhauen, stand nicht mehr so unverrückbar fest wie noch vor Kurzem. Noah hatte einen Teil von mir in Bann geschlagen, von dessen Existenz ich nichts geahnt hatte, und meine so sorgsam geschmiedeten Pläne schmolzen zusehends zu einem kläglichen Haufen zusammen.

14. KAPITEL

Mehrere ruhige, ereignislose Wochen verstrichen.

Ich war dankbar dafür, denn obwohl mich Noahs Chaos anzog, hatte ich für Konflikte eigentlich nichts übrig. Außerdem musste ich ordentlich für meine Abschlussprüfungen büffeln. Eines Abends kam ich in mein Zimmer und fand dort ein brandneues Smartphone vor. Es hatte eindeutig mehr gekostet als das, was ich ihm gegeben hatte, und ich wusste nicht recht, was ich davon halten sollte. Es war sogar Guthaben darauf, sodass ich telefonieren und surfen konnte.

Zum Dank bastelte ich ihm einen Aschenbecher aus den Muscheln, die er gesammelt hatte, und stellte ihn auf seinen Nachttisch, als er gerade unterwegs war. Wahrscheinlich würde er das albern finden, aber etwas anderes hatte ich nicht. Außerdem rauchte er ja wirklich viel.

Er blieb ebenfalls auf Distanz. Ich wusste nicht, ob es daran lag, dass er durch seinen neuen Job so viel um die Ohren hatte, oder ob wir uns für seinen Geschmack zu nahegekommen waren. Vielleicht war er zu dem Schluss gekommen, dass er für mich keine Zeit erübrigen konnte. Aus welchem Grund er auch hergekommen sein mochte, er hatte ganz sicher nicht vorgehabt, mit der Stieftochter seiner Schwester anzubandeln. Ich war ein unvorhergesehener Zwischenfall, den er nicht eingeplant hatte.

Obwohl wir getrennte Wege gingen, wurde die Spannung zwischen uns immer spürbarer, verdichtete sich mit jedem Tag. Wann immer es geschah, dass wir uns im selben Raum aufhielten, hingen tausend unausgesprochene Worte zwischen uns. Ich spürte sie durch die Luft wehen wie kleine tickende Zeitbomben, die jederzeit explodieren konnten.

Mein neues Telefon hielt ich vor Vee geheim, aus offenkundigen Gründen. Ich traute ihr durchaus zu, es aus lauter Boshaftigkeit zu konfiszieren. Für mich war es ein ganz neues Leben, seit ich Aoife und Jimmy jederzeit erreichen und online recherchieren konnte.

Ich beschloss, Psychologie und Religionsphilosophie zu studieren, und redete mit Schwester Dorothy über meine Optionen. Sie war freudig überrascht darüber, dass ich mich für das Fach Religion entschieden hatte. Ich erzählte ihr von all den unterschiedlichen Schriften, die mir Noah geschenkt hatte und die in meinem Hirn einen wilden Eifer entfacht hatten, mehr zu erfahren. Mein Wissensdurst bei diesem Thema war unerschöpflich.

Ich hatte noch immer Albträume, aber inzwischen hatte ich mich eigenartigerweise an diese Quälerei gewöhnt. Seit ich wusste, dass ich unter Schlafparalyse litt und nicht unter irgendeiner Art von Besessenheit, kam ich viel besser klar.

Oft sah ich Kean, der immer noch vor der Schule rumhing. Wenn er mich ansah, wirkte sein Blick traurig, sogar entschuldigend, aber er sprach mich nicht an, und ich dachte mir, dass er sich meinetwegen seinem Gruppendruck beugen sollte, wenn es das war, was er wollte.

Was Sally betraf, war ich recht sicher, dass Direktor Hawkins ein Machtwort gesprochen hatte, denn seit dem Vorfall behandelte sie mich wie Luft, was mir sehr recht war.

Als ich eines Freitagnachmittags aus der Schule kam, stand

Noah vor dem Haus und unterhielt sich mit Keans Dad Enda. Sie schienen sich gut zu verstehen, lachten und witzelten herum. Ich wünschte, ich hätte hören können, was sie sagten. Irgendwann schüttelten sie einander die Hände, und Enda ging die Straße hinunter, in Richtung seines Hauses.

»Beobachtest du mich etwa, kleine Spionin?«, fragte Noah mit einem Lächeln in der Stimme.

Meine Haut kribbelte. Woher wusste er, dass ich da war? Er hatte sich nicht mal umgedreht. Anscheinend hatte er Augen im Hinterkopf.

»Nö. Ich kümmere mich ausschließlich um meinen eigenen Kram«, entgegnete ich.

Er drehte sich um, und sein Lächeln wurde breiter. »Los, bring deine Tasche rein und komm mit.«

Meine Brust erbebte leicht. »Warum?«

»Ich geb dir deine erste Fahrstunde.«

Aufregung schoss in mir hoch. Nach all diesen Wochen, in denen wir beide auf Distanz gegangen waren, hatte ich geglaubt, er hätte es vergessen. Schnell warf ich meine Tasche in den Flur und sauste wieder nach draußen. Noah schien Vees Wagen inzwischen völlig in Beschlag genommen zu haben, er benutzte ihn ständig. Nicht dass es ihr groß aufgefallen wäre. In den vergangenen Wochen hatte sie sich immer mehr zurückgezogen, was ich eigenartig fand – ich hatte eigentlich angenommen, ihre Geburtstagsparty hätte sie aus ihrer Höhle gelockt. Aber es schien genau den gegenteiligen Effekt gehabt zu haben, und obwohl sie mich so mies behandelte, machte ich mir Sorgen um sie. Sich den ganzen Tag in seinem Zimmer zu verkriechen, zu trinken und Selbstgespräche zu führen war alles andere als gesund.

Ich setzte mich auf den Beifahrersitz, und Noah fuhr zu dem leeren Parkplatz gegenüber der Kirche, die hoch über dem

Städtchen thronte. Hier parkten nur während der Messe Autos.

Wir stiegen aus und gingen aneinander vorbei, um die Plätze zu tauschen. Der Fahrersitz war noch ganz warm. Ich schnallte mich an und zog den Sitz ein Stück nach vorn, denn meine Beine waren deutlich kürzer als die von Noah.

»Okay.« Er beugte sich vor und zeigte auf die Pedale zu meinen Füßen. »Das da ganz links ist die Kupplung, in der Mitte ist die Bremse und ganz rechts das Gas.«

»Kupplung, Bremse, Gas«, wiederholte ich. »Verstanden.«

Er griff über mich hinweg, und sein berauschender Meeresduft wogte über mich hinweg. Er drehte den Zündschlüssel, und der Motor erwachte brummend zum Leben. Ich wusste nicht, ob es an der Vibration lag oder an meinem plötzlichen Drang, die Nase fest an seine Haut zu pressen und tief einzuatmen, aber mir wurde ein wenig schwindlig.

Okay. Definitiv Letzteres.

Er setzte sich nicht wieder aufrecht hin, sondern blieb ganz nah, und es fiel mir schwer, mich auf seine Anweisungen zu konzentrieren. »Drück mit dem Fuß die Kupplung runter.«

Ich schielte auf die Pedale runter und tat, wie mir geheißen.

»Jetzt den Schaltknüppel nach links und dann nach oben in den ersten Gang.«

»So?«, fragte ich und bewegte den Schaltknüppel genau so, wie er es gesagt hatte. Warum klang ich so außer Atem?«

Sein Blick wanderte nach unten, und nie war ich mir deutlicher meiner nackten Beine unter dem wadenlangen Uniformrock bewusst gewesen. »Ja, genau so. Jetzt mit dem rechten Fuß ganz leicht aufs Gas.«

Das tat ich.

»Feines Mädchen. Das ist jetzt der schwierige Teil: Du musst ganz langsam den Fuß von der Kupplung nehmen, bis du es spürst.«

Ich runzelte die Stirn. »Bis ich was spüre?«

»Eine leichte Vibration. Sag mir, wenn du sie spürst.«

Mit gerunzelter Stirn biss ich mir auf die Unterlippe und konzentrierte mich. Ganz sicher war ich nicht, dass ich es verstanden hatte, aber dann spürte ich es tatsächlich. »Da ist es.«

Noah nahm meine Hand, legte sie auf die Handbremse zwischen uns und löste sie. Seine Hand auf meiner veranlasste mein Herz zu einem wilden Salto. »Jetzt lass ganz behutsam die Kupplung kommen und geh gleichzeitig ein bisschen mehr aufs Gas.«

Meine Haut kribbelte, aber dann spürte ich, wie sich der Wagen in Bewegung setzte, und Begeisterung durchströmte mich. »Ich kann es nicht glauben, dass ich fahre!« Entzückt lachte ich auf.

Noah lachte ebenfalls leise. »Vorsicht, Lewis Hamilton. Estella Shannon ist dir mit zehn Kilometern die Stunde dicht auf den Fersen.«

Ich warf ihm einen finsteren Blick zu, musste dabei aber mein Lächeln niederringen. »Klappe. Das ist mein erstes Mal.«

»Du machst das ganz großartig«, lobte er mich liebevoll, und Wärme breitete sich in meiner Brust aus.

Die nächste Stunde verbrachte er damit, mir zu zeigen, wie man die Gangschaltung bediente. Mehrmals würgte ich den Motor ab und hätte am liebsten aufgegeben, aber ich zwang mich dazu, durchzuhalten. Den Umgang mit dem Lenkrad brachte Noah mir bei, indem er mich große Achten fahren ließ.

Endlich wechselten wir wieder die Plätze. »Bist du hungrig?«, fragte er.

»Ich verhungere.«

Er fuhr uns zu der einzigen Pizzeria des Städtchens. Es war Freitagabend, der Laden war vollgestopft mit Familien und Teenagern. Noah schien einen der Kellner zu kennen, und wir wurden zu einem Zweiertisch am Fenster geleitet.

»Und, wie war's in letzter Zeit in der Schule?«, fragte er, während wir uns über die Speisekarten beugten.

»Alles prima. Und bis zum Sommer sind es nur noch ein paar Wochen.«

»Und dann bist du frei wie ein Vogel, hm?«

»Japp, so ziemlich.«

Noah legte die Speisekarte weg, stützte die Ellbogen auf den Tisch und das Kinn in die Hände und betrachtete mich. »Was hast du dann vor?«

Die Frage machte mich ganz krabblig. Ich hatte das alles so lange geplant, dass es mir ganz surreal vorkam, mich jetzt wirklich der Ziellinie zu nähern. »Als Erstes«, sagte ich, »muss ich zusehen, dass ich das Geld ausbezahlt bekomme, das Dad mir hinterlassen hat, und dann reise ich den ganzen Sommer lang durch Europa. Im September fange ich dann mit dem College an.«

Noah grinste. »Europa, ja?«

Vor lauter Begeisterung wäre ich fast explodiert. Ich konnte es kaum erwarten, zu reisen. »Ich will all diese berühmten Sehenswürdigkeiten besuchen. Das Kolosseum, den Eiffelturm, Notre Dame, die Sagrada Família. Es gibt so viele wunderschöne Kirchen, mehr, als ich jemals besuchen könnte.«

»Versprich mir, dass du dir mehr ansiehst als nur lauter Kirchen«, sagte Noah.

»Ich hab auch das Kolosseum aufgezählt, oder?«

Seine Mundwinkel zuckten. »Hast du.«

Eine Pause entstand, und ich spielte mit dem Salzstreuer herum.

»Klingt nach einer tollen Reise«, ergriff Noah wieder das Wort. »Vielleicht komm ich auch mal vorbei.«

Mein Magen überschlug sich. Allein der Gedanke daran, gemeinsam mit Noah in einem fremden Land zu sein, war unglaublich aufregend. »Du bist doch bestimmt viel zu beschäftigt mit deinem Job im Büro der Bürgermeisterin«, gab ich so lässig wie möglich zurück.

Er legte den Kopf schief und betrachtete mich amüsiert. »Hast mich vermisst, hm?«

»Nein«, schnaufte ich, aber es klang kein bisschen überzeugend, bewirkte also genau das Gegenteil und verriet, dass ich ihn tatsächlich vermisst hatte. Ich hatte ihn und seine seltsamen Einfälle sogar entsetzlich vermisst. Unter dem Tisch berührte er meinen Fuß mit seinem, und kleine Funken stoben durch meinen Körper.

»Lass uns einmal die Woche eine Fahrstunde machen«, sagte er. »Nur damit du mich nicht so sehr vermisst.«

»Ich vermi…« Ich unterbrach mich, weil der Kellner kam und unsere Bestellung aufnahm. Wir entschieden uns dafür, uns eine große Peperoni-Pizza zu teilen. Noahs aufmerksamer Blick wanderte durchs Restaurant, und ich beobachtete ihn dabei, wie er andere beobachtete. Diesen Augen entging nur wenig. Als sie plötzlich aufflammten, wandte ich den Kopf und entdeckte Direktor Hawkins und seine Frau, die gerade hereingekommen waren und darauf warteten, zu einem Tisch geführt zu werden.

»Bin gleich zurück«, sagte Noah und warf mir nur einen ganz flüchtigen Blick zu, ehe er auf Hawkins zuging. Ich drehte mich ganz um und spitzte die Ohren.

»Hallo«, begrüßte ihn Hawkins argwöhnisch und mit nicht eben freundlicher Miene. Seine Frau hingegen strich eine Haarsträhne hinters Ohr, als sie Noah sah. Auch sie sah nervös und misstrauisch aus, genau wie ihr Gatte, aber zugleich auch irgendwie … erfreut? Ihr war eine mädchenhafte Röte in die Wangen gestiegen, und ihr Augenaufschlag war fast kokett.

»Hey«, sagte Noah und wandte sich dann Hawkins' Frau zu. »Theresa.«

»Noah«, hauchte sie. »Es ist lange her.«

»Allerdings«, stimmte er zu.

Ich spürte die in der Luft liegende Spannung bis hierher. Hatten die beiden irgendeine gemeinsame Geschichte? Mir wurde ein bisschen übel, als ich mich fragte, ob ich vielleicht nur ein Bauer war in einem Spiel, das Noah mit einer … was war sie? Eine Ex?

Nein. Unmöglich. Theresa Hawkins war bestimmt schon fast sechzig. Auf jeden Fall alt genug, um Noahs Mutter zu sein.

»Morgen Abend gibt es bei uns zu Hause eine kleine gesellige Zusammenkunft«, sagte Noah. »Die ganze alte Gang kommt. Sie beide sind ebenfalls herzlich eingeladen.«

»Das ist ein bisschen kurzfristig«, erwiderte Hawkins steif, aber im selben Augenblick antwortete seine Frau: »Wir kommen sehr gern.«

Für einen Augenblick herrschte unbehagliches Schweigen, dann kam eine Kellnerin und teilte den beiden mit, dass ein Tisch frei geworden war. Noah machte ihnen Platz. »Ich wünsche einen guten Appetit«, sagte er. »Und ich hoffe, Sie schaffen es morgen.«

Er kehrte an unseren Tisch zurück, sein Blick wirkte, als sei er in Gedanken kilometerweit entfernt. Es dauerte einen Moment, ehe er merkte, dass ich ihn zynisch anstarrte.

»Was?«

»Ich bin sauer auf dich.«

Er nippte an seinem Wasser. »Okay, ich schluck den Köder. Warum bist du sauer auf mich?«

»Irgendwas ist zwischen dir und Hawkins' Frau gewesen, oder?«

Noah wirkte nicht sonderlich beeindruckt. Leise murmelte er: »Ich hatte recht. Du bist wirklich ein kleiner Spion.«

»Jetzt weich nicht aus.« Ich beugte mich vor und flüsterte ihm zu: »Du hast mich dazu gebracht, in ihr Haus einzusteigen und ihren Lippenstift zu tragen. Du hast mich benutzt, bei irgendeinem kranken Spiel, das du da mit deiner Ex am Start hast, und ich will den Grund wissen.«

Er lachte auf. Es war dasselbe eigenartige, manische Lachen, in das er ausgebrochen war, als ich ihn gefragt hatte, ob Vee ihn als Kind fertiggemacht hatte. Es war viel zu laut und zog die Aufmerksamkeit anderer Gäste auf sich. Als er nicht aufhörte, drückte ich ihm die Hand auf den Mund.

»Sei still. Die Leute gucken schon.«

Sein Gelächter verebbte. Dafür trat ein Glühen in seine Augen, und auf einmal wurde mir überdeutlich bewusst, dass meine Handfläche auf seinen Lippen lag. Ich ließ die Hand sinken und setzte mich wieder richtig hin, sehr durcheinander.

»Sie ist nicht meine Ex«, sagte Noah. »Auch wenn sie …« Er verstummte, als wäre er nicht sicher, ob er weiterreden sollte.

Ich hob eine Braue und wartete darauf, dass er fortfuhr.

Noah rieb sich mit einer Hand über den Kiefer und setzte sich aufrecht hin, richtete den Blick unverwandt auf mich. »Denk doch mal nach, Estella. Ich habe diese Stadt mit fünfzehn Jahren verlassen.«

»Moment mal.« Als mir klar wurde, was er da sagte, keuchte ich auf. »Willst du damit etwa sagen, sie hat … sie …«

»Nein«, unterbrach er mich. »Zwischen uns ist niemals etwas vorgefallen. Allerdings nicht, weil sie es nicht versucht hätte. Dreckige alte Schlampe.«

Ich blinzelte erschüttert. Theresa Hawkins hatte sich an Noah rangemacht, als er noch ein Teenager gewesen war, und sie in ihren … wie alt war sie gewesen? In ihren späten Vierzigern? Wie betäubt schüttelte ich den Kopf. Hawkins und seine Frau saßen am anderen Ende der Pizzeria und bekamen von unserem Gespräch nichts mit.

Mir war, als läge mir ein Ziegelstein im Magen. Ich griff nach Noahs Hand. »Ist das dein Ernst?«

Er nickte knapp. Unsere Pizza kam, aber mir war der Appetit vergangen. Als der Kellner ging, sah ich Noah in die Augen. »Wie alt warst du, als das passiert ist?«

Er zuckte mit den Schultern. »Vierzehn.«

»Vierzehn!«, zischte ich unterdrückt. »Dafür hätte sie in den Bau gehen sollen.«

»Ist nichts passiert. Ich war vielleicht noch ein Kind, aber ich war in der Lage, mich zu wehren. Außerdem glaube ich, ihr ging es vor allem darum, es Hawkins heimzuzahlen. Er hatte damals gerade eine Affäre mit Sylvia.«

»Moment. Was?«

Noah beugte sich grinsend vor. »Du bist so leicht zu schockieren.«

»Ich bin schockiert, weil das, was du mir erzählst, nun mal verdammt schockierend ist. Hawkins und Sylvia? Wirklich?«

Er nickte. »Ich hab ab und zu gesehen, wie sie sich zusammen weggestohlen haben.«

Ganz langsam schüttelte ich den Kopf, während ich diese Information verdaute. Ich konnte mir eine fremdgehende Sylvia einfach nicht vorstellen. Andererseits war sie bei unserer ersten Begegnung bereits krank gewesen, die frühere Sylvia ohne MS hatte ich nie kennengelernt.

Noah lehnte sich zurück, ohne mich aus den Augen zu lassen, und stieß die Luft aus. Unendlich lange sah er mich nur stumm an. Dann endlich sagte er: »Früher, noch bevor meine Mutter ihre Diagnose bekam, haben sie und Theresa in derselben Anwaltskanzlei gearbeitet. Sie haben sich angefreundet, und schon bald nahmen Hawkins und Theresa auch an den Soireen teil, die meine Eltern am Wochenende gern veranstalteten.« Beim Wort *Soireen* triefte seine Stimme vor Sarkasmus.

Ich hatte ganz vergessen, dass Sylvia vor ihrer Erkrankung Anwältin gewesen war. Wie gesagt, es fiel mir schwer, sie mir anders vorzustellen denn als die stille, zerbrechliche Frau, als die ich sie kennengelernt hatte.

»Nach einer Weile fiel mir auf, dass Sylvia sich heimlich mit Hawkins traf. Sie waren nicht besonders diskret, und es war ganz offensichtlich, dass Theresa Bescheid wusste. Ich habe nicht begriffen, weshalb sie ihn nicht damit konfrontiert hat. Ihr Zorn war deutlich spürbar, und auf einmal benahm sie sich mir gegenüber auffallend freundlich. Ganz eindeutig hatte sie vor, mich zu verführen, um sich auf kranke Art an ihrem Mann zu rächen. An einem Samstag, als eine Riesenparty im Gange war, waren meine Eltern und ihre Freunde völlig betrunken, da hat sich Theresa in mein Zimmer geschlichen und es bei mir versucht.« Er sah mich an, und als er fortfuhr, klang seine Stimme bitter. »Ich habe ihr gesagt, wenn sie sich nicht sofort verpisst, würde ich allen erzählen, dass sie gern Sex mit Kindern hat. Ich hab nie wieder gesehen, wie jemand sich so schnell aus dem Staub macht.«

Mir war beim Zuhören übel geworden, umso mehr, als mir bewusst wurde, dass mein kleines Zimmer damals *sein* kleines Zimmer gewesen war. Kein Wunder, dass ich unter Albträumen litt. Nicht nur dass *Ard na Mara* Übel ausdünstete, offenbar barg auch jeder Raum für sich seinen ganz eigenen Schrecken.

»Das ist doch krank. Wieso hat sie es nicht bei deinem Dad probiert? Das wäre doch viel naheliegender gewesen, wenn sie sich rächen wollte, ohne dafür mit dem Gesetz in Konflikt zu geraten.«

»Victor war damals schon fett und alt. Kam ihr vielleicht nicht sehr verlockend vor«, mutmaßte Noah. »Ich hingegen hatte schon früh einen Wachstumssprung und sah älter aus, als ich war.«

Ich betrachtete die Pizza mit ihrer knusprigen goldenen Käsedecke und verspürte gar kein Verlangen danach, hineinzubeißen.

»Appetit verloren?«, fragte Noah trocken und mit einem Anflug seines schwarzen Humors.

»Ich weiß nicht, ob ich jemals wieder schlafen kann, jetzt, wo ich weiß, was Theresa in diesem Zimmer mit dir machen wollte.«

Noah strich mir über die Hand. »Du kannst in meinem Bett schlafen, wenn du möchtest. Mir macht es nichts aus, eins der anderen Gästezimmer zu nehmen.«

Ich schnaubte. »Wenn Vee das rausfinden würde, dann würde sie mich umbringen, und ich steh jetzt schon ganz oben auf ihrer Abschussliste.«

Er strich mit dem Daumen über die Innenseite meines Handgelenks, und die Berührung rief ein Kitzeln ganz tief unten in meiner Wirbelsäule hervor. »Um Vee kümmere ich mich.«

Ich verlor mich in seinen Augen und musste mich richtig zwingen, mich wieder aufs Gespräch zu konzentrieren. »Was wurde denn aus Sylvia und Hawkins? Ist das irgendwann einfach im Sande verlaufen? Seine Frau hat er ja offensichtlich nicht für sie verlassen.«

Noah strich mit dem Finger über den Rand seines Glases. »Sie hatten noch immer eine Affäre, als mein Dad gestorben ist.« Ein mörderischer Schatten zuckte über sein Gesicht. »Sie waren wie Pech und Schwefel, wenn mich meine Erinnerung nicht trügt. Vee sagt, er hat sich dann irgendwann zurückgezogen, als Sylvias Krankheit immer schlimmer wurde. Ist wohl aufregender, eine Frau hinter dem Rücken ihres Mannes zu bumsen, als es einer kranken Witwe zu besorgen.«

Aus dem Augenwinkel sah ich, wie ein neues Grüppchen hereinkam. Dann sah ich in der Spiegelung im Fenster, dass es sich um Kean und seine Freunde handelte. Sally war auch dabei.

»Alles in Ordnung?«, fragte Noah und folgte meinem Blick. »Ah, deine Erzfeindin. Soll ich Nico sagen, dass er ihr auf die Pizza spucken soll?«

»Nico?«

»Der Kellner.«

»Oh, klar. Nein, tu das nicht. In letzter Zeit ärgert sie mich nicht mehr.«

Er zog die Brauen hoch. »Nein?«

Ich schüttelte den Kopf.

Seine Lippen verzogen sich zu einem Lächeln. »Hab dir ja gesagt, dass es hilft, die Sache selbst in die Hand zu nehmen. Normalerweise braucht es ein bisschen mehr als eine Ohrfeige und ein bisschen Haareziehen, aber hey, gut gemacht.« Er verstummte und musterte mich aufmerksam. »Aber da ist noch was, das du mir nicht erzählst.«

Ich verspannte mich, rieb mir den Nacken und sah zu, wie Kean, Sally und ihre Freunde zu einem großen Tisch geführt wurden, der nicht weit von unserem entfernt stand. Jeder kennt das Gefühl, beobachtet zu werden, oder? Tja, Keans Blicke fühlten sich an, als würde er Laserstrahlen auf meinen Hinterkopf richten.

Ich sah Noah an, dass er eins und eins zusammenzählte und zu dem richtigen Ergebnis kam. »Riordans Sohn hat den Blick nicht von dir abgewandt, seit er reingekommen ist.« Er klang verärgert. »Seid ihr zusammen?«

»Ich hatte noch nie einen festen Freund«, sagte ich. »Und nein, nicht im Entferntesten. Ich dachte, er hätte vielleicht Interesse, aber …« Ich ließ den Satz unvollendet. »Hat nicht geklappt. Er war nicht der, für den ich ihn gehalten habe.«

»Und wer ist er dann?«, fragte Noah, und wenn ich mich nicht irrte, klang es ein bisschen … eifersüchtig? Dafür gab es überhaupt keinen Grund. Zwischen Kean und mir lief schon lange nichts mehr. Nicht dass da jemals ernsthaft was gewesen wäre.

»Einfach nur ein typischer blöder Teenager.« Ich seufzte.

Noah blickte finster drein. »Hat er dich angefasst?«

»Nein, so weit ist es nie gekommen.«

»Gut.«

Ich zog eine Braue hoch. »Wieso ist das gut?«

Unter dem Tisch bewegte er die Beine, bis sie links und rechts neben meinen standen. »Ich bin der Einzige, der dich anfassen darf.«

Ich lachte, trotz der Schmetterlinge, die in meinem Bauch aufstoben. »In letzter Zeit hast du mich überhaupt nicht mehr berührt.«

Er drückte die Beine zusammen, und seine starken Schenkel schlossen sich um meine wie eine Stahlfalle. Mit einem Mal schienen die Schmetterlingsflügel quer durch meine Eingeweide zu schneiden. »Möchtest du, dass ich es tu?«, fragte er mich mit leiser, heiserer Stimme.

Für einen Augenblick stand ich völlig unter seinem Bann, aber dann drang mir Sallys höhnische Stimme ans Ohr. »Hat die etwa ein Date mit ihrem Onkel? Wie erbärmlich ist das denn?«

Ich zuckte zusammen und sah zu ihr rüber. Sally trug ihre übliche hochnäsige Miene zur Schau, aber Kean warf mir einen entschuldigenden Blick zu. »Halt den Mund«, sagte er zu Sally und versetzte ihr unter dem Tisch einen Tritt. »Estella ist in Ordnung.«

Sally lief knallrot an und schlug die Augen nieder, und mit einem Mal fiel es mir wie Schuppen von den Augen: Sie war in Kean verknallt. War sie deshalb so eklig zu mir? Aber nein, das war sie schon gewesen, lange bevor Kean und ich zum ersten Mal ernsthaft ein Wort miteinander gewechselt hatten.

»Klingt ganz danach, als hätte er immer noch was für dich übrig«, stellte Noah mit hochgezogenen Augenbrauen fest.

Ich sah ihn strafend an. »Er kann für mich so viel übrighaben, wie er will. Ich hab kein Interesse.«

Wie sollte ich denn, wenn doch neunzig Prozent meiner Gedanken dir gelten?

Bei Noahs Lächeln wurden mir die Knie ganz weich. Wie gut, dass ich gerade saß.

»Ich hab eine Idee«, sagte er. »Wir lassen uns die Pizza einpacken und essen sie unterwegs.«

15. KAPITEL

Noahs Kellnerfreund packte uns die Pizza ein, und wir fuhren zum Hafen. Es war schon ziemlich spät, nur noch vereinzelt waren Boote unterwegs. Aufs Meer hinauszublicken beruhigte mich, und langsam kehrte mein Appetit zurück. Wir kletterten auf die hohe Mauer, die den Hafen umgab, setzten uns und ließen beim Essen die Beine baumeln.

»Und was hast du jetzt mit deinem Fanboy vor?« Noah stieß mich mit der Schulter an.

Ich sah ihn an. »Meinst du Kean? Gar nichts. Er ist … ach, egal.« Ich wedelte ungeduldig mit der Hand.

»Er ist … ach, egal«, äffte mich Noah nach.

Ich starrte ihn an, dann musste ich grinsen. »Hast du mich gerade nachgemacht?«

»Und wenn es so wäre?«, erwiderte er mit einer Stimme, die meiner verblüffend ähnelte.

»Lieber Himmel, hör auf damit. Das ist ja gruselig.« Ich boxte ihm gegen die Schulter.

Er lachte vergnügt, und ich musterte ihn genauer. Er war eine eigenartige Mischung aus Mann und Junge. Manchmal glaubte ich in seinen Augen den Weltschmerz eines Menschen zu sehen, der schon hundert Lebensspannen hinter sich gebracht hatte, und dann wieder kam er mir vor wie ein schlitzohriger Bengel. Ganz besonders jetzt.

»Ich hatte vergessen, wie gut du Akzente imitieren kannst. Scheint so, als würde das überhaupt für Imitationen gelten.«

Er grinste. »Ich bin ziemlich sicher, dass ich eine Menge gut kann.«

Hitze stieg mir in die Wangen. Rasch sah ich weg und wechselte das Thema. »Was ist denn in Aleksys Welt momentan so los?«

Noah stieß die Luft aus. »Die Arbeit in der Bar hab ich an den Nagel gehängt, als ich den Job bei Bürgermeisterin McBride angenommen habe, also steht Aleksy eine Weile auf dem Abstellgleis.«

»Zu schade«, sagte ich und versuchte mich an einem koketten Tonfall. »Der polnische Akzent steht dir.«

Er zog eine Braue hoch, als wäre er überrascht, aber auch angetan von meiner Bemerkung. »Ach ja?« Mühelos nahm er Aleksys Akzent an. »Du kannst den alten Aleksy wohl ein bisschen leiden, hm?«

»Kann sein.«

»Dann muss ich öfter so reden.« Er beugte sich zu mir herüber.

»Okay, Schluss jetzt. Es ist zu gruselig, wie glaubwürdig du bist.« Und außerdem, aber das sprach ich nicht laut aus, würde seine echte Stimme immer mein Favorit bleiben.

Mit einem belustigten Lachen schnappte er sich sein letztes Stück Pizza.

»Übrigens, danke für das Handy«, sagte ich. Ich hatte schon länger vor, mich bei ihm zu bedanken, aber seine Gegenwart brachte mich so durcheinander, dass ich es immerzu vergaß.

»Gern geschehen. Falls du noch irgendwas anderes brauchen solltest, sag einfach Bescheid.«

Wow, das war echt nett von ihm. »Das Handy ist mehr als

genug. Und ich weiß, dass du viel mehr dafür ausgegeben hast, als ich dir gegeben habe. Ich zahle es dir zurück.«

Er winkte ab. »Nicht nötig.«

»Ich bestehe darauf.«

Nachdenklich sah er mich an. »Dann könntest du mir morgen Abend helfen.«

»Du meinst bei dem Treffen, das du für die alten Freunde deiner Eltern organisierst?« Ich nickte. »Wie kann ich dir da denn helfen?«

»Vor allem beim Essen. Ich kann überhaupt nicht kochen. Ich kümmere mich dann um die Drinks.«

»In dem Fall sollten wir auf dem Rückweg noch irgendwo einkaufen.«

»Das kriegen wir hin.«

Wir aßen auf und kletterten von der Mauer. Auf dem letzten Stück fasste mich Noah um die Taille und stellte mich auf den Boden. Es war irgendwie intim, und errötend dachte ich an das, was er in der Pizzeria gesagt hatte.

Ich bin der Einzige, der dich anfassen darf.

Nur mühsam unterdrückte ich das Erschauern und folgte ihm zum geparkten Wagen.

Als Dad und ich in Vees Haus gezogen waren, war es eine meiner Lieblingsbeschäftigungen geworden, mich im Speisenaufzug zu verstecken. Mit vierzehn war ich eigentlich schon zu alt für Versteckspiele gewesen, aber ich hatte Spaß daran gehabt, mich dort zu verstecken und zu warten, bis mein Dad vorbeikam. Dann sprang ich heraus, er griff sich erschrocken ans Herz, und anschließend kicherten wir beide darüber, während Vee den Kopf über mein kindisches Benehmen schüttelte.

Als mein Dad noch lebte, war sie mir zwar nie besonders liebevoll begegnet, aber auch nicht gemein. Nicht so wie jetzt.

Vielleicht erinnerte ich sie allzu sehr an ihren verlorenen Ehemann.

Wir ähnelten uns so sehr mit dem dichten braunen Haar und den großen braunen Augen.

Während ich in der Küche stand und einen großen Teller mit Fleisch und Wurst für Noahs geselligen Abend vorbereitete, nagte die Schuld an mir. Ich konnte nicht aufhören, an Vee zu denken. Obwohl sie sich in ihrem Zimmer verkrochen hatte, spürte ich ihre Gegenwart überall, als würde ihre bedrückende Trostlosigkeit durchs ganze Haus sickern. Aus mir unbekannten Gründen war ich nicht mehr wütend auf sie. Vielleicht, weil sie so verloren wirkte.

Ich musste versuchen, ihr zu helfen.

Im schlimmsten Fall würde sie mir sagen, ich solle mich verziehen, und dass sie meine Hilfe nicht wollte. Mein Dad hatte sie geliebt, also musste ja *irgendwas* Liebenswertes an ihr sein.

Ich legte Cracker, Käse und Weintrauben auf einen Teller, füllte ein Glas mit Wasser und machte mich mit gemischten Gefühlen auf den Weg nach oben. Es war besorgniserregend, wie sehr sie sich zurückzog. Selbst Sylvia kam mehr aus ihrem Zimmer und unter Leute, und sie war an den Rollstuhl gefesselt.

Ich klopfte zweimal an Vees Tür und wartete. Drinnen ertönte eine gedämpfte Stimme. »Wer ist da?«

»Estella«, antwortete ich. »Ich bring dir ein bisschen was zu essen.«

Lange sagte sie nichts, dann, wie ein Krächzen: »Komm rein.«

Ich öffnete die Tür und trat ein. Versuchte, nicht zusammenzuzucken, als der Geruch nach Alkohol und Körperausdünstungen mir in die Nase stieg. Vee hatte ganz sicher eine Weile nicht geduscht, und gelüftet hatte sie offenbar auch tagelang nicht. Sie saß in ihrem Hausmantel im Bett und sah noch bleicher und dünner aus als sonst. Ihr Haar war fettig, einige Strähnen klebten ihr an der Stirn. Hätte ich es nicht besser gewusst, ich hätte geglaubt, sie wäre schwer an einer Grippe erkrankt.

Aber nein, das war keine Grippe, davon zeugten die überall im Raum verstreuten leeren Flaschen.

»Wer hat dir den ganzen Alkohol gebracht?«, fragte ich und stellte Teller und Glas auf dem Nachttisch ab. Sie sah mich mit glasigem Blick an, als wäre ihr alles egal. Ich kannte das Gefühl. Manchmal, wenn mich die Trauer um Dad so richtig übel erwischte, wollte ich einfach nur vom Rand der Erde fallen und verschwinden. Dann würde ich aufhören zu existieren und müsste den Schmerz nicht mehr ertragen.

»Ich zahl Irene ein bisschen was extra«, antwortete Vee gleichgültig.

»Sie bringt dir Alkohol?«, fragte ich betroffen. Von Irene hätte ich nicht gedacht, dass sie Vee in ihrer Sucht noch unterstützte.

»Macht sie nicht gern.« Vee kicherte ausdruckslos. »Aber ich hab ihr gedroht, dass ich sie sonst rauswerfe.«

Ich runzelte die Stirn und verschränkte die Arme vor der Brust, kein bisschen verwundert, dass Vee notfalls zu Erpressung griff, um zu bekommen, was sie wollte. Sie starrte den Teller an, griff an Crackern und Käse vorbei, nahm sich eine Weintraube und steckte sie in den Mund. Natürlich entschied sie sich für das, was Alkohol am nächsten kam.

»Was willst du hier, Estella?«, fragte sie argwöhnisch. Aber ich hatte keine Hintergedanken. Ich wollte einfach nur ein guter Mensch sein und den Glauben praktizieren, an den ich von ganzem Herzen glaubte.

»Was ihr wollt, dass euch andere tun, das tut ihr ihnen«, antwortete ich.

»Kommst du mir jetzt mit Bibelzitaten?« Vee schnaubte. »Du bist wirklich die Tochter deines Vaters. Er dachte, er könnte mich retten, aber auf uns beiden lag ein Fluch, der uns zum Untergang verdammt.«

»Du bist nicht zum Untergang verdammt«, widersprach ich ihr, aber im selben Moment fragte eine Stimme in meinem Kopf: *Hat sie recht?*

Vee stieß ein spöttisches Schnaufen aus. »Seit dem Tag meiner Geburt bin ich vom Pech verfolgt. Dein Vater hat genauso empfunden. Das hat uns verbunden. Wir beide konnten den Schatten, die uns jagen, nicht entrinnen. Am Ende haben sie deinen Dad erwischt. Mit mir lassen sie sich anscheinend mehr Zeit. Dein Vater war ein guter Mann, also war ihm ein schnellerer Tod beschieden. Ich hingegen? Ich muss bis zum Schluss ertragen, wie die Schatten mir das Leben aussaugen.«

Mit der Überzeugung meines Vaters, er sei verflucht, war ich bestens vertraut. Der logisch denkende Teil meines Verstands weigerte sich, daran zu glauben, trotz aller Gegenbeweise.

Mein Vater hatte es niemals so beschrieben wie Vee. Von Schatten hatte er nie gesprochen. Ich erschauerte.

»Leben ist Leid«, fuhr Vee fort. »Du weißt das noch nicht, aber es wird dir schon bald klar werden, denn die Schatten geben niemals auf. Sie verschlingen alles, was ihren Weg kreuzt, und jetzt, da sie deinen Vater erwischt haben, machen sie Jagd auf *dich*.«

Bei ihren Worten wurde mir kalt. Ich hätte selbst nicht zu sagen vermocht, weshalb ich mir ihr irres Geplapper anhörte. Zweifel sickerten in mich ein. Hatte sie recht? Was, wenn der Fluch meines Vaters wirklich auf mich übergegangen war und ich es nur noch nicht gemerkt hatte?

Nein. Stopp. Lass nicht zu, dass sie dich da mit reinzieht.

Vee war eine depressive Alkoholikerin. Vielleicht sogar eine Soziopathin. Ich musste logisch denken und meinen Überzeugungen treu bleiben. Ich konnte ihr in ihrer Krise beistehen, dafür sorgen, dass sie nicht in diesem Zimmer verrottete, aber zuhören musste ich ihr nicht.

»Iss was«, sagte ich und ging zur Tür. »Und bitte trink auch ein bisschen Wasser, das brauchst du. Ich lasse dir ein Bad ein.«

Sie protestierte nicht, und ich ging zum großen Bad, um ein Schaumbad einzulassen. Vee brauchte dringend Wasser an der Haut, ich konnte es nicht zulassen, dass sie sich weiter in ihrem eigenen Dreck wälzte, auch wenn sie mich mal aus meinem eigenen Badezimmer ausgesperrt hatte. Feuer mit Feuer zu bekämpfen würde die Welt verbrennen. Und das Gleiche galt wohl auch für Grausamkeit. Der Mut, Grausamkeit mit Freundlichkeit zu begegnen, war die einzige Möglichkeit, ihrer Verbreitung Einhalt zu gebieten.

Ich setzte mich auf den Badewannenrand, sah zu, wie das Wasser stieg, und dachte über Dads Fluch nach. Tiefes Grauen stieg in mir auf. Ich war fast mit der Schule fertig, die Freiheit war zum Greifen nah, und die Vorstellung, dass mich eine dunkle, bösartige Macht verfolgte, versetzte mich in Panik.

Als die Wanne voll war, drehte ich den Hahn zu und starrte lange blindlings vor mich hin. Das Badezimmer war groß, die freistehende Wanne mit Ornamenten verziert. Verblasste, mit Schimmel verseuchte einstige Pracht, die an eine lang vergangene Zeit erinnerte. Ich fragte mich, wie die wohlhabende Familie gewesen sein mochte, die nach der Erbauung des Hauses hier gelebt hatte. Hatten auch sie unter einem die Generationen überdauernden Fluch gelitten, oder war das etwas Neueres?

Ich war so tief in Gedanken, dass ich überhörte, wie sich die Tür öffnete. Noah sah mich ebenfalls nicht, halb hinter dem

Duschvorhang verborgen, wie ich war. Erst als er seinen Reißverschluss herunterzog, um zu pinkeln, bemerkte ich ihn. Ich erstarrte, zu peinlich berührt, um einen Laut von mir zu geben, und er pinkelte mit dem Rücken zu mir in die Toilette. Da erst entfuhr mir ein leises Geräusch. Er zuckte zusammen und drehte sich um, und als er mich da sitzen sah, fluchte er unterdrückt.

»Verdammt noch mal, Estella, willst du mich zu Tode erschrecken? Was machst du denn hier?« Er verstaute alles wieder in seiner Hose und zog den Reißverschluss zu.

Ich öffnete den Mund, aber kein Wort kam heraus. Endlich schluckte ich trocken und brachte dann doch noch heraus: »Ich lasse Vee ein Bad ein.«

Ungläubig starrte er mich an, dann fing er an zu lachen. »Tja, eine kleine Warnung wäre schon sehr nett gewesen, statt einfach sitzen zu bleiben und mich zu beobachten.« Er spülte ab und wusch sich die Hände.

»Als ich dich bemerkt hab, war es schon zu spät.« Meine Wangen brannten. Ich versuchte, nicht darüber nachzudenken, dass ich um ein Haar seinen Penis gesehen hätte.

Er zog die Brauen hoch. »Wie kann es denn sein, dass du mich nicht gesehen hast?«

»Ich war ganz gedankenverloren.«

Er trocknete seine Hände ab und kam auf mich zu, musterte mich. »Alles in Ordnung?«

Ich seufzte. »Nein, eigentlich nicht. Vee ist in einem üblen Zustand. Wusstest du, dass sie Irene erpresst hat, damit sie ihr Alkohol hochbringt? Deshalb musste sie ihr Zimmer nicht mehr verlassen.«

Seine Kiefermuskeln spannten sich. »Nein, davon wusste ich nichts.«

»Vielleicht solltest du die Feier heute Abend lieber absagen.

Kommt mir nicht wie die allerbeste Idee vor, wenn ein Haufen Leute kommt. Ich befürchte, Vee steht kurz vor einer Alkoholvergiftung.«

Noah rieb sich über den Unterkiefer. Mit besorgtem Gesicht setzte er sich aufs andere Ende der Wanne. »Ich war mit meinem neuen Job so beschäftigt, dass ich ganz vergessen hab, sie im Blick zu behalten.« Er sah mich an. »Wie schlecht geht es ihr denn?«

»*Sehr* schlecht. Sie sieht aus, als hätte sie sich seit mindestens einer Woche weder gewaschen noch frische Klamotten angezogen.«

Ich sah ihm an den Augen an, dass er nachdachte. »Wieso kümmerst du dich um sie?«

Ich zuckte mit den Schultern. »Sonst tut es ja niemand.«

»Doch, ich«, stieß er heftig hervor. Er sah aus, als würde er sich schämen, dass er Vees schlimmen Zustand nicht bemerkt hatte.

»Wir können uns ja zusammen um sie kümmern«, schlug ich vor.

Er nickte und blickte aufs Badewasser hinunter. »Du musst das noch mal ablassen und neues Wasser einlassen. Vee hasst Schaumbäder.«

»Meinst du das ernst? Wer hasst denn Schaumbäder?«

»Meine Schwester.«

Ächzend steckte ich die Hand ins Wasser. »Was für eine Verschwendung des guten Radox-Schaumbads.«

In Noahs Augen trat ein verspieltes, jungenhaftes Funkeln. »Nicht unbedingt.«

Ich sah ihm an, was er vorhatte, einen Sekundenbruchteil ehe er nach mir griff, um mich ins Wasser zu werfen, und wich ihm aus. Er drückte mich gegen die Tür. Mein Atem ging schnell und flach.

»Nein«, sagte ich warnend und drückte ihm eine Hand gegen die Brust.

Mit halb geschlossenen, glühenden Augen drückte er sich gegen meine Hand und kam noch ein wenig näher. »Leb mal ein bisschen, kleine Spionin.«

»Ich bin keine Spionin.«

»Nein? Sämtliche Indizien bezeugen das Gegenteil. Erst erwische ich dich dabei, wie du in meinem Zimmer herumschnüffelst. Dann belauschst du meine Unterhaltung mit Enda Riordan. Und heute, tja, also heute hast du echt den Vogel abgeschossen: Du hast dich hier drinnen versteckt, um mich beim Pinkeln zu beobachten.« In gespielter Empörung schüttelte er den Kopf. »*Das* ist wirklich pervers.«

Ich schlug ihm gegen die Brust. »Halt die Klappe, das ist überhaupt nicht wahr.«

Er packte meine Handgelenke und zog mich mit einem leisen Lachen Richtung Wanne. Ich wehrte mich, wand mich wie wild und riss mich los, dann schubste ich *ihn* in die Wanne. Mit einem lauten Platschen landete er im Wasser und war über und über voller Schaum.

»Stimmt also, was man über Karma sagt«, stellte ich grinsend fest.

Noah starrte mich finster an, aber ich sah ihm an, dass er versuchte, nicht zu lachen. Er war klatschnass. So urkomisch hatte ich ihn noch nie gesehen. Und zugleich niemals so sexy. Als mir das klar wurde, holte ich tief Luft, zu gebannt von seinem Anblick, um zu merken, wie er die Hand nach mir ausstreckte. Er zog mich auf sich, und ich bereute es, die Wanne so vollgemacht zu haben – zu beiden Seiten lief Wasser über.

»Wenn ich nass werde, wirst du auch nass«, sagte er, als ich auf ihm landete. Ich versuchte mich aufzurichten, aber er hielt mich fest. Er lag zwischen meinen Oberschenkeln, und wir beide waren völlig durchweicht. Meine nasse Brust war gegen seine gepresst, und in seine Stirn hing eine nasse dunkle Haarsträhne. Am liebsten hätte ich sie mit der Nase berührt. Ich spürte, wie sich unter dem Top meine Brustwarzen aufrichteten, und hoffte, dass er es nicht merkte.

»Wir überschwemmen das ganze Badezimmer«, sagte ich kurzatmiger, als mir lieb war.

Noah zuckte mit den Schultern. »Schlimmer können wir es jetzt auch nicht mehr machen.«

Er strich mit den Händen an meinen Seiten hinunter bis zur Hüfte, und mein Herz hämmerte los. Seine Berührung fühlte sich so gut an. Ich wollte seine Hitze am ganzen Körper spüren. Als seine Fingerspitzen das untere Ende meiner Wirbelsäule erreichten, fing es zwischen meinen Beinen an zu pulsieren.

Noah hob den Mund an mein Ohr. »Hast du auch nur die leiseste Ahnung, was ich gern mit dir machen will?«

Tu es.

Ich schüttelte den Kopf, in mir rangen Angst und Verlangen um die Vorherrschaft. Aus seiner Brust drang ein tiefer, männlicher Laut, und er hob eine Hand und schloss sie um meinen Pferdeschwanz. Mit einem Ruck zog er meinen Kopf nach hinten, und dann knabberte er mir ganz leicht an Kinn und Unterkiefer. Ganze Schwärme von Schmetterlingen füllten meinen Bauch.

Ich blickte auf ihn hinunter, er blickte zu mir hinauf. Wir waren in einem Patt gefangen, denn keiner von uns wollte als Erster den Blick abwenden.

»Ich hab ständig Albträume«, platzte ich heraus.

Noahs Brauen schoben sich zusammen. Ich wusste nicht, weshalb ich dieses Geständnis gestammelt hatte, aber es hatte dem erotischen Moment eindeutig den Todesstoß versetzt.

Vielleicht lag es am Wasser. Oder an seiner Nähe. Ich wusste nur, dass ich die Worte nicht hatte zurückhalten können.

»Was für Albträume?«, fragte er leise und strich mit den Fingerspitzen in hypnotischen Kreisen über meinen Rücken. Okay, *ganz* tot war der erotische Augenblick wohl doch noch nicht.

»Vom Ertrinken«, antwortete ich leise. »Draußen im Meer. Oder ich ertrinke in Zimmern hier im Haus. Und Schatten. Immer sind da diese Schatten.« Ich flüsterte jetzt, und auf einmal wurde mir klar, weshalb Vees Worte über Schatten mich so tief getroffen hatten. Sie suchten mich seit Wochen in meinen Träumen heim. »Ich habe Angst, dass es eine Vorahnung ist.«

»Von was?«

»Meinem Tod.« Jetzt hatte die Angst, die ich die ganze Zeit verdrängt hatte, mich fest im Griff.

»Träume sind normalerweise eine Manifestation unserer Ängste«, beruhigte mich Noah. »Keine Vorahnungen.«

»Das weiß ich, aber ich hasse es trotzdem. Wenn ich aufwache, kann ich weder sprechen noch mich bewegen. Das dauert nur wenige Sekunden, fühlt sich aber viel länger an.«

»Klingt nach …«

»Schlafparalyse, ich weiß. Ich hab was darüber gelesen. Meistens sind Nervosität oder Stress die Ursache, was ja allerbestens zu meinem Leben passt.«

Noah antwortete nicht, aber in seinen Augen stand jener weise, fast versonnene Blick, der ihn aussehen ließ, als sei er viele Hundert Jahre alt. Als er schließlich etwas sagte, drang seine Stimme wie aus weiter Ferne an mein Ohr. »Ich habe auch Albträume.«

Erschrocken sah ich ihn an. »Was für welche?«

»Ich bin eingesperrt und kann nicht raus. Werde geschlagen und geschlagen und geschlagen und kann dem Schmerz nicht entkommen. Werde verstoßen und geächtet für etwas, an dem ich nichts ändern kann.«

Vor Mitgefühl bekam ich kaum Luft. »Deine Albträume klingen noch schlimmer als meine.«

»Das Leben ist ein böser Traum, aus dem wir nicht erwachen können«, sagte Noah und rührte damit an meine Erinnerung.

»*Schaun und Scheinen ist nur Schaum, nichts als Traum in einem Traum*«, zitierte ich.

Noah streichelte mir über die Wange. »Also auch ein Poe-Fan«, murmelte er leise und mit einem zärtlichen Lächeln.

Ich errötete, mein Herz raste. »Ich weiß nicht mal, woher ich das kenne. Ich muss es irgendwo gelesen haben.«

»Manchmal speichert das Hirn etwas ab, und wir vergessen es, bis eines Tages irgendwas wieder daran rührt und es hervorholt.«

Ich bekam eine Gänsehaut. »Du hast gesagt, Träume sind eine Manifestation unserer Ängste. Hast du denn Angst vor dem, was dir in deinen Träumen passiert?«

»Ich habe vor vielem Angst, Estella. Aber auch vor mir selbst. Manchmal …« Seine Stimme verlor sich, und er wandte kurz den Blick ab, ehe er mich wieder ansah. »Manchmal habe ich Angst davor, dass das, was ich für gerecht halte, in Wirklichkeit völlig irrational ist, aber mein Hirn zu verkorkst ist, um den Unterschied zu sehen.«

Ihn so verletzlich zu erleben ließ mein Herz fast überfließen. »Du kannst immer mich fragen. Ich hab ein gutes Gespür für Richtig und Falsch.« Wie hätte es auch anders sein können, nachdem mein Vater von frühester Kindheit an mit mir über das Gute und das Böse und die Lehren der Bibel gesprochen hatte?

»Das bezweifle ich nicht, aber du wirst nicht immer da sein«, flüsterte Noah.

»Wer sagt das?«, flüsterte ich zurück, und seine Augen flammten auf.

Ich erzitterte, und auf einmal fühlte ich mich völlig entblößt. Hatte ich gerade wirklich gesagt, ich würde immer für ihn da sein? Puh, das war ganz schön peinlich. Ich richtete mich auf und mied seinen Blick. »Wir sollten mal hier raus. Das Wasser wird kalt.«

»Estella.« Die Zuneigung in Noahs Stimme vibrierte sich einen Weg direkt in mein Herz und nistete sich dort häuslich ein.

Oh nein. Nein, nein, nein, nein! Das durfte ich nicht zulassen. Ich *durfte* einfach nicht. Mich in Noah Dylan zu verlieben wäre mit Abstand das Allerdümmste, was ich jemals getan hatte. Und doch spürte ich, wie es passierte. Aber wie konnte ich ihn so sehr mögen, wenn ich so vieles über ihn nicht wusste? Und wenn einiges von dem, *was* ich wusste, Anlass zu großer Sorge gab? Zum Beispiel die falschen Identitäten und die Beiläufigkeit, mit der er in die Häuser anderer Leute einbrach.

»Was?«, antwortete ich flehend. Mit Inbrunst hoffte ich auf einen Themenwechsel, und er schien es mir an der Nasenspitze anzusehen, denn er sagte: »Es gibt nichts Traurigeres als ein kaltes Schaumbad. Na komm, ich helfe dir aus der Wanne.«

Er packte mich an den Hüften und half mir beim Aussteigen. Fast war ich enttäuscht. Trotz des kalten Wassers hätte ich noch ewig dort liegen und mit Noah über Albträume, Ängste und Befürchtungen sprechen mögen. Aber genau davor hatte ich ja Angst. Noch ein paar solche intimen Momente, und ich war in ernstlicher Gefahr, mich wirklich in ihn zu verlieben. Und nicht nur das, er würde es auch merken, denn vor ihm konnte ich meine Gefühle kaum verbergen.

»Ich zieh mir was Trockenes an, und dann sorgen wir dafür, dass Vee mal wieder sauber wird«, sagte er. Sein glühender

Blick wanderte über meinen Körper und verweilte viel zu lange auf meiner Brust. »Du solltest dich vielleicht auch umziehen.«

Ich sah an mir hinunter und wurde mir voller Scham bewusst, wie deutlich sich meine steil aufgerichteten Brustwarzen durch den dünnen Stoff meines Oberteils abzeichneten. Ich lief knallrot an, machte auf dem Absatz kehrt und ergriff die Flucht.

16. KAPITEL

»Bitte zwing mich nicht dazu. Ich dusche nachher, versprochen«, flehte Vee, als Noah ihr aus dem Bett half.

»Das glaube ich dir nicht.« Er legte sich ihre Arme um die Schultern und hob sie hoch. Sie wog so wenig, dass er sie ohne jede Mühe ins Bad tragen konnte. Als ich ihm zusah, wurde mir klar, dass ihm wirklich etwas an Vee lag. Es kam mir fast surreal vor, weil er manchmal so undurchschaubar sein konnte.

»Ich will nicht.« Vee fing an zu weinen. Es war schlimm für mich, sie so zu sehen. Ihre Verletzlichkeit und ihre Barschheit zusammenzubringen fiel mir schwer, irgendwie schaffte sie es, beides auf einmal zu sein.

Noah sah sie an. »Dann tu es für mich.«

Lange sahen sie einander an, dann schniefte Vee und nickte. Noah stellte sie ab, und sie schloss zögernd die Badezimmertür hinter sich. Während sie sich wusch, räumten Noah und ich ihr Zimmer gründlich auf, öffneten die Fenster, bezogen das Bett frisch und trugen die ganzen leeren Flaschen nach unten. Eine Stunde später lag sie sauber und trocken in ihrem Bett und schlief.

»Wenn sie aufwacht, wird sie einen Drink wollen«, sagte Noah bekümmert.

»Kalter Entzug wäre eine schlechte Idee, oder?«, fragte ich.

Er nickte. »Ich stelle ihr was hin. Nicht zu viel, nur ein bisschen, damit sie durchhält.«

»Was ist mit heute Abend? Sagst du die Feier ab?«

Er wirkte zwiegespalten. Rieb sich über den Unterkiefer. »Nein. Ist ja nur eine kleine Sache. Wir sind einfach leise, das wird Vee nicht stören.«

»Okay. Ich geh dann mal ein bisschen am Strand spazieren, frische Luft schnappen.« Ich ging die Treppe hinunter.

Während ich den Strand entlanglief, versuchte ich, ein bisschen Ordnung in meine Gefühle und Gedanken zu bringen. Dass ich mich von Noah angezogen fühlte war das eine, aber es war eine andere Dimension, wenn ich zuließ, dass er mir derart unter die Haut ging. Und je mehr ich von seiner sanften, freundlichen Seite sah, desto mehr verfiel ich ihm. Vermutlich war es am besten, wenn wir wieder auf Distanz gingen, damit ich meine Gefühle unterdrücken konnte, bis ich meinen Abschluss in der Tasche hatte. Sobald ich dann aus dem Haus war und weit weg von Noah, würde das ständige Druckgefühl in meinem Bauch verfliegen.

Ich war noch ganz in Gedanken verloren, als ein großer Hund über den Strand auf mich zugeschossen kam.

»Hey, Sparky, schön, dich zu sehen.« Ich streichelte Keans Golden Retriever am Kopf und lächelte auf ihn runter. Er war so ein netter Kerl.

»Er erinnert sich an dich.« Kean näherte sich, Sparkys Leine in der Hand.

»Und ich erinnere mich an ihn«, antwortete ich und kraulte den Hund liebevoll, trotz meines Misstrauens gegen seinen Besitzer.

»Wie geht's dir so?« Kean lächelte zögerlich.

»Prima.« *Ich hab nicht vergessen, dass du und deine Freunde euch über meine Freunde lustig gemacht habt.*

Er blickte reuevoll drein. »Tut mir leid, wie es neulich im Schloss gelaufen ist und wie sich Sally gestern benommen hat. Ich bin schon seit Jahren mit ihr befreundet, aber manchmal ist sie ein echtes Miststück.« Er sah mich scheu an. »Und außerdem rede ich ständig über dich, vermutlich hat sie davon so langsam die Nase voll.«

Das erwischte mich kalt. Ich blinzelte überrascht und wusste nicht, was ich sagen sollte. Er lachte selbstironisch. »Na komm. Du musst doch gewusst haben, dass ich dich schon immer toll fand.«

Ich versteifte mich. Was redete er denn da? »Äh, nein, das wusste ich nicht«, flüsterte ich. Woher denn? Bis vor Kurzem hatten wir kaum ein Wort miteinander gewechselt. Nicht seit wir Kinder gewesen waren. Hatte seine Schwärmerei etwa da schon angefangen?

Verlegen bohrte Kean einen Fuß in den Sand. »Ich dachte, das wäre offensichtlich. Immer wenn ich dich sehe, grinse ich so dämlich.« Er zeigte auf sein Gesicht. »Siehst du? Jetzt auch wieder. Ich kann nichts dagegen tun.«

Ein paar Puzzleteile fügten sich zusammen, und mein Puls beschleunigte sich. »Du hast gesagt, du redest ständig mit Sally über mich … wie lange ungefähr schon?«

»Jetzt willst du mich aber absichtlich in Verlegenheit bringen, oder?« Er wurde ganz rot.

Aber er musste nichts mehr sagen, denn auf einmal war alles glasklar. Plötzlich ergab Sallys Verhalten Sinn. Sie war in Kean verknallt, vielleicht schon seit Jahren, und die ganze Zeit war er in *mich* verknallt gewesen und hatte ihr ständig davon erzählt. Kein Wunder, dass sie mich auf den Tod nicht leiden konnte.

»Was ist denn das für ein Blick?«, erkundigte er sich.

Ich schüttelte den Kopf, und gegen meinen Willen lachte

ich leise auf. »Ach nichts, nur … Sally hackt seit Jahren auf mir rum, und jetzt weiß ich endlich, weshalb.«

»Sally hackt auf dir rum?«

»Ja, sie geht in der Schule ständig auf mich los, und zwar nur deinetwegen. Sie ist eifersüchtig.«

Kean riss die Hände hoch. »Hey, warte mal. Ich weiß nicht …«

»Denk mal nach«, sagte ich und sah ihm in die Augen. »Warum sollte sie mich denn sonst so hassen?«

Er verstummte, dachte nach, und dann fluchte er. »Scheiße, Estella, das tut mir so leid.« Er berührte mich am Arm. Ich wurde verlegen, fühlte mich schuldig, weil ich seine Gefühle nicht erwiderte. Nicht mehr jedenfalls. Ich freute mich nicht darüber, dass er seit Jahren für mich schwärmte. Stattdessen war mir unbehaglich zumute, weil ich jemand anderen mochte. Wie sollte ich ihm das schonend beibringen?

»Wie kann ich das wiedergutmachen?«, fragte Kean und kam dichter heran.

»Du kannst nichts für Sallys Verhalten. Du musst nichts wiedergutmachen.« Ich wich zurück.

Er betrachtete den Boden, die Distanz, die ich zwischen uns brachte, als würde ihn das verwirren. Vermutlich war er in seinem Leben noch nie abgewiesen worden. Trotzdem gab er nicht auf. »Können wir noch mal von vorn anfangen? Ich würde dich gern zu einem richtigen Date einladen.«

Ich sah ihn an, und in meiner Kehle bildete sich ein dicker Klumpen. Er sah so hoffnungsvoll aus, und ich wusste nicht, was ich sagen sollte.

»Estella«, rief eine vertraute Stimme. Noah stand auf den Steinstufen, die zum Strand hinunterführten. Er blickte zwischen Kean und mir hin und her, und ich sah, wie sein Kiefer zuckte. Er konnte nicht ahnen, wie erleichtert ich über die Störung war. Ich sah erst den einen an, dann den anderen. Dunkelheit und Licht. Pech für mich, dass mich Noahs Dunkelheit viel stärker anzog als Keans Licht.

»Die Gäste kommen gleich. Ich brauch dich im Haus.« Noah klang sehr energisch. Er drehte sich um und stieg die Treppe wieder hoch.

»Dein Onkel scheint ziemlich streng zu sein.«

»Er ist nicht mein Onkel. Bloß Veronicas Bruder.«

»Oh, okay, dann …«

Ich beschloss, nicht um den heißen Brei herumzureden. »Hör zu, Kean. Ich glaube, ich kann nicht mit dir ausgehen. Ich empfinde nicht auf die Art für dich.«

Der Schmerz in seinem Gesicht war wie ein Tritt vor die Brust. Ich verabscheute mich selbst dafür, dass ich ihm wehtat, aber meine Gefühle für Noah waren viel zu kompliziert, um über ein Date mit Kean auch nur nachzudenken. Und außerdem würde ich bald von hier verschwinden. Es hatte keinen Zweck, jetzt etwas Neues anzufangen.

»Oh«, flüsterte er, und seine Schultern sanken herab.

Er sah aus wie ein sehr bekümmerter Märchenprinz, und trotzdem fühlte ich mich kein Stück zu ihm hingezogen. Was *stimmte* denn bloß nicht mit mir?

»Können wir dann wenigstens Freunde sein?«, fragte er hoffnungsvoll.

»Das können wir gern versuchen.« Ich lächelte ihm freundlich zu und sah dann in die Richtung, in die Noah verschwunden war. »Ich muss jetzt gehen«, sagte ich und tätschelte Sparky zum Abschied den Kopf.

»Ja, okay«, erwiderte er bedrückt. »Wiedersehen, Estella.«

Als ich ins Haus kam, stand Noah in der Küche und probierte von der Fleischplatte, die ich angerichtet hatte. Ich stieß ihn mit der Hüfte beiseite. »Pfoten weg, das ist für die Gäste.«

Ehe ich mich versah, drängte er mich gegen den Küchentresen und brachte seinen Mund an mein Ohr. »Was wollte denn dein kleiner Freund?«

Ich versuchte ihn wegzustoßen, aber er rührte sich keinen Millimeter. »Nichts. Er ist mit seinem Hund spazieren gegangen. Bewegst du dich mal?«

Ich starrte ihm geradewegs in die Augen, und er erwiderte meinen Blick. Was immer wir hier auch gerade taten, es schien ihm viel zu sehr zu gefallen. Der Raum summte vor Spannung.

»Soll ich mich heute Abend unsichtbar machen?«, fragte ich leise.

Er legte den Kopf schief. »Wieso sollte ich das wollen?«

»Vee hat immer gesagt, ich soll auf mein Zimmer gehen, wenn sie und Dad Besuch hatten.«

»Mach, was immer du willst. Ich halte dich nicht auf. Du kannst dich aber auch gern zu uns gesellen. Könnte lehrreich sein. Du hast bestimmt noch nicht gesehen, wie ein Scheißkerl eine Runde Arschlöcher bewirtet.«

Überrascht lachte ich auf. »Und du bist der Scheißkerl?«

Mit einem teuflischen Grinsen griff er an mir vorbei, nahm eine Olive und steckte sie in den Mund. »Immer.«

Als wir draußen im Gang Sylvias Rollstuhl über den Boden rollen hörten, wichen wir auseinander, und im nächsten Moment schob Irene Sylvia herein.

»Oh, hallo, ihr zwei«, sagte Irene. »Ich wollte Sylvia gerade ihr Abendessen machen.«

»Lass dich nicht aufhalten«, antwortete Noah und bedachte sie mit einem ernsten Blick. »Und übrigens, wenn Vee dir noch mal sagt, du sollst ihr Alkohol ins Zimmer bringen, dann sag mir Bescheid. Ich kümmere mich darum.«

Ein glasiger Schimmer trat in Irenes Augen. »Ich wollte das nicht tun. Aber sie hat gesagt, sie würde mich feuern, und ich brauche diesen Job wirklich dringend.« Sylvia legte ihre Hand auf die ihrer Pflegerin.

»Mach dir keine Sorgen, ich weiß genau, wie überzeugend meine Schwester sein kann«, sagte Noah. »Denk nur einfach daran, mir Bescheid zu sagen, wenn sie es noch mal versucht.«

»Das mache ich«, schniefte Irene. »Ich weiß das zu schätzen.« Dankbar sah sie ihn an, und dann ging sie zu ihm und klopfte ihm auf die Schulter. »Du bist nicht annähernd so ein übler Kerl, wie du alle glauben lassen willst, was?«

Er antwortete nicht, sah nur unbehaglich drein und murmelte dann etwas vor sich hin, ehe er aus der Küche stiefelte. Kopfschüttelnd und mit hochgezogenen Brauen sah Irene ihm hinterher, genau wie ich. Heute war er zu zwei unterschiedlichen Leuten aufrichtig freundlich gewesen, und ich war darüber richtiggehend erschüttert.

Vielleicht hatte er recht. Vielleicht bestand wirklich die Gefahr, dass ich ihn in einen guten Menschen verwandelte. Oder Irene hatte recht, und er war von Anfang an nicht so schlimm gewesen, wie er tat.

Ich zog wieder mein blaues Kleid an. Es war mein einziges geeignetes Kleidungsstück für solche Anlässe. Beim Blick in den Spiegel dachte ich an das, was Noah zu mir gesagt hatte.

Samstagnacht. Ich hab an dich gedacht, dich in deinem blauen Kleid.

Was ich doch darum geben würde, Genaueres über diese Gedanken zu erfahren. Ganz sicher würde es mein jungfräuliches Herz verstören, aber derzeit jagte ich der Verstörung ja hinterher, als würde man sie bald aus dem Programm nehmen.

Ich verließ mein Zimmer und schlenderte den Flur hinunter. Ein rascher Blick ins Wohnzimmer verriet mir, dass Noah bereits dort war, ebenso wie Enda Riordan und seine Frau,

Bürgermeisterin McBride und ihr Mann sowie Matt O'Hare, dessen Frau vor einigen Jahren verstorben war. Damals hatte ich versucht, Mitleid mit Sally zu empfinden, aber sie war in der Schule so widerlich zu mir gewesen, dass es mir schwergefallen war.

Sylvia saß in einem ihrer besten Kleider am Fenster, das Haar hochgesteckt, an den Ohren funkelten Diamanten. Sie musste Irene gebeten haben, sie zurechtzumachen, aber sie schien sich unter all den Menschen, die sie aus der Zeit vor ihrer schweren Erkrankung kannte, nicht sonderlich wohlzufühlen.

Es machte mich zornig und traurig zugleich, dass die anderen sie mehr oder weniger fallen gelassen hatten. Dass Hawkins die Affäre beendet hatte, als es mit ihr abwärtsging. Sie waren nur hier, weil Noah sie eingeladen hatte, und ich bezweifelte, dass es ihnen darum ging, Sylvia zu sehen. Sehr viel wahrscheinlicher waren sie einfach neugierig auf ihren zurückgekehrten geheimnisvollen Sohn.

Matt lachte brüllend über etwas, das Noah gesagt hatte, die anderen kicherten belustigt. Matt war ein wohlbeleibter, kahler Mann mit knolliger Whiskeynase. Neben ihm stand Enda, hochgewachsen und vom Scheitel bis zur Sohle eine ältere, nicht ganz so hübsche Ausgabe seines Sohns Kean. Seine Frau war eine große Rothaarige mit elfenhaften Gesichtszügen. Lydia McBride hatte kurzes braunes Haar und war schnörkellos und sehr formell gekleidet, ihr Mann war vom Typ bebrillter Professor. Alles in allem sah es ganz wie eine Zusammenkunft typischer Leute im mittleren Alter aus, abgesehen von Noah.

Er war in dieser Runde eine Ausnahmeerscheinung, und ich wusste immer noch nicht, was er von diesen Menschen eigentlich wollte. Hatte er vor, sich mit ihnen anzufreunden? Das konnte ich mir nicht vorstellen. Er hatte sie als Arschlöcher bezeichnet.

Es klingelte an der Tür, ich ging hin, um zu öffnen, und fand mich Auge in Auge mit Direktor Hawkins und seiner Frau Theresa. Jetzt, da ich wusste, was sie mit Noah hatte tun wollen, wurde mir in ihrer Gegenwart ein wenig übel. Es war lange her, aber trotzdem gruselte es mich, wenn ich mir vorstellte, wie sie sich an den damals vierzehnjährigen Noah rangemacht hatte.

Ich atmete tief durch, begrüßte die beiden und machte ihnen Platz. »Kommen Sie doch herein.«

»Estella, wie schön, Sie zu sehen«, antwortete Hawkins mit einem Lächeln, das nicht bis an seine Augen reichte. Ich hatte den deutlichen Eindruck, dass er gar nicht hier sein wollte. Seine Frau musste ihn dazu überredet haben, und das machte mich wütend, weil ich mich ganz genau erinnerte, wie sie Noah in der Pizzeria angesehen hatte. Und wenn sie schon damals, als er noch ein Kind war, ein Auge auf ihn geworfen hatte … wer wusste, was ihr jetzt in den Sinn kommen mochte, da er ein ausgewachsener Mann war?

Ein unvertrautes Gefühl stieg in mir auf. Ich wollte, dass er … nur mir gehörte.

»Ganz meinerseits«, log ich. Als ich die beiden ins Wohnzimmer führte, beobachtete ich verstohlen Noahs Reaktion auf die Ankunft der beiden letzten Gäste. Ich hätte schwören mögen, dass seine grünen Augen bei Hawkins' Anblick kurz kohlschwarz aufglommen. Seltsam – eigentlich hätte ich gedacht, er wäre vor allem wütend auf Theresa, nicht auf Hawkins. Andererseits verabscheute er meinen Schulleiter wahrscheinlich wegen der Affäre, die Hawkins vor so langer Zeit mit Sylvia gehabt hatte.

Apropos … mir entging nicht, was für einen gehässigen, selbstzufriedenen Blick Theresa Sylvia zuwarf, als würde sie sich diebisch darüber freuen, dass sie inzwischen so krank war, dass sie im Rollstuhl saß. Wow, das war billig. Auch jemandem, der mit meinem Ehemann geschlafen hatte, würde ich niemals eine so schwere Krankheit an den Hals wünschen.

Hawkins bedachte Sylvia nur mit einem flüchtigen Blick und wandte sich dann rasch ab, als könne er es kaum ertragen, sie anzusehen. Na, das würde ja ein angenehmer Abend werden.

»Willkommen«, sagte Noah und riss mich damit aus meinen Überlegungen.

»Wir können nicht lange bleiben«, entgegnete Hawkins steif. Er hielt sich kerzengerade.

Noah klopfte ihm auf den Rücken. »Hey, Sie müssen aber nicht meinetwegen früher gehen. Was damals geschehen ist – Schnee von gestern. Ich habe Ihnen vergeben.«

Hawkins blinzelte mehrmals rasch und starrte Noah perplex an.

Was hat er ihm vergeben?

Matt O'Hare trat dazu und sprach die Frage aus, die mir in den Kopf geschossen war. »Na, jetzt bin ich aber neugierig. Was hast du John vergeben?«

Noah sah ihn an. »Er hat eine Lüge über mich erzählt.« Sein Blick wanderte zu Sylvia. »Ist es nicht so, Mutter?«

Sylvias Lippen wurden bleich. Ihre Hand ruhte auf der Armlehne ihres Rollstuhls, und ich sah, wie sie anfing zu zittern. Sie nickte knapp und wandte den Blick ab, die zarten Gesichtszüge verzerrt.

»Ich habe zu Gott gefunden«, sagte Noah zu Hawkins, dann warf er mir einen bedeutungsvollen Blick zu, als wolle er mir sagen, dass ich lügen sollte. »Ist es nicht so, Estella?«

Ich räusperte mich. »Äh, ja. Er geht sogar zur Messe.« Um genau zu sein: zu *einer* Messe. Ich wusste nicht recht, weshalb ich für ihn log, es war eine eigenartig instinktive Entscheidung.

Noah grinste. »In der Tat, so ist es. So wie der Herr uns vergibt, so müssen auch wir vergeben.«

Er griff nach einem Glas und füllte es mit Wein, dann reichte er es Hawkins, der es zögernd entgegennahm. Auf was auch immer Noah anspielte, mein Schulleiter schien völlig perplex zu sein.

Noah ging zur Bar und schenkte auch mir und Theresa Wein ein. Obwohl ich normalerweise nicht viel trank, nahm ich mein Glas dankbar entgegen. Was auch immer heute Abend noch geschehen mochte, es konnte ganz sicher nicht schaden, wenn ich mir ein bisschen Mut antrank, um es gut zu überstehen. Auch angesichts des alles andere als freundlichen Blicks, mit dem mich Matt O'Hare maß. Ganz offensichtlich hatte er meine Prügelei mit seiner Tochter nicht vergessen.

»Würdest du mir den Namen und die Adresse des Restaurants aufschreiben?«, fragte Enda.

»Na klar.« Noah öffnete eine Schublade und suchte nach Stift und Papier. Als er beides gefunden hatte, setzte er gerade zum Schreiben an, hob dann aber den Blick zu Sylvia, die ihn anstarrte. Ich sah, wie sein Kiefer zuckte. Er blickte auf den Stift hinunter. Er hielt ihn in der rechten Hand, aber dann warf er Sylvia einen finsteren Blick zu und wechselte ihn in die linke. Es wirkte fast trotzig. Alle anderen waren ins Gespräch vertieft und bekamen von der seltsamen, stummen Interaktion zwischen Mutter und Sohn nichts mit.

»Bitte sehr. Ihr werdet die Meeresfrüchtesuppe lieben.« Noah reichte Enda die Notiz.

»Großartig. Sarah und ich sind immer auf der Suche nach guten Restaurants.« Enda legte seiner Frau den Arm um die Taille.

Lydia hob ihr Glas zu einem Toast. »Wie schön, dass wir mal wieder alle beisammen sind.«

»Das war eine schöne Zeit damals«, pflichtete Matt ihr herzlich bei, die Stimme voller Nostalgie.

»Genau deshalb hab ich euch eingeladen«, sagte Noah mit einem Lächeln, das ich ihm nicht abkaufte. Es war aufgesetzt, aber ich schien die Einzige hier zu sein, die das bemerkte. »Wie ihr wahrscheinlich alle wisst, nähert sich der zehnte Jahrestag nach dem Tod meines Vaters, und zu diesem Anlass würde ich gern hier bei uns eine kleine Gedenkfeier abhalten.«

»Was für eine schöne Idee«, rief Lydia.

»Ja, es wäre toll, wenn wir den alten Fuchs feiern«, stimmte Enda zu, »er war immer für eine Party zu haben.«

»Ich kannte ihn seit unserer Schulzeit«, sagte Matt. »Er war einer meiner besten Freunde. Wenn du Hilfe bei der Organisation brauchst, stelle ich gern Essen und Getränke.«

»Das ist sehr nett von dir«, sagte Noah liebenswürdig. Nie hätte ich gedacht, dass ich dieses Wort einmal benutzen würde, um ihn zu beschreiben. Es musste gespielt sein. Keine Spur mehr von der chaotischen, wilden Intensität, die er normalerweise ausstrahlte. Er benahm sich wie ein ganz normaler Erwachsener, und das machte mich verdammt misstrauisch.

»Wo steckt denn eigentlich Veronica?«, erkundigte sich Theresa, das Weinglas immer noch in der Hand. Mir fiel auf, dass Direktor Hawkins kein Wort zu der geplanten Gedenkfeier gesagt hatte.

Noah bedachte sie mit einem stechenden Blick. »Sie ist nicht ganz auf der Höhe. Aber keine Sorge, zur Gedenkfeier ist sie sicher wieder auf dem Damm.«

»Oh, gut«, sagte Enda. »Veronica war immer Herz und Seele jeder Party.«

Was für eine höfliche Art, eine Alkoholikerin zu beschreiben.

»In der Hinsicht ähnelt sie ihrem Vater sehr«, stimmte Lydia liebevoll zu.

Die nächste halbe Stunde verbrachten sie damit, sich gemeinsam an den verblichenen wunderbaren Victor Dylan zu erinnern. Ich saß die meiste Zeit abseits und beobachtete alles. Irgendwann kam Enda zu mir und setzte sich neben mich auf die Sofalehne. Sein Atem roch nach Wein.

»Du bist zu einer wunderschönen jungen Frau herangewachsen«, sagte er mit vom Alkohol leicht glasigen Augen. »Kein Wunder, dass mein Sohn so vernarrt in dich ist.«

Kean hat seinem Vater erzählt, dass er in mich verknallt ist? Unbehaglich verlagerte ich das Gewicht.

»Er ist vorhin ganz niedergeschlagen nach Hause gekommen«, erklärte Enda. »Ich hab gesehen, wie ihr euch am Strand unterhalten habt. Hast du meinem Jungen wehgetan, Estella?« Die Verärgerung in seiner Stimme war unüberhörbar. Als erfolgreicher Geschäftsmann war Enda es vermutlich gewohnt, dass alles so lief, wie er es erwartete. Es gefiel ihm nicht, dass sein Sohn zurückgewiesen worden war.

»Wenn ich ihn verletzt habe, dann sicher nicht mit Absicht«, antwortete ich und beschloss, dass ich von dieser Unterredung jetzt schon genug hatte. Ich stand auf, aber er packte mich hart am Handgelenk.

»Gib meinem Sohn, was er will, er wird dich gut behandeln. Sehr gut. Du könntest es sehr viel schlechter treffen.«

»Bitte lassen Sie mich los«, sagte ich, aber er dachte gar nicht daran.

»Lass sie los.« Noahs leise, bedrohliche Aufforderung war wie ein Echo meiner eigenen Stimme, und mit einem Mal spürte ich ihn hinter mir.

Enda setzte ein gewinnendes Lächeln auf und ließ augenblicklich mein Handgelenk los. »Ich habe unserer jungen Estella nur erklärt, dass mein Sohn sehr von ihr eingenommen ist.«

»Das heißt nicht, dass sie ebenfalls von ihm eingenommen

sein muss«, antwortete Noah und maß ihn mit einem finsteren Blick.

Enda räusperte sich. Irgendwas in Noahs Augen schien ihn zu beunruhigen. »Nein, du hast recht. Das muss sie nicht. Bitte entschuldige, Estella, wenn ich dich erschreckt habe.«

Ich nahm seine Entschuldigung nicht an. Ein kleiner Aufruhr am anderen Ende des Zimmers beanspruchte meine Aufmerksamkeit: Theresa wühlte in einem antiken Schrank herum, öffnete eine Schublade nach der anderen und durchsuchte sie.

»Es muss hier irgendwo sein«, sagte sie. »Wisst ihr noch, wie wir das immer gespielt haben?«

»In der untersten Schublade«, sagte Sylvia mit leiser, aber schneidender Stimme. Ich hatte sie drüben am Fenster fast vergessen.

Theresa riss die Augen auf, als hätte sie ihre Gegenwart ebenfalls nicht mehr auf dem Schirm gehabt. »Oh.« Sie zog besagte Schublade auf und nahm ein langes, flaches, mittig zusammengeklapptes Holzbrett heraus. Ich hatte keine Ahnung, was das sein sollte, bis sie es auseinanderklappte und es sich als reich verziertes Ouija-Brett entpuppte. Mein Herz setzte einen Schlag aus, und mit tiefem Unbehagen betrachtete ich das ins Brett geschnitzte Alphabet und die Zahlen von null bis neun.

»Wisst ihr noch, wie wir damals immer Séancen abgehalten haben?«, fragte Theresa mit trunkenem Eifer. »Das war so ein Riesenspaß! Wir sollten heute auch eine machen, vielleicht können wir ja mit Victor kommunizieren.«

»Ich bin nicht so sicher, dass das eine gute Idee ist.« Direktor Hawkins legte seiner Frau eine Hand auf die Schulter.

»Ach, komm schon, sei nicht so.« Sie sah mich an. »Hey, hat nicht dein Daddy vor einer Weile den Löffel abgegeben? Wir könnten mit ihm reden. Wäre das nicht toll, Süße?«

Ich zog eine Braue hoch. Die Frau war nicht nur pervers, sie war auch unhöflich. Nur mit Mühe unterdrückte ich den Impuls, ihr zu antworten: *Waren Sie es nicht, die versucht hat, mit einem Vierzehnjährigen zu schlafen?* Stattdessen erwiderte ich: »Ich stelle mir gern vor, dass mein Vater jetzt in einer besseren Welt ist, und ich würde es vorziehen, seinen Frieden nicht zu stören. Aber vielen Dank für Ihr ausgesprochen sensibles Angebot.« Mein Sarkasmus war nicht zu überhören, und Noah lachte laut auf und hob sein Glas an die Lippen. Auch die anderen wirkten amüsiert.

»Ich mag das Mädchen«, sagte Lydia. »Sie hat Temperament.«

»Ich hätte nichts gegen eine Séance einzuwenden«, sagte Enda, und die Aufmerksamkeit der Anwesenden richtete sich wieder auf das Brett. »Wer weiß, zu wem wir Kontakt herstellen können?«

»Meine Mutter ist vor einigen Jahren gestorben«, sagte Lydia. »Ich würde sie gern kontaktieren. Nur um zu wissen, dass es ihr gut geht.« Sie sah Noah an. »Würde es dir etwas ausmachen?«

Er wedelte einladend mit der Hand. »Macht nur.«

Lydia blickte mich an. »Magst du mitmachen? Du vermisst deinen Vater bestimmt sehr.«

»Das stimmt, aber ich bezweifle, dass mir ein Stück Holz dabei helfen kann, eine Verbindung zu ihm herzustellen.« Ich betrachtete das Ouija-Brett und spürte, wie Grauen in mir aufstieg. Was auch immer das für ein Ding war, es verströmte spürbare Wellen negativer Energie.

»Du würdest dich wundern«, sagte Theresa. »Es ist eine große Erleichterung, mit den Toten zu sprechen. Mein Vater ist schon lange tot, und einmal hat er es geschafft, zu uns durchzukommen.«

»Das bezweifle ich«, hörte ich Noah hinter mir murmeln.

»Ich möchte trotzdem lieber nicht«, gab ich mit fester Stimme zurück.

»Lass gut sein, sie kann ja zugucken.« Lydia kniete sich vor den Couchtisch, nahm sich ein leeres Whiskeyglas und stellte es kopfüber aufs Brett. Es war ein ziemlich bizarrer Anblick, wie sich diese erwachsenen Menschen, die ich schon fast mein ganzes Leben lang kannte, um das Brett scharten wie betrunkene Teenager.

Noah nahm zwischen Lydia und Matt Platz, und ich fragte mich, ob er versuchen würde, das Glas zu bewegen. Möglicherweise würden sie heute alle Nachrichten ihrer Verblichenen erhalten, mit freundlichen Grüßen von Noah Dylan.

Sylvia saß immer noch am Fenster. Unsere Blicke begegneten sich, und ich fand, sie sah ängstlich aus. Ich verstand sie gut. Ich lebte erst seit wenigen Jahren in diesem Haus, war aber trotzdem sicher, dass es bis unters Dach voller Geister war. Sie anzurufen war, als würde man förmlich um Ärger betteln.

Theresa, die sich anscheinend auf einmal für ein Medium hielt, schob das Glas übers Brett und erklärte, sie würde es »ein bisschen aufwärmen«, was auch immer das bedeuten sollte. Sie forderte die anderen auf, die Fingerspitzen aufs Glas zu legen. Noah grinste mir fast unmerklich zu, und ich schüttelte den Kopf. Er hatte sichtlich Spaß an dem Theater.

»Hiermit teile ich allen anwesenden Geistern mit, dass wir jetzt bereit sind, mit euch zu kommunizieren. Dies ist ein geschützter Raum, und wenn ihr möchtet, könnt ihr denen, die ihr liebt, eine Nachricht senden.«

Ich suchte Noahs Blick, setzte mir eine imaginäre Pistole an den Kopf und pustete mir ein imaginäres Hirn aus dem Schädel. Er lachte leise in sich hinein.

»Ist jemand hier?«, fragte Theresa, aber es blieb totenstill, und auch das Glas rührte sich nicht. »Ist jemand hier?«, wiederholte sie, aber noch immer geschah nichts. »Ist jemand hier?«, fragte sie zum dritten Mal.

Schweigen. Und dann bewegte sich das Glas. Spöttisch verdrehte ich die Augen, obwohl es mir kalt den Rücken hinunterlief. Einer von ihnen schob das Glas absichtlich herum, wahrscheinlich Noah.

Das Glas bewegte sich zu dem ins Holz geschnitzten »Ja«, um anzuzeigen, dass tatsächlich ein Geist anwesend war. Kopfschüttelnd dachte ich darüber nach, einfach wegzugehen. Ich wusste, dass die Veranstaltung der reinste Blödsinn war, aber trotzdem beschlich mich die Ahnung drohender Gefahr. Und dann wurde mir schwindlig. Mein Atem ging schneller, und mein Herz fing an zu rasen, als hätte ich eine Panikattacke. Um mich wurde es zusehends dunkler, und mir war, als würden sich die anderen nur noch in Zeitlupe bewegen.

Sylvia stand im Wohnzimmer. Sie sah viel jünger aus, und sie hielt ein Baby im Arm, ein Baby mit einem dichten, dunklen Haarschopf, das unentwegt weinte.

»Er hört nie damit auf«, sagte sie. »Er beruhigt sich nicht, ganz egal, was ich versuche.«

»Gib ihn mir«, antwortete eine tiefe Männerstimme. Ich sah nach rechts und sah Victor dort stehen. Ich erkannte ihn sofort, obwohl er viel jünger aussah als auf den Fotos, die ich von ihm kannte. Er ging zu ihr, nahm ihr das Baby ab und verließ das Zimmer. Das Weinen verstummte. Einem Impuls folgend, lief ich hinterher und sah ihn die Treppe hinaufsteigen, das Baby auf dem Arm. Er ging immer weiter nach oben, bis zum Dachboden, zog einen Schlüssel hervor und schloss auf.

Nein, dachte ich panisch, geh nicht da hinein. In diesem Zimmer hat ein Baby nichts verloren.

Gerade als er die Tür aufstieß, kehrte ich wieder in die Gegenwart zurück. Blinzelnd stellte ich fest, dass Noahs Gäste mich umringten.

»Sie ist totenbleich«, sagte Matt.

Dann tauchte Noah in meinem Sichtfeld auf. »Estella, ist alles in Ordnung? Was ist passiert?« Er wirkte sehr besorgt. Ich setzte mich auf und umklammerte meine schmerzende Stirn. Mir war immer noch schwindlig.

»Ich hab fürchterliches Kopfweh«, sagte ich mit kratziger Stimme.

»Du bist in Ohnmacht gefallen«, sagte Noah beruhigend.

Ich sah zu Sylvia hinüber, die in ihrem Rollstuhl saß, genau wie zuvor. Hatte ich mir ihr jüngeres Ich, das den Versuch, ein untröstliches Baby zu beruhigen, entnervt aufgab, etwa nur eingebildet? Was zum Henker war denn mit meinem Kopf los?

Ich hörte Theresa schnaufen, es war ganz nah. »Das war doch nur eine klitzekleine Séance. Unglaublich, dass sie deshalb umkippt, wir hatten doch noch nicht mal richtig angefangen.«

Noahs Züge verhärteten sich. »Ihr solltet jetzt besser gehen«, sagte er erschreckend barsch, die glühenden Augen auf Theresa gerichtet. Peinlich berührtes Schweigen breitete sich aus. Er fing sich und sagte freundlicher: »Tut mir leid. Estella geht es nicht gut, und ich würde mich jetzt gern um sie kümmern und dafür sorgen, dass sie wieder auf die Beine kommt. Ich hoffe, es macht euch nichts aus, wenn wir unser Treffen jetzt schon beenden.«

»Kein bisschen«, sagte Enda. »Kümmer dich mal um das Mädchen.«

»Ja«, stimmte Lydia ein, »es ist sowieso schon spät.«

Wenige Minuten später waren sie fort. Noah hob mich auf und setzte mich aufs Sofa. »Wie geht es dir?«, fragte er sanft.

»Ich hab nur ein bisschen Kopfweh. Aber ich … ich glaube, ich hatte eine Halluzination. Ich habe deinen Vater gesehen. Es war total schräg.«

Betroffen legte Noah die Stirn in Falten. Er sagte nichts, aber ich sah ihm an, wie sehr ihn meine Worte aufschreckten.

»War bestimmt nur ein Traum«, sagte ich wegwerfend.

»Nein«, flüsterte er. »Erzähl mir, was du gesehen hast.«

Ich hustete, meine Kehle war ganz ausgedörrt. Noah holte mir ein Glas Wasser, und ich nahm einen großen Schluck. Mir war bewusst, wie aufmerksam Sylvia uns beobachtete. Fiel ihr auf, dass wir uns näher waren, als wir sein sollten?

»Du warst noch ein Baby, und du hast geweint. Sylvia hat versucht, dich zu beruhigen.« Meine Stimme zitterte. »Dein Dad hat dich ihr abgenommen, da warst du still. Dann hat er dich auf den Dachboden hochgetragen.«

Das Stirnrunzeln wich nicht aus Noahs Gesicht, während er mir zuhörte. Sylvia hatte die Augen weit aufgerissen, und das machte mich ganz nervös. Um mein Unwohlsein abzuschütteln, stand ich auf. »Ich glaub, die Séance hat mir einfach Angst eingejagt, darum bin ich in Ohnmacht gefallen. Und was auch immer ich gesehen habe, war nur ein Traum. Oder eine Halluzination.« Er wirkte nicht sonderlich überzeugt, ließ es aber dabei bewenden. Ich ging zu Sylvia. »Ich bringe sie ins Bett.«

Noah widersprach nicht, und ich schob Sylvia auf den Flur hinaus und in ihr Zimmer. Mein rasender Herzschlag wollte sich nicht beruhigen. Was auch immer es war, was ich da gesehen hatte, es kam mir bedeutsam vor. Ich half Sylvia, ihren Pyjama anzuziehen, und hob sie ins Bett, da legte sie ihre zarte Hand behutsam auf mein Handgelenk.

»Du solltest dich vor Noah in Acht nehmen«, sagte sie und blickte mich besorgt an.

Ich blinzelte verblüfft. »Warum das?«

»Er ist gefährlich. Ich sehe doch, dass er dein Vertrauen gewonnen hat, dass ihr beiden euch nähergekommen seid, aber … er ist kein guter Mensch, Estella.«

Ich musterte sie mit wachsender Beklemmung. Ich wollte Noah nicht misstrauen, aber ich wollte wissen, was sie meinte. »Inwiefern ist er gefährlich?«, fragte ich.

»Er hat schlimme Dinge getan.«

»Was für …«

»Dein Vater sagte mir einst, dass du mit einer Glückshaube geboren wurdest«, fiel sie mir ins Wort.

Ratlos sah ich sie an. »Eine Glückshaube?«

Sie sackte erschöpft in sich zusammen. Kein Wunder, es war ein langer Abend gewesen, und es war lange her, dass ich sie so viel am Stück hatte reden hören. Ich half ihr, sich hinzulegen, und deckte sie zu.

»Was du gesehen hast, ist wirklich geschehen«, flüsterte sie da plötzlich mit entsetzlich schwacher Stimme. »Als Noah ein Baby war, konnte ich ihn nie dazu bringen, mit dem Weinen aufzuhören.«

Mir stockte der Atem. Mein Traum oder meine Vision war ein echter Rückblick in die Vergangenheit gewesen? Ich wollte ihr noch mehr Fragen stellen, aber daran, wie ihr Kopf ins Kissen sank, erkannte ich, dass sie keine Kraft mehr hatte. Also ließ ich sie ausruhen und schlüpfte aus dem Zimmer.

Allein in meinem Zimmer, schnappte ich mir mein Handy, um herauszufinden, was eine Glückshaube war. Ich las fieberhaft, mein Herz schlug immer schneller. Eine Glückshaube nannte man es, wenn das Gesicht eines Babys bei der Geburt von einem Stück der Fruchtblase bedeckt war. Es hieß, dass ein solches Baby mit Glück gesegnet sei und sein ganzes Leben lang vor dem Ertrinken geschützt sei. Das fand ich ziemlich ironisch angesichts meiner fast allnächtlichen Albträume, in denen ich ertrank. Und meinen Vater mit sechzehn zu verlieren kam mir auch nicht gerade vor wie Glück.

Weiter hieß es, dass Menschen, die mit einer Glückshaube geboren wurden, übernatürliche Kräfte hätten, und das schlug eine Saite in mir an. So lächerlich es auch klang – meine Vision hatte sich vollkommen echt angefühlt.

Ich dachte an die Träume, die mich schon mein ganzes Leben begleiteten, Träume von Menschen, die ich nie zuvor getroffen oder auch nur gesehen hatte. Die Frau, die aus dem Haus rannte und sich ins Meer stürzte, der Mann, der am Strand ertränkt wurde. Wie mir im Schloss kurz Lady Maeves Geist erschienen war. Das alles erinnerte viel zu sehr an das, was ich heute Abend erlebt hatte.

War ich ein Medium?

Die Frage kam mir vollkommen lächerlich vor.

Mir wurde immer unwohler zumute. Ich schaltete das Handy aus und verkroch mich unter meiner Decke. Sylvias Warnung hallte in mir wider. Sie hatte gesagt, Noah sei gefährlich, aber sie hatte nicht gesagt, weshalb. Und aus irgendeinem Grund war ich nicht davon überzeugt, dass ich ihr glauben sollte. Vielleicht hätte ich es mir zu Herzen genommen, wenn sie mich gleich bei seiner Ankunft gewarnt hätte, aber jetzt? Ich wusste nicht mehr, was ich glauben sollte. Noah war nicht so direkt der normalste Mensch der Welt, aber etwas an Sylvias Worten kam mir doch, hm, übertrieben vor.

Es dauerte lange, bis ich endlich einschlief. In den frühen Morgenstunden wachte ich auf, und die widerliche Schlafparalyse schlug mal wieder ihre Klauen in mein Fleisch. Diesmal jedoch dehnten sich die Sekunden zu Minuten. Am Fußende meines Betts wogte ein Schatten, trieb langsam auf mich zu.

Ich wollte schreien.

Der Schatten kauerte auf meiner Brust, presste mir die Luft aus der Lunge, als besäße er Hände, mit denen er mich zu zerquetschen versuchte. Im wabernden Schatten formte sich ein Gesicht, und es sah immer vertrauter aus. Victor.

Du musst ihn aufhalten, sagte der Schatten mit verzerrter, misstönender Stimme.

Wen aufhalten?, fragte ich in Gedanken, denn meine Stimme konnte ich nicht benutzen.

Du musst Noah aufhalten, antwortete der Schatten, *halte ihn auf, ehe er alles zerstört.*

Panik ergriff mich. Dann ließ der Druck nach. Ich rang wimmernd nach Luft, setzte mich auf und schaltete das Licht ein, so wie ich es auch sonst immer tat, wenn mich die Schlafparalyse aus ihrem Griff entließ. Aber diesmal war es anders gewesen. Der Schatten hatte sich zu einem Gesicht geformt. Er hatte zu mir gesprochen, mit einer Stimme, die mich mit heillosem Schrecken erfüllt hatte.

Ich fragte mich, ob ich wirklich unter Schlafparalyse litt. War es vielleicht von Anfang an Victors Geist gewesen, der mich heimsuchte? Und wenn es so war – warum wollte er, dass ich Noah aufhielt?

17. KAPITEL

Mein neunzehnter Geburtstag sorgte nicht gerade für Trubel. Aoife war die Einzige, die das Datum überhaupt auf dem Schirm hatte. Und weil sie die Allerbeste war, schenkte sie mir in der Mittagspause einen winzigen Schokokuchen und reichte mir dazu eine kleine samtbezogene Schmuckschachtel.

Als ich sie öffnete, fand ich darin eine hübsche Goldkette, die fast genauso aussah wie die, die Vee zerrissen hatte.

»Für dein Kruzifix. Ich halte ja nicht so viel von diesem religiösen Kram wie du, Stells, aber ich weiß, dass du den Anhänger von deinem Dad geschenkt bekommen hast und er dir viel bedeutet.«

Ihre kleine Geste rührte mich zutiefst, und mir stiegen Tränen in die Augen. »Du bist so eine gute Freundin. Danke.« Ich beugte mich über den Tisch und schloss sie in die Arme.

»Nehmt euch ein Zimmer!«, rief Sally über zwei Tische hinweg, und sie und ihre Freundinnen kicherten.

Ich tat, als sei sie Luft. Es dauerte nicht mehr lange, dann würde ich mein Erbe ausgezahlt bekommen und dieser Stadt den Rücken kehren. Sally würde für immer in diesem gottverlassenen Kaff festhängen, ich nicht.

»Wenn du uns nicht die ganze Zeit beobachten würdest, würden wir kein Zimmer brauchen«, schoss Aoife mit lauter Stimme zurück. »Mal im Ernst, die ist ja völlig von uns besessen.«

Sally zog ein finsteres Gesicht. Ich kicherte. Wir aßen unsere Sandwiches auf und machten uns dann über meinen kleinen Geburtstagskuchen her. Siobhan hatte Aoife geholfen, ihn zu backen. Mein wieder zusammengeklebtes Kruzifix trug ich in der Tasche mit mir herum, weil ich es immer bei mir haben wollte, und Aoife half mir, es aufzufädeln, und schloss die Kette für mich. Es war ein so viel besseres Gefühl, es endlich wieder um den Hals zu tragen.

Nach der Schule lief ich in ungewohnt aufgekratzter Stimmung am Strand entlang nach Hause. Seit der Nacht nach der Séance war Victor mir nicht mehr erschienen, und ich klammerte mich an der Hoffnung fest, dass mir sein Geist in Wirklichkeit niemals erschienen war. Dass es am Wein gelegen hatte oder so.

Das konnte doch sein, oder? Sehr häufig waren Leute, die von Begegnungen mit Geistern berichteten, während des Ereignisses betrunken gewesen.

Mein Bauchgefühl sagte jedoch, dass ich nur zu leugnen versuchte, was geschehen war.

Ich betrat das Haus, ließ meine Tasche auf den Boden fallen und suchte im Schrank nach etwas Essbarem. Gerade als ich mich zwischen einer Dose Bohnen und einer alten, seit Wochen abgelaufenen Tüten-Minestrone zu entscheiden versuchte, drang aus dem Wohnzimmer Noahs wütende Stimme an mein Ohr.

»Du kannst sie nicht weiter derart belügen. Das ist nicht fair.«

»Das geht dich nichts an«, erwiderte Vee. »Was schert es dich denn überhaupt? Sie bedeutet dir doch gar nichts.«

»Sie bedeutet mir sehr wohl etwas«, entgegnete er leiser.

Stirnrunzelnd fragte ich mich, worüber sie stritten. Vee hatte ihren Alkoholkonsum runtergefahren, mittlerweile ging es ihr deutlich besser. Zu mir war sie weniger streng als zuvor, meistens beachtete sie mich gar nicht und ließ mich einfach in Ruhe, statt mich wie früher ständig herumzukommandieren und mir irgendwelche Aufgaben zu übertragen.

Ich betrat das Wohnzimmer. »Was ist los?«, fragte ich zögerlich und sah von einem zum anderen. Noah hatte sämtliche Muskeln gespannt, sein Kiefer zuckte vor Wut. Vee stand mit abwehrend vor der Brust verschränkten Armen da. Beide sahen mich an, und auf einmal wirkte Vee fast ängstlich.

Noah kam zu mir, das Gesicht voller … war das Mitleid? Ehe ich etwas sagen konnte, nahm er meine Hand und zog mich aus dem Zimmer.

»Wo gehen wir denn hin?«

»Ich bring dich für ein paar Stunden aus diesem Höllenloch weg«, antwortete er und fügte mit unterdrückter Stimme hinzu: »Das ist das Mindeste, was ich verdammt noch mal tun kann.«

Kurz darauf saßen wir im Wagen, ließen das Haus hinter uns und hielten auf die Stadt zu. Ich beobachtete Noah von der Seite und wartete, bis seine Wut etwas verraucht war, ehe ich das Wort ergriff.

»Erzählst du mir jetzt, worüber du dich mit Vee gestritten hast?«

Er stieß die Luft aus. »Nein.«

»Na gut. Wir müssen ja nicht miteinander reden.« Eine Weile war ich still, dann sagte ich: »Wusstest du, dass ich heute Geburtstag habe? Aoife hat mir eine neue Kette für mein Kruzifix geschenkt.« Ich berührte besagte Kette, und Noah warf einen raschen Blick darauf.

»Nein, ich wusste nicht, dass du Geburtstag hast.« Er klang bedauernd, und sein wieder auf die Straße gerichteter Blick wurde weicher. »Herzlichen Glückwunsch.«

Die Art, wie er diese schlichten Worte sagte, wärmte mir das Herz. »Danke.«

Einige Minuten später fragte er: »Willst du feiern gehen?«

Bei dem koboldartigen Funkeln in seinen Augen wurde ich ganz aufgeregt. »Okay«, hauchte ich. »Was schwebt dir denn so vor?«

»So hab ich mir meine Geburtstagsfeier nicht vorgestellt.« Ich folgte Noah durch ein Geschäft voller Designermöbel. Es war einer dieser Läden, in denen alles aussah, als käme es direkt aus der Serie *Mad Men*, jedes Stück kostete ein Vermögen.

Noah steuerte zielsicher auf einen leuchtend roten Stuhl zu, der aussah wie ein großes Stück Plastik aus einem Guss. Von der Seite hatte er die Form eines nach hinten geneigten S.

»Macht dich das nicht auch total an?«, fragte er und strich mit der flachen Hand darüber, dann setzte er sich, schlug ein Bein über und blickte mich selbstbewusst an. »Das ist ein Panton-Stuhl, das Originaldesign stammt von Verner Panton, er hat es im Jahr 1960 entworfen. Sieh nur, wie elegant er in all seiner Schlichtheit ist. Ein zeitloses Design von wahrer Schönheit.«

»So langsam mache ich mir Sorgen wegen deiner Besessenheit. Wenn du nicht aufpasst, werden dich die Leute noch für einen Stuhlfetischisten halten.«

Noah lachte und winkte mich näher heran. Ich trat zwei Schritte näher und blieb stehen, als mein Knie gegen sein Bein stieß. »Willst du ein Geheimnis hören?«

Seine leise Stimme ließ mich erschauern. »Klar.«

»Eines Tages werde ich genau so einen Laden wie den hier besitzen.«

Ich kicherte. Das war das Letzte, was ich zu hören erwartet hätte. »Du willst hochnäsigen Leuten mit zu viel Geld überteuerte Möbel verkaufen?«

Breit grinsend nickte er. »Japp.«

»Das ist ... okay, schrägerweise kann ich es mir sogar richtig gut vorstellen. Aber was ist mit deinem Job bei Bürgermeisterin McBride?«

Noah beugte sich vor, packte mich am Handgelenk und zog mich auf sich. Ich hätte fast aufgekeucht, als mein Hintern auf seinem Schoß landete. Er legte mir das lange Haar über eine Schulter, unsere Blicke trafen sich in einem großen Spiegel an der gegenüberliegenden Wand, und er flüsterte mir zu: »Ich habe da so eine Ahnung, dass ich jenen Karriereweg bald beenden werde.«

Ehe ich nachfragen konnte, was er damit meinte, tauchte ein Verkäufer auf. »Kann ich Ihnen behilflich sein?«

Sanft schob mich Noah von seinem Schoß, dabei streiften seine Finger meinen Hintern. Bei der Berührung keuchte ich leise, dann stand ich auf, und er tat es mir gleich. »Nein, danke«, sagte er und geleitete mich aus dem Geschäft.

»Wohin jetzt?«, fragte ich, als wir die Straße hinuntergingen.

Noah musterte mich. Als er meine Schuluniform betrachtete, wurde ich verlegen. »Du brauchst ein neues Outfit. Wo kaufst du am liebsten Klamotten?«

Ich biss mir auf die Unterlippe. »Ich fürchte, das weiß ich nicht.«

»In dem Fall such dir einfach irgendeinen Laden aus, der dir gefällt. Egal, welchen.«

Im Vorbeigehen betrachtete ich einige Boutiquen, ganz elektrisiert von der Aussicht, etwas Neues zu erstehen. Im Schaufenster eines Ladens namens *Folkster* entdeckte ich ein rotes Kleid. Ich ging hinein, und Noah folgte mir.

»Such dir aus, was du willst«, sagte er, »ich zahle.«

Mit hochgezogenen Brauen sah ich ihn an. »Ist das dein Ernst?«

Er zückte seine Brieftasche und winkte mir damit zu. »Geld spielt keine Rolle.«

»Äh, okay«, sagte ich und sah mich unsicher um. Ich war völlig durcheinander. Wann hatte ich das letzte Mal Klamotten gekauft? Es musste *Jahre* her sein.

Noah entging mein Zögern nicht. Er nahm meine Hand, zog mich zu einem Kleiderständer und fing an, die Sachen durchzusehen. Ab und zu zog er etwas heraus und warf es sich über die Schulter. Mir fiel auf, dass auch ein rotes Kleid dabei war, genau das Gleiche wie jenes im Schaufenster. Ihm schien wirklich nichts zu entgehen. Mir wurde ganz heiß.

Es war kurz vor Ladenschluss, und das Geschäft war fast leer. Niemand sah, wie Noah mich in die Damenumkleide begleitete.

»Probier die mal an«, sagte er und reichte mir die Kleiderauswahl, die er zusammengesucht hatte.

Ich nahm sie, blieb aber auf der Schwelle der Umziehkabine stehen. »Erklär mir erst mal, wieso du mir Klamotten kaufen willst.«

Noah presste die Lippen zusammen. Nach einer Weile antwortete er: »Weil ich dich zum Essen einladen will. Du kannst wohl schlecht in deiner Schuluniform in ein schickes Restaurant gehen.«

»Stimmt«, sagte ich, »das ist wohl richtig, aber … warum willst du mich zum Essen einladen?«

»Weil du Geburtstag hast, und wenn irgendwer es verdient hat, dass man ihm eine Freude macht, dann du. Jetzt probier die Sachen schon an. Ich werde immer so gereizt, wenn ich Hunger habe.«

Okay, das wollte ich ihm sicher nicht ausreden. Ich verschwand in der Umkleide, zog den Vorhang zu und sah mir die Kleider an, die er ausgesucht hatte. Lauter dunkle, edle Stoffe, jede Menge Samt, Spitzen und Silber. Nur eins der Kleider war hell, ein blasses Beige, fast schon Weiß. Ich strich mit den Fingerspitzen über den feinen Stoff, dann zog ich mich aus und probierte alles einmal an. Sämtliche Kleider passten mir perfekt. Als Letztes zog ich das rote Kleid an. Es war viel schöner als alles, was ich je besessen hatte, und als ich es übergestreift hatte, fühlte ich mich wie ein ganz anderer Mensch. Verrückt, was Kleidung alles bewirken kann. Das Kleid verlieh mir ein ganz ungeahntes Selbstbewusstsein.

»Hast du dich schon entschieden?«, fragte Noah von draußen.

»Ich weiß es nicht«, sagte ich wahrheitsgemäß. »Sie gefallen mir alle.«

»Dann nehmen wir sie auch alle.« Er zog den Vorhang auf und musterte mich von Kopf bis Fuß. Unter seinem Blick kribbelte meine Haut. Das Kleid war lang, hatte aber einen leichten Ausschnitt, das war ich nicht gewohnt. Als Noahs Blick über meine Brüste glitt, erfasste mich Verlangen bis in die letzte Faser. Wieder begegneten sich unsere Blicke im Spiegel, und für einen Augenblick bekam ich keine Luft.

»Das ist mein Lieblingskleid«, brach ich flüsternd das dröhnende Schweigen.

»Meins auch«, antwortete Noah.

»Du hast die anderen doch noch gar nicht an mir gesehen.«

Seine Augen waren wie aus flüssigem Feuer. »Muss ich nicht.« Er musterte mich gründlich. »Lass es gleich an.« Er schnappte sich die anderen Kleider, und ich folgte ihm zur Kasse, wo er der Kassiererin erklärte, dass ich das Kleid anbehalten würde. Ich drehte mich um, und Noah fischte das Preisschild heraus, wobei seine Knöchel meinen Nacken streiften. Funken stoben mein Rückgrat entlang. Ich schluckte schwer. Geschickt riss Noah das Schild ab, und die Kassiererin scannte den Barcode ein.

»Jetzt bist du bereit für den Ball, Cinderestella«, flüsterte er mir ins Ohr, während wir mit unseren Tüten den Laden verließen. Ich war ganz außer mir vor Aufregung. Nie zuvor hatte ich so viele schöne Sachen auf einmal besessen.

Noah führte mich zu einem schummrig beleuchteten, unfassbar noblen Restaurant. Da saß ich nun in meinem roten Kleid, fühlte mich wie eine verwöhnte Prinzessin und versuchte, mir die Preise auf der Speisekarte nicht allzu genau anzusehen.

»Bestell, was immer du möchtest. Oder nein, bestell *mehr*, als du möchtest. Machen wir ein verdammtes Gelage daraus«, beschloss er unbekümmert, winkte den Kellner heran und erkundigte sich nach einigen der Drinks auf der Getränkekarte. Wenige Minuten später brachte uns der Kellner zwei Cocktails. Vorsichtig nippte ich an meinem und stellte entzückt fest, dass er nach Kirsche schmeckte. Als Vorspeise entschied ich mich für eine französische Zwiebelsuppe, als Hauptspeise nahm ich Rinderfilet.

Die Suppe war üppig mit Käse überbacken und mit knusprigen Croutons bestreut, zum Steak gab es winzige Kartöffelchen und ebenfalls winzige Champignons, beträufelt mit Sauce Bernaise. Alles schmeckte fantastisch. Obwohl ich nach dem Hauptgang komplett vollgefressen war, ließ ich mich auf Noahs Vorschlag ein, ein richtiges Festmahl zu veranstalten, und bestellte als Dessert noch ein Schokoladensoufflé. Nach mehreren Jahren, in denen ich mich mit billigen Fertigprodukten durchgeschlagen hatte, kam mir dieser Festschmaus fast wie ein spirituelles Erweckungserlebnis vor.

Ich spürte, dass er mich beobachtete, während ich den Löffel in das Soufflé tauchte. Auch als ich anfing zu essen, beobachtete er mich noch immer, auf den Lippen ein Lächeln voller Zuneigung. Doch die Traurigkeit in seinen Augen beunruhigte mich.

»Denkst du gerade an deinen Streit mit Vee?«, fragte ich leise.

Jetzt sah er noch trauriger aus, aber seltsamerweise hatte ich den Eindruck, diese Traurigkeit gelte nicht ihm selbst, sondern *mir*.

»Mach dir keine Gedanken um das, was ich denke. Genieß dein Dessert.«

Irgendwas in seiner Stimme alarmierte mich. »Ich habe gehört, wie du zu Vee gesagt hast, dass sie jemanden belügt. Über wen hast du da geredet?«

»Estella«, sagte er flehend. »Iss doch einfach, bitte. Du siehst gerade so glücklich aus. Ich mag es, wenn du glücklich bist.«

Ich ließ den Löffel sinken. Jetzt war ich *wirklich* beunruhigt. »Okay. Sag mir, was los ist. Du machst mir richtig Angst.«

Noah atmete tief durch und starrte eine ganze Weile an die Decke. Dann sah er mich an und griff nach meinen Händen. »Es gibt kein Geld«, sagte er geradeheraus.

Mein Bauch verkrampfte sich. »Was willst du damit sagen?« Erschrocken sah ich mich um und fragte dann mit gesenkter Stimme: »Hast du nicht genug mit, um das Essen zu bezahlen? Warum bringst du mich denn hierher, wenn …«

»Ich rede nicht übers Essen«, sagte er finster. »Ich rede von dem Geld, das dein Vater dir hinterlassen hat. Es existiert nicht.«

Und mir nichts, dir nichts, von einem Moment auf den anderen, stürzte meine ganze Welt in sich zusammen. »D… du lügst. Natürlich gibt es das Geld. Er hat es für mich bestimmt. In seinem Testament.«

Noahs Blick wurde sehr ernst. »Und wer hat dir von diesem Testament erzählt?«

Die Zeit kam zum Stillstand. Endlich brachte ich mit kaum hörbarer Stimme heraus: »Vee.«

»Vee hat gelogen.«

Meine Kehle schnürte sich zu, und mir schossen Tränen in die Augen. »Aber … wieso würde sie das tun?«, flüsterte ich.

»Weil sie nicht ganz richtig im Kopf ist.« Er tippte sich an die Schläfe. »Sie hatte Angst, dass du sie alleinlässt, sobald du achtzehn wirst, also hat sie ein angebliches Erbe erfunden, um dich länger zu halten.«

Ich blinzelte ungläubig. »Aber das ergibt doch überhaupt keinen Sinn. Vee hasst mich. Sie kann es nicht leiden, mich um sich zu haben. Und außerdem war es doch nicht die Aussicht auf das Erbe, weswegen ich geblieben bin. Ich konnte nirgendwohin. Seit Dads Tod lebe ich in ständiger Angst, dass sie mich rauswirft, und sie hat mir immer sehr glaubwürdig vermittelt, dass sie nicht zögern würde, genau das zu tun. Warum also sollte sie mich wegen des Erbes anlügen?«

»Versuch nicht, einen logischen Grund dafür zu finden. Ich versuche längst nicht mehr, ihr Verhalten zu verstehen«, sagte er, und kurz dachte ich, er spräche über jemand anders. Er sah mich unverwandt an. »Sie hasst dich nicht. Sie ist nur unfähig, Zuneigung zu zeigen. Dein Vater war ihre große Liebe, und ich nehme an, in deiner Gegenwart fühlt sie sich, als hätte sie noch eine Verbindung zu ihm. Die Vorstellung, dass du weggehst und sie auch noch diese letzte Verbindung verliert, macht ihr schreckliche Angst.«

Kitzelnd rann mir eine Träne über die Wange. Ich wollte einfach nicht glauben, was er mir da erzählte. Wenn es stimmte, waren all meine Pläne dahin. Ich konnte nicht reisen, so wie ich es vorgehabt hatte. Vielleicht nicht mal aufs College gehen, weil ich dafür kein Geld hatte. Ja, ich könnte irgendeinen Teilzeitjob annehmen, aber das würde niemals reichen, um Miete und Essen und alles zu bezahlen. Irgendwie kam ich bestimmt durch, aber es würde ein einziges Elend sein. Ich hatte es so satt, von der Hand in den Mund zu leben, und ich sehnte mich so sehr danach, dass die ewigen Kämpfe endlich ein Ende hatten. Vielleicht war ja das ganze Leben ein Kampf, und es war nur ein Mythos, dass es jemals ein Ende hatte.

Eine dunkle Wolke ballte sich über mir zusammen.

»Denk mal darüber nach, Estella – dein Vater war Bauarbeiter, und er ist jung gestorben. Es ist sehr unwahrscheinlich, dass er viel ansparen konnte. Seine Lebensversicherung wurde nach seinem Tod an meine Schwester ausgezahlt, und ich nehme an, dass sie inzwischen das meiste versoffen hat.«

Zorn brandete in mir auf und rauschte durch meine Adern, und mir war, als würde ich mich in Stein verwandeln. Wie grausam war es von ihr, mich derart zu belügen? Noahs Theorie, dass sie mich in ihrer Nähe hatte behalten wollen, überzeugte mich kein Stück. Nein, der Grund war einfach nur unermessliche Bosheit. Vee hatte jahrelang meine Hoffnung genährt, damit mir am Ende die Wahrheit das Rückgrat brach.

Aber es brach mich keineswegs. Im Gegenteil, nie hatte ich mich stärker gefühlt. Der Zorn verlieh mir eine ungeheure Energie. Ich entzog Noah meine Hände und stand auf. »Fahr mich nach Hause.«

Er nickte und verschwand, um zu bezahlen. Auf der Rückfahrt sagte ich kein Wort, sondern dampfte stumm vor mich hin und legte mir ganz genau zurecht, was ich zu Vee sagen würde. Es kümmerte mich nicht mehr, ob sie mich rauswarf. Ihre Lüge hatte irgendeinen Schalter in mir umgelegt. Ich war viel zu wütend, um noch rational zu denken.

Ich zückte mein Handy und fragte Aoife per Nachricht, ob ich ein paar Tage bei ihr unterkommen könne. Sie antwortete, das ginge klar, und erkundigte sich, ob alles in Ordnung sei. Ich schrieb, dass ich ihr später, wenn ich kam, alles erzählen würde.

Zwanzig Minuten später bog Noah in die Auffahrt von Vees Haus ein. Es war schon dunkel. Ich stieg aus.

»Mach keine Dummheiten, Estella«, rief mir Noah hinterher, aber ich reagierte nicht darauf. Ich fühlte mich wie der Terminator auf einer Mission, nichts konnte mich aufhalten.

Im Haus war es still. Sylvia saß im Wohnzimmer und sah die Neun-Uhr-Nachrichten. Ich marschierte geradewegs in mein Zimmer, zerrte meinen alten Rucksack unter dem Bett hervor und fing an zu packen. Keine halbe Stunde später hatte ich alles, was ich besaß, darin verstaut, mit Ausnahme meiner Bücher. Die würde ich später holen müssen.

Offenbar hatte ich einen höllischen Radau veranstaltet, denn auf einmal kam Vee hereingestampft. »Was machst du denn da?«, wollte sie wissen.

Mit tödlicher Ruhe drehte ich mich zu ihr um. Diese Frau hatte mir unglaublich übel mitgespielt, und ich wollte ihr wehtun. Nur mit Mühe unterdrückte ich den Impuls, sie anzuspringen und mit beiden Händen zu würgen. Eine solche Wut hatte ich nie zuvor empfunden, und es machte mir ein bisschen Angst. Als wäre ich von einer Stärke und Wut besessen, die nicht zu mir gehörte. Aber vielleicht tat sie es ja doch. Vielleicht hatte diese Energie all die Jahre in mir geschlummert und hatte nur auf den richtigen Anlass gewartet, um hervorzubrechen.

Nebel schien vor meinen Augen zu tanzen.

»Du hast mich belogen«, sagte ich mit kalter, distanzierter Stimme.

Sie begriff, wie wütend ich war. Ihr Gesicht wurde klein und blass, und sie wich einen Schritt zurück. »Noah hat es dir gesagt«, flüsterte sie.

»Ja, das hat er«, erwiderte ich nur.

»Hör mir zu, Estella. Es ist nicht so, wie du denkst.«

Ich ging auf sie zu, bis ich direkt vor ihr stand. Vee war deutlich größer als ich, aber sie war nur Haut und Knochen. Ich konnte es mit ihr aufnehmen.

»Ist es nicht?« Ich neigte den Kopf und kniff die Augen zusammen.

Sie schluckte sichtlich. »Was ist denn in dich gefahren? Du bist nicht du selbst.«

Ich schubste sie, und sie krachte gegen die Wand und duckte sich vor mir. »Vielleicht bin ich nur einfach endlich, wer ich schon die ganze Zeit hätte sein sollen. Vielleicht hat deine gemeine, hinterhältige Lüge bei mir einen Schalter umgelegt, und mein bitteres, kaputtes Ich, von dem du ständig redest, kommt endlich zum Vorschein.«

Sie sank in sich zusammen, und angesichts ihrer Angst verspürte ich eine krankhafte Befriedigung. Mir war zumute, als beherbergte ich in meiner Brust ein Monster, das auf und ab tigerte, in die Luft schnappte und die Zähne bleckte. Und es schnurrte vor lauter Zufriedenheit darüber, endlich auf den Menschen losgelassen zu werden, der mich so lange kleingehalten hatte.

»Ich wollte nicht, dass du mich alleinlässt«, gestand sie mit zitternder Stimme, und ich erstarrte.

»Du lügst.«

»Tu ich nicht.«

»*Doch, tust du*«, zischte ich. »Du hasst mich. Du zwingst mich, in dieser beschissenen Abstellkammer zu schlafen. Du erniedrigst mich ständig und lässt mich ununterbrochen für dich schuften. Du lässt mich fast verhungern. In den letzten zwei Jahren hast du mir das Leben zur Hölle gemacht, also musst du wohl Bedarf an einem Sandsack haben, wenn du willst, dass ich bleibe, denn ansonsten fällt mir dafür wirklich kein guter Grund ein.«

»Ich habe deinen Vater geliebt«, heulte sie. »Ich habe ihn mehr geliebt als irgendwen sonst.«

»Ja, du hast ihn geliebt, und mich hasst du, weil er mich mehr geliebt hat als dich. Wolltest du mich dafür bestrafen? Wie kaputt bist du nur, dass du mich so über sein Testament belogen hast? Genauso gut hättest du auf seinem Andenken herumtrampeln können. Ich verachte dich, und du tust mir leid.« Ich schnappte mir meinen Rucksack.

»Warte«, schrie sie auf und umklammerte mein Handgelenk. »Ich wollte dir Geld geben. Ich wollte dir etwas von der Lebensversicherung abgeben, aber ich hatte nicht geahnt, dass ich so viel ausgeben würde, und jetzt ist kaum noch etwas übrig.«

Verwirrt starrte ich sie an. »Wenn das so ist, wieso hast du dann irgendein Erbe erfunden? Warum hast du nicht einfach gesagt, dass du die Lebensversicherung mit mir teilen wirst?«

»Weil ich wollte, dass du glaubst, dass dein Vater an dich gedacht hat. Ich wollte, dass du die Gewissheit hast, dass er für den Fall seines Todes für dich vorgesorgt hat. Das mit dem Erbe und dem Abschluss habe ich erfunden, damit du ein bisschen länger bei mir bleibst.«

»Auf einmal willst du mich also um dich haben und machst dir Sorgen um meinen Seelenfrieden?«, schnaubte ich, aber zugleich verspürte ich einen Funken Unsicherheit. War das die Wahrheit, oder tischte sie mir nur wieder eine neue Lüge auf? Eine weitere Manipulation, damit ich in diesem Haus blieb und damit unter ihrer Fuchtel?

»Ich will nicht, dass du gehst. Du bist alles, was ich noch habe.«

»Wenn ich alles bin, was du noch hast, warum behandelst du mich dann wie Dreck?«

»Weil ich will, dass du stark wirst.« In ihren blassgrünen Augen stand Verzweiflung. »Ich will, dass du eine *Kämpferin* wirst.

Die Welt frisst Frauen wie uns einfach auf, Frauen, die ganz allein sind. Und jetzt sieh dich an. Sieh nur, wie stark du bist. Mit deiner Wut könntest du glatt dieses Haus bis auf die Grundmauern niederbrennen.«

Mein Herz setzte einen Schlag aus, denn als ich die Wildheit in ihren Augen sah, dämmerte mir, dass sie die Wahrheit sagte. *Tut sie das wirklich?* Hatte sie mich wirklich aus irgendeiner völlig verdrehten Vorstellung mütterlicher Fürsorge heraus so behandelt? »Du bist nicht allein, Vee«, sagte ich. »Du hast Sylvia und Noah. Ich bin hier diejenige, die allein ist.«

»Noah wird nie im Leben hierbleiben. Er wird genauso schnell wieder verschwunden sein, wie er aufgetaucht ist. Und Sylvia ist nicht die, für die du sie hältst. Du kennst sie nur als kranke, schwache Frau. Aber ehe ihre Krankheit sie so zugerichtet hat, war sie ein ganz anderer Mensch.«

Ich starrte sie an, und in meinem Bauch brodelte Übelkeit. Sie war im Begriff, mir etwas zu sagen, eine Wahrheit, die ich unbewusst längst begriffen, vor der ich aber die Augen verschlossen hatte, weil es leichter zu ertragen war. »Was willst du damit sagen?«

»Ich will damit sagen, dass meine Mutter ein niederträchtiges, bösartiges Ungeheuer ist, und wenn jemand auf dieser Welt einen langsamen, qualvollen Tod verdient, dann sie.«

»Das ist nicht wahr«, entgegnete ich, obwohl ich spürte, dass es doch so war. So lange schon wunderte ich mich über Noahs Kälte seiner Mutter gegenüber. Darüber, dass er sie kaum beachtete, selbst wenn sie sich im gleichen Zimmer aufhielten. Und bei Vee war es ebenso. Manchmal war sie sogar offen feindselig. »Sylvia ist einer der nettesten Menschen, die ich kenne«, sagte ich, während meine Gedanken fieberhaft arbeiteten. So langsam sah ich alles in einem ganz neuen Licht.

»Niemand ist so blind wie die, die nicht sehen wollen«, sagte Vee und sah mich unverwandt an. Sie war die Letzte, von der ich erwartet hätte, dass sie die Heilige Schrift zitierte. Normalerweise hasste sie es, wenn ich die Bibel auch nur erwähnte.

»Du hast das wahre Gesicht meiner Mutter nie gesehen«, fuhr Vee fort. »Und ich bete zu Gott, dass du das auch nie erleben musst.«

Eine Sylvia, die nicht sanftmütig und schwach war, konnte ich mir kaum vorstellen. Aber jetzt stiegen Erinnerungen in mir hoch. Der Moment auf Vees Geburtstagsfeier, als sie Vee beobachtet hatte, die Augen von blankem Hass erfüllt. Und nach der Feier hatte sie versucht, mir einzureden, dass Noah gefährlich war, aber als ich nachhakte, hatte sie Erschöpfung vorgeschützt. Sie hatte versucht, Zweifel in mir zu säen, um mich von Noah fernzuhalten. Aber warum?

Die Welt schien zu schwanken. Plötzlich wusste ich nicht mehr, was ich denken oder glauben sollte. Aber der Zorn, der mich eben noch erfüllt hatte, verrauchte, und zurück blieben Verwirrung und Erschöpfung.

Ich blickte Vee an. »Ich gehe für ein paar Tage zu Aoife.«

»Bitte komm zurück«, bettelte Vee. »Lass mich nicht mit ihr allein. Das halte ich nicht aus.«

Ihre Bitte machte mich sprachlos. Es kam mir surreal vor, dass Vee mich brauchen sollte, und doch stand ich hier, und sie flehte mich an, sie nicht alleinzulassen. Mir war, als hätte es mich in ein Paralleluniversum verschlagen. Sie sah so klein und schwach aus. Mitunter verwünschte ich meine Empathie, weil sie mir Mitgefühl mit meiner bösen Stiefmutter einflößte. Aber so böse war sie vielleicht gar nicht.

»Ich verlasse dich nicht«, versprach ich ihr und stieß die Luft aus. »Ich brauch nur ein paar Tage für mich, um den Kopf klarzukriegen. Ich muss über so vieles nachdenken.«

Sie nickte kaum merklich, und ich ging an ihr vorbei und warf mir den Rucksack auf den Rücken.

Vor meiner Tür stand Noah. Ich erstarrte. War er die ganze Zeit dort gewesen? Ich blickte ihn an, wusste aber nicht, was ich sagen sollte, also standen wir nur da, starrten einander an, und ich spürte, wie zwischen uns ein neues Verständnis aufkeimte.

Die ganze Zeit hatte ich geglaubt, er wäre Sylvia gegenüber gemein und verächtlich. Ich hatte ihn für kaltherzig gehalten, aber jetzt sah ich sein Verhalten in einem ganz neuen Licht. Dann dachte ich daran, wie er herausgefunden hatte, dass Vee mich belog, und mich dann zu einem Shoppingtrip und zum Essen ausgeführt hatte, weil es ihm so leid für mich tat. Ich hatte ohnehin schon eine Schwäche für ihn, aber jetzt taumelte ich dem freien Fall entgegen.

Die Welt war vollkommen anders als noch heute Morgen, und ich war zu müde, um all diese Veränderungen jetzt schon zu verdauen. Ich wusste nur, dass ich eine Weile aus diesem Haus rausmusste und mich nach der Gesellschaft meiner besten Freundin sehnte.

»Ich schlafe heute bei Aoife«, sagte ich, und Noah nickte und zückte die Autoschlüssel.

»Ich bring dich hin.«

18. KAPITEL

Dad und Vee hatten recht. Es lag *tatsächlich* ein Fluch über ihnen. Dunkle Schatten hatten meinen Vater gehetzt, und jetzt waren sie hinter mir her. Anders konnte ich es mir nicht erklären, dass sich meine großen Pläne vor meinen Augen zerschlagen hatten und diese verstörenden Träume mich plagten.

Ich wollte nicht wie mein Vater ein Leben lang vor ihnen wegrennen. So wie Vee es immer noch tat. Ich wollte ihnen die Stirn bieten. Ich würde diesen Fluch zum Teufel jagen, und wenn es das Letzte war, was ich tat.

»Das ist alles so furchtbar, Stells«, sagte Aoife. Wir lagen in ihrem Bett und sahen zu den im Dunkeln leuchtenden Sternschnuppen und Planeten an ihrer Decke hinauf. Sie hatte sie mit zehn Jahren dort hingeklebt und dachte nicht daran, sie abzunehmen.

Es hatte die halbe Nacht gedauert, ihr alles zu erzählen. Sie war ebenso erschüttert wie ich über Vees Lüge und darüber, dass sie Dads Lebensversicherung in nur zwei Jahren fast vollständig verschleudert hatte. Ich war überzeugt, dass sie einen Großteil der Summe schlicht versoffen hatte.

Aber ich spürte, dass Vee mir die Wahrheit gesagt hatte, was ihre Absichten betraf. Auf ihre vollkommen verdrehte Weise hatte sie geglaubt, mir mit ihrer Unfreundlichkeit einen Gefallen zu tun. Und vielleicht hatte sie sogar recht. Möglicherweise war die Welt grausam, und ich musste lernen, mit dieser Grausamkeit umzugehen.

Bei der Vorstellung, fortzugehen und sie ganz allein diesem Haus und Sylvia zu überlassen, krümmte ich mich vor Schuldgefühlen. Es war dieselbe Art Schuld, wie ich sie schon seit Kindertagen kannte, ein Gefühl, als täte ich immerzu das Falsche, selbst wenn das Falsche richtig erschien. Ich wollte nicht den Rest meines Lebens mit Vee verbringen, aber beim Gedanken daran, sie alleinzulassen, drohte ich in Reue schier zu ertrinken.

Manchmal wünschte ich, ich würde nicht an das Prinzip von Richtig und Falsch glauben, an die Pflicht, Menschen unter allen Umständen freundlich und großzügig zu behandeln. Wenn ich an all das nicht glauben würde, wäre ich nicht mehr in diesem Gefängnis namens Moral eingesperrt. Aber leider glaubte ich nun mal daran. Dieser Glaube war mir lieb und teuer, und das bezahlte ich mit meiner Freiheit.

Ich musste versuchen, selbstlos zu handeln, auch wenn sich das nicht wirklich gut anfühlte.

»Schlaf ein bisschen«, sagte Aoife beruhigend und strich mir übers Haar. Ich drehte mich um und schloss die Augen. Ich wollte nicht schlafen, weil ich wusste, dass Albträume auf mich warteten, aber ich war emotional viel zu ausgelaugt, um wach zu bleiben. Also segelte ich in den Schlaf davon, aber wie durch ein Wunder blieb er traumlos. Wenn ich recht darüber nachdachte, hatte ich bei Aoife noch nie einen Albtraum gehabt. Nur auf *Ard na Mara*. In diesem Haus spukte es wirklich. Obwohl ich wusste, dass ich zurückkehren musste, konnte ich den Gedanken kaum ertragen.

Am nächsten Tag gingen Aoife und ich zusammen zur Schule. Die Stimmung war ziemlich gedrückt. In der Stunde vor der Mittagspause hatten wir Englisch, und ich nutzte die Gelegenheit und sprach Schwester Dorothy an.

»Könnten wir uns unter vier Augen unterhalten?«, fragte ich sie, während die anderen Schülerinnen aus dem Klassenraum strömten. Anscheinend spürte sie meine Verzweiflung, sie nickte ernst.

»Kommen Sie mit.«

Wir gingen zur Schulkapelle, liefen am Altar vorbei und durch eine Tür, die in einen schmalen Kreuzgang führte, über den wir zu dem roten, einstöckigen Backsteinbau gelangten, in dem die Nonnen lebten. Nur eine Handvoll von ihnen unterrichtete an der Schule, die anderen pflegten einen zurückgezogenen Lebensstil und widmeten sich ganz dem Gebet. Im Vorbeigehen betrachtete ich das Gemüsebeet, in dem Karotten, Pastinaken und ein paar andere Gemüsesorten wuchsen.

Ich folgte ihr ins Gebäude und einen langen, stillen Gang entlang. Eine solche Stille hatte ich noch nie erlebt, und ich fand einen wundervollen Frieden darin. So wie *Ard na Mara* lauter Dämonen und Geister beherbergte, lebten zwischen diesen Wänden Engel. Das Gebäude strahlte Helligkeit und Güte aus.

Schwester Dorothy öffnete eine Tür, hinter der ein kleines, schlichtes Schlafzimmer lag, kaum größer als mein eigenes. Durch ein rundes Fenster hoch oben in der Wand fiel Sonnenlicht herein. Das Bett war mit sauberen, hellen Laken bezogen, und auf dem Nachttisch lag ein kleiner Stapel Bücher.

»Ist das Ihr Zimmer?«, fragte ich.

Sie nickte. »Nichts Besonderes, aber es genügt seinem Zweck. Bitte, setzen Sie sich.«

Ich nahm auf dem Bett Platz und faltete die Hände im Schoß.

»Ich muss schon sagen, ich bin neugierig«, sagte Schwester Dorothy. »Es kommen nur noch wenige Schüler zu mir und bitten um ein Gespräch. Um genau zu sein, sind Sie die Einzige.«

»Bestimmt würden mehr Mädchen kommen, wenn Sie nicht wirken würden wie …« Ich verstummte, weil ich nicht wusste, wie ich es höflich sagen sollte.

Schwester Dorothy bedachte mich mit einem schiefen Lächeln. »Wenn ich nicht wie ein grantiges altes Miststück wirken würde, wollten Sie sagen?«

Überrascht lachte ich auf, und genau das war es, was ich gebraucht hatte, um meine Anspannung abzuschütteln. Ich hatte, was meine Zukunft betraf, eine ziemlich verrückte Entscheidung getroffen, und ich war ganz schön nervös.

»Worüber wollten Sie denn mit mir sprechen?«, fragte sie, und ihr Lächeln wurde freundlich, sogar liebevoll. Mit einem Mal war die Distanziertheit, die sie in ihrem Unterricht an den Tag legte, wie weggewischt. Ich begriff, dass es nur eine Maske war, ihre Art, mit einem Haufen junger Frauen umzugehen, die ihr beim kleinsten Anzeichen der Schwäche Schwierigkeiten machen würden.

Ich konzentrierte mich wieder auf mein Anliegen, auf die Entscheidung, die ich irgendwann in der letzten Nacht getroffen hatte. Ich wusste, welche Richtung ich einschlagen wollte. Obwohl es mir Angst machte, war es so naheliegend, dass ich nicht wusste, weshalb ich nicht schon früher darauf gekommen war.

»Ich, äh …« Ich betrachtete das Blumenmuster auf dem Teppich und nahm neu Anlauf. »Ich wollte Sie fragen, was ich tun muss, um Nonne zu werden.«

Schwester Dorothy wirkte verdutzt und sah mich ungläubig an. »Sie wollen mich aber nicht auf den Arm nehmen, oder?«

»Kein bisschen. Ich könnte es nicht ernster meinen.«

Sie räusperte sich. »Nun, bitte verzeihen Sie mir meine Überraschung. Ich habe schon sehr lange nicht mehr gehört, wie jemand in Ihrem Alter den Wunsch äußert, dem Konvent beizutreten.«

»Jeder Rat, den Sie mir geben können, ist sehr willkommen«, sagte ich aufrichtig.

Sie musterte mich aufmerksam. »Einem religiösen Orden beizutreten ist eine schwerwiegende Entscheidung, Estella.«

»Das weiß ich, und ich nehme es nicht auf die leichte Schulter. Ich glaube, dass es schon immer meine Bestimmung war. Ich habe es nur jetzt erst begriffen.«

Wenn der Fluch, der meinen Vater getroffen hatte, die Folge seiner Entscheidung gegen ein Leben als Priester war, dann würde eben ich sein Versprechen einlösen, indem ich *mein* Leben Gott weihte. So hatte ich es noch nie zuvor gesehen, aber ich wusste, dass es so sein musste. Ich hatte keine andere Wahl, und obwohl das beängstigend war, fühlte ich mich angesichts der Alternativlosigkeit eigenartig entschlossen. Wenn ich dem Unheil entrinnen wollte, das meinen Vater das Leben gekostet hatte, dann war es alles in allem ein kleines Opfer, das ich bringen musste. Es war wirklich ganz einfach.

Noahs Gesicht blitzte vor meinem geistigen Auge auf, aber ich scheuchte es fort. Meine romantischen Gefühle für ihn musste ich abschütteln. Immerhin lebten Nonnen im Zölibat. Und wie Vee bereits gesagt hatte, er würde so unvermittelt wieder verschwinden, wie er aufgetaucht war. Es war keine gute Idee, mein Herz an ihn zu hängen.

Dein Herz hängt doch längst an ihm, protestierte mein Unterbewusstsein, aber ich befahl ihm, die Klappe zu halten.

»Nun«, sagte Schwester Dorothy. »Da Sie ja vorhaben, zum College zu gehen … mit einem Abschluss wird es sehr viel einfacher. Die meisten Konvente bevorzugen Kandidaten mit einem höheren Bildungsabschluss, insbesondere in den von Ihnen gewählten Fächern.«

»Und was, wenn ich doch nicht aufs College gehe?«, fragte ich. Ich hatte keine drei Jahre Zeit, um einen Abschluss zu erwerben. Ehe sie um waren, würde mich der Fluch erwischen.

Sie runzelte die Stirn. »Dann wird es sehr viel schwieriger, wenn auch nicht unmöglich.« Aufmerksam betrachtete sie mich. »Was ist denn passiert, Estella? Ich dachte, Sie freuen sich schon aufs College.«

Ich fing an zu weinen. Schwester Dorothy drückte mir die Hand und blickte mich mitfühlend an.

»Das habe ich auch, aber ich … ich habe meine Meinung geändert. Ich muss nicht unbedingt aufs College gehen. Ich muss nur ein gutes und anständiges Leben führen.« Von dem Fluch konnte ich ihr schlecht erzählen. Schwester Dorothy war zwar eine Nonne, aber sie war viel zu pragmatisch und bodenständig, um an so etwas zu glauben. Wenn ich ihr die Wahrheit sagte, würde sie mir ganz sicher nicht helfen.

»Sie müssen doch nicht Nonne werden, um ein gutes und anständiges Leben zu führen. Dafür brauchen Sie doch einfach nur die Lehren Jesu zu beherzigen.«

»Aber ich will inneren Frieden. Ich will Sicherheit«, sagte ich leise. »Als mein Dad gestorben ist, hatte ich keine Familie mehr, jedenfalls keine, die den Namen verdient. Das Zusammenleben mit Veronica war ein einziger Albtraum, und obwohl sie mir nichts als Leid zugefügt hat, fühle ich mich immer noch verpflichtet, bei ihr zu bleiben, so unsinnig es auch ist. Mein Leben Gott zu widmen ist mein einziger Ausweg.« Die Verzweiflung war mir jetzt deutlich anzuhören.

Schwester Dorothy dachte eine Weile über meine Worte nach. »Dass Sie sich Ihrer Stiefmutter so verpflichtet fühlen, zeugt von einem freundlichen, selbstlosen Herzen. Aber Nonne zu werden ist für Sie vielleicht nicht der richtige Ausweg. Das Leben im Konvent besteht nicht nur aus Gebeten und

Andachten. Und es schützt Sie auch nicht vor Leid. Es bedeutet, den Notleidenden zu helfen und Ihr persönliches Glück dem Wohl anderer zu opfern. Oft sind es die schwierigen, wenig liebenswert erscheinenden Menschen, die uns am meisten brauchen.«

»Vee behauptet, dass sie mich braucht, aber es ist so schwierig, sie zu lieben. Sie ist boshaft und hasserfüllt und unfreundlich. Manchmal blitzt kurz auf, dass sie ein besserer Mensch sein könnte, und dann verspüre ich den Drang, ihr dabei zu helfen. Aber zugleich fühle ich mich in ihrer Gegenwart so unendlich allein, vor allem, seit Dad nicht mehr da ist. Es ist fast, als hätte sie sich vom Leben verabschiedet, obwohl sie noch atmet.«

Schwester Dorothys Hand lag noch immer auf meiner, und als ich über Vee sprach, sanken ihre Mundwinkel betrübt nach unten. »Möchten Sie eine Geschichte hören?«

Schniefend nickte ich.

Sie atmete tief durch. »Ungefähr in Ihrem Alter war ich hoffnungslos in einen Jungen verliebt, der in derselben Straße wohnte wie ich. Wir wollten heiraten und gemeinsam eine Familie gründen. Zu jener Zeit hat man sehr viel früher geheiratet als heutzutage. Unsere Familien sind gut miteinander ausgekommen, alle waren einverstanden, also wurde die Hochzeit geplant. Dann, eines Tages, war er tot. Einfach so. Ein Aneurysma im Hirn. Die Liebe meines Lebens wurde mir genommen, noch ehe wir Zeit gehabt hatten, richtig miteinander zu leben. Es ging mir viele, viele Monate unglaublich schlecht. Um ehrlich zu sein, wollte ich nicht weiterleben.«

»Schwester Dorothy«, flüsterte ich.

Sie klopfte mir die Hand. Ihre traurigen Augen waren voller Erinnerungen. »Jemanden zu verlieren, den man liebt, kann einen Menschen in den Grundfesten erschüttern, und es klingt mir ganz danach, als hätte sich Ihre Stiefmutter in diesem

Kummer verloren. Ich weiß, dass ich recht ruppig und schroff wirke, aber das ist nur, weil ihr Mädchen eine strenge Hand braucht. In Wirklichkeit bin ich ebenso verletzlich und weichherzig wie jeder andere. Meine Religion hat mir dabei geholfen, mit dieser Verletzlichkeit umzugehen. Um ehrlich zu sein, hat es mich damals gerettet, also verstehe ich nur allzu gut, weshalb Sie diese Entscheidung treffen möchten.«

»Und sind Sie glücklich?«, fragte ich. »Mit Ihrem Leben, meine ich.«

»Ich habe ein sehr erfülltes Leben«, antwortete sie. »Aber es heilt nicht alle Wunden. Sie glauben, Sie seien im Augenblick ganz allein, aber auch dieses Leben kann einsam sein. Ja, ich habe meine Schwestern und unsere Gemeinschaft, aber dieser Lebensweg bringt auch sehr, sehr viel Verzicht mit sich, Estella. Sie würden niemals einen Ehemann haben, niemals Kinder zur Welt bringen. Jedes finanzielle und materielle Interesse müssten Sie aufgeben. Wollen Sie das denn wirklich?«

»Ja«, sagte ich, ohne mit der Wimper zu zucken, und meine Stimme klang ganz belegt. »All das will ich sowieso nicht. Es bricht einem ja doch nur das Herz.« Es machte mich fast verrückt, wie fixiert ich auf mein angebliches Erbe gewesen war. Ich hatte meinem zukünftigen Glück ein Preisschild umgehängt, und als ich feststellen musste, dass mein Erbe gar nicht existierte, war es damit auch um mein Glück geschehen. Man sollte seine Zufriedenheit nicht von Geld oder anderen materiellen Werten abhängig machen. Ich musste mein Glück aus mir selbst schöpfen.

Wieder betrachtete Schwester Dorothy mich lange. »Ich stelle Ihnen ein paar Informationen zusammen, aber ich würde Ihnen wirklich raten, dass Sie sich die Zeit nehmen, sehr gründlich darüber nachzudenken. Wir raten Anwärterinnen immer, dass sie sich gründlich mit dem befassen, was sie aufgeben müssten, um dem Orden beizutreten. Da Sie noch so jung sind, nehme ich an, Sie haben noch keine romantische Beziehung erlebt?«

Wieder blitzte Noahs Gesicht vor mir auf, und Hitze stieg mir in die Brust. »Nein«, sagte ich, und ich hätte selbst nicht zu sagen vermocht, ob das eine Lüge war oder nicht. Ich hatte Gefühle für Noah, da war eine Verbindung, das konnte ich nicht leugnen, aber wir hatten einander bisher kaum berührt, uns nicht einmal *geküsst*.

»Dann würde ich Ihnen raten, dass Sie in dieser Hinsicht noch ein wenig Erfahrung sammeln, ehe Sie sich entscheiden. Sie haben noch den ganzen Rest Ihres Lebens vor sich, und Sie sollten keine voreiligen Entscheidungen treffen. Was Sie heute erstrebenswert finden, kommt Ihnen womöglich schon morgen nicht mehr ganz so verheißungsvoll vor.«

»Danke. Ich denke darüber nach.« Ich stand auf. »Vielen Dank, dass Sie mir zugehört haben.«

Sie nickte, und wir machten uns auf den Rückweg. Im Beet kniete eine Nonne und zupfte Unkraut, und eine zweite saß still und in Gedanken vertieft auf einer Bank.

Ich war ganz sicher, dass ich mit einem friedlichen Leben wie dem, das diese Frauen führten, zufrieden sein könnte, selbst wenn ich dafür das ein oder andere aufgeben müsste.

In den nächsten Stunden dachte ich immer wieder über mein Gespräch mit Schwester Dorothy nach. Darüber, was sie über die Opfer gesagt hatte, die ich bringen müsste. Wenn ich Nonne wurde, würde ich mich nie in einen Mann verlieben, nie erfahren, wie es war, Sex zu haben. Da ich das noch nie erlebt hatte, fühlte es sich nicht an wie ein allzu großes Opfer. Aber was, wenn ich etwas ganz Wunderbares aufgab? Ich dachte daran, wie es war, wenn Noah mich berührte, und in meinem Bauch begann es heftig zu kribbeln.

»Ich denke darüber nach, einem Konvent beizutreten«, sagte ich am Abend zu Aoife. Wir saßen auf ihrem Bett und machten Hausaufgaben.

Sie blinzelte ein paarmal rasch hintereinander und sah mich verwirrt an. »Einem Konvent? Meinst du …«

»Dass ich Nonne werden will. Ja.«

Noch mehr Blinzeln. »Wow, das ist … wo kommt das denn jetzt auf einmal her?«

»Nachdem ich erfahren habe, dass Vee mich angelogen hat, ist es mir plötzlich klar geworden. Ich weiß, du hältst mich wahrscheinlich für verrückt, aber für mich hat sich noch nie zuvor etwas so richtig angefühlt.«

Meine Freundin musterte mich lange. »Macht es dir denn keine Angst? Ich meine, dann dürftest du dich ja niemals verlieben.«

Liebe ist furchtbar beängstigend, dachte ich und sah Noah vor mir. Wenn ich dieses wunderbare, fürchterliche, anstrengende, zermürbende Gefühl opfern musste, mich in seiner Gegenwart ständig im freien Fall zu befinden, dann sollte es eben so sein. Ich wollte nicht im Sturm auf dem offenen Meer herumgeworfen werden. Ich bevorzugte ruhige Gewässer.

Ich schüttelte den Kopf. »Nein, es macht mir keine Angst. Ich werde in meinem Glauben Erfüllung finden.«

»Aber du hattest bisher *nicht mal Sex*«, flüsterte sie. »Du bist erst neunzehn. Vielleicht überlegst du es dir noch mal anders.«

»Das glaube ich nicht.«

»Dann solltest du erst mal Sex ausprobieren und danach schauen, ob du es immer noch so siehst.« Ihre Augen funkelten herausfordernd.

Schnaubend schüttelte ich den Kopf. »Okay, ich zieh dann einfach mal los und schnappe mir den erstbesten Mann, dem ich begegne.«

»Oder eine Frau. Wer weiß, vielleicht bist du lesbisch? Vielleicht bist du deshalb nicht traurig bei der Aussicht, niemals Sex mit einem Mann zu haben«, witzelte sie. »Und darum kommt es dir wohl auch so reizvoll vor, mit lauter anderen Frauen in einem Konvent zusammengepfercht zu sein.«

Wieder dachte ich an Noah. »Ich bin nicht lesbisch.«

Sie beäugte mich und kaute auf ihrer Unterlippe herum. »Nee, glaub ich auch nicht. Darf ich dir was zeigen?«

»Klar.«

Sie kletterte vom Bett, kniete sich auf den Boden und holte eine ihrer Kunstmappen hervor. Öffnete sie und blätterte die Zeichnungen durch, und dann hielt sie mir eine davon vor die Nase. Mir blieb die Luft weg.

»Wie hast du ...«

»Aus der Erinnerung. Ist nicht perfekt, aber ich glaub, ich hab ihn so halbwegs getroffen.«

Sie hatte viel mehr als das geschafft. Aoife hatte ein Kohleporträt von Noah angefertigt, und es war absolut beeindruckend. Sie hatte jeden Schatten eingefangen, sein ganzes geheimnisvolles, gequältes Wesen. Ich konnte den Blick nicht abwenden.

»Du kannst es haben, wenn du möchtest.«

Errötend sah ich sie an. »Das, äh, ist nicht nötig.«

»Macht er dir Angst?«, fragte sie leise.

Unsere Blicke begegneten sich, und in einem Anflug kompromissloser Ehrlichkeit gestand ich ihr: »Er macht mir eine Heidenangst.«

»Was würde ich bloß darum geben zu wissen, wie das ist.« Sie seufzte. »Ich meine, bei Jimmy kribbelt es durchaus in meinem Bauch, und es ist schön, mit ihm zusammen zu sein, aber die Chemie zwischen dir und Noah ... so etwas erlebt man nur einmal.«

»Es fühlt sich aber nicht gut an, Aoife. Es ist intensiv und ungut und als ob meine Haut die ganze Zeit schrecklich juckt.«

Ihre Mundwinkel zuckten. »Ah, jetzt verstehe ich.«

»Was verstehst du?«

»Das mit dem Konvent. Du rennst vor deinen eigenen Gefühlen weg. Du willst es lieber gar nicht so genau wissen. Aber ich glaube, du musst es herausfinden, ehe du dich entscheidest.«

Unbehaglich verlagerte ich das Gewicht und starrte ihr wunderbar gezeichnetes Porträt an. Am liebsten hätte ich es zusammengerollt und für immer aufbewahrt, damit ich es viele Jahre später in dem stillen Garten irgendeines Konvents noch einmal ansehen konnte, um mich zu erinnern, wie es sich damals angefühlt hatte. Meine Empfindungen wären blasser, ferner, ein kleines nostalgisches Aufblitzen, viel besser auszuhalten als der Wahnsinn, der sich im Augenblick durch meinen Verstand brannte.

Plötzlich flogen ein paar kleine, in Folie eingeschweißte Päckchen vor mir aufs Bett. Ich blinzelte. »Sind das …«

»Kondome. Japp. Nur für den Fall, dass du dich entscheidest, meinen Rat zu befolgen«, sagte Aoife, und ich lief so tiefrot an, wie es nur menschenmöglich war.

Mehrere Tage vergingen. Ich wusste, dass ich irgendwann zu Vee zurückkehren musste, und hatte den Verdacht, dass ich Siobhans und Aoifes Gastfreundschaft so langsam überstrapazierte. Ihre Zweizimmerwohnung war zu klein für drei Leute.

Liebe, Sex, Heirat und Kinder. Ich hatte die ganze letzte Woche an kaum etwas anderes gedacht. Vielleicht hatten Schwester Dorothy und Aoife recht. Wenigstens ausprobieren sollte ich es wohl einmal, um herauszufinden, ob ich auch ohne all das leben konnte. Und so langsam brannten die Kondome, die Aoife mir gegeben hatte, ein Loch in meine Schultasche.

Eines Nachmittags nach der Schule kam Kean auf mich zu. »Hey, Estella«, sagte er.

Ich war gerade auf dem Nachhauseweg und hatte nicht nur meine Schultasche dabei, sondern auch den Rucksack, den ich mit zu Aoife genommen hatte.

»Oh, hi Kean. Ich hab dich gar nicht gesehen«, sagte ich mit einem flüchtigen Lächeln.

»Ja, du hast ausgesehen, als wärst du tausend Lichtjahre weit weg. Darf ich dir eine deiner Taschen abnehmen?«

»Äh, klar.« Ich reichte ihm den Rucksack.

»Scheiße, ist der schwer. Trägst du darin etwa den abgeschlagenen Kopf deiner bösen Stiefmutter spazieren oder so?«, fragte er belustigt.

Normalerweise hätte ich darüber gelacht, aber seine Bemerkung rief allzu lebendige Bilder in mir wach. Ich dachte daran, wie wütend ich auf Vee gewesen war, nachdem mir Noah von ihrer Lüge erzählt hatte. Ob es in mir eine so dunkle Seite gab, dass ich zu einem Mord in der Lage wäre? Der Gedanke ließ mich erschauern. Noch ein Grund, weshalb mir das Leben in einem Konvent so reizvoll erschien. Ich hätte jeden Tag Gelegenheit für gute Taten und reichlich Gebete, um die tief in mir verborgenen schrecklichen und kaputten Anteile meines Wesens auszulöschen.

»Nein, ich hab nur für ein paar Tage bei einer Freundin übernachtet.«

»Da hast du aber eine Menge Zeug mitgenommen.« Kean kicherte.

»Hab ich. Wie geht's dir denn?«

Er fuhr sich mit einer Hand durchs dunkelblonde Haar und wirkte ein wenig verlegen. »Ganz okay. Mein Dad hat erzählt, dass er sich mit dir unterhalten hätte oder so.« Er verzog das Gesicht. »Ich hoffe, er hat nichts Blödes gesagt.«

Ich winkte ab, obwohl ich seinen Vater nach unserer Begegnung nicht ausstehen konnte. »Schon gut. Er war betrunken.«

»Oh Mann, das ist echt peinlich.«

»Wirklich, mach dir keinen Kopf. Ich bin betrunkene Erwachsene gewohnt.«

Kean musterte mich von der Seite und sah aus, als überlegte er, ob er etwas dazu sagen sollte oder lieber nicht. »Meine Mam sagt, dass deine Stiefmutter Alkoholikerin ist. Stimmt das?«

Ich drückte den Rücken durch. »Wie kommt deine Mam darauf?«

Kean zuckte mit den Schultern. »Vee hat ein paarmal betrunken bei uns angerufen und meinen Dad beschimpft und angeschrien. Einmal hat er sie aus Versehen auf Lautsprecher geschaltet, und sie hat die ganze Zeit gesagt, er wüsste über irgendwas genau Bescheid und würde trotzdem nichts unternehmen.«

Vee rief betrunken bei anderen Leuten an? Das hatte ich nicht gewusst, aber es klang plausibel. Sie schloss sich dauernd im Arbeitszimmer ein. Wer wusste schon, was sie da drinnen anstellte?

»Apropos Mam und Dad«, fuhr Kean fort, »sie sind übers Wochenende verreist. Meine Mam wird fünfzig, und sie verbringen ein paar Tage in einem Spa irgendwo auf dem Land. Hast du vielleicht Lust, mit rüberzukommen?«

Normalerweise hätte ich abgelehnt, aber in diesem Augenblick hätte ich alles getan, um die Rückkehr zu Vee hinauszuzögern.

Meine Mutter ist ein niederträchtiges, bösartiges Ungeheuer, und wenn jemand auf dieser Welt einen langsamen, qualvollen Tod verdient, dann sie.

»Okay, warum nicht«, stimmte ich zu, und Kean strahlte mich breiter an, als ich je zuvor von irgendwem angestrahlt worden war.

Wir nahmen den Weg am Strand entlang und plauderten über alles Mögliche. Man konnte sich prima mit ihm unterhalten. Er wäre perfekt gewesen, wenn nicht seine dämlichen Freunde so großen Einfluss auf ihn gehabt hätten.

Wir kamen in größerer Entfernung an *Ard na Mara* vorbei. Stumm und drohend hockte das Haus auf den Felsen, und bei dem Gedanken, heute Nacht wieder dort zu schlafen, brach mir der Schweiß aus. Ich fragte mich, wie lange es dauern würde, bis ich einem Konvent beitreten konnte. Durch wie viele Reifen würde ich wohl springen müssen? Bald begannen meine Abschlussprüfungen, und auch wenn ich mir in Bezug aufs College nicht mehr ganz so sicher war, wollte ich wenigstens die Prüfungen sauber hinter mich bringen. All die Lernerei und Vorbereitungen sollten nicht völlig für die Katz gewesen sein.

Kean schloss das Haus auf, und Sparky kam uns entgegen und begrüßte uns schwanzwedelnd. Das Haus war ebenso alt wie das von Vee, aber innen sah es völlig anders aus. Eins dieser rundumsanierten alten Gebäude, die man entkernt und durch und durch modernisiert hatte. Die Küche war groß und hell, mit Oberlicht, marmornen Arbeitsflächen und einer dieser schicken Kücheninseln.

An einer Wand entdeckte ich einen riesigen Flatscreen. Staunend sah ich mich um. Wie schön musste es sein, jeden Tag in diesem Haus zu erwachen?

Kean ging voran ins Wohnzimmer, wo sich ein weiterer riesiger Fernseher und eine gigantische Ledersofalandschaft befanden. Ich setzte mich und lehnte mich zurück. Es war, als würde ich auf einer Wolke sitzen, viel gemütlicher als jedes

Bett, in dem ich je geschlafen hatte. Sparky hüpfte zu mir aufs Sofa und leckte mir übers Gesicht. Kichernd wischte ich mir den Sabber von der Wange.

»Möchtest du was auf Netflix sehen?« Kean schaltete den Fernseher ein.

»Klar, klingt gut.«

»Da.« Er reichte mir die Fernbedienung. »Such du was aus, ich mach uns Popcorn.«

Daran könnte ich mich wirklich gewöhnen, dachte ich. Ich durchsuchte das Angebot und entschied mich für einen dieser knallbunten Superheldenfilme, wo am Ende angeblich alle sterben und dann wie durch ein Wunder auf einmal doch wieder am Leben sind. Wenn das Leben doch auch nur so voller Wunder wäre. Ich würde alles geben, um meinen Dad wiederzuhaben.

Kean kehrte mit Softdrinks und einer Schüssel voll Popcorn zurück. Er setzte sich neben mich, und ich nahm mir eine Handvoll Popcorn.

»Ah, den liebe ich. Gute Wahl«, sagte er, als der Vorspann über den Bildschirm lief.

Wir saßen da und sahen den Film an, und etwa nach der Hälfte stellte ich wieder verblüfft fest, wie angenehm und einfach es mit ihm doch war. Vielleicht war es voreilig gewesen, ihn abzuweisen. Ich dachte daran, wie Aoife mich ermuntert hatte, es mal mit dem Sex auszuprobieren, damit ich wusste, was mir entgehen würde, und auf einmal kam mir ein kühner Gedanke.

Die Vorstellung, Noah danach zu fragen, jagte mir einen furchtbaren Schrecken ein, aber seltsamerweise hatte ich bei Kean keinen Funken Angst davor.

Und außerdem hatte Schwester Dorothy mir geraten, etwas, nun ja, auszuprobieren, das mir als Nonne nicht mehr erlaubt wäre. Ich wusste, dass sie damit eigentlich eine feste Beziehung gemeint hatte, aber für so etwas hatte ich keine Zeit.

Bloß nicht totdenken. Ich wandte mich Kean zu und legte eine Hand auf sein Knie. Er richtet den Blick darauf und zog die Augenbrauen hoch. Unsere Blicke begegneten sich, und mir stieg das Blut in die Wangen.

»Möchtest du gern Sex?«, platzte ich heraus.

Ihm fielen fast die Augen aus dem Kopf. »Äh, was?«

Ich wiederholte meine Frage, und mein Herz fing an zu rasen. »Möchtest du gern Sex … mit mir?«

Lange starrte er mich nur stumm an, und dann sah ich ein triumphierendes Aufflackern in seinen Augen, aber es war so schnell wieder vorbei, dass ich keine Zeit hatte, mir nähere Gedanken darüber zu machen. »Jetzt?«, fragte er.

Ich schluckte, sammelte meinen Mut zusammen und nickte. »Ja, jetzt. Deine Eltern sind das ganze Wochenende weg, oder?«

Kean nickte, ein leichtes Lächeln auf den Lippen. »Ja, sie sind auf jeden Fall weg.«

Er kam mir ein klein wenig zu erfreut vor. Ein typischer männlicher Teenager. Ich legte ihm eine Hand auf die Brust und sagte sehr deutlich: »Ich will nicht fest mit dir zusammen sein. Ich will nur dieses eine Mal mit dir schlafen. Okay?«

Jetzt grinste er. »Warten wir mal ab.«

»Kean, ich meine es ernst.«

Sein freches Grinsen verwandelte sich in ein herzliches Lächeln. »Okay, Estella. Nur dieses eine Mal.«

Ich entspannte mich, und er legte die Hände an meine Hüften. Mit einem gequälten Laut presste er den Mund auf meine Lippen. Ich fand es ein bisschen zu hastig und zu fest. In mir stieg keine unbezähmbare Lust auf. Im Gegenteil, ich fand es ein bisschen unangenehm.

Vielleicht war es eine blöde Idee.

Unwillkürlich dachte ich an Noah, und ohne es zu wollen, stellte ich mir vor, er wäre es, den ich gerade küsste. Keans Handfläche streifte leicht über den Stoff der Schuluniform, der sich über meiner Brust spannte, und die Berührung war wie ein kleiner Blitz. Wieder sah ich Noahs Augen vor mir, und ich wünschte voller Sehnsucht, ich könnte ihn herzaubern, um Kean durch ihn zu ersetzen.

In meinem Rucksack klingelte das Handy, und ich löste rasch meine Lippen von Keans. Das laute Vibrieren hallte im Zimmer wider, und ich war dankbar für die Unterbrechung. Kean zu küssen war nicht so angenehm, wie ich es mir erhofft hatte, stattdessen hatte es mir nur umso deutlicher gezeigt, wie sehr ich Noah wollte.

Ich hob das Handy ans Ohr. »Hallo?«

»Wo steckst du?« Seine tiefe Stimme klang ein wenig ungeduldig.

Ich erbebte. Die ganze Woche lang hatte ich ihn nicht zu Gesicht bekommen, seit er mich bei Aoife abgesetzt hatte, also war es schon aufregend, ihn nur übers Telefon zu hören. Ganz zu schweigen davon, dass es mich erregt hatte, mir bei dem Kuss vorzustellen, ich würde Noah küssen und nicht Kean.

»Warum willst du das wissen?«

»Es ist Freitag«, antwortete er schlicht. »Wir haben Fahrstunde.«

Die wöchentliche Fahrstunde hatte ich völlig vergessen. Ich sah Kean entschuldigend an.

»Vor einer Stunde war Schulschluss«, redete er weiter. »Bist du bei Aoife? Ich kann kommen und dich abholen.«

»Nein«, stieß ich atemlos hervor. »Ich bin nicht bei Aoife.«

»Wo bist du d…«

»Wir treffen uns in fünf Minuten beim Haus.« Schnell unterbrach ich die Verbindung.

»Musst du weg?« Kean sah enttäuscht aus.

»Ja, ich hab jetzt Fahrstunde, das hatte ich völlig vergessen. Aber vielleicht kann ich ja später wiederkommen?«

»Klar.« Er nickte begeistert. »Ich bin hier.«

Ich schnappte mir meine Sachen und machte mich davon. Als ich auf Vees Haus zulief, stand Noah schon vor der Tür. Er warf seinen Zigarettenstummel zu Boden und trat ihn aus. Unter seinem aufmerksamen Blick wurde ich ganz linkisch. Seine Augen richteten sich auf meine Lippen, und ich fragte mich, ob sie nach Keans Kuss sichtlich geschwollen waren.

Nicht dass es ihn was anging. *So.*

Er kniff die Augen zusammen. »Wo warst du?«

»In der Bibliothek.«

»Du bist den ganzen Weg von der Bibliothek bis hierher in fünf Minuten gelaufen?«

»Nein. Als du angerufen hast, war ich schon unterwegs«, log ich. Wie er reagieren würde, wenn ich ihm die Wahrheit sagte, konnte ich nicht einschätzen. Würde er eifersüchtig sein und wütend werden? Oder wäre es ihm egal? Noah einzuschätzen fiel mir wahnsinnig schwer.

Ich stellte meine Taschen ab und ging auf den Wagen zu, aber er hielt mich auf. »Wie man Auto fährt, weißt du ja jetzt schon. Ich hab mir gedacht, heute machen wir etwas Aufregenderes.« Mit einem Nicken deutete er auf sein Motorrad, und ich schüttelte heftig den Kopf.

»Auf keinen Fall. Ich hab dir doch schon gesagt, dass ich null Interesse daran hab, eine von diesen Todesfallen zu fahren.«

Noah kam auf mich zu, ganz dicht, bis er wenige Zentimeter vor mir stehen blieb. »Du scheinst aber kein Problem damit zu haben, hinten bei mir mitzufahren.«

Wie er mich ansah, als würde er jedes noch so kleine Detail förmlich in sich aufsaugen, schnürte mir die Kehle zu. Wie war es denn nur möglich, dass es mich so viel mehr berührte, wenn Noah mich nur ansah, als wenn Kean mich küsste?

»Weil du weißt, was du tust«, sagte ich.

Er neigte den Kopf. »Du vertraust mir?«

»Wenn es darum geht, ein Motorrad zu fahren, dann ja.«

Er lachte ganz leise. »Scheiße, hab ich dich letzte Woche vermisst.« Die Zuneigung in seiner Stimme gab mir fast den Rest. Ich hatte ihn ebenfalls vermisst. Mehr, als ich zugeben wollte. Er griff nach meiner Hand, verschränkte seine Finger mit meinen. »Wenn du da bist, kann man es in diesem Haus beinahe aushalten.«

Ich hob die Brauen. »Ist das so?«

»Das ist so.« Er beugte sich vor, atmete ein. »So. Willst du ein bisschen Spaß haben?«

Ich wusste nicht, was in mich gefahren war. Vielleicht war es seine berauschende Nähe, oder es lag daran, dass ich ihn die ganze Woche lang vermisst hatte, aber jedenfalls antwortete ich mit einem atemlosen »Ja«.

19. KAPITEL

Motorradfahren hatte *nichts* mit Autofahren gemein. Autofahren war halb so wild. Umgeben von einem Metallkasten, eingesponnen in die Illusion von Sicherheit. Aber das hier war reinstes Adrenalin. Nichts als Luft zwischen Fahrzeug und Straße. Die Gefahr war spürbar, drängte sich förmlich auf. Wider besseres Wissen genoss ich es.

Noah saß hinter mir, die Arme um meine Taille. Zwischen meinen Beinen summten sämtliche Nervenenden, während ich die leere Landstraße hinunterfuhr. »Fahr ein bisschen schneller«, ermutigte er mich.

Seine Körperwärme an meinem Rücken elektrisierte mich. Nie zuvor hatte ich mich so stark gefühlt. Seine Gegenwart belebte mich. Als hätte ich geschlafen und würde jetzt erwachen.

Ich beschleunigte, und er brummte zufrieden. »Genau so. Benutz deinen Instinkt.«

Eine seiner Hände senkte sich auf meinen Oberschenkel, und ich schluckte schwer. Seine Hand glitt höher, aber ich konzentrierte mich weiterhin auf die Straße. Wie sollte ich denn nachher zu Kean zurückkehren nach diesem wilden, unverfälschten Rausch?

Noah verdarb mich für alle anderen.

»Spürst du das?«, fragte er über den Motorenlärm hinweg.

»Was denn?«

Seine andere Hand glitt höher und legte sich links über meinen Brustkorb. »Wie dein Herz rast.« Es fiel mir schwer, mich zu konzentrieren, wenn seine Hand dort lag.

Die Hand auf meinem Bein wanderte ein wenig höher. Mich packte die Angst, und ich platzte heraus: »Ich trete in einen Konvent ein.«

Von einer Sekunde auf die andere waren seine Hände verschwunden.

»Was?«, fragte er tonlos.

Ich ging vom Gas und bremste holprig am Rand eines still daliegenden Ackers. Nahm den Helm ab und wollte absteigen, aber Noah hielt mich fest, und ich spürte seine Lippen an meinem Ohr. »Hast du mir gerade ernsthaft gesagt, dass du darüber nachdenkst, Nonne zu werden?« Er klang wütend.

»Ich denke nicht darüber nach. Ich werde Nonne.« Ich befreite mich aus seinem Griff und stieg ab.

Noah schaltete den Motor aus und stiefelte mir hinterher. Ich lief aufs Feld hinaus. Nachdem ich mit meinem Geständnis herausgeplatzt war, brauchte ich Platz. Ganz tief im Hinterkopf war mir durchaus klar, dass die Klaustrophobie, mit der mich meine Entscheidung erfüllte, kein gutes Zeichen war. Nonne zu werden fühlte sich richtig an, zugleich aber auch falsch.

Noah blieb neben mir stehen, den Blick auf einige Kühe gerichtet, die in weiter Entfernung grasten.

»Warum?«, fragte er und betrachtete mein Profil.

Ich spürte seinen Blick so deutlich, dass ich mich nicht überwinden konnte, ihn zu erwidern. »Was warum?«

»Spiel nicht die Dumme. Warum willst du ins Nonnenkloster gehen?« In seiner Stimme klang Frustration mit und Wut und Trauer und noch eine ganze Menge anderes, was ich auf die Schnelle nicht einsortiert bekam. Spielte meine Entscheidung für ihn wirklich eine so große Rolle? Mein Puls schoss in die Höhe.

»Weil es sich richtig anfühlt, mein Leben Gott zu weihen.«

»Blödsinn.«

»Noah!«, rief ich.

»Du weißt, dass ich recht habe.«

Jetzt sah ich ihn doch an. Sein Blick war so scharf wie ein geschliffenes Messer.

»Eine Nonne führt keinesfalls zwingend ein gottgefälliges Leben. Hast du auch nur die leiseste Ahnung, was für schreckliche Taten in diesem Land von Nonnen begangen wurden?«

»Mir ist sehr wohl bewusst, was Nonnen in der Vergangenheit so alles getan haben, aber das ist nicht das, was *ich* tun werde. Ich werde mich für das Gute einsetzen.«

Er warf die Hände in die Luft und stieß ein manisches Lachen aus. »Jesus Christus, offenbar habe ich dir überhaupt nichts beigebracht.« Er fuhr sich mit der Hand übers Gesicht. »Ich hab dir die ganzen Bücher gegeben, damit du selbst entscheiden kannst.«

»Und ich habe mich entschieden«, sagte ich knapp.

»Und ich dachte, du wärst anders«, stieß er frustriert hervor.

Ich musterte ihn. »Kannst du meinen Glauben denn nur akzeptieren, wenn ich dasselbe glaube wie du?«

Er atmete aus und sackte ein bisschen in sich zusammen, eine Hand in die Hüfte gestemmt, mit der anderen fuhr er sich durchs Haar. »Scheiße. Nein, das will ich damit nicht sagen. Ich liebe an dir, wie stark dein Glaube ist. Um ehrlich zu sein, fasziniert es mich sehr, aber es ist ein großer Unterschied, ob man einen Glauben praktiziert oder ihm sein ganzes Leben widmet. Nonne zu werden ist doch keine Lösung.«

»Weißt du, was das Wichtigste war, was ich aus deinen Büchern gelernt habe? Ich habe gelernt, dass sämtliche Religionen ein menschlicher Versuch sind, die Welt und unsere Rolle darin zu verstehen. Es gibt sehr unterschiedliche Interpretationen, und der Katholizismus ist meine Art der Interpretation. Du musst mit meiner Entscheidung nicht glücklich sein.« Meine Stimme schwankte. »Aber es ist meine Entscheidung, und ich stehe dazu.«

Er starrte mich an, das Gesicht ein einziges Gefühlswirrwarr; wütend, erschüttert, voller Traurigkeit. »Du entscheidest dich dafür, dein Leben einem Gott zu widmen, den es nicht gibt, Estella«, sagte er leise.

Seine Worte waren wie ein Messerstich. »Das weißt du doch gar nicht.«

»Doch, das weiß ich. Niemals würde ein Gott erlauben, dass die Welt so ist, wie sie ist in ihrer Verderbtheit und ihrem Leid und ihrer Grausamkeit. Wenn es einen Gott gibt, der nichts dagegen tut, dann ist er ein Teufel. Wenn du dein Leben einer solchen Wesenheit zu Füßen legen willst, dann muss ich annehmen, dass du eigentlich gar keinen Verstand hast, aber ich weiß, dass du klug bist. Und deshalb frage ich dich noch einmal: *warum?*«

Es war so frustrierend. Dass Gott in Noahs Augen nicht existierte, bedeutete doch nicht, dass er für mich ebenfalls nicht existieren konnte. Begriff er das denn nicht? Manchmal war bei diesem Thema einfach keine Verständigung mit ihm möglich.

»Ich schulde dir keine Erklärung.« Ich drehte mich um und wollte gehen, aber er packte mich am Handgelenk und riss mich herum.

»Und ob, verdammt noch mal.« Wütend funkelte er auf mich hinunter.

Trotzig erwiderte ich seinen Blick, und dann senkte er den Blick auf meinen Mund. Unwillkürlich befeuchtete ich meine Lippen. Ich spürte, wie mein Herz raste, aber nicht vor Zorn.

Unsere Blicke verfingen sich ineinander, und als er seine warmen Hände um mein Gesicht legte und mit den Daumen über meine Haut strich, erzitterte ich.

»Merk dir das gut«, flüsterte er heiser.

»Warum?«

Seine Augen wurden dunkel und bekamen einen hypnotischen Glanz. »Weil es, wenn du wirklich diese beschissene Entscheidung triffst, ein Leben lang reichen muss.«

Die Welt schien sich zu drehen, als er die Lippen auf meine senkte. Unsere Münder und Körper berührten sich, und mir stockte der Atem. All die unterdrückten Gefühle für ihn strömten aus mir heraus, ich war nicht mehr imstande, sie zu verbergen. Mein Kuss mit Kean war so weit entfernt, als wäre seitdem eine Million Jahre vergangen, Noahs Kuss löschte ihn einfach aus. Meine Brust hob und senkte sich, ich drängte mich an ihn, legte die tastenden Hände an seinen warmen, kräftigen Hals. Ich liebte es, seine Haut zu spüren. Zitternd glitten meine Fingerspitzen über seinen Kehlkopf, und er knurrte in meinen Mund.

»Hör nicht auf, mich zu berühren«, stieß er rau hervor und hob mich hoch. Ich schlang die Beine um seine Hüften, während er mich zu einer Steinmauer trug, die zwei Felder voneinander trennte, und mich darauf absetzte. Er schob sich zwischen meine Beine, liebkoste mit einer Hand meine Wange und umfasste mit der anderen mein Knie. Mir entrang sich ein leises Aufseufzen, als seine Lippen wieder zu meinen fanden.

Seine Zunge drang in meinen Mund vor, und mein Magen machte einen Satz. Seine Zunge berührte meine, und bei der sinnlichen Empfindung zog sich zwischen meinen Beinen alles zusammen. Ich konnte nicht genug von ihm bekommen, zog ihn so dicht an mich heran, wie es nur ging, ohne ihm unter die Haut zu kriechen. Kitzelnde Schauer liefen über meine Wirbelsäule, meine Brust hob sich unwillkürlich, und als meine Brüste ihn berührten, war es wie ein elektrischer Schlag.

»Sag mir, warum«, sagte er, ohne seinen Mund von meinem zu lösen. »Sag mir den wahren Grund. Dann akzeptiere ich deine Entscheidung.«

Ich hob das Kinn. Zwischen unseren Lippen war kaum ein Millimeter Luft, unser Atem vermischte sich miteinander. Seiner ging ebenso schnell wie meiner. »Ich lege keinen Wert darauf, dass du meine Entscheidung akzeptierst.«

»Wir wissen beide, dass das nicht wahr ist.« Seine grünen Augen schienen förmlich zu glühen. Er knabberte leicht an meinem Mund, und es kostete mich all meine Willenskraft, nicht aufzustöhnen.

Wir sahen einander in die Augen, und die Luft hing voller unausgesprochener Worte. Er hatte recht. Ich wollte, dass er meine Entscheidung akzeptierte. Sein Kuss hatte mich geradewegs in den Abgrund geschleudert, und ich war viel schlimmer hin- und hergerissen als je zuvor. Einerseits wollte ich von ihm hören, dass ich die richtige Entscheidung traf, aber auf der anderen Seite wollte ich genau das Gegenteil; ich wollte, dass er mir sagte, er könne ohne mich nicht leben. Es war irrational. Und ich hatte keine Ahnung, ob er für mich ebenso viel empfand. Ich wusste nur: Seit er in mein Leben getreten war, konnte ich, so seltsam es war, an kaum etwas anderes denken als an ihn.

Ich hob die Hand an seinen Hals und spürte seinen Herzschlag unter meinen Fingern. Ganz eindeutig machte es auch mit ihm etwas. Vielleicht empfand er dasselbe wie ich. Bei dem Gedanken geriet ich ins Taumeln. Es musste so sein. Weshalb sonst sollte er so wütend über meine Entscheidung sein?

»Als mein Dad noch ein Kind war«, sagte ich leise, »hat er ein Versprechen abgegeben, das er nie erfüllte. Seine Mutter war sehr krank, und er hat gebetet und versprochen, Priester zu werden, wenn Gott seine Mutter wieder gesund macht. Dann lernte er meine Mutter kennen, verliebte sich in sie und brach sein Versprechen. Seit diesem Tag verfolgte ihn das Unglück, bis es ihn am Ende in den Tod riss. Und jetzt ist dieses Unglück hinter mir her, und wenn ich nichts Drastisches unternehme, dann kann es gut sein, dass ich sterbe, genau wie mein Dad.«

»Oh, Estella«, sagte Noah, seine leise Stimme wusch über mich hinweg. »Es gibt keine Flüche. Es gibt nur das Leben, und manchmal geht etwas schief. Glaub mir, darüber weiß ich Bescheid.«

Ich schüttelte den Kopf. »Es ist in Ordnung, wenn du nicht daran glaubst, aber *ich* glaube es. Ich kann es nicht erklären, aber ich weiß, dass Mächte existieren, die viel zu gewaltig sind, als dass wir sie begreifen könnten.« Ich erwähnte nicht, dass der Geist seines toten Vaters mich heimsuchte oder dass ich häufig von der Vergangenheit träumte und den Verdacht hegte, ein Medium zu sein. Ihm von dem Fluch zu erzählen war schon bizarr genug für ein einziges Gespräch.

»In einen Konvent einzutreten bedeutet, dass ich endlich einlöse, was mein Vater versprochen hat.« Mein Blick ging zwischen seinen Augen hin und her. »Das ist ein geringer Preis, wenn es bedeutet, dass ich endlich aufhören kann, ständig über die Schulter zu blicken und Angst zu haben, dass Unheil und Tod hinter jeder Ecke auf mich warten könnten.«

Noahs Augen wurden traurig, fast als würde er mich bedauern. Wahrscheinlich glaubte er, *Ard na Mara* hätte mich am Ende doch noch in den Wahnsinn getrieben. Er legte mir die flache Hand auf die Brust, und die Berührung brannte mir fast ein Loch in die Uniform.

»Glaubst du das wirklich?«, fragte er leise.

»Ja«, antwortete ich ebenso leise.

»Gäbe es irgendetwas, das dich vom Gegenteil überzeugen könnte?«

Ich schüttelte den Kopf. »Höchstens ein Wunder.«

Ich wusste seinen Blick nicht zu deuten, aber irgendwas in seinen Augen nahm mir den Wind aus den Segeln. Es sah aus, als träfe er gerade eine Entscheidung.

»Ich unterstütze deine Entscheidung.«

Ich hob die Brauen. »Wirklich?«

»Ja.«

»Danke«, flüsterte ich.

Wir lösten die Blicke nicht voneinander, und seine Hand lag noch immer flach auf meiner Brust. Mein Atem beschleunigte sich, und mein Magen schlug Purzelbäume. Verlangen kreiste durch meine Adern. Mir wurde bewusst: Was auch immer es war, was da zwischen Noah und mir brodelte, der Verzicht darauf würde das Allerschwerste sein, wenn ich mich für ein Leben im Dienst des Glaubens entschied.

Mit verhangenen Augen betrachtete Noah meinen Mund. Ein ganz schwaches, kaum merkliches Grinsen. »Schwester Estella. Das klingt ziemlich gut.«

Ich schüttelte den Kopf. »Noch bin ich keine Schwester.«

»Nein«, sagte er, »das bist du nicht. Und es ist eine Schande, wenn du dann dieses wunderschöne Haar bedecken musst, aber Schwarz steht dir zum Glück ausgezeichnet.«

»Ich muss mich nicht zwangsläufig ganz verschleiern. Heutzutage tragen die meisten Nonnen ganz normale Kleidung, vor allem, wenn sie in der Gemeinde arbeiten.«

Sein Grinsen vertiefte sich. »Na toll. So viel also zu meinen Fantasien.«

Erleichtert, dass er nicht mehr wütend war, schlug ich ihm gegen die Brust. Die Ängste und Sorgen, die mich ununterbrochen plagten, wogen so schwer, lähmten mich manchmal geradezu. Ich brauchte solche leichten, unbeschwerten Momente dringend. »Schon klar, dass dir so was als Erstes in den Sinn kommt«, schalt ich ihn.

Er hob mich von der Mauer, stellte mich auf die Füße, und ein Schauer durchrieselte mich, als er brummte: »Hab ja einen Ruf zu verteidigen, oder? Na los, aufs Motorrad mit dir, fahr uns nach Hause. Du brauchst Übung.«

»Nein, ich … ich glaube, du solltest besser fahren.«

Er legte den Kopf schief. »Warum?«

Ich wurde tiefrot. »Weil du mir gerade die Seele aus dem Leib geküsst hast und es eine Weile dauern wird, bis ich wieder ganz sicher auf den Beinen bin. Ans Motorradfahren ist nicht zu denken.«

Seinem Grinsen nach zu urteilen gefiel ihm diese Antwort viel zu sehr. »Na dann«, erwiderte er mit funkelnden Augen und deutete Richtung Motorrad. »Spring auf.«

Als wir das Haus erreichten, steckte Vee den Kopf aus dem Wohnzimmerfenster, und gleich darauf kam sie auf die Veranda hinaus. Sie wirkte nervös. »Estella, du bist wieder zu Hause«, sagte sie.

Ich war ganz erschüttert von ihrem Anblick. Von ihrer üblichen Feindseligkeit war nichts mehr zu spüren. Sie war sogar vollständig bekleidet, statt in Hausmantel oder Pyjama herumzulaufen. Aber am verblüffendsten war, dass sie sich zum ersten Mal, seit ich sie kannte, zu freuen schien, mich zu sehen.

»Äh, ja«, sagte ich und reichte Noah den Helm. »Bin ich.«

»Ich habe alles, was du nicht mitgenommen hast, in dein altes Zimmer oben gebracht«, fuhr sie fort. »Hoffentlich war das in Ordnung, dass du wieder dort schläfst.«

»Oh«, sagte ich ganz verdattert. Eine so zuvorkommende Vee kam mir ganz unwirklich vor.

»Ich trag deine Taschen hoch.« Noah schien sehr zufrieden zu sein mit dem Sinneswandel seiner Schwester. Er schnappte sich meine Taschen und verschwand damit im Haus.

Ich blickte ihm hinterher, im Kopf noch ganz bei unserem Kuss. Dann drehte ich mich wieder zu Vee um.

»Ab jetzt wird alles ganz anders«, versprach sie mir. »Richte dich erst mal wieder ein, und wenn du Hunger hast, komm nach unten. Ich habe Eintopf gemacht, den mochtest du ja letztes Mal ganz gern.«

So surreal. Ich wusste nicht, was ich darauf antworten sollte, also nickte ich nur und ging nach oben zu meinem alten Zimmer, in dem ich geschlafen hatte, als Dad noch am Leben gewesen war. Noah saß am Fußende des Betts und grinste vor sich hin.

»Warum lächelst du so?«, fragte ich misstrauisch.

»Ich hab noch nie erlebt, dass meine Schwester so nett zu irgendwem ist.«

Ich rieb mir das Genick und sah mich im Zimmer um. »Ja, ist schon komisch.«

»Ein gutes Zeichen. Ich glaub, sie hat die Kurve gekriegt.«

»Nimm's mir nicht übel, aber das glaube ich erst, wenn ich sehe, dass es auch so bleibt.« Ich ging zum Fenster und fragte mich, warum er immer noch dort saß. Mir lag noch immer sein Geschmack auf der Zunge, und ich brauchte ein bisschen Zeit für mich, um nachzudenken. Und ich musste Kean Bescheid sagen, dass ich nicht mehr kommen würde, aber ich hatte seine Nummer nicht. Dann fiel mir ein, dass Vee ab und zu bei ihm angerufen hatte. Vielleicht stand die Nummer in ihrem Telefonbuch. Andererseits wäre es vielleicht besser, es ihm persönlich zu sagen.

Ja, das erschien mir rücksichtsvoller.

Jetzt, mit ein bisschen Abstand und nachdem ich das Feuerwerk mit Noah erlebt hatte, wusste ich, dass es ein Fehler wäre, mit Kean zu schlafen. Auch wenn ich klar gesagt hatte, dass es bei diesem einen Mal bleiben würde – er empfand etwas für mich, und es wäre grausam. Außerdem war es überhaupt nicht angenehm gewesen, ihn zu küssen.

Ich ging zur Tür.

»Wo willst du hin?« Noah neigte den Kopf. Seit vorhin hatte er diesen wissenden, selbstzufriedenen, aufreizenden Blick, der besagte, dass er jetzt wusste, wie ich schmeckte, und wenn er mich so ansah, fing es tief in meinem Bauch an zu summen.

»Raus«, sagte ich schlicht.

Er sprang auf und vertrat mir den Weg. »Aber du bist gerade erst angekommen.«

»Ich bin in ein paar Minuten wieder da.«

»Dann komme ich mit.«

Ich bedachte ihn mit einem verärgerten Blick. »Du kommst nicht mit. Das ist eine persönliche Angelegenheit.«

Er trat näher, sein Arm streifte meinen. »Okay, jetzt will ich es wirklich wissen.«

»Geh mir bitte aus dem Weg.«

»Erst, wenn du es mir sagst.«

Er war so *stur*. Ich atmete tief durch. »Ich muss kurz zu Kean.«

Noah blinzelte, und über seine Züge glitt ein Schatten. »Ich dachte, es wäre nichts zwischen dir und dem Wunderknaben.«

»Da ist auch nichts, nur ...« Ich sah ihn erschöpft an. »Ich hatte einen vorübergehenden Anfall von mangelnder Urteilsfähigkeit, und das muss ich wieder richten.« Ich wollte an ihm vorbei, aber er ließ mich nicht durch.

»Bisschen genauer.« In seiner Stimme lag eine Schärfe, die mich nervös machte.

Ich starrte zu Boden. »Kann ich dir nicht sagen. Du wirst nur sauer.«

Sachte berührte er mein Kinn, nur mit den Fingerspitzen. »*Estella.*« Er schaffte es, zugleich tadelnd und schmeichelnd zu klingen.

Hitze stieg mir in Gesicht und Brust. Seine Berührung weckte auch diesmal ein Kribbeln in meinem ganzen Körper.

Aber ich sah ihn immer noch nicht an. Stieß die Luft aus. »Als ich Aoife erzählt habe, dass ich einem Konvent beitreten will, hat sie gesagt, ich solle, äh, erst mal rausfinden, was das Leben so zu bieten hat, ehe ich mich endgültig entscheide. Das ging mir nicht aus dem Kopf, also kam mir die Idee, Kean um Hilfe zu bitten, äh, um …«

»… um rauszufinden, was das Leben zu bieten hat?«, vollendete er meinen Satz, die Augen zu schmalen Schlitzen verengt.

Ich nickte scheu. Seine Kiefermuskeln spannten sich. Es wurde ganz still, und ich holte tief Luft. »Jedenfalls hab ich meine Meinung geändert, deshalb muss ich kurz rüber und ihm Bescheid sagen.«

Ganz langsam zog er eine Braue hoch. »Wieso hab ich den Verdacht, dass du mir nicht die ganze Geschichte erzählst?«

Bin ich so leicht zu durchschauen?

»Na ja«, murmelte ich. »Es ist so … als du mich vorhin angerufen hast, da war ich gar nicht in der Bibliothek. Ich war bei Kean.«

»Du warst bei Kean«, wiederholte er ausdruckslos.

»Wir haben uns geküsst«, platzte ich heraus. »Es war ein Fehler, und es hat mir überhaupt nicht gefallen. Es tut mir leid, dass ich ihn geküsst habe, ehe ich dich geküsst habe, aber ich hatte ja keine Ahnung, dass du mich heute küssen würdest. Das hat mich völlig aus dem Nichts erwischt, und wenn ich auch nur die leiseste Ahnung gehabt hätte, wäre ich niemals zu Kean gegangen …«

»Estella.« Noah packte mich an den Schultern. »Beruhig dich.«

Zittrig atmete ich aus und sah zu ihm auf. »Bist du wütend?«

Er presste die Lippen zusammen. »Ja, aber deshalb musst du nicht so nervös sein.«

»Okay.« Ich schluckte. »A… also …«

»Also mach es einfach nicht wieder.«

»Ich hab nicht die leiseste Absicht, es noch mal zu tun.«

»Gut.« Bei dem besitzergreifenden Funkeln in seinen Augen schlug mein Magen einen Purzelbaum.

Stumm sahen wir einander an. Er schien tief in Gedanken versunken. Schließlich sagte er: »Du hast nicht vor, Aoifes Rat zu befolgen?«

Er beugte sich dichter zu mir, und ich spürte seinen warmen Atem auf der Haut. Nie zuvor war ich so beschämt und so erregt zugleich gewesen. »Ich weiß nicht. Ehrlich gesagt, bin ich gerade ganz schön verwirrt.«

»Weswegen bist du verwirrt?«

Ich sah ihn vielsagend an und flüsterte: »Es verwirrt mich, *wen* ich will.« Aber ich war kein bisschen verwirrt. Ich hatte nur nicht den Mut, es einfach zu sagen.

Noahs Fingerspitzen strichen unter meinem Kinn entlang und an meinem Hals hinunter, seine Stimme war nur ein Flüstern: »Wen willst du?«

Oh, komm schon, sag es jetzt endlich. Ich schloss ganz fest die Augen und antwortete: »Ich will dich.«

Die Luft schien sich zu verdichten. Ich öffnete nicht die Augen, und lange sagte Noah nichts, aber ich spürte, dass er vor Anspannung fast pulsierte. Meine Haut stand vollständig in Flammen.

»Nein.«

Ich öffnete die Augen. Noahs Miene war undurchdringlich.

»Nein?«, wiederholte ich fragend.

»Du hast mich schon verstanden.«

Er musste nichts weiter sagen. Ich wusste, zu was er Nein sagte, und seine Zurückweisung schmerzte tief in meiner Brust. »Warum nicht?«, fragte ich mit bebender Stimme. Er hatte mich geküsst, aber mit mir schlafen wollte er nicht?

Noah legte beide Hände an meine Wangen, seine Augen brannten. »Weil du nicht weißt, wer ich in Wirklichkeit bin, Estella, und wenn du es wüsstest, würdest du dich vor mir zu Tode erschrecken, so ein schlechter Mensch bin ich.«

»Du bist kein schlechter Mensch«, sagte ich, obwohl ich insgeheim doch Zweifel hatte. Es gab so vieles, was ich nicht über ihn wusste. Allerdings wusste ich genau, wie ich für ihn empfand.

»Doch, das bin ich«, widersprach er mir. »Ich wurde von kaputten, bösartigen Klauen geformt, aus einem von Grund auf verrotteten, fauligen Material. Daran bin ich zwar nicht schuld, aber ändern kann ich es trotzdem nicht. Ich habe dich aus reinem Egoismus geküsst. In deiner Gegenwart zerfällt meine Selbstbeherrschung zu Asche, aber jetzt, in dieser Sache, muss ich selbstlos sein. Es wäre nicht gut für dich, einer Kreatur wie mir so nahezukommen.« Er entfernte sich von mir, blieb neben dem Fenster stehen und fuhr sich mit einer Hand durchs dunkle Haar.

»Ich glaube nicht, dass du so übel bist, wie du selbst glaubst«, sagte ich zu seinem Rücken.

Er wirbelte herum, in seinen Augen loderten tausend winzige Flammen. »Und wenn ich dir sage, dass ich einen Großteil der letzten zehn Jahre im Gefängnis verbracht habe? Würdest du mich dann immer noch wollen?«

20. KAPITEL

Mit offenem Mund starrte ich ihn an. Mein rasender Verstand war noch ganz mit dem Versuch beschäftigt, seine Worte zu verdauen, da kam jemand herein.

»Noah«, sagte Vee streng. »Kann ich dich mal kurz unter vier Augen sprechen?«

Mit versteinerter Miene starrte er sie an, dann marschierte er quer durchs Zimmer und zur Tür hinaus. Vee musterte mich besorgt. Ich war immer noch damit beschäftigt, Noahs Worte zu verarbeiten.

»Er lügt«, sagte sie tonlos. »Mein Bruder erfindet gern Geschichten. Hör gar nicht hin.« Mit diesen Worten verschwand sie ebenfalls in den Korridor, und ich ließ mich aufs Bett sinken. Meine Hände zitterten. Irgendwie glaubte ich Vee nicht, dass Noah log. Was die Frage aufwarf, wofür er im Gefängnis gewesen war. Ich zog mein Handy aus der Tasche, gab seinen Namen in eine Suchmaschine ein und hoffte darauf, irgendwelche Artikel aus der Lokalzeitung zu finden, in denen er erwähnt wurde.

Zu meiner Enttäuschung fand ich nichts. Allerdings war das natürlich eine Erklärung dafür, dass er so jung von hier verschwunden war. Wenn er den Großteil des letzten Jahrzehnts hinter Gittern verbracht hatte, musste er die Straftat verübt haben, als er noch minderjährig war. Was auch erklärte, weshalb ich nichts darüber in der Presse fand.

Ich warf mein Handy aufs Bett, viel zu aufgewühlt, um mich zu beruhigen. Stattdessen wurde es immer schlimmer, als bestünde die Anspannung aus lauter Zellen, die sich teilten und reproduzierten. Ich war kaum eine Stunde zurück, und schon drohte dieses Haus mich wieder zu ersticken.

Mir fiel ein, dass ich noch mit Kean reden musste. Ich tauschte die Uniform gegen einen Pulli und eine Jeans, die dringend in die Wäsche gehörte. Das musste reichen, alles andere war noch eingepackt. Ich schlich mich nach unten und zur Tür hinaus. Als ich Keans Haus erreichte, sah es mir ganz danach aus, als hätte er inzwischen Freunde zu Besuch. Ich verzog das Gesicht. Die Vorstellung, in Gegenwart seiner Freunde mit ihm zu reden, behagte mir nicht sonderlich, vor allem, falls auch Sally da war. Sie war der letzte Mensch auf Erden, den ich jetzt sehen wollte.

Gerade wollte ich mich umdrehen und wieder gehen, da öffnete sich die Tür. Auf der Schwelle stand Kean in Jeans und seinem teuren Kapuzenpulli. Seine Augen glänzten. Vermutlich hatte er inzwischen ein paar Bier intus.

»Estella«, sagte er und schloss mich in die Arme. »Du bist wieder da.«

»Ja, ich, äh, ich bleibe nicht«, antwortete ich und befreite mich aus seiner Umarmung.

Sein Lächeln schwand. »Stimmt irgendwas nicht?«

»Nein, alles in Ordnung. Ich habe nur … meine Meinung geändert.«

Jetzt sah er wütend aus. »Du hast deine …«

»Tut mir leid, dass ich überhaupt erst damit angefangen habe«, setzte ich rasch hinzu. »Das hätte ich nicht tun sollen.«

Er schüttelte den Kopf, maß mich mit einem abfälligen Blick und lachte kurz und verärgert auf. Es war gruselig. Normalerweise war er so nett, hatte immer ein Lächeln im

Gesicht. »Du bist doch echt ein verdammtes kleines Miststück.«

Verdutzt starrte ich ihn an. »Wie bitte?«

»Du hast mich sehr genau verstanden«, höhnte er.

In diesem Moment kamen einige seiner Freunde zur Tür, um zu sehen, was ihn so lange aufhielt. Wie ich befürchtet hatte, war auch Sally unter ihnen. Und Claire. Na super. Genau das, was ich jetzt gebrauchen konnte.

»Hast du sie jetzt flachgelegt oder nicht?«, fragte einer seiner betrunkenen Freunde. »Das dauert nämlich inzwischen so lange, das muss ein neuer Rekord sein.«

»Nee, ich glaub, da muss ich eine Niederlage einstecken. Sie ist einfach zu prüde«, sagte Kean mit einem verächtlichen Lächeln.

Ich blickte Sally an und sah ihr zufriedenes Grinsen. Mein Hirn lief auf Hochtouren, und ich runzelte die Stirn. »Seht nur«, sagte Sally und musterte mich mit ihrem verschlagenen Blick, »jetzt kapiert sie es endlich. Dachtest du wirklich, er ist in dich verknallt? Ich hab vor Monaten mit ihm gewettet, dass er die heiligste kleine Jungfrau an meiner Schule nicht rumkriegen würde, und ich hatte recht. Irgendwie enttäuschend. Ich hätte gedacht, dass für dich wenigstens ein bisschen guter Sex dabei rausspringt, Estella.«

»Du …« Meine Stimme erstarb, und ich sah von Sally zu Kean. »Das war eine Wette?«

Kean zuckte mit den Schultern. Er sah aus, als fände er das alles schrecklich witzig. »Ich meine, ich hab auch nichts dagegen, du bist ja schon heiß und alles, aber ja.«

Wow. Ich war wirklich verflucht. Sogar Keans Schwärmerei war nichts als eine Lüge gewesen. Er hatte mir den netten Nachbarsjungen die ganze Zeit nur vorgespielt. Vor Kränkung wurde mir die Brust eng, nicht weil ich ihn mochte, sondern weil er vorgehabt hatte, mich zu benutzen, und ich fast darauf reingefallen wäre. Ich war heilfroh, dass ich nicht mit ihm geschlafen hatte, aber wütend, dass er es geschafft hatte, mich zu küssen. Ich wünschte, ich hätte es rückgängig machen können.

»Das ist echt primitiv«, sagte ich. »Ich hab dich für einen netten Kerl gehalten, aber offenbar bist du genauso ein Ekelpaket wie dein Vater.«

»Oh Scheiße!«, johlte einer seiner Freunde.

Kean trat über die Schwelle und baute sich vor mir auf. »Was hast du gerade gesagt?«

Über mir ballte sich eine dunkle Wolke zusammen, und ich verspürte einen Anflug des Zorns, der mich überkommen hatte, als ich Vee mit ihrer Lüge über Dads Testament konfrontiert hatte. Ich hatte so die Schnauze voll davon, herumgeschubst zu werden.

Streitlustig erwiderte ich seinen Blick. »Ich sagte, dein Dad ist ein widerliches altes Ekelpaket, und du endest vermutlich mal genau wie er.«

»Lässt du etwa so mit dir reden?«, mischte sich Sally ein und verschränkte die Arme vor der Brust.

»Nein, sicher nicht.« Kean versuchte mich zu packen, aber ich wich rasch aus. Er versuchte es noch mal, diesmal erwischte er mein Handgelenk und verdrehte es so grob, dass es wehtat. Mit einem Mal fiel mir ein, dass ich die alte Jeans trug, die ich auch angehabt hatte, als Noah und ich uns in Direktor Hawkins' Haus geschlichen hatten. Die Jeans, in der ich sein Schweizer Armeemesser hatte verschwinden lassen. Ich hatte es ihm nicht zurückgegeben. Vom Instinkt getrieben griff ich mit der freien Hand in die Tasche, klappte rasch das Messer auf und schwang es durch die Luft. Ich schlitzte Keans Kapuzenpulli auf, und er ließ hastig mein Handgelenk los. »Psychoschlampe!«, schrie er auf. Sobald ich frei war, rannte ich weg, runter zum Strand.

Ich hielt nicht an, rannte weiter, das Messer immer noch in der Hand, bis meine Lunge in Flammen zu stehen schien und ich nicht mehr konnte. Ich blickte zurück zu Keans Haus, aber niemand verfolgte mich. Vielleicht hatte ich ihnen solche Angst gemacht, dass sie mich in Zukunft in Ruhe ließen.

Ich ließ mich in den Sand sinken und konnte nicht fassen, wie sehr ich mich hatte verarschen lassen. Ich hatte ihn wirklich für einen guten Kerl gehalten, aber es war alles nur gespielt gewesen. Sally hatte ihn auf mich angesetzt, mit einer kindischen Wette. Sie verabscheute mich nicht deshalb, weil Kean in mich verknallt war, sie konnte mich einfach nur nicht leiden, weil sie ein gehässiges Miststück war.

Als ich darüber nachdachte, wie dumm ich gewesen war, dass ich nicht früher draufgekommen war, rannen mir Tränen über die Wangen. Das Rauschen der Wellen brandete über mich hinweg und spendete mir ein klein wenig Frieden. Im Lauf der Jahre war dieser Strand für mich wie ein Hafen geworden, zu dem ich kam, wenn ich ein wenig laufen und nachdenken wollte, wenn ich allein sein musste. Im Augenblick wollte ich nirgendwo anders hin.

Keans wahres Gesicht zu sehen hatte mir einen Schock versetzt, und mir war übel, aber etwas anderes beschäftigte mich weitaus mehr: Meine Gedanken drehten sich noch immer um Noahs Geständnis. Er war im *Gefängnis* gewesen.

Je länger ich darüber nachdachte, desto einleuchtender erschien es mir. Wo sonst hätte er all diese falschen Identitäten perfektionieren sollen? Und weshalb sonst hätte es ihm so leichtfallen sollen, in Direktor Hawkins' Haus einzubrechen? Noah war ein Krimineller. Es verunsicherte mich, wie sehr ich ihn trotzdem noch mochte. Was stimmte denn bloß nicht mit mir? War in meinem Hirn irgendwas falsch verkabelt?

Ich war ganz zerrissen und wusste nicht, was ich tun sollte.

Auf der einen Seite wollte ich so viel Abstand zwischen Noah und mich bringen wie nur möglich, einem Konvent beitreten und dem Verlangen und der Neugier, die mich in den Bann schlugen, den Rücken kehren.

Andererseits aber wollte ich ebenso dringend schnurstracks zu Noah rennen und mich in seine Arme werfen, seine Vergangenheit akzeptieren, ganz gleich, welches Verbrechen er auch begangen haben mochte, und mich dem seltsamen und geheimnisvollen Sog ergeben, den er auf mich ausübte.

Ich schloss die Augen und zog die Finger durch den Sand, grub sie tief hinein.

Lass mich los! Bitte! Ich ertrinke!

Erschrocken riss ich die Augen auf und blickte mich um. Es war niemand da. Der Strand war vollkommen verlassen. Wo war die Stimme hergekommen? Sie hatte gruselig vertraut geklungen, aber ich konnte sie nicht zuordnen. Sie hatte einen Nachhall, einen blechernen Klang, bei dem mir die Haare zu Berge standen. Als müsste sich diese Stimme durch Raum und Zeit kämpfen. Genau wie die Stimmen in meinen Träumen, nur dass ich diesmal hellwach war.

Du verdienst es, zu ertrinken. Du bist nichts weiter als ein Fluch und eine Last.

Wieder zuckte ich zusammen und sprang auf. Ich hatte eine Gänsehaut. Ich wollte diese Stimmen nicht noch mal hören, also beeilte ich mich, zum Haus zu kommen.

Verlor ich den Verstand?

Stimmen zu hören war eins der ersten Anzeichen für beginnenden Wahnsinn. Und die meisten meiner Träume waren keine normalen Träume, keine Manifestationen dessen, was mich im Wachzustand beschäftigte. Stattdessen sah ich kurze Sequenzen aus der Vergangenheit. Ich wollte es nicht wahrhaben, aber ich konnte nicht länger leugnen, was ich im Grunde längst wusste.

Ich hatte eine Gabe.

Noahs Motorrad stand nicht mehr in der Einfahrt, und ich war enttäuscht, dass er nicht zu Hause war. Nicht weil ich ihn über die Sache mit dem Gefängnis ausfragen wollte, sondern weil es tröstlich gewesen wäre, mit jemandem über Keans und Sallys Wette zu reden.

Würde er wütend sein? Bei der Vorstellung, dass er um meinetwillen vor Wut schäumen würde, ging es mir schon ein bisschen besser. Es war ein schöner Gedanke, dass ich jemandem aufrichtig am Herzen lag.

Ich war auf dem Weg in mein Zimmer, da blieb ich wie angewurzelt stehen. Der Korridor wurde nur von einer matten Lampe erhellt, und die Tür zu Sylvias Zimmer stand offen. Sie saß aufrecht im Dunkeln im Bett und starrte mich an. Mich ergriff Angst, und ich wusste nicht, weshalb. Ich hatte nie Angst vor Sylvia gehabt, und es war ja auch nicht so, dass sie mir körperlich hätte gefährlich werden können. Und trotzdem war es unglaublich unheimlich, wie sie stumm dasaß und mich unverwandt ansah.

Ich überlegte, sie zu fragen, ob ich die Tür schließen solle, aber ich war zu erschrocken, um etwas zu sagen. Stattdessen lief ich die Treppe hoch in mein Zimmer und schloss die Tür hinter mir ab.

Ich war noch völlig durch den Wind wegen der Stimmen am Strand, möglicherweise hatte mir Sylvia deshalb so einen Schrecken eingejagt. Von dem Drang beseelt, meinen Geist zu reinigen, kniete ich neben dem Bett nieder und betete.

Vater unser im Himmel, geheiligt werde Dein Name …

Das Vaterunser zu sprechen beruhigte mich. Im Augenblick war mein Glaube die einzige zuverlässige Konstante in meinem Leben. Alles andere entzog sich immer wieder meinem Verständnis, vor allem diese fremdartigen Erscheinungen, die nicht aufhörten, mich heimzusuchen.

Sylvia hatte gesagt, ich sei mit einer Glückshaube geboren worden, aber der Gedanke an eine übernatürliche Fähigkeit, die mich die Vergangenheit sehen und hören ließ, war sehr belastend und überforderte mich. Ich bat Gott darum, mir den Weg zu weisen, mir ein Zeichen zu geben, damit ich erkannte, welche Entscheidung richtig war, denn im Augenblick war ich zutiefst verwirrt und verängstigt. War Nonne zu werden die richtige Lösung? Würde dieses Leben mir Frieden bringen? Oder stand ich im Begriff, eine Entscheidung zu treffen, die ich für den Rest meines Lebens bereuen würde?

»Estella, ich habe gute Nachrichten«, sagte Schwester Dorothy am nächsten Montag nach der Englischstunde. »Unten in Waterford gibt es einen Konvent, der Ihnen den Collegebesuch finanzieren und Sie nach dem Studium aufnehmen würde.«

Sie reichte mir eine große Mappe, und ich floss vor Dankbarkeit fast über. Ich konnte zum College gehen *und* Nonne werden? Das kam mir zu gut vor, um wahr zu sein. Ich warf einen raschen Blick auf die Broschüren und Ausdrucke, und mein lang vermisster Optimismus kehrte zurück. »Falls Sie das wirklich noch immer tun möchten, biete ich Ihnen gern an, Sie den Sommer über zu beraten und auf Ihre kommenden Aufgaben vorzubereiten.«

Vor Erleichterung wurde mir ganz schwindlig. »Das würden Sie tun?«

Sie lächelte mich freundlich an. »Ich war ebenfalls mal da, wo Sie jetzt stehen. Es wäre mir eine große Ehre, Sie auf diesem Weg zu begleiten und zu unterstützen.«

»Das ist so freundlich von Ihnen, Schwester Dorothy. Ich weiß gar nicht, wie ich Ihnen danken soll.«

Sie tätschelte mir die Hand. »Sie müssen sich nicht bedanken. Es entscheiden sich nur noch so wenige junge Menschen für diesen Weg. Ich schätze mich sehr glücklich, dass ich eine junge Dame wie Sie in die Schwesternschaft begleiten darf.«

Ich dankte ihr trotzdem noch mehrmals und spürte eine ganz neue Entschlossenheit in mir aufkeimen. Ich hatte mich richtig entschieden. Ich würde meinem Fluch entrinnen und mein Leben dafür nutzen, Gutes zu tun. Und vielleicht würde ich dann irgendwann sogar nachts durchschlafen, ohne dass mich Albträume heimsuchten.

Dann dachte ich an Vee, die mich angefleht hatte, sie nicht mit Sylvia im Haus allein zu lassen. Ich fürchtete mich davor, sie über meine Pläne in Kenntnis zu setzen. Zwar hatte sie wenig getan, um sich meine Sorge und Zuwendung zu verdienen, aber trotzdem wollte ich sie nicht im Stich lassen. Sie hatte sich gerade so gut von ihrem Alkoholismus freigekämpft, und ich befürchtete, dass sie wieder abstürzen würde, wenn ich wegging.

Es gab nur eine Möglichkeit. Ich musste Noah überreden, zu bleiben und sich um sie zu kümmern. In den Ferien konnte ich kommen und selbst nach ihr sehen, und wenn er sich zum Bleiben entschloss, hatte Vee immer jemanden bei sich, der darauf achtgab, dass sie trocken blieb. Aber bei dem Gedanken nagte ein leises Schuldgefühl an mir. Im Grunde bat ich Noah darum, sein ganzes Leben auf den Kopf zu stellen, nur um mein schlechtes Gewissen zu lindern.

Am Abend saß ich im Wohnzimmer und lernte, da hörte ich draußen in der Auffahrt sein Motorrad. Zwischen uns war so viel passiert. Der Kuss. Seine Weigerung, mit mir zu schlafen. Ganz zu schweigen von seinem Geständnis, dass er im Gefängnis gewesen war. Über all das mussten wir reden, aber im Augenblick hätte ich es vorgezogen, es erst einmal gut sein zu lassen und mich stattdessen mit ihm über Vee zu unterhalten. Ich war so durcheinander, dass eine ganz praktische Unterhaltung über die Frage, wer sich um meine Stiefmutter kümmern würde, wenn ich fortging, schon das Äußerste war, was ich mir zutraute.

Ich hörte, wie die Tür geöffnet wurde und er durch den Flur ging, um seine Jacke aufzuhängen. Ich schluckte schwer und versuchte, mich auf mein Buch zu konzentrieren, aber es war aussichtslos. Zwei Tage lang hatten wir uns nicht gesehen, und ich war nervös. Und wir waren ganz allein – Irene hatte Sylvia zu einem Ausflug mitgenommen, und Vee war in die Stadt gefahren, um einzukaufen.

Kurz bevor Noah hereinkam, hob ich den Blick.

Er warf mir einen kurzen Blick zu, griff nach der Fernbedienung und schaltete die Nachrichten ein. Der klobige schwarze Fernseher stammte noch aus den Neunzigern, war aber trotzdem einer der neuesten Gegenstände im ganzen Haus. Noah ließ sich in den Sessel am anderen Ende des Zimmers sinken und lauschte den mittäglichen Schlagzeilen. Mit klopfendem Herzen eröffnete ich das Gespräch. »War alles gut auf der Arbeit?«

Er zuckte mit den Schultern. »Ja, war okay.«

Puh, warum war er so distanziert? Glaubte er, ich verurteilte ihn, weil er im Gefängnis gewesen war?

Für die meisten Leute wäre es ein leuchtendes Warnsignal gewesen, aber ich war nicht wie die meisten Leute. Zumindest war die Verbindung zwischen Noah und mir so stark, dass seine früheren Vergehen für mich dagegen nicht ernstlich ins Gewicht fielen. Was auch immer er getan haben mochte, es würde nichts an meinen Gefühlen ändern, und das machte mir Angst.

Wenn ich meine Zukunftspläne in die Tat umsetzen wollte, musste ich mich von ihm fernhalten, denn sobald ich in seiner Nähe war, wollte ich sämtliche Pläne über den Haufen werfen und mich kopfüber in die Gefühle für Noah stürzen, in denen ich zu ertrinken drohte.

Ich richtete meine Aufmerksamkeit wieder auf mein Buch. Aber jetzt, da er dort drüben saß, blieb absolut nichts mehr in meinem Kopf hängen, obwohl ich denselben Absatz wieder und wieder las. Ich war mir seiner Gegenwart überdeutlich bewusst, jedes Hebens und Senkens seiner Brust, jedes Ein- und Ausatmens.

Unwillkürlich sah ich ihn an. Mein Blick wanderte über seinen ganzen Körper, ehe ich ihm wieder ins Gesicht blickte. Ich liebte seinen Nasenrücken, den zynischen Schwung seiner wie gemeißelten Lippen. Und seine Augen. So grün, dass sie sich für immer in meine Erinnerung gebrannt hatten.

Noah sah auf, und ich senkte ertappt den Blick. Dann atmete ich tief durch, setzte mich aufrecht hin und schlug mein Buch zu.

»Könnten wir was miteinander besprechen?«

Statt zu antworten, schaltete er den Fernseher aus und wandte sich mir zu. Eine Weile betrachtete er mich stumm, ehe er sagte: »Wenn es um meine Zeit im Gefängnis geht, ich habe nicht gelogen. Vee will nur nicht, dass du die Wahrheit erfährst. Sie befürchtet, dass es dir Angst macht.«

Die feinen Härchen auf meinen Armen richteten sich auf. Würde die Wahrheit mir Angst machen? Ich war nicht ganz sicher, ob ich das herausfinden wollte.

Ich räusperte mich. »Darüber wollte ich gar nicht reden. Es geht um Vee.«

Verwundert neigte er den Kopf. »Was ist mit Vee?«

»Ich gehe im September aufs College.«

Überrascht sah er mich an, sein Gesicht hellte sich auf. »Soll das heißen, du hast nicht mehr vor, einem Konvent beizutreten?«

Ich schüttelte den Kopf. »Nein, das habe ich immer noch vor. Aber ich habe einen Konvent gefunden, den mir das College finanziert. Eine der Nonnen auf der Schule hat sich bereit erklärt, meine Mentorin zu sein.« Ich sah, wie die Hoffnung in seinem Gesicht in sich zusammenfiel, sprach aber tapfer weiter. »Jedenfalls wollte ich deshalb mit dir über Vee reden. Ich mache mir Sorgen, dass sie wieder anfängt zu trinken, wenn ich aufs College gehe.«

»Du bist nicht für Vee verantwortlich, Estella.«

»Das weiß ich, aber ich will trotzdem nicht, dass ihr etwas zustößt. Mein Dad hat sie geliebt, und ich sehe doch, dass du sie ebenfalls liebst, auch wenn sie furchtbar schwierig sein kann.«

Er runzelte die Stirn. »Worauf willst du hinaus?«

Unsicher, wie er auf meine Bitte reagieren mochte, verlagerte ich das Gewicht. »Ich habe mich gefragt, ob es für dich wohl denkbar wäre, dass du dauerhaft hier bei Vee bleibst. Ihre größte Angst scheint zu sein, mit Sylvia allein gelassen zu werden. Ich weiß nicht, weshalb, und ehrlich gesagt will ich es auch gar nicht wissen, weil es mich nichts angeht, was Sylvia früher getan hat, aber jedenfalls glaube ich, dass sie zurechtkommen würde, solange du bei ihr bleibst.«

Er rieb sich über den Kiefer. Ich starrte ihn an, wie gebannt von der Bewegung. Aus irgendeinem Grund fand ich seine grüblerische Miene zutiefst anziehend.

»Das kann ich nicht versprechen, tut mir leid«, sagte er voll Bedauern.

»Aber warum nicht? Du hast hier einen Job gefunden. Einen guten Job. Ich glaube, du könntest hier ganz gut leben.«

Ein ironisches Lächeln. »Sehr überzeugt klingst du nicht.«

Ich senkte den Blick und schüttelte den Kopf. Dann stand ich auf, klemmte mir das Buch unter den Arm und ging zur Tür. »Vergiss, was ich gesagt habe. War eine blöde Idee.«

»Wo gehst du hin?«

»Ich lerne in meinem Zimmer weiter.«

Fast schaffte ich es zur Tür, ehe er fragte: »Möchtest du stattdessen vielleicht lieber eine Runde auf meinem Motorrad drehen?«

Seine grünen Augen funkelten, und ich konnte nicht widerstehen. Ich wusste, dass ich hätte ablehnen sollen, aber in meiner Brust tobten kleine Akrobaten umher, schlugen Purzelbäume und flehten mich an, Ja zu sagen. Ich liebte es, mit Noahs Motorrad unterwegs zu sein. Es war eine der wenigen Gelegenheiten, zu denen ich mich wirklich lebendig fühlte. »Ja, okay«, sagte ich und konnte mein Lächeln kaum bezähmen.

Sein Blick wurde warm. »Gut. Hol deine Schuhe.«

Wir fuhren zum nächsten kleinen Nachbarort. Noah parkte die Maschine in Strandnähe, und wir gingen das letzte kleine Stück zu Fuß. Nicht allzu weit von der Brandung entfernt setzten wir uns. Es war schönes Wetter, sonnig und warm. Ich zog meine Strickjacke aus, unter der ich nur ein T-Shirt trug, und genoss die warmen Sonnenstrahlen auf meiner Haut.

Hin und wieder streifte mein Arm den von Noah, und dann flatterten Schmetterlinge in meinem Bauch auf. Mir fiel ein, dass ich noch immer sein Messer hatte, und ich holte es aus der Tasche und legte es vor ihm in den Sand. »Ich hatte bis vorletzte Nacht völlig vergessen, dass ich das noch habe«, sagte ich.

Er betrachtete das Messer, dann mich. Anscheinend sah er mir etwas an, denn er fragte: »Was ist vorletzte Nacht passiert?«

Ich zeichnete mit der Fingerspitze einen Kringel in den Sand. »Ich bin zu Kean rübergegangen, um ihm zu sagen, dass ich, du weißt schon, meine Meinung geändert habe.«

Ich spürte, wie er das Fell sträubte. »Und?«

Ich seufzte, weil es so unglaublich kindisch klang, wenn man es aussprach. »Und es waren mehrere Freunde von ihm da, unter anderem Sally.«

Sein Kiefer spannte sich, aber er sagte nichts.

»Na ja«, fuhr ich fort, »jedenfalls habe ich Kean gesagt, dass ich doch nicht mit ihm schlafen will, und auf einmal war er wie verwandelt. Ein richtiges Arschloch, er hat mich ein prüdes Miststück genannt. Dann kam Sally auch raus und hat mir erklärt, es sei von Anfang an nur um so eine blöde Wette gegangen. Sie hatte wohl gesagt, ich wäre viel zu heilig und jungfräulich«, ich verdrehte die Augen, »und dass Kean mich nie dazu kriegen würde, mit ihm ins Bett zu gehen.« Ich wagte einen kurzen Seitenblick. Noahs Gesicht glühte vor mühsam beherrschtem Zorn, aber er saß reglos da und hörte mir zu.

»Ich habe ihm gesagt, dass er genauso ein Ekelpaket ist wie sein Vater«, erzählte ich weiter, und kurz flackerte Belustigung in Noahs Augen auf. »Da ist er wütend geworden und hat versucht, mich festzuhalten. Ich weiß nicht, was er vorhatte, aber mir fiel ein, dass ich dein Messer noch in der Tasche hatte. Ich habe es rausgeholt und ihm seinen Pulli zerschnitten. Er hat mich losgelassen, und ich bin weggelaufen.«

Ein wenig schwand der Zorn aus seinen Augen. Anerkennend sah er mich an. »Du hast ihn wirklich mit dem Messer bedroht?«

Ich holte tief Luft. »Ich hatte es eigentlich gar nicht vor, aber ja.«

Jetzt blitzte Heiterkeit in seinen Augen. »Lieber Himmel, was würde Jesus nur dazu sagen?«

»Jesus musste nie mit kindischen, arschigen Teenagern wie Kean und Sally fertigwerden«, gab ich zurück, und er kicherte leise.

Kurz herrschte Schweigen. Dann sagte Noah: »Mach dir keinen Kopf wegen Kean und Sally. Ich habe da so eine eigenartige Vorahnung, dass ihre sonnigen kleinen Leben schon sehr bald von dem einen oder anderen Gewitter erschüttert werden könnten.«

Ich zog beide Brauen hoch. »Gewitter?«

»Vielleicht sogar ein Tsunami. Und die Schäden, die er anrichtet, werden nicht leicht zu reparieren sein.«

Fragend sah ich ihn an, und er stützte die Hände hinter sich in den Sand und lehnte sich zurück. »Was ich dir jetzt sage, darf außer uns beiden niemand erfahren. Darauf musst du mir dein Wort geben.« Er sah mich an.

Ich legte eine Hand auf meine Brust und erwiderte ernst: »Ich gebe dir mein Wort. Zu niemandem ein Sterbenswörtchen.«

Noah blickte aufs Meer hinaus. »Du hast dir vermutlich schon gedacht, dass ich einen Grund dafür hatte, mich mit der alten Clique meiner Eltern anzufreunden.«

Über sein Gesicht zog ein Schatten, und der Anblick machte mich nervös. »Oh?«

»Ich habe schon vor einer ganzen Weile angefangen, Hawkins zu beobachten«, sagte er, und mir fielen die Unterlagen wieder ein, die ich in seinem Zimmer gefunden hatte – die Listen, auf denen irgendjemandes Kommen und Gehen säuberlich dokumentiert war. »Ich habe Beweise dafür gefunden, dass er Gelder veruntreut, die für die Schule bestimmt sind. Hat einfach immer mal hier und da was abgezweigt und in die eigene Tasche gesteckt.«

Jetzt verschmolzen meine Brauen fast mit meinem Haaransatz. Hawkins? Ich konnte es mir beim besten Willen nicht vorstellen. Er kam mir immer so prinzipientreu vor. »Bist du ganz sicher?«

»Vollkommen sicher. Aber es geht noch tiefer. Ich habe eine Verbindung zu Bürgermeisterin McBride gefunden, da hab ich beschlossen, mir einen Job in ihrem Büro zu beschaffen. Das hat mir die Gelegenheit verschafft, mir heimlich ihre Kontobewegungen anzusehen. Und es stellte sich raus, dass sie dasselbe macht wie Hawkins, nur mit Gemeindegeldern. Ich habe mich gefragt, wie sie und Hawkins das Geld waschen, und da kamen dann Enda Riordan und Matt O'Hare ins Spiel. Sie waschen das Geld in Matts Pub und Endas Fabrik.«

Mir schwirrte der Kopf. Ich lehnte mich ebenfalls zurück. »Aoifes Mam arbeitet in Matts Pub.«

Noah sah mich entschuldigend an. »Kann sein, dass sie sich bald in Vollzeit um ihr Catering-Geschäft kümmern muss.«

»Du willst sie auffliegen lassen?«

»Ja. Sobald die Zeit reif ist.«

Ich betrachtete ihn. Meine Gedanken überschlugen sich förmlich. »Warum das alles? Wie bist du überhaupt auf die Idee gekommen, Hawkins zu beobachten?«

»Ich hab meine Gründe.«

»Als da wären?«

»Es sind persönliche Gründe. Hör zu, ich erzähle dir das, damit du weißt, dass Keans und Sallys wundervolles Leben schon bald eine sehr hässliche Wendung nehmen wird. Auch wenn diese beiden kleinen Arschgeigen noch viel Schlimmeres verdient hätten nach dem, was sie mit dir abziehen wollten.« Sein Gesicht verfinsterte sich. »Vielleicht besuche ich sie mal.«

»Noah«, sagte ich sehr ernst. »Mach keine Dummheiten. Ich will nicht, dass du meinetwegen in Schwierigkeiten gerätst. Und immerhin weiß ich jetzt für die Zukunft, dass ich Leuten, die verdächtig liebenswürdig zu mir sind, nicht trauen kann.«

Ich atmete aus, und wir sahen einander an. Eine Welle von Zuneigung spülte über mich hinweg. Ich mochte jetzt nicht über diesen ganzen ernsten, unschönen Kram reden. Heute wollte ich einfach nur seine Gesellschaft genießen.

Ich legte meine Hand auf seine. »Ich hab eine Idee. Lass uns diese ganzen Idioten mal für eine Weile vergessen.« Mit einem Nicken deutete ich auf die Brandung. »Lass uns eine Runde planschen gehen.«

»Planschen?«

»Ja«, bestätigte ich. »Ein bisschen im Meer rumplanschen ist das beste Heilmittel gegen Sorgen.«

Liebevoll musterte er mich von der Seite. Sein Blick glitt über mein Profil, und unter seiner Aufmerksamkeit fing meine Haut an zu kribbeln.

»Okay«, stimmte er leise zu, und je länger er mich ansah, desto mehr schien die Anspannung von ihm abzufallen. Ich hielt es nicht länger aus, wandte mich ab und konzentrierte mich darauf, so würdevoll wie möglich Schuhe und Socken abzustreifen. Noah richtete den Blick auf meine Füße.

Ich krempelte die Hosenbeine hoch und stand auf. »Kommst du?«

Noah blieb im Sand sitzen und sah mich an. Ließ langsam den Blick an mir hochwandern, von den bloßen Knöcheln bis zu meinen Lippen hinauf. Sein glühender Blick ließ Erregung in mir aufsteigen, und ich presste die Oberschenkel zusammen.

»Geh schon vor, ich komme gleich nach«, sagte er.

Ich schlenderte aufs Meer zu, und als das eisige Wasser meine Zehen umspielte, keuchte ich auf. Die Kälte belebte mich. Beim Laufen sah ich nach unten, um nicht auf die kleinen Steinchen und Muscheln zu treten, und meine Gedanken wanderten in die Zukunft.

Schwester Dorothy hatte ich offenbar davon überzeugt, dass ich eine geeignete Kandidatin für den Eintritt in einen Konvent war, aber ich selbst hatte noch meine Zweifel. Der Hauptgrund dafür war Noah. Meine Gefühle für ihn waren zu stark, um sie zu leugnen. Ich warf einen Blick zurück und stellte fest, dass er Stiefel und Socken ausgezogen hatte und auf mich zukam. Mein Magen zog sich zusammen. Sein Gang war selbstsicher, und ich konnte den Blick nicht von ihm abwenden.

Warum hatte er eine so starke Wirkung auf mich? Wenn ich Noah niemals begegnet wäre, hätte ich meine Entscheidung so viel leichteren Herzens treffen können.

Schweigend gesellte er sich zu mir. Nebeneinander liefen wir durch die Brandung. Ich warf ihm von der Seite einen raschen Blick zu und stellte fest, dass er mein Profil betrachtete. Ich erschauerte.

»Hast du darüber nachgedacht, ob du bleibst?«, fragte ich hoffnungsvoll.

Augenblicklich verdüsterte sich seine Miene. »Tut mir leid, Estella, aber das kommt für mich nicht infrage.«

Traurigkeit ergriff mich. »Wann gehst du?

»Bald«, sagte er. Es klang schuldbewusst. Meine Kehle schnürte sich zu. Ich würde ihn so sehr vermissen. Vermutlich würde ich für den Rest meines Lebens jeden Tag an ihn denken und mich fragen, was hätte sein können.

»Was ist mit der Gedenkfeier für deinen Vater?«

»Alles ist vorbereitet. Kann sein, dass ich am Morgen danach abreise.«

Ich schluckte einen riesigen Klumpen in meiner Kehle hinunter. Sein Blick wurde traurig. »Willst du nicht, dass ich weggehe?«

»Das ist doch offensichtlich. Warum sonst, meinst du denn, habe ich dich gefragt, ob du bleibst?«

»Du hast mich gefragt, ob ich um Vees willen bleiben würde. Du hast mich nicht gefragt, ob ich *deinetwegen* bleibe.«

Das stürzte mich in tiefe Verwirrung. »Hättest du mir denn dann etwas anderes geantwortet?«

Lange sagte er nichts, aber er wandte den Blick nicht ab. Dann blieb er stehen. »Ich kann nicht um deinetwillen bleiben, wenn du gehst, um in einen Konvent einzutreten«, sagte er schlicht.

Ich machte kehrt und lief ein Stück in die andere Richtung. In mir rangen tausend widerstreitende Gefühle miteinander. Ich blieb wieder stehen und drehte mich zu ihm um. »Selbst wenn ich keinem Konvent beitreten würde, ich kann nicht in diesem Haus leben. Ich würde durchdrehen, genau wie Vee.«

»Es gibt immer eine dritte Möglichkeit«, sagte Noah und kam auf mich zu. Er strich mir über den Arm und verflocht seine Finger mit meinen. Zwischen unseren Handflächen schienen Funken zu zucken.

»Die da wäre?«, flüsterte ich.

»Wenn ich weggehe, könntest du hinten auf mein Motorrad springen und mitkommen.«

Für einen Augenblick stand die Zeit still. Mir war, als stünde ich in einem Wirbelsturm aus lauter neuen Möglichkeiten, und plötzlich erfüllte mich eine ganz neue Hoffnung. »Mitkommen?«, fragte ich atemlos.

Noah beugte sich vor und sagte mit belegter Stimme: »Wir könnten hingehen, wo immer wir wollen.«

»Sag das nicht, wenn du es nicht so meinst.« Ich konnte nicht abstreiten, dass mir bei dem Gedanken, einfach mit Noah in den Sonnenuntergang davonzufahren, ganz wunderbar schwindlig wurde. Aufs College gehen und einem Konvent beitreten, die Vorstellung beruhigte mich, gab mir ein Ziel. Die Idee hingegen, an Noahs Seite ins große Unbekannte aufzubrechen, erfüllte mich mit glühender Begeisterung und Aufregung. Echte Freiheit, so fühlte es sich beim bloßen Gedanken daran an, und war es nicht das, wonach ich mich schon die ganze Zeit sehnte? Frei zu sein von allen Verpflichtungen, die mich zurückhielten?

»Ich meine es genau so.« Ernst betrachtete Noah mein Gesicht. Sein Blick blieb an meinem Mund hängen. Ich spürte, dass er mich gleich küssen würde, und mein Magen machte einen Satz.

Er nahm mein Gesicht in beide Hände, und als sich unsere Lippen berührten, schien sich meine Seele vom Körper zu lösen. Der sanfte Nachdruck seiner Lippen hatte etwas fast Überirdisches an sich. Ich rührte mich nicht, aber dann glitten seine Hände über meinen Hals, in mein Haar, und ich stöhnte leise auf und öffnete den Mund. Hieß seine Zunge willkommen.

Ich vergaß die Familien und die Leute mit ihren Hunden, die am Strand entlangspazierten. Mein ganzes Leben schien zusammenzuschrumpfen, bis es nur noch stecknadelgroß war und ich nichts mehr spürte bis auf Noah. Er küsste mich, als ginge es um unser beider Leben, schien mich förmlich zu verschlingen. Funken tanzten über mein Rückgrat, vom Genick, wo sich seine Hände in mein Haar vergraben hatten, bis hinunter in meine Zehenspitzen.

Ich wünschte, dieser Augenblick würde niemals enden.

Hätte ich für immer in diese schiere Euphorie eintauchen können, ich hätte es getan.

Noah stöhnte leise auf, und mein Atem beschleunigte sich. Ich vergrub die Hände fest in seinem T-Shirt, aus Angst, er könne sich jederzeit auflösen und davontreiben wie ein Traum, zu wunderbar, um wahr zu sein.

Plötzlich spritzte mir kaltes Wasser ins Gesicht, und der Zauber war gebrochen. Aufkeuchend trat ich einen Schritt zurück und sah zwei kichernde kleine Jungs davonrennen. Ich sah Noah an und lachte auf, als ich sah, wie ihm das dunkle Haar klatschnass in die Stirn hing. Er hatte den größten Schwall abbekommen.

»Kleine Kackbratzen«, murmelte er verärgert, und ich musste noch mehr lachen.

Er kniff die Augen zusammen. »Du findest das wohl witzig, hm?«

Ich grinste übers ganze Gesicht. »Nur ein bisschen.«

Noah setzte sich in Bewegung, mit der geschmeidigen Eleganz eines Tigers auf der Jagd. Ich wich zurück, war aber zu langsam. Er packte mich um die Taille und drückte mich ins Wasser. Vor meinem geistigen Auge blitzte die Erinnerung auf, wie ich ihn in die Badewanne geschubst und er mich dann auf sich gezogen hatte. Nur war diesmal Noah oben, und das rührte bei mir an irgendeinen uralten, primitiven Instinkt.

Es gefiel mir, wenn er mich einkesselte, mich festhielt. Und es gefiel mir wirklich sehr, wenn er mir das nasse Haar aus dem Gesicht strich, meine Handgelenke packte und sie ins flache Wasser hinunterdrückte. Sein Mund schwebte wenige Zentimeter über meinem. Nie zuvor hatte ich mich so sehr nach seinem Kuss gesehnt.

»Küss mich«, flehte ich ihn an. Ich konnte nicht anders.

Er grinste mich diabolisch an und schnalzte leise. »Das wäre aber sehr unzüchtig. Nonnen sollten sich nicht wünschen, geküsst zu werden«, schalt er mich.

»Ich bin noch keine Nonne«, erwiderte ich ganz außer mir vor Ärger und übernahm selbst die Initiative, hob den Kopf und drückte die Lippen auf seinen Mund. Er kam mir sofort entgegen, und seine Zunge drang ohne jede Zurückhaltung in meinen Mund vor.

Dieser Kuss war beängstigend erotisch. Es war, als würde

sich sein Geschmack tief in mein Hirn einbrennen, Zigaretten und Minze, und unsere nassen Leiber drängten sich aneinander. Mit einer Hand strich ich über seine Schulter bis zum Nacken hinauf, die andere schob ich unter sein T-Shirt und strich über seinen Bauch. Ein Beben durchlief ihn, als hätte er schon lange nach meiner Berührung gehungert.

Mir entrang sich ein gequältes Wimmern, und er löste seine Lippen von meinem Mund. Wir atmeten beide heftig, und auf einmal befiel mich Angst. Wenn es sich schon so herrlich anfühlte, ihn zu küssen – wie würde es dann erst sein, wenn ich mich ihm ganz hingab?

Die Stimmung schlug um. Lange sah Noah mich an, dann wurde sein Blick distanziert. Ich fragte mich, welche Gedanken diesen plötzlichen Stimmungsumschwung bewirkt haben mochten. Ich strich ihm über die Wange. »Wo bist du?«

Er stand auf, und mir wurde das Herz schwer. »Ich sollte dich jetzt nach Hause bringen«, sagte er, ohne mich anzusehen. Er klang fast … schuldbewusst. Aber weshalb? Es war ja nicht so, als hätte ich nicht gewollt, dass er mich küsste.

Ich folgte ihm zu der Stelle, wo wir unsere Schuhe und Socken zurückgelassen hatten. Meine Kleidung war völlig durchweicht, ebenso wie die von Noah, aber ich war zu sehr mit meinen Gefühlen beschäftigt, um mich groß darum zu scheren. Es war eindeutig, dass er mich begehrte, aber irgendwas hielt ihn zurück, und ich hätte nur allzu gern gewusst, was es war. Vermutlich derselbe Grund, weswegen er sich geweigert hatte, mit mir zu schlafen.

Aber warum hatte er mich dann geküsst? Warum fragte er mich, ob ich mit ihm weggehen würde? Das ergab doch keinen Sinn.

Seine Distanziertheit auf der Rückfahrt brach mir das Herz. Oben auf dem Hügel über dem Städtchen bat ich ihn, anzuhalten, weil ich es nicht mehr ertrug, hinter ihm auf dem Motorrad zu sitzen. Es war, als risse es mich in Stücke, und ich begriff nicht, weshalb er sich so plötzlich zurückgezogen hatte.

»Ich laufe die restliche Strecke. Muss mir ein bisschen die Beine vertreten.« Ich kletterte von der Maschine runter, und er nickte mit ausdruckslosem Gesicht.

Dann fuhr er los und blickte sich kein einziges Mal um. Das Dröhnen seines Motorrads in meinen Ohren passte zu dem Dröhnen in meinem Herzen. Nein, heute hatte ich keinerlei Klarheit gefunden. Im Gegenteil – nach meiner Reaktion auf Noahs Kuss und seinen plötzlichen Rückzug fühlte ich mich verlorener als je zuvor.

21. KAPITEL

Als ich Noah nicht mehr sehen konnte, machte ich mich auf den Weg zur Kirche. Gerade fand keine Andacht statt, die Bänke waren leer und die Stille ohrenbetäubend. Ich ging nach vorn und zündete an der Wand auf Höhe des Altars eine Kerze für meinen Vater an. Das tat ich immer, wenn ich herkam, aber heute war mir zumute, als würde die Kerze eher mir selbst gelten.

So wie mir gerade zumute war, hätte ich nicht darauf geschworen, dass es auf dieser Welt genügend Kerzen oder Gebete gab, um mir zu helfen.

Ich steckte die Kerze in einen freien Halter und kniete mich vor einer Kirchenbank nieder. Beugte den Kopf, legte die Hände aneinander und betete stumm ein Ave Maria. Ich war gerade bei etwa der Hälfte, da hörte ich Stimmen. Die Orgel erwachte zum Leben, und süße, himmlische Musik erfüllte die Kirche. Oben fand eine Chorprobe statt, und die vertrauten lateinischen Zeilen des *Veni Creator Spiritus* waren Balsam für meine gepeinigte Seele.

Veni, creator spiritus
Mentes tuorum visita
Imple superna gratia
Quae tu creasti pectora.

Beim Zuhören übersetzte ich die Worte und hoffte, sie würden mir ein wenig Klarheit schenken.

Komm, Heiliger Geist
Besuche die Herzen der Deinen
Erfülle mit Deiner Gnade die Herzen
Die Du erschaffen hast.

Selbst ohne den religiösen Gedanken waren es wunderbare Worte. Ich wünschte mir sehr, mein Herz wäre von Gnade erfüllt statt von dem wilden, schmerzlichen Durcheinander, das Noah darin hinterlassen hatte. Ich ersehnte Klarheit, aber sie entzog sich mir immer wieder. Ich betrachtete die Bilder an den Wänden und die aufwendig zusammengefügten bunten Glasfenster. Jede Abbildung erzählte eine eigene Geschichte. Sonst versuchte ich immer, ihre Bedeutung zu ergründen, aber heute war ich zu unruhig, um mich darauf zu konzentrieren. Maria blickte gütig auf mich herab, aber ich bezweifelte, dass ihr Blick so wohlwollend gewesen wäre, hätte sie um meine sündigen Gedanken gewusst.

Was ich mir mit Noah vorstellte und wünschte, konnte man wohl kaum als züchtig bezeichnen.

Ich blieb eine Stunde lang und lauschte der Chorprobe, ehe ich leise die Kirche verließ und nach Hause ging. Als ich das Haus erreichte, war es schon fast dunkel. Im Wohnzimmer brannte Licht, aber ich sah nicht nach, wer dort war, sondern schleppte mich nach oben und schloss mich in meinem Zimmer ein. Schälte mich aus den feuchten Klamotten. Meine Haut war ganz sandig, also nahm ich ein Bad.

Obwohl das Haus ruhig dalag, war *Ard na Mara* niemals wirklich still. Immer knarrte irgendwo eine Diele, oder ein Rohr ächzte leise. Wie die Echos lang verlorener Leben. Das Haus war auf eine Weise lebendig, die sich oft unheilvoll anfühlte.

Ich versuchte, mich im warmen Wasser ein wenig zu entspannen, aber wann immer ich die Augen schloss, dachte ich an Noahs Kuss, spürte seinen Mund auf meinem und seinen Bauch unter meiner Hand. Der salzige Geruch des Meers in meiner Nase. Wie er meine Handgelenke nach unten drückte und die Kontrolle übernahm. Ich erschauerte, und bei der Erinnerung an unseren ersten Kuss draußen auf dem Feld überschwemmte mich Verlangen.

»Präg dir das gut ein.«

»Warum?«

»Weil es, wenn du wirklich an dieser bescheuerten Entscheidung festhältst, ein ganzes Leben lang reichen muss.«

Noah hatte recht. Wenn ich es wirklich durchzog und Nonne wurde, mussten mir meine Erinnerungen an ihn für sehr, sehr lange Zeit reichen. Und wenn ich alt und grau war, würde ich noch immer an den frischen, belebenden Geruch des Meers denken und die elektrischen Funken, die zwischen uns übersprangen. Die reine, unverfälschte Chemie unser beider Seelen, die einander berührten.

Ich stieg aus der Wanne, trocknete mich ab und legte mich ins Bett. Es dauerte lange, bis ich in unruhigen Schlaf fiel. Mitten in der Nacht erwachte ich und spürte, dass ich nicht allein war. Ich erwartete die Schlafparalyse oder Victors Geist, aber nichts von beidem geschah. Ich konnte mich ganz normal bewegen. Keine körperlose Stimme sprach zu mir, aber trotzdem spürte ich eindeutig eine Präsenz, so deutlich, dass meine Haut kribbelte.

Im Zimmer war es dunkel, und in einer Ecke machte ich einen Schatten aus. Als sich meine Augen an die Finsternis gewöhnt hatten, nahm der Schatten langsam Form an. Es war Noah, der auf den Fersen im Sessel kauerte und aussah wie eine der geflügelten Chimären hoch oben auf dem Dach von Notre-Dame. Er war barfuß und trug kein T-Shirt, sondern nur seine schwarze Jeans.

»Noah«, flüsterte ich. »Was machst du da?«

Er antwortete nicht, und für eine Sekunde packte mich die nackte Angst. Ich halluzinierte, wie ihm Hörner aus dem Schädel sprossen und knochige Flügel aus den Schulterblättern, aber es waren nur mein Verstand und die späte Stunde, die mir einen Streich spielten.

»Sag was. Du jagst mir eine Heidenangst ein.«

Er schwieg immer noch. Ich setzte mich auf und wickelte mich in meine Decke.

»Du siehst aus wie ein Gargoyle, so wie du dasitzt.«

»Gut«, sagte er. Endlich. »Vielleicht vertreibe ich ja etwas Böses.«

Mir drehte sich der Magen um. »Etwas Böses?«

Er blickte zur Decke hoch. »Spürst du es denn nicht? Das ganze Haus ist damit durchseucht.« Seine Stimme klang so gruselig, dass ich Gänsehaut bekam.

»Bist du deshalb ins Gefängnis gegangen?« Endlich war ich bereit für die Wahrheit, selbst wenn sie mir Angst machen sollte. »Erzähl mir, was passiert ist.«

Sein Gesicht war halb von Schatten verhüllt, aber ich spürte seine Seelenqualen ganz deutlich. Wie eine geschärfte Klinge, die in der Luft schwebte und jederzeit herabstürzen konnte.

»Ich habe meinen Vater getötet«, sagte er.

Alles in mir zog sich krampfhaft zusammen. Ich wünschte, ich hätte mich verhört, aber ich wusste, dass ich ihn richtig verstanden hatte.

»Ich dachte, Victor wäre an einem Herzanfall gestorben.«

»Ist er auch.«

»Aber wie …«

»Er hat mich angegriffen. Ich war noch ein Kind, aber er war stärker, als er angenommen hatte. Als ich mich gewehrt habe, hat sein Herz versagt.«

»Wenn er dich zuerst angegriffen hat, dann war es Notwehr. Du hast ihn doch nicht absichtlich getötet.«

»Sylvia hat es anders dargestellt«, sagte er, den Mund geringschätzig verzogen.

Mir wurde eiskalt. »Sylvia hat dich einsperren lassen, weil du Victor getötet hast? Wusste sie, dass es ein Unfall war?« Angesichts ihres früheren Berufs war Sylvia in juristischen Fragen bestens gerüstet gewesen. Und da Noah damals erst fünfzehn Jahre alt gewesen war, musste es leicht gewesen sein, das Ganze in aller Stille abzuwickeln. Niemand in der Stadt wusste, wie Victor wirklich gestorben war. Weitere Puzzleteile fielen an ihren Platz, und jetzt endlich begriff ich, weshalb Vee und Noah ihre schwer kranke Mutter so sehr verachteten.

»Das wusste sie«, bestätigte Noah. Mir fiel ein, was Vee vor einigen Wochen zu mir gesagt hatte – dass sie Noah im Stich gelassen hatte, als er sie am meisten brauchte. Hatte sie einfach zugesehen, wie er ins Gefängnis ging?

»Wusste Vee auch Bescheid?«, flüsterte ich.

Widersprüchliche Gefühle spiegelten sich in seinem Gesicht. »Vee war nicht in der richtigen Verfassung, um mir zu helfen.«

»Das ist keine Entschuldigung.«

»Nein, ist es nicht, aber ich verzeihe ihr. Sie war ebenso sehr Opfer wie ich.«

»Warum hat Victor dich angegriffen?«, fragte ich, wie erschlagen von dem, was er mir da enthüllte. Vielleicht machte es ihm der Schleier der Nacht leichter, die Wahrheit auszusprechen.

Noah lachte kalt auf. »Dafür brauchte er nie einen Grund, Estella. Mein Vater war ein guter Schauspieler, nur wenige Menschen kannten sein wahres Gesicht. Unter der Fassade des freundlichen, fröhlichen Manns verbarg sich ein gewalttätiges Monster. Und mich hat er ebenfalls in eins verwandelt.«

»Du bist kein Monster.«

Es war ein bisschen verstörend, wie er da im Dunkeln saß und mich beobachtet hatte, während ich schlief, aber Noah war kein schlechter Mensch. Ja, er benahm sich mitunter eigenartig. Jeder andere hätte es sich zweimal überlegt, ob er mitten in der Nacht unaufgefordert in mein Zimmer kam, aber er dachte nun mal nicht wie andere Menschen. Seine Kindheit hatte ihn auf eine Weise deformiert, die ich nicht einmal ansatzweise erahnen konnte.

Er kletterte vom Stuhl herunter und näherte sich dem Bett. Setzte sich ganz am Rand aufs Fußende der Matratze und ließ möglichst viel Abstand zwischen uns.

»Hat man dich in eine Jugendhaftanstalt geschickt?«, fragte ich, und er nickte.

»Mit achtzehn wurde ich dann in ein normales Gefängnis überstellt.«

»Wann wurdest du entlassen?«

»Vor zwei Jahren.«

»Und was hast du in den letzten zwei Jahren gemacht?«

»Ich war Aleksy Mazur.«

»Warum?«, flüsterte ich.

»Weil Noah Dylan zu viele Dämonen mit sich herumschleppt, und ich wollte nicht mehr er sein«, antwortete er ausdruckslos.

Mir war, als würde etwas in meiner Brust zerspringen.

»Mein Zellengenosse stammte aus Polen. Er hieß Tadeusz. Wir mussten irgendwie die Zeit rumbringen, also hat er mir seine Sprache beigebracht, und ich habe mir den Akzent abgeguckt. Sprachen zu lernen fällt mir leicht. Geht ganz schnell.«

Er sah mich an, und ich bekam kaum Luft. Am liebsten hätte ich die Hände ausgestreckt und ihn an mich gezogen, ihn in meine Arme geschlossen, bis die Schatten seiner Vergangenheit dahinschmolzen. Aber ich hatte den Verdacht, dass nichts, was ich tat, ihm Vergessen bringen konnte. Was mit seinem Dad geschehen war, würde ihn für immer begleiten.

Mir fiel wieder ein, wie er von Dantes *Inferno* gesprochen hatte, und dass er gesagt hatte, er selbst sei für den siebten Kreis der Hölle bestimmt. Im siebten Kreis der Hölle erhielten Mörder ihre ewige Strafe.

Dass sich Noah selbst als Mörder sah, brach mir das Herz, denn wenn es stimmte, was er über Victor gesagt hatte, dann war er kein Mörder. Jeder durfte sein eigenes Leben verteidigen.

»Wenn dein Vater so grausam war, weshalb hast du dann so viel Zeit und Energie in seine Gedenkfeier gesteckt?«

»Weil ich es hinter mir lassen will. Ich will mit alldem abschließen. Und dann kann ich endlich mein eigenes Leben leben.«

Das klang logisch – fast zu sehr. Ich empfand Noah nicht als jemanden, der so etwas einfach auf sich beruhen ließ. Nein, eher war er jemand, der Ungerechtigkeiten sühnte. Mit einem blutigen Schwert Rache übte.

»Tut mir leid, dass ich dich geweckt habe«, sagte er sanft und betrachtete meine nackten Schultern. Ich trug nur einen dünnen, ärmellosen Pyjama.

Die Luft schien sich aufzuladen. Ich betrachtete seinen bloßen Oberkörper, und mir wurde ganz heiß. Er sah aus wie aus Marmor gemeißelt, viel schöner als jede Skulptur aus der Renaissance.

»Was machst du hier in meinem Zimmer, Noah?«, fragte ich kaum hörbar.

Seine Mundwinkel hoben sich, und die grünen Augen flammten förmlich auf. »Als ich sagte, dass ich nicht mit dir schlafen würde, und als ich am Strand aufgehört habe, dich zu küssen, da habe ich versucht, das Richtige zu tun. Aber ich habe meine Meinung geändert. Ich will das Falsche tun.«

Seine Worte warfen mich in einen Abgrund, trudelnd stürzte ich in die Tiefe.

Ich nahm all meinen Mut zusammen. »Dann tu das Falsche«, murmelte ich leise.

Ich suchte nach Halt, als er auf mich zukam und auf einmal über mir aufragte. Er nahm meine Hände, hob sie über meinen Kopf, und ich sank zurück auf mein Kissen. Sein Griff war so fest, dass es beinahe wehtat, aber das gefiel mir. Noah kauerte über mir, seine Augen glühten. Das einzige Geräusch im Zimmer war unser beider schneller Atem.

Ich bog den Rücken durch, unsere Hüften berührten sich. In fieberhaftem Aufruhr gestand ich ihm: »Ich hab das noch nie gemacht.«

Seine Augen sprühten im Dunkel grüne Funken. »Ich auch nicht.«

Die Zeit kam zum Stillstand. Verwirrt ließ ich seine Worte auf mich wirken. »Du hast noch niemals …«

Er schüttelte den Kopf. »Nein.«

»Nicht mal in den letzten zwei Jahren?«

»Ich habe nie jemanden getroffen, mit dem ich gern zusammen sein wollte. Nicht, bis ich dich kennengelernt habe.«

Mein Herz hämmerte wie wild. Mir war, als würde sich ein stählernes Band fest um dieses gefühlsduselige Organ spannen. *Noah ist noch unberührt?*

»Überlegst du es dir jetzt anders?«, fragte er trocken und verzog selbstkritisch das Gesicht.

Meine Aufmerksamkeit wurde davon in Bann geschlagen, wie sich seine Armmuskeln spannten, während er sich über mir abstützte. Ich schluckte mühsam. »Nein, ich bin nur ein bisschen verblüfft.«

»Nicht alle Männer wollen Sex mit der erstbesten Frau, die ihnen nach der Haftentlassung über den Weg läuft.« Seine Lippen verzogen sich zu einem zynischen Lächeln. »Ich war völlig kaputt, in vielerlei Hinsicht noch ein Kind. Ja, im Gefängnis habe ich viel erlebt, aber im Grunde war ich noch immer ein verängstigter fünfzehnjähriger Junge, der aus Versehen seinen Vater getötet hatte. Ich war wirklich völlig im Arsch, und ich habe Menschen verabscheut. Ich habe sie dafür gehasst, dass sie es im Gegensatz zu mir so leicht hatten. Dann habe ich dich kennengelernt, und ich habe die Dämonen in deinen Augen gesehen und wiedererkannt. Sie ähneln den meinen so sehr.«

Mein Puls donnerte, meine Haut brannte. Zögernd drückte ich meine Lippen auf seine. Durch seinen ganzen Körper ging ein Schauer, als ich dicht an seinen Lippen flüsterte: »Wenn ich meine Dämonen mit deinen zusammenwerfe, löschen sie sich dann gegenseitig aus, sodass wir beide endlich frei sein können?«

Er blickte zwischen meinen Augen hin und her. »Ich weiß es nicht. Wollen wir es rausfinden?«

Ich nickte, und er ließ sich auf mich niedersinken, bis sein ganzer Körper schwer auf meinem lag. Er legte die Hände flach auf meine, Handfläche gegen Handfläche, drückte seine Stirn gegen meine, sodass es kaum mehr eine Stelle gab, wo wir uns nicht berührten. Ich genoss es, sein Gewicht auf mir zu spüren, den wunderbaren Druck seines Körpers auf meinem. Es war, als würde er alle Sprünge und Risse und Brüche in mir füllen und mich wieder ganz machen.

Die Last meines Bewusstseins, die Schuld und Sorge, die ich mit mir herumschleppte, wehte davon wie Staub im Wind. Ich hob ihm die Hüften entgegen, bog mein Rückgrat durch, und diesmal spürte ich den eindeutigen Beweis seiner Erregung.

Das Wissen, dass er mich wollte, dass er ebenso sehr in Flammen stand wie ich … so hatte ich in meinem ganzen Leben noch nie zuvor empfunden.

Noahs Lippen fanden die meinen, und er küsste mich sanft, dann ganz langsam mit mehr Nachdruck, öffnete ich mich millimeterweise. Er bewegte seine Hüften, und ich spreizte leicht meine Beine, sodass er sich zwischen meine Hüften schmiegen konnte, als wären wir genau füreinander gemacht. Sein Kuss dauerte ewig an, so lange, bis ich schließlich begriff, welche Unerfahrenheit und Sehnsucht darin lagen. Es war fast, als würde es ihn so sehr faszinieren, mich zu küssen, dass er nie wieder damit aufhören wollte. Seine Hände lagen noch immer flach auf meinen, und es war unerwartet erotisch, seine Fingerspitzen auf meinen zu spüren.

Es war schwer vorstellbar, dass er im Alter von fünfundzwanzig wirklich zum allerersten Mal mit einem anderen Menschen intim wurde. Für mich war es auch das erste Mal, und der Gedanke versetzte mich in einen unerwarteten, wilden Gefühlsrausch.

Ich erzitterte, als er mit einer Hand über mein Handgelenk strich und meinen Arm entlang, bis sie sich schließlich über einer meiner Brüste wölbte.

»Fühlt sich das gut an?«, fragte er neugierig.

Ich nickte fieberhaft. »Ja, *so* gut!«

Mit einem aufreizenden Lächeln suchte er mit der anderen Hand den Saum meines Pyjama-Oberteils und zog es mir über den Kopf. Ich trug keinen BH darunter, und die kalte Luft kribbelte auf meiner Haut.

Seine Augen leuchteten regelrecht, während er mich ansah, seine Hand liebkoste behutsam meine Brust. »Du bist so verdammt wunderschön, dass es wehtut, dich anzusehen. Ich verdiene es nicht, dich zu berühren, aber ich tu es trotzdem, weil ich ein Scheißkerl bin.« Er senkte den Kopf, schloss die Lippen um meine Brustwarze, und es fühlte sich so gut an, dass ich alles vergaß, sogar meinen eigenen Namen.

Ich bäumte mich unter ihm auf, Lust brandete durch sämtliche Zellen. Ich sah zu, wie er meine Haut kostete. Er schien von meinem Körper ganz verzückt zu sein, und ich war verzückt von seinem. Als er sich weiter nach unten arbeitete, war mir, als würde ich schweben. Seine Lippen wanderten über meinen Bauch bis zum Bund des Höschens hinab. Mit leidenschaftlich glühenden Augen sah er zu mir hoch.

»Ist das okay?« Er zupfte daran.

Ich bekam keinen Laut heraus. Alles, was ich zustande brachte, war ein atemloses Nicken.

Ja, bitte. Tu mit mir, was immer du willst, nur hör nicht auf.

Noah zog mir das Höschen runter, und ich lag nackt unter ihm. Verführerischer Dämon und unerfahrene Unschuld in einem, senkte er sich auf mich nieder, küsste meinen Bauch, strich mit den Lippen über die Innenseite meines Oberschenkels. Mein ganzer Körper war so gespannt wie eine Bogensehne, die jeden Moment reißen wollte.

Er strich mit der Nase innen über meinen Oberschenkel, und ich keuchte. Er sah zu mir hoch, saugte meinen Anblick förmlich in sich auf, beobachtete das Heben und Senken meiner Brüste, betrachtete den Schwung meiner Hüfte, dann ruhte sein Blick für einen Augenblick zwischen meinen Beinen.

»Wenn es auf dieser Welt jemanden gibt, der meinen Glauben an Gott wiederherstellen kann, dann bist das du«, sagte er, ehe seine Lippen mich an meiner allerintimsten Stelle berührten und mein ganzer Körper anfing zu zucken. Ich sah nach unten, wie gebannt vom Anblick seines Kopfs zwischen meinen Beinen. Unsere Blicke trafen sich, und ich wäre unter dem federleichten Druck seiner Zunge fast explodiert. Dann machte er ernst, saugte an dem Bündel aus Nervenenden in meiner Mitte, und schon bald darauf erbebte ich unter ihm.

Während er sich wieder über mich schob, jagten Schauer über meinen Körper. Seine Augen funkelten vor Entzücken. Ich streckte die Hand nach dem Reißverschluss seiner Jeans aus, und er erbebte, als meine Knöchel über seinen Bauch strichen. Ganz still hielt er, als ich seine Hose nach unten zog und ihn dann zögernd in die Hand nahm. Ich führte ihn zwischen meine Beine, und Noah keuchte tief und rau auf. Auch ich rang bei der Berührung nach Luft, und dann wurde mir bewusst, dass wir ganz ungeschützt waren. Es war für uns beide das erste Mal, aber es blieb die Gefahr einer Schwangerschaft. Ich wand mich unter ihm heraus, weil mir die Kondome wieder einfielen, die Aoife mir gegeben hatte.

»Wo willst du hin?«, fragte Noah angespannt, als ich quer durchs Zimmer zu meiner Tasche lief. Ich fischte eins der kleinen eingeschweißten Päckchen heraus und kehrte zum Bett zurück. Noah betrachtete es mit einem entschuldigenden Blick.

»Ich hätte dran denken sollen.«

»Alles gut.« Ich errötete. »Aoife hat mir die gegeben.«

»Aoife ist eine gute Freundin.«

»Ja, das ist sie«, stimmte ich zu und blickte auf das Kondom hinunter, biss mir auf die Unterlippe und blickte Noah an. »Ich habe keine Ahnung, wie …«

Er strich mir über die Wange. »Das finden wir schon raus.«

Er kletterte wieder auf mich, drückte seine Lippen auf meine. Langsam entspannte ich mich, die Lust ergriff wieder von mir Besitz, und ich verlor mich in seinem Kuss. In seinen Lippen und Zähnen und seiner Zunge. Er senkte das Gesicht auf meinen Hals, ich spürte seine Zähne auf meiner Haut und bog mich ihm leise stöhnend entgegen.

»Wieso bist du so … gut darin?«, brachte ich heraus, und er lachte leise.

»Ich hatte sehr viel Zeit, es mir vorzustellen.«

Hitze breitete sich in meiner Brust aus. *»Oh.«*

Wieder lachte er, seine übliche Dreistigkeit kehrte zurück, und mir war, als stünde ich in Flammen. Es war unmöglich, dass wir noch dichter aneinanderrückten, und doch schrie mein Körper nach mehr. Er zog sich ein Stück zurück und hob das Kondom auf. Mit vor Konzentration zusammengezogenen Brauen betrachtete er es nachdenklich. Nie hatte ich etwas Erotischeres gesehen als Noah, der die Folienpackung aufriss und das Gummi über seiner harten Erektion abrollte.

Er schob sich wieder zwischen meine Beine, und die Zeit schien stillzustehen. Ich hielt die Luft an, unsicher, was jetzt kam. Würde es wehtun?

Noah sah mich fragend an, und ich antwortete ihm mit einem ebenso wortlosen Blick. *Ja, ich will es auch.* Ich atmete aus, als er in mich eindrang und wir uns vollständig vereinten. Er schien die Luft einzuatmen, die ich ausstieß. Der scharfe, stechende Schmerz zwischen meinen Beinen fühlte sich an, als würde ein Riss durch Raum und Zeit gehen. In diesem Augenblick gab es nur ihn und mich, sonst nichts.

Wieder presste er seinen Mund auf meinen, ein wilder, drängender Kuss, als wollte er den Schmerz aus meinem Körper saugen und selbst aufnehmen. Ich spürte, dass er ebenso angespannt war wie ich, wenn auch womöglich aus einem ganz anderen Grund. Mit geschlossenen Augen hielt er ganz still.

»Du fühlst dich unglaublich gut an.« Seine Kiefermuskeln zuckten. »Tu ich dir weh?«

Ich legte eine Hand an seine Wange. »Ein bisschen, aber das ist in Ordnung.«

Er öffnete die Augen. »Möchtest du, dass ich weitermache?«

»Ja«, hauchte ich, »hör nicht auf.«

Er bewegte seine Hüften, zuerst ganz vorsichtig, dann aber zunehmend schneller. Je länger er in mir war, desto mehr gewöhnte ich mich an ihn, und der stechende Schmerz begann zu verblassen. Ganz verschwand er nicht, aber es war trotzdem wunderschön. Schmerz und Lust verschmolzen miteinander zu einer ganz neuen, unbekannten Empfindung. Ich stöhnte auf, und das Geräusch machte etwas mit Noah. Er legte die Hände an meine Hüften, jede seiner Berührungen fühlte sich an wie eine Inbesitznahme. Ich war wie hypnotisiert von ihm. Ich hatte ihn vom ersten Moment an attraktiv gefunden, aber er war so viel mehr als nur attraktiv. Er war ein Kunstwerk, dessen Schönheit durch die erlittenen Schäden und Risse nur umso mehr betont wurde.

Er senkte sich noch tiefer auf mich herab und barg wieder sein Gesicht an meinem Hals. Stieß dicht an meiner Haut ein tiefes, kehliges Knurren aus, das einmal quer durch mich hindurchvibrierte. Nichts konnte jemals seiner schieren Intensität gleichkommen. Niemals. Er leckte und saugte an meinem Hals, dann umfasste er mein Kinn und sah mir in die Augen.

»Ich hätte nicht zu träumen gewagt, dass ich jemals jemanden wie dich finde«, sagte er mit rauer Stimme, und in seinen Augen sah ich kurz Traurigkeit aufschimmern. Ich hielt inne, aber da erbebte er, als er kam, und all seine Muskeln spannten sich. Dies war unser erstes Mal, und schon jetzt war ich verloren, stürzte so tief, dass ich mich niemals wieder erholen würde.

Noah Dylan war mein Verhängnis.

22. KAPITEL

Ich erwachte in seinen Armen. Noahs Atem ging ganz leicht, als ich mich zu ihm umwandte, er schlief. Die dunklen Wimpern warfen Schatten in seinem Gesicht, aber jetzt kamen mir diese Schatten nicht mehr so geheimnisvoll vor. Jetzt kannte ich einen Teil der Wahrheit dahinter.

Und ich liebte diese Wahrheit, so schrecklich und beängstigend sie auch war.

Im Schlaf wirkte er so viel jünger. Seine geschlossenen Augen verbargen die Dämonen seiner Vergangenheit, die ihn nicht ruhen ließen. Hier und jetzt sah ich nur den Mann, der mich in Besitz genommen hatte, mit Leib und Seele.

Ich strich mit den Fingerspitzen über die glatten Wangen und den Schwung seines Kinns, bestaunte seine Schönheit. Sie war ein schwacher Trostpreis angesichts all dessen, was er durchgemacht hatte. Ich hob eine seiner Hände an, strich mit dem Daumen über die Knöchel und bemerkte eine kleine Narbe. Bisher hatte ich mir seine Hände noch nie aus solcher Nähe angesehen, aber jetzt schimmerte die dünne, silbrige, gezackte Linie deutlich sichtbar im Morgenlicht.

»Du bringst mich um«, flüsterte ich dieselben Worte, die er schon zweimal zu mir gesagt hatte und deren Bedeutung ich jetzt erst verstand. Mir war, als würde ich durch Noah einen ausgesprochen köstlichen Tod sterben. Ich lehnte den Kopf gegen seine Brust, schloss die Augen und lauschte seinem Herzschlag.

Ich wusste nicht, wie viel Zeit vergangen war, als er irgendwann seine Hand bewegte und mir über Hüfte und Bauch strich. »Morgen«, sagte er ein wenig heiser.

Ich wandte den Kopf und begegnete seinem verschlafenen Blick aus noch halb geschlossenen Augen. Ein Mundwinkel hob sich zu einem müden Grinsen. Meine nackten Brüste lagen an seiner Brust, und ich spürte, wie meine Brustwarzen allein durch dieses angedeutete Grinsen hart wurden. Ich konnte es kaum glauben, dass wir die ganze Nacht im selben Bett verbracht hatten – vollkommen nackt. Mein Magen zog sich zusammen, auf die allerwunderbarste Weise.

»Guten Morgen«, antwortete ich leise und konnte den Blick nicht abwenden. Er streichelte mich die ganze Zeit weiter, seine Hand wanderte zu meinem Hintern und dann weiter über meinen Oberschenkel. Mit den Fingerspitzen übte er ein wenig Druck aus, hob mein Bein ein wenig an, und wir rückten noch ein wenig dichter zusammen.

»Viel besser«, murmelte er, und ich spürte, wie er wieder hart wurde. Mein Atem beschleunigte sich. »Wie geht es dir«, fragte Noah, »bist du wund?«

»Ein bisschen.« Ich schloss die Augen, um mich ganz darauf zu konzentrieren, wie nah wir einander waren.

»Soll ich was dagegen tun?«, fragte er heiser und schob eine Hand zwischen uns. Bei seiner Berührung erschauerte ich, und als seine Fingerspitzen fanden, was sie suchten, keuchte ich auf. Ich presste den Mund gegen seinen Hals und fuhr mit den Zähnen über seine Haut. Ein kleiner Kniff, den ich mir letzte Nacht von ihm abgeschaut hatte. Noah stöhnte auf, und ohne mich loszulassen, brachte er sich in die richtige Position und glitt in mich hinein. Es ging so leicht, so mühelos. Ich schrie auf, als er die Hüften bewegte, langsam und tief von unten in mich eindrang. Ich öffnete die Augen, und als ich die Leidenschaft und das Verlangen in seinen Augen sah, wäre ich beinahe allein deshalb gekommen.

Wir waren beide so trunken vor Lust und voneinander, dass ich erst verspätet begriff, dass er ohne irgendeinen Schutz in mir war.

»Warte«, keuchte ich. »Wir haben vergessen …«

»Verdammt«, knurrte Noah, dem es jetzt ebenfalls dämmerte. »Das wollte ich nicht. Gott, ich wollte nur …«

»Schon in Ordnung, hör nicht auf«, sagte ich atemlos. Es fühlte sich einfach zu gut an. »Wir haben beide noch nie mit jemand anderem geschlafen, es ist nur …«

»Ich ziehe ihn raus«, antwortete er fiebrig, und ich nickte, froh, dass wir uns einig waren.

Die ganze Zeit sah ich ihn an, unterbrach nicht ein einziges Mal den Blickkontakt, während er mich auf die höchsten Gipfel der Lust trieb. Die Wundheit von letzter Nacht schwand langsam dahin, ersetzt von ganz neuen, schwindelerregenden Empfindungen. Ich liebte es, wie er mich ausfüllte, liebte es, wie sich unsere Körper aneinanderschmiegten und miteinander verschmolzen. Noah hatte ein unglaubliches Gespür für mich, wusste instinktiv, wo und wie er mich berühren musste, um mich verrückt zu machen.

Die Leere, unter der ich schon so lange litt, fühlte sich jetzt viel weniger schlimm an. Und ich hatte keinen einzigen Albtraum gehabt, sondern die ganze Nacht selig und traumlos durchgeschlafen.

»Du hast einen ganz unglaublichen Körper«, sagte Noah. »Ich hätte nie gedacht, dass es sich so anfühlen könnte. Dass es so …« Überwältigt verstummte er.

Ich legte die Hand an seine Wange, und mein Herz wollte

zerspringen angesichts seiner Verletzlichkeit, die er nicht vor mir zu verstecken suchte. »Ich weiß«, flüsterte ich.

Der Augenblick zersplitterte in lauter kleine Scherben, als sich am anderen Ende des Flurs quietschend eine Tür öffnete. Wir erstarrten. Mit geweiteten Augen lauschten wir auf Vees Schritte. Sie kam den Flur entlang und ging die Treppe runter, eine ernüchternde Erinnerung daran, dass wir nicht allein im Haus waren. Ihr Zimmer lag am anderen Ende des Korridors, und dazwischen befanden sich mehrere andere Räume, also bezweifelte ich, dass sie etwas gehört hatte. Trotzdem war ich fast panisch. Das mit Noah und mir erschien mir noch so neu und kostbar, und ich wollte nicht, dass es dadurch befleckt wurde, dass jemand anders davon erfuhr. Noch nicht jetzt.

»Ich sollte mich wohl besser mal für die Arbeit fertig machen«, sagte Noah bedauernd und drückte mir einen sanften Kuss auf die Schläfe.

Ich nickte, schloss die Augen, um der Berührung seiner Lippen nachzulauschen, und erzitterte, als er sich aus mir zurückzog. Er setzte sich auf die Bettkante, und ich sank zurück aufs Kissen. Zögernd sah er zu mir herüber, betrachtete mich eine Weile und fluchte unterdrückt. Streckte eine Hand aus und strich mir übers Haar. »Ich wünschte, ich könnte den ganzen Tag hier bei dir bleiben.«

»Das wünschte ich auch«, antwortete ich mit heftig klopfendem Herzen. Ich wollte keine Sekunde getrennt von ihm verbringen, und das machte mir Angst, weil meine Pläne etwas anderes vorsahen. Weil ich einen Fluch brechen musste. Und ihn zu brechen bedeutete, dass ich nicht bei Noah sein konnte. Bei dem Gedanken wich alle Kraft aus mir.

Noahs Blick wanderte meinen Körper auf und ab. Ich presste die Decke an meine Brust. Meine Haut kribbelte von Kopf bis Fuß nach der Berührung seiner Hände, seines Munds, seiner Zunge. Mein Kopf war angefüllt mit Erinnerungen daran, wie er mich förmlich verschlungen hatte. Ich war Hals über Kopf in ihn verliebt, dabei hatten wir erst eine einzige Nacht miteinander verbracht.

Als er fort war, starrte ich an die Decke und spürte einen Schmerz, als hätte ich ihn bereits verloren.

Am Abend machte ich einen langen, erfrischenden Spaziergang am Strand, und als ich zurückkam, hörte ich Musik aus Noahs Zimmer. Ich lief die Treppen hoch, und meine Wangen färbten sich vor Aufregung rot bei der Aussicht, ihn gleich wiederzusehen.

Ich klopfte an seine Tür und trat ein. Er lag mit geschlossenen Augen auf dem Bett, und das Zimmer dröhnte nur so. *The Killing Moon*, so laut aufgedreht, dass er mich nicht hatte hereinkommen hören.

Sein Oberkörper war nackt. Man hätte glauben können, er wäre eingedöst, aber niemand konnte bei derart lauter Musik schlafen. Ich trat näher, und da sah ich, wie ihm eine vereinzelte Träne über die Wange lief. Mir stockte der Atem. Er *weinte.*

Meine Kehle war wie zugeschnürt. Ging es ihm schlecht? Wie auf Autopilot kletterte ich zu ihm aufs Bett. Überrascht öffnete er die Augen. Ich sagte kein Wort, schlang nur fest die Arme um ihn und hielt ihn fest. Ich spürte, dass das, was ihn beschäftigte, geschehen war, lange bevor wir uns begegnet waren. Was auch immer ihn quälte, ich wünschte, ich könnte ihm diese Qual nehmen. Sie auslöschen, bis er keinen Schmerz mehr empfand und nichts mehr in seinem Herzen war bis auf die tiefe, unerklärliche, glühende Liebe, die ich für ihn empfand.

Am liebsten hätte ich ihm genau das gesagt, ihm von dem unentwirrbaren Gefühlsdurcheinander erzählt, das in mir tobte, aber ich hatte Angst. Ich wusste, dass Noah mich gernhatte, aber ob er mich *liebte*, da war ich mir nicht ganz so sicher.

Das Lied endete, und wir lagen minutenlang schweigend nebeneinander, bis Noah schließlich fragte: »Wünschst du dir manchmal, du wärst jemand anders?«

»Ständig«, antwortete ich, ohne auch nur das kleinste bisschen zu zögern. Ich wünschte, ich wäre jemand, auf dessen Schultern kein entsetzlicher Fluch lastete. Das hätte mein Leben so viel einfacher gemacht.

»Ich wüsste gern, wie es wäre, jemand zu sein, der in Liebe gezeugt wurde. Eins von Gottes Kindern statt einer seiner Fehler.«

»Ich dachte, du glaubst nicht an Gott«, flüsterte ich.

»Tu ich auch nicht«, sagte er, ehe er sich korrigierte: »Ich will nicht an ihn glauben. Nicht an einen Gott, der die Existenz von einem wie mir erlaubt.«

Ein dicker Klumpen verstopfte mir die Kehle. Wusste er denn nicht, wie viel mir seine Existenz bedeutete? Bestimmt lag es an der Sache mit seinem Vater, dass er so empfand. Es war eindeutig ein Unfall gewesen, aber man hatte ihn glauben gemacht, er sei ein Mörder, dass er jemandem das Leben genommen hatte. Ich strich ihm das Haar aus der Stirn. »Du hast deinen Glauben verloren, aber du kannst ihn wiederfinden. Ich helfe dir dabei«, sagte ich. »Und du bist kein Fehler. Du kannst kein Fehler sein, weil du mein bist. Wir waren schon immer füreinander bestimmt.«

In seinen so kummervollen Augen flackerte ein winziger Funke Hoffnung auf. »Ich bin dein?«

»Ja«, sagte ich kaum hörbar.

Er barg das Gesicht an meinem Hals und schlang die Arme um mich, und ein ganz klein wenig brach mir vielleicht das Herz, als er ganz dicht an meiner Haut flüsterte: »Ich bin dein.«

In den nächsten drei Wochen trafen Noah und ich uns ständig in den kleinen Winkeln des Hauses, die uns gehörten. Wir gaben uns der Leidenschaft hin, und ich dachte nicht darüber nach, was wohl als Nächstes geschehen würde, sondern lebte ganz im Hier und Jetzt.

Die Vorstellung, hinter ihm aufs Motorrad zu springen und mit ihm davonzufahren, war verlockend, aber ganz sicher würde der Fluch meines Vaters uns folgen. Mein Leben gehörte nicht mir, und meine Entscheidungen wurden mir von einer unsichtbaren und bösartigen Macht diktiert, die ich nicht einmal im Ansatz verstand. Ich weigerte mich zu glauben, dass Gott hinter diesem Fluch stand. Nein, ich ging davon aus, dass eine böse Macht die Gebete meines Vaters gehört und sich von seiner Verzweiflung und Angst genährt hatte, und dieselbe Macht hatte einen Pakt mit ihm abgeschlossen, der ihn dann für den Rest seiner Tage verfolgte.

Und jetzt machte dieselbe Macht Jagd auf mich.

Also würde ich jedes kleine bisschen Glück mitnehmen, das ich nur kriegen konnte, und wenn ich dann später auf menschliche Nähe und Berührungen verzichten musste, würde ich meinen Frieden im Glauben finden.

Ich brachte meine Abschlussprüfungen hinter mich. Dass ich das ganze Jahr über fleißig gelernt hatte, zahlte sich aus, obwohl ich die Hälfte der Zeit Noahs wegen wie durch Nebel lief. Ich hatte mich völlig an ihn verloren. Meine letzte Prüfung legte ich am Tag vor Victors Gedenkfeier ab. Viel zu schnell war dieser Tag gekommen, und ich erinnerte mich nur zu gut, dass Noah gesagt hatte, er würde am nächsten Morgen weggehen.

Ich war noch nicht bereit, ihn gehen zu lassen. Ich konnte mir nicht vorstellen, dass ich es jemals sein würde, und der Zwiespalt hielt mich nachts wach.

Am Tag der Gedenkfeier stand ich in meinem Zimmer vor dem Spiegel und betrachtete mich. Ich trug eins der Kleider, die mir Noah an meinem Geburtstag gekauft hatte. Es war lang und hell und aus einem seidigen Stoff mit einer Lage Chiffon darüber. Der helle Stoff brachte meine dunklen Augen zur Geltung. Nie zuvor war mir aufgefallen, wie gequält sie wirkten; groß und offen, aber zugleich zynisch und müde.

Mein Haar ließ ich offen und legte ein wenig Make-up auf, dann streckte ich mich auf dem Bett aus. Noch eine gute Stunde, bis es losging. Noah hatte jemanden angeheuert, um das Haus auf Vordermann zu bringen und eine große Musikanlage aufzubauen. Siobhan sorgte für das leibliche Wohl der Gäste, und um ehrlich zu sein, fühlte es sich eher wie eine große Party an und nicht wie eine Gedenkfeier. Wie ein lautes letztes *Fuck you* an den Menschen, der ihm das Leben zur Hölle gemacht hatte. Ein Jahrzehnt war vergangen, und jetzt war Noah endlich bereit, die Tragödie hinter sich zu lassen.

Ich las gerade – nicht zum ersten Mal – den *Glöckner von Notre-Dame* und war ganz in die Welt von Quasimodo und Esmeralda versunken, als sich meine Zimmertür öffnete und jemand hereinkam. Ich spürte, dass es Noah war, noch bevor er sich neben mir aufs Bett plumpsen ließ. Ohne ein Wort nahm er mir das Buch aus der Hand, warf es beiseite und vergrub das Gesicht in meiner Halsbeuge, küsste mich und knabberte an mir. Ich stieß einen genüsslichen Seufzer aus.

»Hab dich heute vermisst«, murmelte er, und ich bekam eine Gänsehaut. Noch immer hatte ich mich nicht daran gewöhnt, wie sehr wir nacheinander hungerten. Früher hatte ich neunzig Prozent der Zeit an ihn gedacht. Jetzt aber war er ständig in meinen Gedanken. Nie war er fort. Oft erwischte ich mich selbst bei Tagträumen, dann dachte ich an seine Lippen, die über meine Haut strichen, daran, wie er mich manchmal festhielt, als hätte er Angst, ich könne einfach verschwinden.

Er rollte sich mit mir zusammen herum, sodass er über mir zu liegen kam, und bedeckte mein Gesicht und meinen Hals mit Küssen.

»Ich habe gerade gelesen«, sagte ich atemlos. »Und du zerknitterst mein Kleid.«

Er grinste diabolisch und ließ von mir ab, stützte sich auf einen Ellbogen und betrachtete mich. »Du bist wunderschön«, sagte er und biss mir ganz behutsam in die Schulter.

Ich bog mich ihm entgegen, aber dann entzog ich mich ihm, wenn auch nur zögernd. »Danke«, antwortete ich errötend, griff nach meinem Buch und schlug es auf der Seite auf, die ich eben gelesen hatte.

Mit schief gelegtem Kopf sah sich Noah das Cover an. »Der Glöckner von Notre-Dame?«

»Ein altes Lieblingsbuch von mir.«

»Immer auf der Seite der Unterdrückten.« Ein zärtliches Lächeln glitt über sein Gesicht.

Ich dachte daran, was er mal zu mir gesagt hatte – darüber, dass er ein Herz für Underdogs hätte. Noch eine Gemeinsamkeit.

Noah streichelte meine Hüfte. »Lies mir ein bisschen vor«, schnurrte er.

Wie sollte ich denn vorlesen, wenn er direkt vor meiner Nase lag und aussah wie das begehrenswerteste Wesen des ganzen Universums? Ich schluckte und versuchte, mich auf die Buchseite zu konzentrieren, dann errötete ich noch tiefer, weil ich ausgerechnet an einer ganz schön gefühlvollen Stelle war. Ich räusperte mich und bemühte mich um eine feste Stimme.

Nach der Reihe von Schicksalsschlägen, die alles in ihrer Seele niedergerissen hatten, hatte sie nur einen Gegenstand, nur eine

Empfindung in ihrer Seele unerschüttert wiedergefunden: ihre Liebe zu dem Hauptmanne. Denn die Liebe ist wie ein Baum: Sie treibt von selbst, schlägt ihre Wurzeln tief in unser ganzes Wesen und grünt noch oft auf einem gebrochenen Herzen weiter.

Und was am unerklärlichsten dabei, ist, dass je blinder diese Leidenschaft ist, sie desto beharrlicher sich zeigt. Sie ist niemals standhafter, als wenn keine Befriedigung in ihr ist.

Ich hielt inne und warf Noah einen Blick zu. Er sah mich unverwandt an, aber ich hatte nicht die leiseste Ahnung, was hinter seiner Stirn vor sich ging. Ich klappte das Buch zu, eigenartig verwirrt. Vielleicht lag es an diesen Sätzen über die blinde, unbeugsame Leidenschaft. Über *Liebe*. Von Anfang an hatte ich starke Gefühle für ihn empfunden, aber jetzt, nachdem wir so oft miteinander geschlafen hatten, war mir, als wäre mein Herz nicht groß genug für das, was ich für ihn empfand.

»Warum hast du aufgehört?«, flüsterte er und sah mich unter halb gesenkten Augenlidern an.

Ich brachte es nicht fertig, seinen Blick zu erwidern. »Ach, nichts … es macht mich nur verlegen, wenn du mich so ansiehst.«

Er streckte die Hand aus und strich mir eine Haarsträhne hinters Ohr. Bei der Berührung erschauerte ich. »Das ist nicht der Grund. Sag es mir.«

Ich schloss die Augen, meine Kehle wurde eng, und dann, in einem Anflug von kühner Offenheit, sprach ich es einfach aus: »Ich liebe dich.« Noah antwortete nicht, und ich hatte zu große Angst, um die Augen wieder zu öffnen. Meine Wangen wurden heiß, und die Zunge lag mir schwer und nutzlos im Mund. »Sag was«, flehte ich ihn an.

»Du liebst mich nicht«, antwortete er endlich mit ausdrucksloser Stimme.

Ich öffnete die Augen und stellte fest, dass er mich ebenso ausdruckslos anstarrte. »Willst du mir etwa erklären, was ich empfinde?«, fragte ich trotzig.

»Mich kann niemand lieben, Estella. Noch hast du das nicht begriffen, aber das wirst du schon noch.«

Mir brannten Tränen in den Augen und drohten überzulaufen. »Du bist kein Mörder. Das weißt du doch, oder?«

Er sah weg, über sein Gesicht fiel ein Schatten. »Darum geht es nicht. Wenn du wirklich an deine Bibel glaubst, dann weißt du, dass eine Kreatur wie ich nicht dafür geschaffen ist, das Himmelreich zu erben.« Sein Blick zuckte zu meinem Gesicht. »Und erst recht verdiene ich nicht die engelsgleiche Perfektion deiner Liebe.«

Das ergab doch überhaupt keinen Sinn! Welche Sünden Noah auch begangen hatte … solange er sie bereute, konnte ihm Vergebung zuteilwerden. Das war ein fundamentaler Grundsatz des Christentums. »Wenn dich niemand lieben kann, warum teile ich denn dann seit vielen, vielen Nächten das Bett mit dir?«, fragte ich geradeheraus.

»Du wolltest Sex«, sagte er wegwerfend. Es war fast, als hätte er Angst, an meine Liebe zu glauben.

»Ich wollte *dich*«, sagte ich eindringlich. »Weil ich mich fast vom ersten Augenblick an völlig an dich verloren habe.«

Er hob das Kinn, und unsere Blicke prallten förmlich aufeinander. Mein Herz zog sich schmerzhaft zusammen, so deutlich sah ich in diesem Augenblick den Selbsthass in seinen Augen. Er weigerte sich zu glauben, dass ich ihn liebte, weil er sich selbst hasste, und ich wusste nicht, weshalb. War es wegen seines Vaters? War es Victor, der behauptet hatte, niemand könne Noah lieben?

»Wenn du nicht an Liebe glaubst«, fuhr ich fort, »wieso bist du dann überhaupt hier? Du kannst dir selbst ja erzählen, was du willst, aber ich weiß, dass es nicht nur um Sex geht. Und ich weiß, dass du ebenfalls etwas für mich empfindest.« Ich rückte dichter an ihn heran, bis kein Blatt Papier mehr zwischen seine und meine Lippen gepasst hätte. »Es hat uns beide wirklich schlimm erwischt.« Als ich das flüsterte, sah ich ihn schlucken. »Und jetzt können wir nichts mehr dagegen tun.«

»Du weißt nicht alles.«

»Dann sag es mir«, drängte ich ihn.

Entsetzen lag in seinem Blick. »Ich habe Angst davor.«

»Hab keine Angst. Nichts könnte mich davon abhalten, dich zu lieben.«

»Beweis es mir«, forderte er mich heraus.

»Wie?«, flüsterte ich.

»Wenn ich morgen gehe, dann komm mit mir.«

Mir stockte der Atem, und Traurigkeit ergriff mein Herz. »Ich kann nicht …«

Er packte mich um die Taille und zog mich an sich. »Warum kannst du nicht? Ich verstehe nicht, wie du mich gehen lassen kannst, wenn du doch glaubst, mich zu lieben.«

»Du weißt doch, dass es nicht so einfach ist.« Mein Herz raste. »Ich muss das Versprechen meines Vaters einlösen.«

Er legte die Hand an meine Wange, sie bedeckte fast mein halbes Gesicht. »Das ist nicht real, Estella. Dein Vater war nicht verflucht. Alles, was ihm zugestoßen ist, lag allein an den Umständen. Es gibt Böses auf der Welt, aber es ist nicht übernatürlich. Menschen können ganz allein und aus sich heraus böse sein, dafür brauchen sie keine unsichtbaren Dämonen im Himmel.«

Mir traten Tränen in die Augen. Ich wünschte, ich hätte ihm glauben können, aber ich konnte nicht so tun, als sähe ich die Beweise nicht. »Deine Schwester glaubt daran.«

»Meine Schwester ist in keiner guten Verfassung.«

»Ich kann das Risiko nicht eingehen.« Meine Stimme war so leise, dass sie kaum zu hören war.

»Du willst also dein ganzes Leben in Angst zubringen?«, fragte er hitzig. »Du lässt alles hinter dir, was du *angeblich* für mich empfindest, nur weil dein Vater an diesen absurden Fluch geglaubt hat? Er ist bei einem Autounfall gestorben, Estella. Dasselbe stößt unzähligen anderen Menschen zu.«

»Was ist mit meiner Mutter? Sie war erst siebzehn, als sie bei meiner Geburt gestorben ist.«

»Auch das ist eine Tragödie, aber auch das ist schon anderen zugestoßen. Glaubst du denn, dass alle Frauen verflucht waren, die seit Anbeginn der Zeit während der Geburt gestorben sind?«

Ich runzelte die Stirn. »Nein. Aber mein Vater war sich seiner Sache so *sicher*.«

»Dein Vater hatte seine ganz eigenen Baustellen. Was meinst du denn, weshalb er und Vee sich gefunden haben? Sie haben einander gegenseitig in ihrem Wahn bestätigt.«

»Er war nicht im Wahn. Er war gut. Zu gut für diese Welt.«

»Das kann ja sein, aber ich glaube trotzdem nicht, dass er verflucht war. Und ich glaube, in deinem tiefsten Innern glaubst auch du das nicht. Willst du denn dein ganzes Leben einer Sache opfern, die womöglich nicht einmal existiert?« Seine Fingerspitzen bohrten sich in meine Taille, sein Blick war wild, und in diesem Moment begriff ich, dass er mich nicht so einfach gehen lassen würde. Wenn ich den Fluch wirklich brechen wollte, wenn ich tief in meiner Seele wirklich glaubte, dass er existierte, dann würde ich Noah die Stirn bieten müssen.

Wir starrten einander an wie Gegner in einer Arena. Keiner von uns war bereit, als Erster den Blick zu senken, und ich verehrte und verabscheute seinen Starrsinn gleichermaßen.

Ein Klingeln an der Tür beendete unseren stummen Kampf. Zögernd ließ Noah mich los, stand auf und fuhr sich mit einer Hand übers Gesicht. »Ich muss runter. Die Gäste treffen ein.«

Ich musterte ihn. »Du siehst müde aus.«

Ein freudloses Lachen. »Ich kann schlafen, wenn ich tot bin.« Eine kurze Pause, dann, ganz leise: »Es ist sowieso bald vorbei.«

»Was soll das heißen?«, wollte ich verwirrt wissen.

»Nichts, vergiss es.« Er kam zu mir ans Bett, stand über mir und nahm mein Gesicht in beide Hände. »Ich gehe morgen weg. Dann wird alles viel klarer sein, und du kannst deine Entscheidung treffen, in voller Kenntnis der Umstände. Ich hoffe, dass du dich dafür entscheidest, mit mir zu kommen.«

Damit ließ er mich los und ging zur Tür. Als er fort war, saß ich da und starrte blindlings ins Nichts. Er hatte mich vor eine unmögliche Wahl gestellt. Der Weg des Glaubens lag ganz klar vor mir, da wusste ich, was auf mich wartete. Aber wenn ich mit Noah ging, gab es so viele Unwägbarkeiten, ich wusste nicht, was auf mich zukäme. Wenn er recht hatte und der Fluch meines Vaters nur in meinem Kopf existierte – würde ich es dann bereuen, Nonne geworden zu sein?

Würde ich Erfüllung finden, oder würde ich einsam und verloren sein in einer Welt, für die ich gar nicht bestimmt war?

Ich wusste nicht, wie lange ich dort saß, aber schon bald hörte ich unten die Gäste. Zwar war ich nicht in der richtigen Stimmung für Geselligkeit, aber ich wusste, dass ich mich zumindest mal sehen lassen sollte.

Also ging ich nach unten, schenkte mir in der Küche ein Glas Prosecco ein und kippte es runter. Die kleinen Luftbläschen kribbelten und platzten angenehm auf meiner Zunge. Aus den Lautsprechern drang nostalgische Musik, im Augenblick *Dream a Little Dream of Me* von Ella Fitzgerald und

Louis Armstrong. Überall standen Leute in kleinen Grüppchen zusammen, nippten an ihren Drinks und plauderten miteinander. Ich hatte recht gehabt, es war tatsächlich eher eine Party als eine feierliche Zusammenkunft. Manche der Gäste kannte ich beim Namen, andere hatte ich nur schon mal irgendwo gesehen. Anscheinend hatte Noah die halbe Stadt eingeladen, und mir wurde ein bisschen klaustrophobisch zumute. Es war viel zu voll im Haus.

Wissen die denn nicht, dass sie besser nicht hier sein sollten?, fragte mich eine laute Stimme in meinem Kopf. *Dieses Haus wird sie verschlingen.*

Ich wusste nicht, ob da mein Unterbewusstsein sprach oder eine Vorahnung, aber ich spürte, dass es keine friedliche, respektvolle Veranstaltung werden würde. Richtig nervös wurde ich allerdings erst, als ich Enda Riordan und seine Frau durchs Foyer hereinkommen sah, dicht gefolgt von Kean und Sally, die Händchen hielten. Was? Die beiden waren jetzt ein Paar? Im Ernst?

Bah. Wie auch immer. Diese beiden Mistkäfer verdienten einander.

Ich legte keinen Wert darauf, mich mit ihnen zu unterhalten, also schnappte ich mir ein frisches Glas Prosecco und trottete den Korridor entlang bis zum Hauswirtschaftsraum. Dort kletterte ich in den Speisenaufzug. Mein Versteck aus Kindertagen war genau richtig, um einer Begegnung mit Sally und Kean aus dem Weg zu gehen.

Ich hatte mit Müh und Not genug Platz, um die Beine unterzuschlagen und aufrecht zu sitzen, während ich meinen Prosecco schlürfte. Nur gedämpft drang die Musik aus Küche und Wohnzimmer an mein Ohr und das Gelächter und die Stimmen der Leute, die Erinnerungen an Victor austauschten. Was für ein Scheiß.

Er war nicht der gute Mann, für den ihr alle ihn haltet, dachte ich bitter.

Schritte näherten sich, und jemand protestierte: »Das kannst du nicht tun!«

Ich erstarrte. Es klang ganz nach Vee.

»Ich muss. Die Leute sollten die Wahrheit erfahren«, widersprach Noah.

Was taten die beiden denn hier hinten, und, noch viel wichtiger, über was stritten sie?

»Ist ja sehr schön, dass du zurückkommst und ein riesiges Chaos anzettelst, *du* verschwindest danach einfach wieder, aber ich muss hier noch wohnen«, zischte Vee.

»Begreifst du es denn nicht? Du musst nicht bleiben. Du kannst gehen, wo auch immer du hinwillst. Du *solltest* gehen. Ich weiß sowieso nicht, wie du es erträgst, hierzubleiben. Es ist fast, als würde das Haus dich festhalten.«

»Es hält mich nicht fest. Ich kann nur nirgendwo sonst hin.«

»Natürlich kannst du. Manchmal könnte man echt glauben, du wärst alt und krank und würdest immer weiter dahinschwinden, so wie Sylvia. Du bist erst vierzig, Vee. Du bist klug und hast was drauf. Du könntest woandershin gehen, du würdest schon einen Weg finden, um dich durchzuschlagen, das weiß ich.«

»Es ist nicht so leicht, wie du behauptest«, entgegnete sie weinerlich.

Noahs Stimme wurde leise, aber umso eindringlicher. »Ich will, dass sie leiden, so wie wir gelitten haben. Ich will der ganzen Stadt zeigen, dass sie ebenso viel Schuld tragen, weil sie Bescheid wussten und trotzdem nichts getan haben.«

Bei seinen Worten flammte die Erinnerung in mir auf, wie Kean erzählte, dass Vee manchmal spätabends betrunken bei ihm zu Hause anrief und irgendwas davon faselte, dass sein Vater etwas gewusst, aber nichts unternommen habe. Hatte Enda gewusst, dass Victor seine Kinder schlug?

»Willst du mich etwa auch leiden sehen?«, fragte Vee. »Ich würde es verstehen. Ich hätte dir gegen Sylvia beistehen sollen. Ich hätte …«

»Du warst katatonisch, Vee. Ich nehme es dir nicht übel. Du hast Schlimmeres erlitten als ich. Du hast es nicht verdient, noch mehr zu leiden.«

Die Zuneigung, die Liebe in Noahs Stimme waren unüberhörbar, besonders als er fortfuhr: »Glaubst du denn, ich hätte je wieder einen Fuß in diese Stadt gesetzt, wenn nicht um deinetwillen? Das Haus könnte gern zu Staub zerfallen, ich würde ihm keine Träne nachweinen. Aber ich bin zurückgekommen. Weil du noch hier bist. Heute Nacht gieße ich Benzin in die Flammen und sehe zu, wie alles abbrennt, und das tu ich einzig und allein für dich, *Mutter.*«

23. KAPITEL

Ich blinzelte auf das leere Glas in meiner Hand hinunter und fragte mich, ob ich so betrunken war, dass ich Unsinn hörte. Hatte Noah Vee gerade *Mutter* genannt? Meine Gedanken überschlugen sich, und meine Eingeweide verknoteten sich vor lauter verwirrter Bestürzung.

War Vee Noahs Mutter? Das ergab keinen Sinn. Er nannte sie doch immer seine Schwester. Und außerdem war Vee zum Zeitpunkt von Noahs Geburt erst fünfzehn gewesen, das war viel zu jung, um ein Baby zu bekommen.

Aber es war nicht *unmöglich*. Noah sagte immerzu, dass ich nicht die ganze Geschichte kannte. Meinte er *das* damit? Und wenn Vee wirklich seine Mam war, wer um alles in der Welt war dann der Vater?

Wieder dachte ich an die Anrufe bei Enda Riordan. Er konnte es sein. Bei dem Gedanken drehte sich mir der Magen um. Als Vee ein Teenager gewesen war, musste er schon in seinen Dreißigern gewesen sein.

Was um alles in der Welt stimmt denn nicht mit diesen Leuten?

Meine Kehle war ganz trocken, und in meinem Magen hatte sich hartnäckige Übelkeit eingenistet. Ich hörte, wie die beiden den Hauswirtschaftsraum verließen, und wartete noch ein Weilchen, ehe ich aus dem Speisenaufzug kletterte, durch die Küche eilte und dann ins riesige Wohnzimmer, wo sich inzwischen alle Gäste versammelt hatten. Am Kamin stand Noah, ein Glas in der Hand. Er schlug mit einer Gabel dagegen, und bei dem klingenden Ton wurde es ganz still.

Rasch warf ich Vee einen Blick zu. Sie stand in einer Ecke, ihr Gesicht war angespannt und ängstlich. Ich wollte gerade zu ihr gehen, da ergriff Noah das Wort.

»Ich möchte Ihnen allen dafür danken, dass Sie heute Abend gekommen sind«, begann er. »Heute am Tag unserer Zusammenkunft jährt sich der Todestag meines Vaters, Victor Dylan, zum zehnten Mal. Ganz besonderen Dank möchte ich seinen engsten Freunden aussprechen, Enda Riordan, Matt O'Hare, Lydia McBride und John und Theresa Hawkins, die mir bei der Vorbereitung dieser Gedenkfeier geholfen haben. Ihr fünf habt Victor viel bedeutet. Ich würde sogar so weit gehen zu sagen, dass er ohne euch nicht der Mann gewesen wäre, der er war. Viele von Ihnen haben Victor in liebevoller Erinnerung, als einen Mann, dem es nie an Lachen und Frohsinn fehlte. Er war Herz und Seele einer jeden Party, und wir alle wissen, dass er selbst eine ganze Menge Feste veranstaltet hat.«

Es gab eine kurze Pause, dann ertönte freundliches, nostalgisches Gelächter ringsum. Ein kleiner Aufruhr mitten im Zimmer zog meine Aufmerksamkeit auf sich: Sylvia versuchte mit hektischen Bewegungen, sich mit dem Rollstuhl einen Weg durch die versammelten Gäste zu bahnen, ihre Augen brannten vor Zorn, aber zugleich sah sie panisch aus. Auch Noah bemerkte sie, und auf seinen Lippen breitete sich ein boshaftes Lächeln aus. »Victor war mein Vater, aber der Mann, den Sie kannten, war nicht derselbe, den ich kannte. Nein, Augenblick, das ist nicht ganz wahr. Seine engsten Freunde kannten Victor ebenfalls gut. Sie wussten ganz genau, wer er war, und an diesem heutigen Abend würde ich das Wissen um sein wahres Wesen gern mit Ihnen allen teilen. Man sagt: Damit das Böse triumphiert, reicht es, wenn das Gute nichts unternimmt. Tja, dasselbe könnte man auch über Victors Freunde sagen, nur dass ich mir nicht ganz sicher bin, was das Gute in ihnen betrifft.«

Er ließ den Blick über die Versammelten wandern. Es herrschte tiefe Stille. Enda, Lydia, Matt und die Hawkins sahen aus, als hätte sie Panik und Übelkeit ergriffen. Theresa hatte die blauen Augen zu Schlitzen zusammengekniffen und starrte Noah an, als wollte sie ihn auf der Stelle erdolchen. Die Aufmerksamkeit der versammelten Menge galt ihm, und die Luft war von der gespannten Erwartung auf das erfüllt, was er wohl zu sagen hatte.

»Ich würde Ihnen gern eine Geschichte erzählen«, fuhr er fort. »Eine Geschichte über eine Mutter, einen Vater, einen Sohn und einen Todesfall.«

Meine Haut wurde klamm, das Herz schlug mir viel zu schnell in der Brust, als stünde eine Panikattacke unmittelbar bevor. *Oh nein!* Ich erkannte das Gefühl wieder. Die Lichter über mir flackerten, es wurde hell und dunkel, hell und dunkel, aber ich schien die Einzige zu sein, die es bemerkte. Alle konzentrierten sich ganz auf Noah, aber ich hörte seine Stimme nicht mehr. Auf meinen Ohren lag ein Druck, als befände ich mich unter Wasser, und ich tastete Halt suchend hinter mir nach der Wand.

Aber es half nicht viel. Ich brach zusammen, und um mich wurde es dunkel.

Ich erwachte in einem Raum, der mir zugleich fremd und vertraut vorkam: das Wohnzimmer auf Ard na Mara, *in dem Noah gerade seine Rede hielt. Aber die Szene, die ich sah, war schon lange her. Auf einem Sessel saß eine junge Sylvia, und eine noch jüngere Vee saß auf dem Sofa und weinte sich die Augen aus. Vor dem Kamin lief Victor auf und ab. Keiner von ihnen schien mich zu sehen.*

»Ich kann nicht glauben, dass du zugelassen hast, dass das passiert. Du musst es wegmachen lassen«, zischte Sylvia und warf der weinenden Vee einen giftigen Blick zu. Es erschütterte mich zutiefst, sie so zu sehen, nicht nur weil sie jung und gesund war, sondern weil sie so hasserfüllt wirkte. Also hatte Vee tatsächlich die Wahrheit über ihre Mutter gesagt.

»Es ist schon zu spät, um es wegzumachen«, sagte Victor kalt. »Sie muss das Baby zur Welt bringen. Wir sagen allen, dass sie für ein paar Monate auf ein ausländisches Internat geht, bis es auf der Welt ist. Dann ziehen wir es als unser eigenes Kind auf.«

Mit tränennassen Augen blickte Vee auf. »Ihr schickt mich weg?«

Victor schüttelte den Kopf. »Nein, du bleibst hier. Aber du darfst das Haus nicht verlassen.«

»Ich kann doch nicht drei Monate lang immer nur drinnen bleiben«, protestierte sie.

Sylvia stand auf und starrte wutentbrannt auf sie hinunter. »Darüber hättest du nachdenken sollen, bevor du deine Schwangerschaft vor uns verheimlicht hast. Ich wusste doch, dass etwas nicht stimmt, als du die ganze Zeit nur noch diese Schlabbersachen getragen hast.«

»Um Himmels willen«, heulte Vee auf, »hörst du überhaupt, was du da sagst?«

»Ich höre mich selbst sehr gut, junge Dame.«

»Hast du etwa vergessen, wer der Vater ist?« Vee sah sie voller Verzweiflung an.

Sylvia wurde ein bisschen blass um die Nase. »Das spielt keine Rolle. Wichtig ist jetzt das Kind.«

Vee stieß ein lautes, irres Lachen aus und stand ebenfalls auf, erwiderte Sylvias Blick. »Wenn ihr beide das Kind als euer eigenes aufziehen wollt, ist das wenigstens nur halb gelogen.«

Sylvia erbleichte noch mehr, ihre Gesichtszüge entgleisten, und sie sah ihren Mann an. Aber sie sagte kein Wort, sondern drehte sich wieder zu Vee um und schlug ihr mitten ins Gesicht. »Du widerwärtige kleine Lügnerin.«

Vee presste die Hand an ihre Wange und starrte ihre Mutter fassungslos an. »Ich lüge nicht. Du willst die Wahrheit nur nicht sehen.«

»Du würdest wirklich alles tun, um diese Familie zu ruinieren«, sagte Sylvia. »Darum auch diese Schwangerschaft. Du wolltest Schande über uns bringen. Nun, ich werde nicht zulassen, dass du noch mehr Schaden anrichtest.«

Mit diesen Worten stürmte sie aus dem Zimmer und ließ Vee mit ihrem Vater allein. Mein Magen war tonnenschwer. Er stand immer noch beim Kamin und blickte sie an, mit Augen, die so kalt waren, dass man sich fragen musste, ob der Mann überhaupt eine Seele besaß.

Lautlos kam er auf sie zu, und Vee schien kleiner zu werden, zugleich angewidert und verängstigt, auch nur im selben Zimmer zu sein wie er. Victor packte sie am Hals und stieß sie zurück aufs Sofa, als würde sie nichts wiegen. Drohend ragte er über ihr auf, die Hände immer noch an ihrem Hals, und mir wurde kalt vor Angst. Er würde sie erwürgen.

Seine Stimme war leise und unheilvoll. »Wenn du noch mal versuchst, ihr die Wahrheit zu sagen, bring ich dich eigenhändig um.«

Vee hob den Kopf und starrte ihn voller Ekel an. »Vergewaltiger«, sagte sie und spuckte ihn an. Ihr Speichel tropfte ihm vom Gesicht. In seinem Hals schwoll eine pulsierende Ader. Er schleuderte sie zu Boden. Meine Augen füllten sich mit Tränen, aber ich konnte nicht eingreifen.

Die Szene änderte sich. Jetzt war ich plötzlich auf dem Dachboden. *Ich verabscheute diese kleine Kammer. Vee war hochschwanger und noch so jung, ihr riesiger Bauch wölbte sich unter dem Nachthemd. Schreiend und weinend hämmerte sie an die Tür. »Lasst mich hier raus! Lasst mich raus! Wenn ihr mich nicht hier rauslasst, dann bringe ich mich und das Baby um! Gottverdammt noch mal! Ihr habt mich lange genug hier eingesperrt!«*

»Beruhig dich«, drang Sylvias ausdruckslose Stimme von draußen herein. »Es ist zu deinem eigenen Besten.«

Vee heulte auf und presste die Stirn gegen die Tür, ihr Körper wurde von Schluchzern geschüttelt. Dann wurde sie auf einmal still und sah zu Boden, wo sich rings um ihre Füße eine Pfütze bildete. »Oh mein Gott«, sagte sie und schlug die Hand vor den Mund. »Es geht los.«

»Was ist denn jetzt schon wieder?«, fragte Sylvia genervt.

Vee brauchte eine ganze Weile, um zu antworten, aber dann, endlich, sagte sie: »Meine Fruchtblase ist geplatzt.«

Im nächsten Moment flog die Tür auf. Sylvia erschien auf der Schwelle, schob Vee zum Bett und wies sie an, sich hinzulegen. Sie ging hinaus und kehrte mit Handtüchern und einer Schüssel voll Wasser zurück.

Vee sollte hier auf diesem muffigen, dreckigen Dachboden ihr Baby zur Welt bringen?

Plötzlich wurde mir klar, von wem die Kratzspuren an der Wand stammten. Es war nicht Noahs Urgroßmutter gewesen, sondern Vee. Vee war Noahs Mutter, und sie hatte ihn hier zur Welt gebracht, in diesem kleinen Kabuff. Er war das Ergebnis von Inzest, und die Familie hatte das Geheimnis über all diese Jahre bewahrt.

Oh nein. Es wurde wieder dunkel.

Jetzt war ich unten im Foyer. Ein kleiner Junge rannte durchs Haus, in einer Hand hielt er einen Stock und ließ ihn übers Treppengeländer rattern. Ich wusste sofort, dass es Noah war. Er war ein wunderhübsches Kind, niemand hätte je vermutet, welch schlimmes Verbrechen zu seiner Geburt geführt hatte.

»Was soll der Lärm, du verfluchtes Balg?«, donnerte eine Stimme. Victor kam die Treppe hinuntergestürmt, riss Noah den Stock aus

der Hand, brach ihn entzwei und packte das Kind grob am Arm. Ich folgte ihm, als er Noah durch den Flur zerrte und ihn in das kleine Zimmer stieß, in dem ich früher geschlafen hatte.

»Du bleibst da drinnen und bist still. Ich will keinen Mucks mehr hören«, schäumte Victor, versetzte Noah noch einen heftigen Stoß, der ihn zu Boden schleuderte, und knallte die Tür zu. Verstört kletterte Noah auf das schmale Bett, schlang die Arme um die Knie und weinte. Es brach mir das Herz, ihn so zu sehen. Ich wollte ihn umarmen, ihn wegbringen aus diesem entsetzlichen Haus.

Kurz darauf öffnete sich die Tür, und Vee schlich sich herein. Noah sah zu ihr hoch, und sie drückte einen Finger an die Lippen, um ihm zu bedeuten, er solle still sein. Sie sah aus, als sei sie ungefähr zwanzig, war blass und gertenschlank und hatte einen gehetzten Blick, allerdings noch nicht so schlimm wie die Frau, die ich kannte.

Sie setzte sich zu Noah aufs Bett und nahm ihn fest in den Arm. »Es tut mir leid, dass er so gemein ist«, flüsterte sie in sein Haar. »Ich lass nicht zu, dass er dich noch mal erwischt.«

»Ich habe Angst vor ihm«, flüsterte Noah zurück, und ich sah, wie Vee das Herz brach, genau wie es zuvor mir gebrochen war. Sie liebte ihn, ganz gleich, wie er entstanden war.

Die Dunkelheit kehrte zurück, und als Nächstes war ich in der Küche. Noah war immer noch klein. Er saß am Tisch und machte Hausaufgaben, da kam Sylvia herein.

»Was habe ich dir gesagt?«, fragte sie wütend und riss ihm den Stift aus der Hand, dann holte sie einen hölzernen Kochlöffel und schlug ihm damit auf die Knöchel. Er schrie vor Schmerz auf und presste die Hand gegen die Brust.

Sylvia starrte ihn kalt an. »Du bist sowieso schon ein durch und durch schlechtes Omen«, sagte sie. »Wir schreiben mit der rechten Hand, nicht mit der linken.«

Wimmernd, es tat ihm sichtlich noch sehr weh, nahm Noah mit der zitternden rechten Hand den Stift und konzentrierte sich so gut er konnte auf etwas, das für ihn unnatürlich war.

Wieder wurde ich weitertransportiert, diesmal in eine fröhliche Szene. *Das Wohnzimmer war voller lachender Gäste, und ich erkannte Matt, Lydia, Direktor Hawkins, Theresa und Enda. Victor und Sylvia saßen ebenfalls da, es sah fast aus, als hielten sie Hof. Man hörte, wie sich die Haustür öffnete, und Victor stürmte in den Flur. Durch den Türspalt beobachtete ich, wie er einen Noah im Teenageralter anherrschte.*

»Was glaubst du eigentlich, wie spät es ist?«

»Es ist doch erst elf«, sagte Noah und sah zu Boden. Es war seltsam, ihn so unterwürfig zu sehen.

»Elf Uhr ist zu spät«, sagte Victor, und mich beschlich das Gefühl, dass Noah extra länger weggeblieben war, um ihm aus dem Weg zu gehen. Schon so oft hatte ich dasselbe getan, um Vee nicht zu begegnen, war so lange bei Aoife geblieben, wie es nur ging.

»Tut mir leid«, murmelte Noah.

»Tut mir leid reicht nicht«, donnerte Victor, und ich bildete mir ein, den Alkohol in seinem Atem zu riechen. Er zog den Gürtel aus seiner Hose, riss Noah das T-Shirt vom Leib und schlug hart zu. Ich zuckte zusammen.

Jeder im Wohnzimmer musste hören, was im Korridor vor sich ging, aber niemand kam Noah zu Hilfe.

»Klingt, als wäre jemand in Schwierigkeiten.« Enda lachte gemein.

»Der kleine Noah war ein böser, böser Junge«, stellte Matt mit einem betrunkenen Auflachen fest.

»Na, na, jetzt sei mal nicht so derb«, schalt ihn Lydia belustigt.

Ich konnte ihr Verhalten nicht begreifen. Es kam mir vor, als hätten sie schon oft mit angesehen, wie Victor mit seinem Sohn umsprang, aber sie waren so kaltherzig, dass es sie überhaupt nicht störte. Sie fanden es sogar amüsant, und das verstörte mich am al-

lermeisten. Ich richtete meine Aufmerksamkeit wieder auf den Korridor, wo Victor anscheinend befand, dass er oft genug auf seinen Sohn eingedroschen hatte.

»Jetzt geh ins Bett«, befahl er.

Noah humpelte den Flur entlang zu seinem Zimmer, und Victor kehrte zu seinen Gästen zurück.

»Bitte entschuldigt die kleine Störung«, sagte er, hob sein Glas und nahm einen großen Schluck.

»Macht dir dein Junge Ärger?«, erkundigte sich die deutlich angeheiterte Theresa und setzte sich auf die Armlehne des Sessels, auf dem Victor Platz genommen hatte.

Victor gluckste leise in sich hinein, aber es lag keine echte Erheiterung darin, nur Grausamkeit. »Ein Junge wie meiner braucht eine feste Hand.«

»Er wird immer hübscher«, bemerkte Theresa, und mein Magen verkrampfte sich, weil ich wusste, worauf das hinauslief.

Victor beäugte sie forschend. »Findest du?«

»Oh ja. Wäre ich zwanzig Jahre jünger, hätte ich einige Ideen, was ich mit ihm anstellen könnte«, sagte sie fast wehmütig. Ich hätte ihr am liebsten mitten ins Gesicht geschlagen.

»Wozu müsstest du dafür jünger sein? Er ist alt genug, um zu lernen, mit einer Frau umzugehen.«

Theresa kicherte. »Ach, sei nicht albern. Das geht doch nicht.« Aber ich sah, wie Interesse in ihren Augen aufglühte. Die Saat war gesetzt.

Ich blinzelte und fand mich in einem anderen Zimmer und einer anderen Zeit wieder. Es war das Arbeitszimmer, in dem Vee einen Großteil ihrer Abende zubrachte und das früher einmal Victor gehört hatte. *Er saß telefonierend am Schreibtisch, und während er den Menschen am anderen Ende der Leitung anbrüllte, flog ihm Speichel aus dem Mund. »Sie müssen doch irgendwas tun können. Ich bin am Ende. Bankrott. Davon werde ich mich nie erholen.« Er knallte das Telefon auf den Tisch, sprang auf und schlug mit der Faust gegen die Wand. Dann marschierte er aus dem Arbeitszimmer und nach unten zu Noahs Zimmer. Er stieß die Tür auf. Noah lag schlafend im Bett, wachte aber auf, als sein Vater so unvermittelt hereingestampft kam. Er rieb sich die verschlafenen Augen. Victor zog den Gürtel aus der Hose, um mal wieder seine Wut an seinem Sohn auszulassen.*

Die Szene verblasste, und jetzt war ich in der Küche. *Vee war deutlich älter, so um die dreißig, stand vor dem Geschirrschrank und goss sich ein Glas Whiskey ein. Sie machte es ganz voll, und dann schüttete sie es bis zum letzten Tropfen in sich hinein. Leicht schwankend füllte sie es noch einmal, und gerade als sie es zum Mund führte, kam Sylvia herein, Victor im Schlepptau.*

»Siehst du? Was habe ich dir gesagt? So geht das seit Wochen. Sie betrinkt sich bis zur Besinnungslosigkeit. So kann das nicht weitergehen.«

Vee bedachte ihre Mutter mit einem feindseligen Blick. »Ich bin erwachsen, ich mache, was ich will.«

»Nicht, solange du unter meinem Dach lebst«, entgegnete Sylvia.

»Dann ziehe ich eben aus.«

Victor lachte verächtlich. »Ach ja? Und wo willst du hin? Du hast kein Geld, keinen Job. Du kannst froh sein, dass wir dich hier wohnen lassen, so viel Ärger, wie du machst.«

»Ich mache Ärger?«, schrie Vee, und dann warf sie das Glas nach ihm. Er wich aus, aber nicht schnell genug. Es traf seine Brust und fiel zu Boden, wo es in lauter Scherben zersprang. »Du bist es, der seine eigene Tochter vergewaltigt hat, als sie noch ein Kind war, und sie geschwängert hat, und jetzt habe ich einen Sohn, dessen Leben noch beschissener ist als meins.«

Die Wörter schienen kurz reglos in der Luft zu hängen. Dann fragte jemand: »Stimmt das?« Alle drehten sich um. Auf der Schwelle stand Noah.

»Hau ab«, blaffte Victor ihn an. »Deine Schwester ist betrunken und erzählt Lügen.«

»Stimmt das?«, wiederholte Noah und sah Vee an. Sie nickte traurig, als läge das Gewicht der ganzen Welt auf ihren Schultern. Hinter Noahs Augen tobte ein Sturm. Er richtete den Blick auf seinen Vater. »Ich wusste, dass du ein kranker Scheißkerl bist, aber für so *krank hab nicht mal ich dich gehalten. Ich werde allen erzählen, was du für einer bist.«*

»Du sagst keinem irgendwas.« Victor ging drohend auf ihn zu, aber Noah war zu schnell für ihn. Er rannte zur Hintertür hinaus und war verschwunden. Victor jagte hinterher, und ich folgte ihnen. Draußen war es dunkel. Noah rannte über die Klippen und zum Strand hinunter, bis zum Wasser und ein Stück ins Meer hinein. Victor holte ihn ein, und es kam zu einem Handgemenge; Victor packte Noah mit einer Hand am Kragen und schlug ihm mit der Faust gegen den Kopf. Tränen strömten mir übers Gesicht. Ich wusste, was ich da mit ansah. Dies war der Kampf, von dem Noah gesprochen hatte und der mit Victors Herzanfall enden würde.

Ich wünschte mir die Macht, die Vergangenheit zu ändern, aber ich konnte nichts tun.

Victor drückte den sich wehrenden Noah ins Wasser.

»Lass mich los! Bitte! Ich ertrinke!«, flehte Noah ihn an, und ich hatte ein Déjà-vu. Genau diese Worte hatte ich vor einiger Zeit gehört, als ich hier am Strand saß. Es war, als würden die Echos der Vergangenheit ständig versuchen, zu mir durchzudringen.

»Du verdienst es, zu ertrinken. Du bist nichts weiter als ein Fluch und eine Last«, sagte Victor und drückte Noahs Kopf unter Wasser.

Ich konnte nicht fassen, dass er bereit war, seinen eigenen Sohn zu töten, um sein furchtbares Geheimnis zu bewahren. Aber Noah wehrte sich jetzt wilder als zuvor, er riss sich los. Schlug zu und stieß ihn so hart von sich, dass Victor rücklings stürzte. Er krallte bei-

de Hände in seine Brust. Mit verängstigtem, verzweifeltem Blick starrte er zu Noah hoch, dem plötzlich klar wurde, dass Victor einen Herzinfarkt hatte.

»Scheiße, scheiße, scheiße«, rief er panisch, lief zu Victor und versuchte, ihn zurück auf die Füße zu ziehen. »Hilfe!«, schrie Noah. »Hilfe, bitte!« Aber es war zu spät. Victor war tot. Sylvia und Vee kamen über den Strand gerannt.

»Was ist passiert?« Sylvia starrte entsetzt ihren Mann an, der reglos im Wasser lag. Sie rannte zu ihm, suchte nach seinem Puls. »Du hast ihn getötet«, schrie sie Noah an. »Du hast ihn umgebracht!«

»Hab ich nicht«, widersprach Noah, »es war ein Unfall.«

Vee hatte die Arme um sich geschlungen und starrte ihren reglosen Vater an, als wäre sie vor Schreck zur Salzsäule erstarrt. Irgendjemand schluchzte fürchterlich, und es dauerte einen Moment, bis ich begriff, dass ich es selbst war. Diese Szene war das Tragischste, was ich je gesehen hatte.

Mit dem nächsten Lidschlag war ich zurück auf *Ard na Mara. Im Korridor stand Sylvia und unterhielt sich flüsternd mit Direktor Hawkins. »Ich muss ihn irgendwie loswerden«, sagte sie verzweifelt. »Er wird allen die Wahrheit über Victor erzählen, alle werden erfahren, dass in Wirklichkeit Veronica seine Mutter ist. Er wird allen sagen, dass ich es die ganze Zeit wusste. Er wird meinen Ruf ruinieren.«*

»Das lassen wir nicht zu. Ich sage vor Gericht aus. Ich werde bezeugen, dass ich dabei war und gesehen habe, wie Noah Victor angegriffen hat. Er wird für lange Zeit ins Gefängnis gehen.«

»Das würdest du für mich tun?«, fragte Sylvia erstaunt.

»Natürlich«, antwortete Hawkins. »Ich würde alles für dich tun.«

»Aber was ist mit Veronica? Sie war dort. Sie könnte deine Aussage widerlegen.«

Hawkins rieb sich das Kinn. »Ich kenne einen Arzt, der uns für ein bisschen was unter der Hand ein Rezept ausstellen wird. Wir setzen Veronica außer Gefecht, bis das Verfahren vorbei ist. Du hast selbst gesagt, sie sei so depressiv, dass sie kaum ihr Zimmer verlässt. Mit ausreichend Medikamenten und Alkohol wird es ein Leichtes sein, dafür zu sorgen, dass sie dort auch bleibt.«

Die Gestalten lösten sich auf, und ich war zurück in der Gegenwart. Ich saß auf dem Boden, mit dem Rücken an die Wand gelehnt. Mein eigener Herzschlag drohte mir die Brust zu sprengen, während ich versuchte, mir auf das Gesehene einen Reim zu machen. Hatte ich mal wieder in die Vergangenheit geblickt?

Mit wackligen Beinen erhob ich mich, und es dauerte einen Augenblick, bis zu mir durchdrang, was ringsum für eine angespannte Stimmung herrschte. Dann hörte ich Noah zu seinem Publikum sagen: »Das also ist das wahre Gesicht des Manns, dessen Sie alle so liebevoll gedenken. Er war kein Gentleman. Er war ein Teufel im dreiteiligen Anzug.«

Erschüttert begriff ich, dass Noah vieles von dem, was ich gerade gesehen hatte, soeben den hier versammelten Menschen offenbart hatte. Er hatte ihnen allen die Wahrheit über seine Familie erzählt. »Die Freunde meines Vaters waren Zeugen, wie unmenschlich grausam er sich aufführte. Sie haben das Schauspiel sogar genossen. Und es hat sich für sie gelohnt, nichts dagegen zu unternehmen, denn Victor war Börsenspekulant. Damals hat er ihnen eine Menge Kohle verschafft. Wen scherte es also, ob er seinen Sohn schlug, seine Tochter vergewaltigte? Geht uns ja nichts an, richtig? RICHTIG?« In seinen Augen stand dieser wilde Ausdruck, dieser Wahnsinn, auf den ich ab und zu schon einen kurzen Blick erhascht hatte.

Als ich mich umsah, stellte ich fest, dass viele Leute Victors Freunde angewidert anstarrten. Ich war ebenfalls angeekelt. Vor allem von Direktor Hawkins. Er hatte vor Gericht gelogen und Noah beschuldigt, um Sylvia zu schützen. Ich war fassungslos. Es gab kaum etwas Verabscheuungswürdigeres, als absichtlich einen Unschuldigen hinter Gitter zu bringen. Ein unschuldiges *Kind* in diesem Fall sogar. Jetzt erst begriff ich, weshalb Noah Hawkins so sehr verachtete und es genossen hatte, seine Spielchen mit ihm zu treiben.

Jetzt wussten alle im Ort die Wahrheit, und die Luft war zum Schneiden dick. Noah griff nach seinem Glas und genoss den Augenblick. Er kam mir nicht ganz nüchtern vor. Vielleicht hatte er sich Mut antrinken müssen, um seine verstörende Ansprache zu halten.

Direktor Hawkins bahnte sich einen Weg zu ihm durch. »Jetzt reicht es. Niemand hier will diese Lügen hören.«

Noah lachte, in seinen Augen schimmerte noch immer ein Funke Irrsinn. »Ich denke, alle hier wissen, dass es keine Lügen sind, John.«

Ich entdeckte Sally und Kean, in ihren Gesichtern stand Angst. Ihre wundervollen Eltern waren als das entlarvt worden, was sie waren. Matt O'Hare sah aus, als wollte er sich jede Sekunde auf Noah stürzen, und Enda Riordan stand neben seiner Frau und dünstete stummem Zorn aus. Der Mann von Bürgermeisterin McBride drückte seine beschämt vor sich hinschluchzende Frau an sich.

Es war unglaublich, welch ein Chaos Noah in nur wenigen Minuten entfesselt hatte, aber eins stand fest: Ich musste ihn von hier wegbringen. Vee konnte ich nirgends entdecken. Wahrscheinlich hatte sie das Weite gesucht, sobald Noah angefangen hatte, seine Geschichte zu erzählen.

Ich zwängte mich zwischen den Gästen hindurch, und auf einmal stand ich zwischen Noah und Hawkins. Ich sah meinem ehemaligen Schulleiter direkt in die Augen. »Ich glaube, Sie gehen jetzt besser.«

»Oh, und wie ich gehen werde, aber machen Sie sich darauf gefasst, von meinem Anwalt zu hören«, sagte er und sah über mich hinweg Noah an. »Was Sie hier getan haben, nennt man Verleumdung.«

»Nicht, wenn es die Wahrheit ist«, erwiderte Noah. »Aber Sie haben recht. Sie sollten in der Tat Ihren Anwalt kontaktieren. Ich hoffe, er taugt was.«

»Was soll das heißen?«, schäumte Hawkins.

Noah grinste boshaft. »Das werden Sie schon sehen.«

Ich spürte seine Hitze in meinem Rücken, als gingen weiß glühende Wellen aus schierem Zorn von ihm aus. Auf einmal wirkte Hawkins eingeschüchtert. Er wich zurück, nahm seine völlig erstarrte Frau an der Hand und stürmte hinaus. Ich wandte mich an die Gäste. Jemand musste diesem Irrsinn ein Ende machen. »Es tut mir leid, aber ich muss Sie jetzt alle bitten, zu gehen«, sagte ich laut und deutlich.

Ich drehte mich wieder zu Noah um, und unsere Blicke begegneten sich. Kurz wirkte er unsicher, als würde er sich fragen, ob ich ihn ablehnen würde, jetzt, da ich die Wahrheit kannte. Wusste er denn nicht, dass ich ihn nur umso mehr liebte? Es war entsetzlich, was er und Vee durchlitten hatten, aber sie trugen daran nicht die geringste Schuld. Ich schlang ganz fest die Arme um ihn. Meine Umarmung schien ihn zu überraschen. Ich spürte seine zitternden Hände unten an meinem Rücken.

»Es tut mir so leid, was du durchgemacht hast«, flüsterte ich dicht an seinem Hals. Er antwortete nicht, blieb stocksteif stehen. Aber ich ließ ihn nicht los, und irgendwann ließ er sich in meine Umarmung sinken, als brauchte er sie dringender als Sauerstoff. »Ich kann einfach nicht fassen, dass Vee deine Mutter ist«, flüsterte ich. »Warum hast du es mir nicht erzählt?«

»Weil ich es mag, wie du mich ansiehst, und ich dachte, dass sich das ändern würde, wenn du Bescheid weißt«, antwortete er.

Ich löste mich ein wenig von ihm, um ihm in die Augen zu sehen.

»Ich bin ein Ungeheuer, Estella, aus Dunkelheit und Elend geboren. Niemand kann mich lieben.«

»Das stimmt nicht. Victor und Sylvia haben versucht, dich das glauben zu lassen, aber du bist liebenswert, Noah. Und ich liebe dich.«

»Das glaube ich dir nicht«, sagte er, aber in seinen Augen leuchtete Hoffnung auf. Er wollte mir glauben.

Ich strich ihm zärtlich über die Wange. »Du hast mir mal gesagt, dass du manchmal nicht weißt, ob das, was du für Gerechtigkeit hältst, irrational ist, und ich habe dir geantwortet, dass du immer mich fragen kannst. Und ich glaube, dasselbe Prinzip kann man auch hier anwenden. Noah, du bist kein Ungeheuer.« Ich sagte es in tiefer Überzeugung.

Und da rollten Tränen über seine Wangen. »Ich habe nicht mit dir gerechnet«, flüsterte er.

»Ich auch nicht mit dir«, flüsterte ich zurück und wischte eine Träne unter seinem Auge fort. »Aber ich bin so froh, dass du gekommen bist.« Vielleicht ließ ich gerade zu, dass meine Liebe zu ihm alles andere in den Hintergrund rücken ließ, aber ich konnte nicht zulassen, dass er einfach abhaute. Ich konnte nicht zusehen, wie er morgen früh auf sein Motorrad stieg und womöglich für immer aus meinem Leben verschwand. Vielleicht ähnelte ich in dieser Hinsicht meinem Vater zu sehr, musste meinem Herzen folgen, was auch immer es mich kosten würde. Hoffnungslos romantisch.

Fast alle waren gegangen, und ich war wie eingesponnen in diesen gemeinsamen Moment mit Noah. Sylvia saß in ihrem Rollstuhl, eine gebrochene Frau. Jetzt waren ihre Sünden allen offenbart worden. Ich hasste sie. Hasste sie dafür, was sie Noah angetan hatte, dafür, wie grausam sie in all den Jahren zu ihm und Vee gewesen war. Es war schwierig, die Frau, die sie einmal gewesen war, mit der Frau zusammenzubringen, als die ich sie kannte, aber ich durfte nicht vergessen, dass sie tief im Innern noch immer dieselbe war. Ein zutiefst verderbter Charakter. Eine Erinnerung blitzte vor meinem geistigen Auge auf, und ich sah Noah an.

»Der Tag, an dem ich dachte, dass du Sylvia aus dem Rollstuhl gestoßen hast«, flüsterte ich, »was ist da wirklich passiert?«

Noah bedachte sie mit einem raschen, angewiderten Blick, dann sah er wieder mich an. »Sie hat sich absichtlich aus dem Rollstuhl fallen lassen. Als sie gemerkt hat, dass wir uns näherkommen, wollte sie dich gegen mich aufbringen. Sie hat mich vom Tag meiner Geburt an gehasst, und sie erträgt es nicht, wenn jemand mich liebt.«

Ich spürte die Wahrheit in seinen Worten, und Wut kochte in mir auf. Wut auf eine Frau, die ich mal für sanftmütig und freundlich gehalten, um die ich mich gekümmert und die ich unzählige Male ins Bett gebracht hatte. Ich wusste, dass er die Wahrheit sagte, denn sie hatte versucht, mir einzureden, er sei gefährlich, obwohl in Wirklichkeit sie die Bösartige von beiden war.

Ich würdigte sie keines Blicks, als ich Noah mit mir Richtung Treppe zog. Es fiel mir nicht leicht, aber jetzt, da ich Bescheid wusste, würde ich sie nie wieder so sehen wie zuvor.

Sie wusste, was Victor getan hatte, aber sie hatte es vorgezogen, die Ahnungslose zu spielen. Sie hatte jahrelang zugelassen, dass er Vee und Noah missbrauchte, hatte behauptet, Noah habe seinen Vater getötet, obwohl es ein Unfall gewesen war, und war dank der Falschaussage von Hawkins davongekommen.

Wir betraten Noahs Zimmer, und wie immer waren die Vorhänge weit aufgezogen. Gedankenverloren blickte ich in die Dunkelheit hinaus, doch dann sah ich im Wasser eine einsame Gestalt stehen.

Vee.

Sie war unten am Strand, lief immer weiter ins Meer hinaus. Voller Entsetzen begriff ich, was sie vorhatte.

Sie wollte sich ertränken.

Ich machte auf dem Absatz kehrt und rannte hinaus. Zeit für Erklärungen hatte ich nicht. Ich musste Vee erreichen, ehe sie etwas tat, das niemand mehr ungeschehen machen konnte. So schnell ich nur konnte, rannte ich die Treppe hinunter und in die Küche. Plötzlich erwachte die Musikanlage zum Leben und plärrte *Beyond the Sea* von Bobby Darin. Es war ohrenbetäubend laut, aber ich hatte es zu eilig, zu Vee zu gelangen, um mich zu fragen, wer oder was die Musik wieder eingeschaltet hatte.

Ich stieß die Hintertür auf und raste durch den Garten, geradewegs zu den Klippen und die Steinstufen zum Strand hinunter. Bobby Darins Stimme folgte mir, hallte unheimlich in der stillen Nacht wider und sorgte dafür, dass sich die feinen Härchen in meinem Nacken aufrichteten. Voll bekleidet rannte ich in die Brandung und stürzte mich ins Wasser. Vee war kaum noch zu sehen, nur ihr Kopf ragte noch aus dem Wasser. Das Meer war so eisig, dass mir der Kälteschock die Luft aus der Lunge trieb. Es war, als hätte mir jemand eine Faust in den Brustkorb gerammt.

»Vee!«, schrie ich, aber sie antwortete nicht. Ich bekam Salzwasser in den Mund, kämpfte gegen die lähmende Kälte an und schwamm auf Vee zu. Ich war bis auf zwei, drei Meter heran, da sah ich, wie sie unterging. »Nein!«, schrie ich auf, holte tief Luft und tauchte unter. Es war fast unmöglich, die Augen ganz zu öffnen, aber ich erhaschte ein Aufschimmern des

Stoffs von Vees grünem Kleid und streckte die Hand danach aus. Doch ich bekam es nicht zu fassen.

»Estella«, hörte ich von irgendwo über mir eine gedämpfte, undeutliche Stimme rufen. Mir ging der Sauerstoff aus, und mir wurde schwindlig. Vee sah ich nirgendwo mehr. Eine mächtige Welle drückte mich nach unten, und ich war zu schwach, um dagegen anzukämpfen. Wild rudernd versuchte ich mich an die Wasseroberfläche zu arbeiten, aber es schien unmöglich. Panisch riss ich den Mund auf, und Meerwasser strömte herein. Ich erkannte meinen Fehler augenblicklich. Mir schwanden die Sinne, und ich wusste nicht, ob es wirklich geschah oder ich halluzinierte, aber ich sah die dunklen Schatten aus meinen Träumen näherrücken, sie formten Victors grausames Gesicht, und ich hörte seine Stimme in meinem Kopf widerhallen: *Ich habe dir gesagt, du sollst ihn aufhalten. Du hättest ihn aufhalten sollen.*

Ich glaubte dicke, feste Stränge Seegras zu spüren, die sich um meine Taille wickelten, aber es war kein Seegras. Es waren Noahs Arme. Ich war unendlich erleichtert, ihn zu sehen. Er drückte seine Lippen auf meinen Mund, als wollte er mich küssen, aber stattdessen blies er Sauerstoff in meinen Mund, und meine Lunge funktionierte wieder.

Ich spürte, wie er mich an die Oberfläche zog. Noch nie hatte ich eine solche Erleichterung verspürt wie in dem Augenblick, da sich mein Kopf wieder über Wasser befand. »Schwimm zum Ufer. Ich muss Vee finden«, befahl er.

Ich wollte protestieren, aber er war schon weg. Schwach und zittrig paddelte ich zum Strand, und sobald das Wasser flach genug war, watete ich das letzte Stück zu Fuß. Bis auf die Knochen durchweicht sackte ich im Sand zusammen, und dann verlor ich vor lauter Erschöpfung das Bewusstsein. Als ich wieder zu mir kam, saß Vee neben mir. Sie sah zum Himmel hoch und schlotterte in ihrem nassen Kleid vor Kälte. Ich setzte mich auf und sah mich um. »Wo ist Noah?«, fragte ich, und meine Kehle war vor Angst wie zugeschnürt.

Vee blickte mich an, traurig und durchgefroren und nass. »Noah?«

»Er wollte dich rausholen«, sagte ich in wachsender Panik.

Vee wirkte verwirrt. »Nein, hat er nicht. Ich bin hierhergekommen, weil … weil …« Ihre Stimme brach, und ich legte eine Hand auf ihre. »Ich weiß. Ist schon gut. Erzähl mir, was passiert ist.«

Vee schluckte schwer. »Mich hat eine Welle nach unten gedrückt, und da wurde mir plötzlich klar, dass ich nicht sterben will. Da hatte ich auf einmal so einen Energieschub und habe es geschafft, wieder an die Oberfläche zu schwimmen.«

Abrupt stand ich auf und rannte auf wackligen Beinen zum Wasser. »Noah!«, schrie ich. »Noah!« Aber es kam keine Antwort, da war nichts als das weite, dunkle Meer und endlose Wellen. Vee war dicht hinter mir und packte mich an der Schulter. Ich drehte mich zu ihr um. »Ich habe dich von Noahs Fenster aus gesehen. Ich bin losgerannt, um dich aufzuhalten, aber ich wäre fast ertrunken. Dann war auf einmal Noah da. Er hat mich an die Oberfläche gezogen, ehe er nach dir getaucht ist.«

Blankes Entsetzen stand in Vees Augen, als sie begriff. »Er hat mich nicht gefunden.«

24. KAPITEL

»Wir müssen den Rettungsdienst anrufen. Sie müssen eine Suchmannschaft losschicken. Vielleicht ist er noch da draußen«, sagte ich, obwohl ich tief in meinen Eingeweiden wusste, dass es hoffnungslos war. Es war gekommen, wie es kommen musste. Mein Fluch. Ich hatte geglaubt, er würde mich holen kommen, aber er war raffinierter.

Stattdessen hatte er mir den Mann genommen, den ich liebte.

Ich rannte zum Haus und wählte die 999. Es dauerte nicht lange, bis ein Rettungsteam eintraf. Vee und ich standen in Decken gewickelt nebeneinander am Strand. Bedrückendes Schweigen hing in der Luft.

»Wenn er ertrunken ist, dann ist das meine Schuld«, sagte sie trostlos.

Ich antwortete nicht, zum Sprechen war ich viel zu aufgewühlt. Ich weigerte mich zu akzeptieren, dass er nicht mehr da sein sollte. Eben noch hatte ich ihn gesund und lebendig in den Armen gehalten. Er konnte nicht einfach weg sein.

Es *durfte* nicht sein.

Stunden vergingen, aber von Noah keine Spur. Ich sprach mit einer Frau aus dem Rettungsteam. Sie sagte, sie würden notfalls die ganze Nacht weitersuchen, und ich solle versuchen, ein bisschen zu schlafen. Aber wie sollte ich schlafen? Inzwischen klang es, als würden sie nicht mehr nach einem Lebenden suchen, sondern nach einer Leiche.

Benommen schleppte ich mich zum Haus. Setzte mich an den Küchentisch und blieb dort eine ganze Ewigkeit lang sitzen. Am Morgen kam eine völlig panische Irene, sie hatte gehört, was mit Noah passiert war. Ich bekam mit, dass sie etwas zu mir sagte, aber ich verstand kein Wort.

Ich ging die Treppe hinauf in mein Zimmer, legte mich aufs Bett und starrte an die Decke. Bis zu diesem Moment hatte ich nicht geweint, aber auf einmal stürzten mir dicke Tränen aus den Augen, und ich rollte mich zusammen. Lag auf der Seite, die fest umschlungenen Knie an der Brust, und weinte, weinte, weinte.

Das hier war nicht echt.

Es war ein Traum.

Ja. Nichts weiter als ein Traum.

Aber es war kein Traum, und die Vorstellung eines Lebens ohne Noah war so entsetzlich, dass ich wünschte, ich wäre mit ihm ertrunken. Das zwischen uns war noch so neu gewesen, so zerbrechlich, und jetzt war es fort, trieb auf den Wellen davon.

Irgendwann schlief ich vor lauter Erschöpfung ein und wachte halb erfroren auf – ich trug noch immer das Kleid vom vergangenen Abend, der nasse Stoff war getrocknet, klebte jetzt aber an meiner Haut. Ich schälte mich aus dem Kleid und ließ mir ein Bad ein. Sank ins heiße Wasser, das mir fast die Haut verbrühte, und hoffte, der Schmerz würde mich betäuben. Ich wollte nichts fühlen. Gar nichts.

Ich blieb so lange im Wasser, bis es kalt wurde. Schließlich stieg ich aus der Wanne, wickelte mich in ein Handtuch und wankte wie ein Zombie zurück in mein Zimmer. Während ich mich anzog, hörte ich Stimmen. Ich ging nach unten und fand eine leichenblasse Vee am Küchentisch vor, die gerade mit der

Frau von letzter Nacht sprach. Ich wusste nicht mehr, wie sie hieß, nur noch, dass sie die Leiterin des Rettungsteams war. Als ich hereinkam, sahen sie mich beide an, aber sie mussten nichts sagen. Ich sah ihren Gesichtern an, dass man Noah nicht gefunden hatte. Am liebsten hätte ich wieder geweint, aber ich hatte keine Tränen mehr übrig. War nur noch eine leere Hülle, empfand gar nichts mehr. Es war besser so. Sonst hätte ich mich mit der entsetzlichen Wirklichkeit abfinden müssen: Noah war tot, und seine Leiche, die das Meer fortgetragen hatte, würde man niemals finden.

Die nächsten zwei Tage waren die schlimmsten meines Lebens. Es war wie Dads Unfall in einer Wiederholungsschleife. Mein Körper schien mir viel zu klein und zu schwach zu sein für den Schmerz und die Trauer, die in mir wüteten. Die Suche nach Noah wurde für beendet erklärt, es wurde keine Leiche gefunden. Irene und Siobhan arrangierten eine kleine Trauerfeier – Vee war in einem ebenso schlimmen Zustand wie ich. Die meiste Zeit blieb sie in ihrem Zimmer.

Manchmal fragte ich mich, ob Noah überlebt hatte und einfach wie ein Geist in die Nacht verschwunden war, so wie er es immer vorgehabt hatte. Aber all seine Sachen waren noch in seinem Zimmer, das Motorrad parkte draußen in der Einfahrt, eine schmerzhafte Erinnerung an seine Abwesenheit. Trotzdem klammerte ich mich noch immer an meiner Hoffnung fest, denn die Vorstellung, dass er noch am Leben und irgendwo dort draußen war, schmerzte nicht ganz so sehr wie die, dass er für immer weg sein sollte. Selbst wenn das bedeutete, dass er mich verlassen hatte.

Unzählige Male wählte ich seine Nummer und bekam nur das Piepsen seiner Mailbox zur Antwort. Ich hinterließ jedes Mal eine Nachricht, aber ich wusste selbst, dass er nicht antworten würde.

Ich versuchte mich damit zu trösten, dass er jetzt endlich frei war von den Schrecken, die ihn geplagt hatten, von der Rache, die ihn auffraß, aber es half alles nichts. Ich wollte nicht, dass er tot war, selbst wenn es ihm Frieden brachte. Ich wollte ihn zurückhaben, einen lebendigen Noah in meine Arme schließen.

Am Morgen seiner Beerdigung riss ich mich zusammen, zog ein schlichtes schwarzes Kleid und eine Strickjacke an und klopfte an Vees Tür.

»Wer ist da?«, fragte sie mit schwacher Stimme.

Langsam öffnete ich die Tür und trat ein. Sie lag im Bett und starrte blicklos an die Decke. Ich sah förmlich, wie die Schuld sie bei lebendigem Leib auffraß, und musste mich mit ganzer Kraft darum bemühen, ihr nicht die Schuld zu geben. Als sie in jener Nacht ins Meer gegangen war, hatte sie niemandem schaden wollen. Und seit ich wusste, was sie durchgestanden hatte, verstand ich sie sogar. Aber es war schwer, freundlich zu sein, weil ich schreien und weinen und irgendwo gegentreten wollte, obwohl ich genau wusste, dass es nichts bringen und ich mich dadurch nicht besser fühlen würde.

Vee war ein Opfer, genau wie Noah, und ich durfte nicht zulassen, dass sie wieder in ihr altes Leben zurückfiel und hier in diesem Haus in ihrem eigenen Dreck umkam. Das war das Letzte, was Noah gewollt hätte.

»Kommst du mit zur Beerdigung?«, fragte ich behutsam. Mit blutunterlaufenen Augen sah sie mich an und setzte sich mühsam auf. Sie war völlig jenseits von Gut und Böse. »Ja, äh«, sagte sie und runzelte die Stirn. »Die Beerdigung ist heute?«

Ich nickte besorgt. Dass sie nicht einmal mehr wusste, welcher Tag heute war, erschreckte mich.

Vee sah sich orientierungslos um. »Gib mir ein bisschen Zeit, um zu duschen und mich anzuziehen.«

»Er wollte nicht, dass du hierbleibst. Das weißt du, oder? Er ist deinetwegen zurückgekommen«, sagte ich.

Tränen schossen Vee in die Augen. Sie starrte auf den Boden. »Ich kann doch nirgendwohin.«

»Natürlich kannst du. Da draußen gibt es eine ganze Welt, und überall ist es besser als hier. Es muss doch noch ein *bisschen* Geld von Dads Lebensversicherung übrig sein.«

Sie sah mich kurz an. »Sehr wenig.«

»Immer noch besser als nichts. Und außerdem hast du ein Auto und was zum Anziehen. Bleib nicht hier, Vee. Noahs Opfer darf nicht umsonst gewesen sein.«

Sie stand auf, und ich sah, dass meine Worte Eindruck auf sie machten. »Ich denke darüber nach«, antwortete sie mit dünner Stimme.

Auch das war wohl besser als nichts.

Ich ging nach unten, öffnete wie auf Autopilot die Haustür und hob die Morgenzeitung auf. Die Titelseite streifte ich erst nur mit einem flüchtigen Blick, aber dann brüllte mich die Hauptschlagzeile an. Da stand etwas von *Betrug* und *aufgedeckt*, und ich blieb in der Tür stehen und überflog den Artikel.

Mir blieb die Luft weg.

Die Zeitung berichtete, was Noah mir bereits erzählt hatte: Hawkins und McBride hatten Gelder der Schule und der Stadt veruntreut und in die eigene Tasche gesteckt. Es waren Beweise aufgetaucht, die auch Enda Riordan und Matt O'Hare belasteten, die mithilfe ihrer Geschäfte das gestohlene Geld gewaschen hatten. Alle vier würden sich vor Gericht verantworten müssen. Hatte Noah sich darum gekümmert? Immerhin hatte er Hawkins gesagt, er solle mit seinem Anwalt sprechen.

Also hatte er nicht nur allen in der Stadt mitgeteilt, was für

Menschen diese vier waren, sondern auch dafür gesorgt, dass sie vor Gericht kamen. Das war seltsam befriedigend.

Kurz darauf kam eine schwarz gekleidete Vee nach unten, das Haar noch nass vom Duschen. Sylvia blieb in ihrem Zimmer. Sie weigerte sich, zu Noahs Beerdigung zu gehen, was mich nicht überraschte. Ich ging davon aus, dass Vee und ich die einzigen Trauergäste sein würden. Wir waren die Einzigen, die ihn geliebt hatten. Ich wünschte, ich hätte genug Zeit gehabt, um ihn davon zu überzeugen, dass er liebenswert war.

Vee fuhr uns zur Kirche. Wie ironisch, dass dort die Trauerfeier abgehalten wurde – immerhin hatte Noah sehr deutlich zum Ausdruck gebracht, dass er seinen Glauben verloren hatte. Früher hatte ich immer gedacht, ich würde mich mal in jemanden verlieben, der meinen Glauben teilte, aber gerade weil er alles hinterfragte, waren meine Gefühle für Noah nur umso stärker. Er hatte nicht einfach gefressen, was man ihm hinwarf, und das erforderte Mut.

In gewisser Weise hatte er mich das ebenfalls gelehrt. Zwar glaubte ich noch immer aus ganzer Seele an Gott, hielt die biblische Lehre in Ehren, aber ich würde nicht blindlings irgendwelche Dogmen befolgen, über die ich nicht ausreichend nachgedacht hatte, um zu entscheiden, ob ich danach leben wollte oder nicht.

Als wir die Kirche erreichten, entdeckte ich Schwester Dorothy. Sie saß auf einer Bank und trank einen schicken Eiskaffee mit Strohhalm, und trotz der Umstände munterte ihr Anblick mich ein wenig auf. Ich liebte es, dass sie ständig Dinge sagte und tat, die man von einer Nonne nicht erwarten würde. Rasch sagte ich Vee, dass ich gleich kommen würde, und ging zu Schwester Dorothy.

»Estella, ich habe die traurige Nachricht gehört«, sagte sie voller Mitgefühl. »Es tut mir so leid.«

»Danke«, sagte ich und setzte mich neben sie.

Sie legte eine Hand auf meine. »Wie geht es Ihnen?«

»Das kann ich gar nicht sagen. Ich überlebe irgendwie«, antwortete ich leise.

»Haben Sie dem jungen Mann sehr nahegestanden?«

Bei ihrer Frage rann mir eine Träne übers Gesicht. Sie schien zu spüren, wie die Trauer in mir aufwallte, denn sie drückte meine Hand ganz behutsam.

»Ich verstehe«, murmelte sie nachdenklich.

»Es kann sein, dass es ein bisschen dauert, bis ich alle Unterlagen für den Konvent ausgefüllt habe, aber ich kümmere mich schnellstmöglich darum«, sagte ich.

Sie blickte mich mit ihren klugen Augen an. »Darf ich ganz offen zu Ihnen sein?« Ich nickte, und sie fuhr fort: »Ich glaube, Sie sollten sich mit dem Ausfüllen ein wenig Zeit lassen.«

»Aber Schwester …«

»Ich weiß, dass Sie trauern und sich vermutlich danach sehnen zu wissen, wo in dieser Welt Sie hingehören, aber ich habe viel darüber nachgedacht, und ich glaube, dies ist nicht der richtige Weg für Sie.«

Sprachlos starrte ich sie an. Hatte sie recht? In mir war vor Traurigkeit alles so taub, dass ich es nicht zu sagen vermochte.

»Estella, kommst du?«, rief Vee vom Eingang der Kirche herüber.

Schwester Dorothy tätschelte meine Hand. »Gehen Sie schon. Aber denken Sie über das nach, was ich gesagt habe, wenn Sie sich bereit dafür fühlen.«

Leicht benommen stand ich auf und lief zu Vee. Schwester Dorothys unerwartete Bemerkung beschäftigte mich. Ich gab viel auf ihre Meinung, und wenn sie der Ansicht war, dass ich im Begriff war, mich falsch zu entscheiden, dann musste ich darüber nachdenken.

Wir betraten die Kirche, aber sie war nicht leer, wie ich erwartet hatte. Auf den Bänken saßen bereits einige Leute, und ich erkannte das eine oder andere Gesicht von der Gedenkfeier. Diese Menschen hier hatten zugehört, als Noah ihnen die Wahrheit erzählte. Kurz wurde mir das Herz warm, weil ich begriff, dass seine Geschichte nicht ungehört geblieben war.

Jemand griff nach meiner Hand, und ich erschrak. Es war Vee. Sie schien ebenso verblüfft über die anderen Trauergäste zu sein wie ich.

»Ich hätte ihn nicht lieben sollen«, flüsterte sie. »Eigentlich hätte ich ihn verabscheuen müssen dafür, wie er gezeugt wurde, aber das habe ich nicht getan.«

»Das wusste er«, sagte ich mit erstickter Stimme.

»Ihr beide, ihr hattet was miteinander, oder?«, fragte sie, und ich hielt die Luft an. Eine Antwort brachte ich nicht heraus, nur ein knappes, sachliches Nicken. »Als ich dir gesagt habe, du sollst dich von ihm fernhalten«, fuhr sie fort, »das war nur, weil ich ihn so lange nicht gesehen hatte. Er war im Gefängnis gewesen, und ich hatte Angst, dass es ihn krank gemacht hat. Aber ich bin froh, dass du nicht auf mich gehört hast. Ich bin froh, dass ihn jemand geliebt hat, auch wenn es nur für eine kurze Zeit war.«

Fast wäre ich in Tränen ausgebrochen, aber ich schaffte es, sie zurückzuhalten.

Aoife und Jimmy kamen auf uns zu und umarmten mich. Als die Trauerfeier vorbei war und die Anwesenden uns ihr Beileid ausgesprochen hatten, fuhren wir schweigend wieder nach Hause. Da keine Leiche gefunden worden war, gab es auch kein Grab, also waren wir nicht auf dem Friedhof gewesen.

Vee parkte vor dem Haus, aber sie stieg nicht aus dem Wagen, als wollte sie ungern ins Haus gehen. Mir ging es ebenso, aber ich wusste nicht genau, weshalb. Das Gebäude verströmte eine eigenartige Energie, als wollte es jedes lebende Wesen wegstoßen.

Mit einem ausgesprochen mulmigen Bauchgefühl löste ich den Gurt und öffnete die Wagentür. Als ich ins Haus trat, sah ich, dass Sylvias Zimmertür einen Spalt offen stand. In der Luft hing eine dumpfe, ahnungsvolle Stille, und einem unerklärlichen Instinkt folgend ging ich auf ihre Tür zu.

25. KAPITEL

Ich spähte in ihr Zimmer, und dann schrie ich erschrocken auf. Auf ihrem Nachttisch lag eine leere Pillendose, und auf dem Bett entdeckte ich ihren bäuchlings daliegenden reglosen, schmalen Körper. Rasch eilte ich zu ihr und fühlte nach einem Puls, aber da war nichts mehr. Neben der leeren Pillendose lag ein Zettel, auf den nur vier kurze Worte gekritzelt waren.

Es tut mir leid.

»Oh Gott.« Entsetzt schlug ich eine Hand vor den Mund. Schritte näherten sich, und Vee, die sich vermutlich über meinen Aufschrei gewundert hatte, kam herein.

»Sie ist tot«, flüsterte ich bestürzt. So kurz nach Noahs Trauerfeier war ich nicht in der Verfassung, damit klarzukommen. Würde der Tod denn niemals von diesem Haus ablassen? Ich musste weg. Der Drang, von hier zu fliehen, wurde mit jeder Sekunde stärker.

Ich drehte mich zu Vee um. Sie starrte die Notiz an, dann Sylvia, wirkte aber weder erschrocken noch bestürzt. Stattdessen schimmerte in ihren Augen eine beunruhigende Befriedigung auf. Mir wurde ein bisschen übel.

»Vee?«, fragte ich.

Sie löste den ausdruckslosen Blick von Sylvia und sah mich an. »Was?«

»Hast du …«

»Ich rufe einen Krankenwagen«, schnitt sie mir das Wort ab und ging. Ich starrte ihr hinterher, und mir war unbehaglich wegen ihrer kühlen Reaktion. Ich besah mir die Pillendose näher und stellte erleichtert fest, dass es sich um Sylvias übliche Medikamente handelte, sie hatte nur viel zu viele auf einmal genommen. Für einen Augenblick hatte ich geglaubt, Vee hätte … ja, was eigentlich genau? Sylvia eine Überdosis Pillen aufgezwungen?

Ich erschauerte. Trotz allem, was Sylvia getan hatte, war die Vorstellung, Vee hätte ihre Mutter getötet und es wie einen Selbstmord aussehen lassen, zu beunruhigend, um auch nur daran zu denken.

Ich verließ Sylvias Schlafzimmer und schloss die Tür hinter mir. In mir war alles taub, und ich vermochte nicht zu sagen, ob es an der Trauer um Noah lag oder ob Sylvias Tod mir wirklich nichts ausmachte. Vielleicht war es wirklich so. Nach allem, was sie getan hatte, kam mir der Tod für sie viel zu gnädig vor.

Mehrere Tage vergingen. Das Krankenhaus rief an und teilte uns mit, dass Sylvia tatsächlich wie vermutet an einer Überdosis ihrer Pillen gestorben war. Es musste Absicht gewesen sein. Ihre lebenslang sorgfältig gehüteten Geheimnisse waren aufgeflogen. Mit dieser Schande hatte sie nicht leben können.

Eines Abends hörte ich Vee in ihrem Zimmer herumlärmen, spähte durch den Türspalt und sah, dass sie ihre Sachen in einen großen Koffer stopfte.

»Gehst du hier weg?«, fragte ich verblüfft. Ich hatte sie zwar dazu ermuntert, aber viel Hoffnung hatte ich mir nicht gemacht.

»Ja«, antwortete sie leise. »Jetzt, wo Sylvia nicht mehr ist, fühle ich mich seltsam … frei.« Sie strahlte eine ganz neue Leichtigkeit aus. Um kein Missverständnis aufkommen zu lassen, ihren gequälten Blick hatte sie noch immer nicht verloren, aber die Last auf ihren Schultern schien ein wenig leichter geworden zu sein.

»Gut«, sagte ich. »Du verdienst es, frei zu sein.« Kurz herrschte stumme Einigkeit zwischen uns. Ich trug ihr ihre früheren Gemeinheiten nicht nach. Nicht mehr. Wie hätte ich das tun können, jetzt, da ich wusste, was hinter ihr lag?

Ich beschloss, ebenfalls zu packen. Wo ich hingehen sollte, wusste ich nicht, aber hier konnte ich nicht bleiben. Selbst nach Sylvias Tod schien *Ard na Mara* mit jedem Tag bedrohlicher zu werden, ich spürte seine bösartige Energie ganz deutlich. Es war, als hätte sich Sylvias Geist dem von Victor angeschlossen, um gemeinsam mit ihm bis in alle Ewigkeiten hier zu spuken.

Ich würde nicht zulassen, dass mir dieses Haus noch mehr Albträume bescherte, auch wenn mir seine zukünftigen Besitzer leidtaten. Vielleicht sollten wir einfach alles verrammeln, es unbewohnbar machen, sodass niemals wieder jemanden das Unglück treffen konnte, hier leben zu müssen.

Vielleicht würde der Konvent eine Ausnahme machen und mich früher aufnehmen. Schwester Dorothy hielt es nicht für die richtige Entscheidung, aber sie wusste ja auch nichts von dem Fluch. Und sie wusste nichts von all dem Schmerz und meinem entsetzlichen Verlust. Ich wusste nicht, ob ich mich davon je erholen würde.

Ich musste irgendwohin, wo ich mich ins Gebet versenken konnte, bis ich nach all dem Elend wieder Licht sah.

Den restlichen Abend verbrachte ich damit, meine Sachen durchzusehen. Aoife hatte mir das Porträt gegeben, das sie von Noah angefertigt hatte, und ich betrachtete es viel zu lange. Es war fast zu schmerzhaft, um es auszuhalten. Ich besaß keinerlei Fotos von ihm, nur dieses Bild. Ich suchte nach dem Porträt, das Aoife von mir gezeichnet hatte, konnte es aber seltsamerweise nirgends finden. Ich musste es verlegt haben. Aber ich versuchte, nicht allzu traurig darüber zu sein, ich konnte sie ja jederzeit um ein neues bitten.

Als ich fertig gepackt hatte, ging ich in Noahs Zimmer. Ich legte mich auf sein Bett und vergrub das Gesicht in seinem Kissen, atmete tief ein, auf der Suche nach seinem Geruch. Er war fast verschwunden, und mir strömten Tränen übers Gesicht. Ich weinte in sein Kissen, stumm, aber so heftig, dass meine Rippen schmerzten.

Ein tiefes Dröhnen schreckte mich auf. Im ersten Moment konnte ich es nicht einordnen, aber dann traf mich beinahe der Schlag. Hastig sprang ich auf, plötzlich voller Hoffnung, denn der Lärm stammte von Noahs Motorrad.

Ich rannte die Treppe hinunter, riss die Haustür auf, und da saß er.

Es musste eine Erscheinung sein, die meine Trauer lindern wollte. Ich blinzelte. Nein, es war kein Traum. Er war noch immer da, quicklebendig, und ich sprudelte vor Freude fast über.

Dann rannte ich los und stieß ihn vom Motorrad.

»Du Scheißkerl!«, schrie ich und weinte zugleich vor Freude. »Ich dachte, du wärst tot.« Ich hämmerte mit beiden Fäusten gegen seine Brust, und er ließ es eine Weile zu, ehe er meine Hände festhielt.

»Estella«, sagte er, und noch nie hatte ich aus seinem Mund ein so wunderbares Geräusch gehört wie den Klang meines Namens.

»Ich dachte, du wärst tot«, wiederholte ich, diesmal schluchzend, drückte das Gesicht in seine Halsbeuge und atmete tief ein.

»Ich bin nicht tot«, flüsterte er. »Reicht dir das als Wunder?«

Ich wich ein Stück zurück. »Was?«

»Du hast gesagt, höchstens ein Wunder könne dich davon

überzeugen, dass du nicht verflucht bist. Jetzt hast du eins gesehen.«

Sprachlos starrte ich ihn an. Ich wusste nicht, ob ich ihn küssen oder ihm ins Gesicht schlagen sollte. Mein Zorn und meine wilde Freude richteten ein solches Durcheinander in mir an, dass ich fast explodierte.

»Du hast das mit Absicht gemacht?«

»Nicht geplant. Am Anfang jedenfalls.«

»Erklär mir das.«

Er fuhr sich mit der Hand übers stopplige Kinn. »Als ich gesehen habe, dass ihr in Sicherheit seid, du und Vee, da hab ich begriffen, dass jetzt meine Chance gekommen war, um unterzutauchen. Ich habe an diesem Abend den Ruf mehrerer Leute ruiniert, und sie hätten mir das sicher nicht so leicht durchgehen lassen. Ich war darauf vorbereitet, aber ich verabscheue diese Menschen. Es war mir lieber, dass sie mich für tot halten, als dass ich noch mal einen von denen zu Gesicht bekommen muss.«

Seine Argumentation leuchtete mir zwar ein, aber ich war trotzdem wütend. Wütend und verletzt und völlig außer mir und fast bewusstlos vor schwindelerregender Freude. Es war nicht leicht, all diese widerstreitenden Gefühle unter einen Hut zu bekommen. »Ich habe um dich getrauert«, sagte ich vorwurfsvoll, während mir Tränen übers Gesicht strömten.

Zutiefst zerknirscht blickte er auf mich nieder. »Du kannst dir nicht vorstellen, wie sehr mir das leidtut.«

Ich stieß ihn vor die Brust. »Ich hasse dich.«

»Verständlich.«

»Aber ich liebe dich auch«, knurrte ich.

Auf seinen Lippen erschien ein kaum merkliches Lächeln. »Liebe und Hass, diese zwei unentwirrbar ineinander verschlungenen Gegenpole.«

»Komm mir nicht mit Poesie, Noah. Du hast deinen Tod vorgetäuscht. Das ist richtig, richtig übel.«

»Ich hab dir doch gesagt, dass ich psychisch kaputt bin.«

»Es gibt einen Unterschied zwischen einer kaputten Psyche und Wahnsinn. Das … das war Wahnsinn in seiner Reinform.« Ich verstummte, als mir schlagartig bewusst wurde, dass er noch nichts von Sylvias Tod wusste. Wie von selbst wanderte meine Hand zu meinem Mund.

Noah runzelte die Stirn. »Was ist los?«

»Sylvia hat sich umgebracht«, sagte ich sachlich.

Noah erstarrte. In seinen Augen flackerten unterschiedlichste Gefühle auf. Am Ende sagte er jedoch nur: »Gut.«

Ich wandte mich ab, schlang die Arme um mich. Versuchte mit meinem Gefühlswirrwarr klarzukommen. Kurz darauf spürte ich seinen Blick im Rücken, und dann legten sich starke Arme um mich.

»Ich liebe dich«, flüsterte er in mein Haar.

Diese drei kleinen Wörter ließen die Luft aus meiner Lunge weichen. Ich konnte nicht darauf antworten, war immer noch zu erschüttert von der Erkenntnis, dass er am Leben war. Ich hatte geglaubt, sein Tod wäre die Bestätigung, dass ich mir den Fluch keineswegs nur einbildete, aber so war es nicht. Sein Wiederauftauchen war der Beweis, dass es keinen Fluch gab, denn Noah hatte recht: Dass er noch lebte, war das Gegenteil eines Fluchs. Es war ein Wunder.

Zutiefst erleichtert drehte ich mich in seinen Armen zu ihm um und sah ihn an. »Wo bist du gewesen?«, fragte ich atemlos. »Wir haben eine Trauerfeier für dich abgehalten. Ausgerechnet in einer Kirche übrigens.« An seinem schiefen Grinsen sah ich, dass er das ebenso ironisch fand wie ich. »Ich hab so oft versucht, dich anzurufen, aber du bist nie rangegangen.«

»Ich hatte das Handy in der Hosentasche, als ich dir ins

Wasser hinterher bin. Es ist kaputtgegangen. Ich …« Er stockte, wich meinem Blick aus. Als er mich wieder ansah, stand wilder Schmerz in seinen Augen. »Es tut mir so leid, dass ich dir das angetan habe. Durch meine Familie hast du so viel Leid erlitten, und wenn ich ein besserer Mensch wäre, dann hätte ich mich von dir ferngehalten, aber das schaffe ich nicht. Ich bin egoistisch, weil ich dich liebe, Estella. Ich brauche dich. Es tut mir leid, dass ich dich in dem Glauben gelassen habe, ich wäre ertrunken, und ich weiß nicht mal ansatzweise, wie ich das je wiedergutmachen soll, aber bitte … komm mit mir. Wo immer du hinwillst, wir können dorthin gehen. Tun, was immer du möchtest. Ob das nun College bedeutet oder dass wir durch die Welt reisen, ich mache es irgendwie möglich.«

Seine Worte entfachten einen Funken in mir, und die Hoffnung, die beim Aufdröhnen des Motors in mir erwacht war, erfüllte meine ganze Brust, bis es sie zu sprengen drohte. »Ja«, brachte ich hervor. »Ich komme mit dir.«

Schwester Dorothy hatte recht gehabt. Das Leben in einem Kloster war nicht das Richtige für mich – nicht, wenn es hieß, ohne Noah zu leben. Was ich durchgemacht hatte, als ich ihn tot glaubte, bewies das ganz unzweifelhaft. Jetzt, da ich wusste, wie mir ohne ihn zumute war, würde ich ihn nie wieder gehen lassen.

Auf seinem Gesicht breitete sich ein wundervolles, strahlendes Lächeln aus. Er beugte sich zu mir und drückte mir einen Kuss auf die Schläfe. Bei der Berührung erbebte ich.

»Dann geh mal besser packen«, drängte er mich zärtlich.

»Hab ich schon«, antwortete ich, und in diesem Augenblick flüsterte jemand: »Noah?«

Wir drehten uns um. Vee stand in der Tür und sah aus, als hätte sie einen Geist gesehen. Und im Grunde war es ja auch so.

Für einen Augenblick schwiegen wir alle. Und dann rannte sie auf ihn zu und riss ihn in ihre Arme. »Du lebst. Ich kann es nicht glauben, dass du lebst«, sagte sie voller Staunen. Noah hielt in ihrer Umarmung ganz still. Als ihre Erleichterung, ihn lebend wiederzusehen, schließlich schwand, ließ sie ihn los und schlug ihm ins Gesicht. Ich keuchte auf. Noah starrte sie finster an.

»Das war dafür, dass du uns alle hast glauben lassen, du wärst tot«, sagte Vee ganz ruhig.

»Das hab ich wohl verdient«, brummte Noah, und ich kicherte. Es klang halb erschöpft, halb irre.

»Hat Estella dir das mit Sylvia erzählt?«

»Ich hoffe, sie brennt gemeinsam mit Victor in der Hölle.«

An Vees Lächeln hätte man sich schneiden können. »Genau das habe ich auch gesagt.«

Dann standen wir eine Weile still da und spürten dem enormen Gewicht dieses Augenblicks nach. Wir hatten so viel hinter uns. Am liebsten hätte ich ein Jahr lang geschlafen, um mich zu erholen. Dann sah ich, wie Noah und Vee am Haus emporstarrten. Ich bekam eine Gänsehaut. Ihre Blicke trafen sich, und sie schienen zu einer stummen Übereinkunft zu gelangen.

»Weißt du noch, was du auf der Gedenkfeier zu mir gesagt hast?«, fragte Vee. »Darüber, Benzin ins Feuer zu gießen und zuzusehen, wie alles abbrennt?«

»Ja, das weiß ich noch.« Noahs Blick verdunkelte sich.

»Sollen wir aus der Metapher Wirklichkeit machen?«

»Ihr wollt das Haus niederbrennen?«, unterbrach ich sie entgeistert. Es kam mir so … wahnsinnig vor. Aber andererseits war es das vielleicht gar nicht. Vielleicht war es sogar die vernünftigste Idee, die Vee je gehabt hatte. Ich hatte *Ard na Mara* immer für einen üblen Flecken Erde gehalten, zwischen den alten Wänden nistete das Böse. Es kam mir nur folgerichtig vor, dafür zu sorgen, dass das Haus seine Klauen nicht in arglose neue Bewohner schlagen konnte.

»So ein bisschen Brandstiftung hat noch niemanden umgebracht«, sagte Noah vergnügt.

»Das ist die unsinnigste Behauptung aller Zeiten.« Ich zeigte mit dem Finger auf ihn. Er ließ ein Lächeln aufblitzen. Bei der Wildheit in seinem Blick stoben Schmetterlinge in meinem Bauch auf.

»Also sind wir alle einverstanden?« In Vees Augen glomm ein leicht irrer Übermut auf.

»Verdammt noch mal«, brummte ich. »Lasst uns aber wenigstens vorher unser Zeug rausholen.«

Die beiden kicherten, als wäre es das Witzigste gewesen, was sie je gehört hatten.

Zuerst stieg nur Rauch auf. Einen Moment später kamen die Flammen.

Vee, Noah und ich standen auf der gegenüberliegenden Straßenseite und sahen zu, wie *Ard na Mara* brannte. Schon bald würden die Leute aus den umliegenden Häusern das Feuer bemerken und Löschtrupps zu Hilfe rufen. Aber es war genug Platz zwischen den Häusern, damit kein anderes Gebäude Feuer fing.

Jetzt mussten wir drei einen Moment lang genießen, wie das Haus zu Holzkohle und Asche verbrannte.

Vee hatte ihr Zeug auf den Rücksitz ihres Autos geworfen, Noah und ich hatten unsere Rucksäcke auf dem Motorrad verstaut. Als in der Ferne Sirenen ertönten, wurde es Zeit für uns, zu verschwinden. Noah und ich begleiteten Vee zu ihrem Wagen.

Keiner von uns wusste, was er sagen sollte. Vor allem Noah

schienen die Worte zu fehlen. Er fasste sie bei den Schultern. »Wo gehst du jetzt hin?«

»In Cork gibt es ein kleines Städtchen, in dem ich mal zusammen mit Estellas Vater war. Glücklicher bin ich nirgendwo gewesen. Ich glaube, dorthin«, sagte sie, und er nickte.

»Melde dich, wenn du dich dort ein bisschen eingelebt hast.«

Sie lächelte ihn mit feuchten Augen an. »Mach ich.« Dann wandte sie sich mir zu. Unsere Beziehung zueinander war immer schwierig gewesen, aber ich hegte keinen Groll mehr gegen sie, sondern wusste jetzt, wie ich ihr früheres Verhalten einzuordnen hatte – als Aufschrei einer zutiefst gepeinigten Seele.

»Ich hoffe, für dich findet sich alles«, sagte ich.

»Danke«, antwortete Vee leise und mit ernstem Gesicht. »Es tut mir leid, wie ich dich in den letzten Jahren behandelt habe, Estella. Ich war gemein zu dir. Und ich … ich hoffe, du kannst mir eines Tags vergeben.«

Ich berührte ihre Hand. »Hab ich doch schon«, sagte ich, und ich meinte es auch so. Das alles lag hinter uns. Vee zu hassen hätte überhaupt keinen Sinn gehabt.

»Du weißt nicht, wie viel mir das bedeutet«, brachte Vee mit erstickter Stimme heraus, drückte noch einmal meine Hand und stieg ins Auto.

Noah nahm meine Hand, und wir traten zurück und sahen zutiefst erleichtert zu, wie sie davonfuhr.

Ihr Wagen verschwand am Ende der Straße um die Kurve, und ich sah zu Noah hoch. Es kam mir immer noch unwirklich vor, dass er am Leben war. Mein Herz wusste überhaupt nicht, was es empfinden sollte. Dann fiel mir etwas ein, und ich legte ihm die freie Hand auf die Brust. »Hast du ein Bild aus meinem Zimmer genommen? Ein Porträt, das Aoife von mir gezeichnet hat.«

Seine Mundwinkel verzogen sich zu einem atemberaubenden Grinsen. »Kann schon sein.«

In meiner Brust und meinem Bauch schienen Funken zu sprühen. »Warum?«

»Weil ich dein Gesicht gern mag.« Er beugte sich vor und küsste mich sanft auf den Mund. »Am liebsten von allen.«

Ich kicherte, und dann seufzte ich, als sein Kuss härter wurde, und krallte mich in sein T-Shirt. Aus seiner Brust stieg ein tiefer, kehliger Laut auf, und mich durchfuhr Erregung. Ich stöhnte auf, dicht an seinem Mund, und seine Hände glitten meinen Rücken hinunter bis zu meinem Hintern. Er brummte leise, ehe er mir einen leichten Klaps gab und sich von mir löste. Die Sirenen waren mittlerweile ganz nah. »Wir müssen hier weg«, sagte er atemlos und schob mich zum Motorrad. »Hier, nimm.« Er reichte mir den Helm, seine Stimme war voller Zuneigung.

»Setze ich ganz oben auf die Liste.« Noah küsste mich noch einmal.

»Und was ist der zweite Punkt auf deiner Liste?«, flüsterte ich mit verführerischer Stimme direkt an seinem Mund.

Seufzend ließ er mich los. »Das sag ich dir, wenn du älter bist.«

Kichernd stieg ich hinter ihm auf, setzte den Helm auf, schlang die Arme um ihn und hielt mich fest. Wandte noch einmal den Kopf und warf einen letzten Blick auf *Ard na Mara*, aus dem die Flammen schlugen. Mit ein wenig Glück würden sie auch die Geister auslöschen, die in diesen Wänden hausten.

»Und tschüs«, sagte ich.

Noah lachte heiser auf, ließ den Motor aufjaulen, und wir donnerten davon, die Straße entlang und zum Städtchen hinaus. Ich warf keinen Blick zurück. Vielleicht würde ich nie wieder zurückkehren, aber das betrübte mich nicht weiter. Ich war glücklich, zuversichtlich und voller Hoffnung auf die Zukunft, was auch immer sie bereithalten mochte.

EPILOG

Neun Monate später
Warschau, Polen

Ich hatte mir immer gewünscht zu reisen, aber ich hätte nie geglaubt, dass ich mal in so kurzer Zeit so viele Länder sehen würde. Zuerst waren wir in Spanien gewesen und hatten dort Aoife und Jimmy in ihrem Urlaub besucht. Es war so schön gewesen, meine Freunde zu sehen, und seitdem blieben wir online ständig in Kontakt. Aoife studierte zu Hause Kunst und suchte gerade zusammen mit Jimmy nach ihrer ersten gemeinsamen Wohnung.

Nach Spanien kam Italien. Ich liebte die Landesgeschichte, das Essen, die Lebensart. Noah lernte Sprachen derart schnell, dass er binnen Wochen mit den Einheimischen plaudern konnte, sodass man ihn fast für einen der ihren halten konnte. Ich konnte nicht aufhören, darüber zu staunen, und außerdem hatte es den Vorteil, dass er mir die nötigen Vokabeln und Wendungen beibringen konnte, damit ich ebenfalls gut zurechtkam.

Nachdem wir uns in Europa gründlich umgeschaut hatten, entschieden wir uns, hier in Warschau zu bleiben. Noahs Freund Tadeusz war vor einigen Jahren hierher zurückgekehrt und hatte uns geholfen, eine wunderschöne Wohnung zu einem akzeptablen Preis zu finden. Tadeusz war ein spannender Typ, er und Noah kamen gut miteinander aus. Mit sechzehn hatte Tadeusz versucht, mit einer Pistolenattrappe eine Bank zu überfallen, und war im Jugendgefängnis gelandet. Dort hatten sich die beiden angefreundet und einen ganz besonderen Draht zueinander gefunden. Inzwischen hatte Tadeusz sein Leben im Griff und betrieb ein kleines Café in der Innenstadt.

Nachdem *Ard na Mara* niedergebrannt war, hatte Vee das verbleibende Grundstück für eine ansehnliche Summe verkauft und sie in drei Anteile aufgeteilt, für Noah, mich und sich selbst. Sie und Noah telefonierten häufig, und es machte mich froh, dass es ihr gut ging. Sie hatte sich ein kleines Häuschen gekauft und ganz in der Nähe einen Job in einer Kaffeestube gefunden.

Dank der Summe, die ich von Vee bekommen hatte, konnte ich mich auf einem Online-College einschreiben – mein Polnisch taugte noch nicht viel und reichte nicht aus, um hier zu studieren. Ich genoss es, meine Zeitplanung selbst in der Hand zu haben und ganz gemütlich am eigenen Laptop meine Psychologie- und Religionskurse zu besuchen. Manchmal schrieben Schwester Dorothy und ich uns Mails, und sie freute sich immer, von meinen Reisen zu hören und wie es mir so erging.

Noah hatte seinen Anteil dafür verwendet, einen kleinen Laden in der Nähe von Tadeusz' Café zu kaufen, und baute gerade sein eigenes Möbelgeschäft auf, spezialisiert auf seine Lieblingsdesigns aus den Zwanzigern. Ich half ihm mit Freuden bei der Vorbereitung der großen Neueröffnungsfeier.

Es war Frühling, und wir liefen Hand in Hand durch die Straßen. Ich liebte diese Stadt mit ihrer Mischung aus Alt und Neu. Es kam mir vor, als sei jeder denkbare europäische Stil hier vertreten, von Barock über Neoklassizismus bis hin zur

Renaissance und gotischen Elementen. Und dann waren da noch die brutalistischen Wohnblocks aus der Ära des Kommunismus, die an eine schwierige Zeit gemahnten. Warschau war komplex und voller Kontraste, und ich fand jeden Tag etwas Neues zum Staunen.

Im Laufen sah Noah mich von der Seite an, und ich lächelte. Wer uns erblickte, musste uns wohl für ein ganz normales junges, sorgloses Paar halten. Man sah uns nicht an, welche Schrecken hinter uns lagen.

Auf unseren Reisen hatte ich so viel über Noah erfahren und auch darüber, wie er in mein Leben getreten war. Er hatte mir erzählt, wie er geplant hatte, nach *Ard na Mara* zurückzukehren und allen die Wahrheit über Victor, Sylvia und ihre Freunde zu enthüllen. Ganz besonders über Hawkins. Hawkins hatte sein Leben weitergeführt, als wäre nichts gewesen, als hätte er nicht ein anderes Leben zerstört mit seiner Behauptung, Noah hätte Victor angegriffen und nicht andersherum. Ich hatte keinerlei Mitleid mit dem Mann wegen der Schwierigkeiten, in denen er jetzt steckte. Nachdem Noah acht Jahre im Gefängnis zugebracht hatte, verstand ich seinen Wunsch nach Vergeltung.

Noah hatte sich gezielt mit der alten Clique seiner Eltern angefreundet und Partys und Treffen arrangiert, um sie in Sicherheit zu wiegen und sich ihr Vertrauen zu erschleichen. Er hatte herausgefunden, dass Hawkins, McBride, O'Hare und Riordan von Victors Investitionen ordentlich profitiert hatten. Solange Victors finanzieller Erfolg ihnen nützte, hatten sie die Füße stillgehalten. Nach Victors Tod hatten sie dann angefangen, Gelder zu veruntreuen, um sich die Taschen wieder aufzufüllen.

Noah erzählte mir, wie er als Junge in der Religion eine Stütze gefunden hatte, die ihm half, Victors Misshandlungen zu ertragen. Sein Glaube hatte ihm geholfen, das Leid zu erdulden, so wie mein Glaube mir nach Dads Tod geholfen hatte. Doch dann hatte er die Wahrheit hinter seiner Zeugung entdeckt, und das versetzte seinem Glauben den Todesstoß, erst recht, als er danach zu einer Gefängnisstrafe verurteilt wurde. Er konnte nicht an einen Gott glauben, der so etwas zuließ.

Daraus konnte ich ihm keinerlei Vorwurf machen.

Ich hatte immer noch eigenartige Träume, jetzt aber handelten sie von anderen Menschen und vergangenen Ereignissen. Wo auch immer wir waren, meine Nächte verbrachte ich damit, die Erlebnisse von Menschen nachzuträumen, denen ich nie begegnet war. Zum Glück gehörte die Schlafparalyse der Vergangenheit an. Und so langsam wuchs meine Überzeugung, dass es tatsächlich Victors Geist gewesen war. Ich vermisste es kein bisschen.

Noch immer versuchte ich, Noah von meiner Gabe zu überzeugen, aber das war nicht so einfach.

»Ich glaube, das sind einfach nur Träume, Estella. Wie sollte das denn funktionieren, dass du die Vergangenheit siehst?«, fragte er mich, während wir durch die Stadt liefen. Wieder und wieder versuchte ich, ihn davon zu überzeugen, aber er blieb liebevoll skeptisch. Häufig saßen wir abends in unserer Wohnung und diskutierten, was manchmal in leidenschaftlichen Streit mündete, der wiederum stets zu leidenschaftlichem Sex führte.

Für mich war alles gut, wie es war. Auf eigenartige Weise gefiel mir sein Unglaube, es faszinierte mich, wie unterschiedlich wir die Welt sahen. Ich mit meinem Glauben und er, der Skeptiker, und doch liebten wir uns innig und voller Leidenschaft. Für mich bewies das, dass man mit einem anderen Menschen nicht in jedem Punkt übereinstimmen musste, um ihn dennoch in seiner Ganzheit zu lieben. Manchmal liebt man wohl jemanden nur umso mehr, wenn er anderer Meinung ist, weil er einem eine Herausforderung bietet und einen zwingt, seinen eigenen Standpunkt immer wieder selbst zu hinterfragen.

Und man lernt, um der Liebe willen Kompromisse einzugehen.

Seit wir in Warschau lebten, begleitete mich Noah jeden Sonntag zur Kirche. Einfach nur deshalb, weil mir die Messe wichtig war, und das bedeutete mir mehr, als ich sagen konnte. Mein Glaube faszinierte ihn ebenso sehr, wie mich sein fehlender Glaube in den Bann schlug.

Unsere gegensätzlichen Weltanschauungen sorgten dafür, dass es nie langweilig wurde.

»Ich sage dir doch, ganz egal, wo wir sind, in jedem Haus träume ich von den früheren Bewohnern. Die Häuser erzählen mir ihre Geschichten, so wie mir *Ard na Mara* deine erzählt hat.«

Bei der Erwähnung des Hauses, in dem er aufgewachsen war, verblasste sein Lächeln. Auch er konnte nicht erklären, woher ich über die ganzen kleinen Details Bescheid wissen sollte, die er auch bei der Gedenkfeier niemandem erzählt hatte. Wie etwa, dass Sylvia ihn geschlagen hatte, um ihn zu zwingen, mit der rechten Hand zu schreiben, oder dass Vee sich, wenn Victor ihn geschlagen hatte, zu ihm geschlichen hatte, um ihn zu trösten.

»Warum weigerst du dich denn so eisern, mir zu glauben?«, fragte ich behutsam.

Lange kam keine Antwort. Dann blieb er stehen und stellte sich vor mich. Er barg mein Gesicht in seinen Händen, sah mir in die Augen. »Weil ich dich liebe. Und wenn das wirklich stimmt, dann kann ich es nicht ertragen. Ich kann den Gedanken nicht ertragen, dass du jede Nacht solche Träume aushalten musst.«

Diese unerwartete Erklärung sprengte mir fast das Herz. Ich hatte geglaubt, er sei einfach nur skeptisch. Er liebte mich wirklich, und er wollte nicht, dass ich litt, so wie ich nicht wollte, dass ihm Leid geschah. »Ich habe solche Träume schon sehr, sehr lange.« Ich streichelte seine Hand, die immer noch auf meiner Wange lag. »Es ist nicht angenehm, aber ich habe mich daran gewöhnt. Außerdem«, jetzt flüsterte ich, »wenn ich aus solchen Träumen erwache und mich in deinen Armen wiederfinde, dann ist es mir das wert.«

Sein Gesicht wurde weicher, und er beugte sich vor, um mich zu küssen. Da standen wir nun also mitten in einer belebten Straße und küssten uns viel zu intim für die Öffentlichkeit. Mit Noah war es immer so. Keiner von uns hatte sich richtig im Griff, wenn es um den anderen ging. Unser Hunger aufeinander wurde nie schwächer, auch nicht nach all den Monaten, die wir nun zusammen waren.

Schwer atmend löste ich mich von ihm und errötete, als ich die Blicke einiger Passanten bemerkte. Ich nahm es ihnen nicht übel, ich hätte auch hingesehen, wenn sich mitten auf der Straße ein Paar so küsste, wie wir es gerade getan hatten.

»Na komm, lass uns zum Restaurant gehen, sonst geben sie unseren Tisch noch jemand anderem«, sagte ich, und Noahs Lippen verzogen sich zu einem Grinsen. »Vielleicht«, flüsterte er mir ins Ohr, »sollten wir das Essen sausen lassen. Wir können uns später jederzeit was bestellen.«

Ich schüttelte den Kopf und widerstand seinem sinnlichen Lächeln. »Ich habe schon vor zwei Wochen reserviert. Das lassen wir nicht sausen.«

Er bedachte mich mit einem etwas zögernden Lächeln, und wir machten uns auf den Weg zum besten Franzosen der Stadt. Seit Noah mich an meinem neunzehnten Geburtstag zum Essen eingeladen hatte, verzehrte ich mich vor Sehnsucht nach einem zweiten Schokoladensoufflé.

Ich bestellte als Vorspeise Ziegenkäse mit roter Paprika und Honig und als Hauptspeise Muscheln mit Pommes. Noah entschied sich für das Hühnchen *cordon bleu.* Wir naschten ständig vom Teller des anderen, aber als es ans Dessert ging, bestand ich darauf, dass sich Noah was Eigenes bestellte.

»Sehr herrisch«, befand er grinsend und bedachte mich mit einem Blick, bei dem mir ganz heiß wurde, ehe er sich wieder der Kellnerin zuwandte. »Dann nehme ich die Crème brûlée. Danke.«

»Und zweimal Espresso«, ergänzte ich.

Sie nickte und verschwand, und Noah schüttelte den Kopf. »Was hast du immer mit deinem Espresso nach dem Essen? Hast du so gern Sodbrennen?«

»So macht man das auf dem europäischen Festland. Wir sind jetzt keine Inselbewohner mehr.« Ich lächelte. »Man muss sich den Gepflogenheiten anpassen.«

»Ich glaub, das ist einfach nur etwas, von dem die Leute *glauben*, dass Europäer es so machen«, entgegnete Noah.

»Egal. Mir gefällt es, also mache ich es so. Oh, können wir gleich den langen Weg nach Hause nehmen? Bitte, bitte?«

Noah seufzte. »Na schön, aber wenn wir erst mal zu Hause sind, herrscht striktes Bekleidungsverbot.«

»Ich glaub, damit komm ich klar.« Ich bedachte ihn mit einem aufreizenden Blick.

Als wir das Restaurant verließen, gab Noah meinem Drängen nach, einigen der schönsten Gebäude der Stadt bei unserem Abendspaziergang noch unsere Aufwartung zu machen. Ganz besonders liebte ich die Heilige-Kreuz-Basilika und ihre barocke Bauweise.

»Auch wenn ich nicht begreife, was du daran findest – dein

Gesichtsausdruck ist es schon wert, hier alle paar Tage vorbeizulatschen«, sagte Noah liebevoll.

»Wusstest du, dass Chopins Herz dort drinnen bestattet wurde? Man hat es in einem Glasbehälter konserviert und in eine Steinsäule eingeschlossen, weil er es sich aus Liebe zu seiner Heimat so gewünscht hat. Ist das nicht wunderschön?«

»Eher ein bisschen barbarisch«, erwiderte Noah mit einem schiefen Lächeln.

»Finde ich gar nicht. Ja, es ist schon morbide, aber wüsstest du nicht gern, dass dein Herz nach deinem Tod an einem Ort begraben wird, den du geliebt hast?«

Er drückte meine Hand und sagte zärtlich: »Solange es neben deinem ist, ist mir egal, wo das ist.«

Bei seinen Worten schlug mein Herz schneller. Voller Liebe lächelte ich ihn an und schmiegte mein Gesicht an seinen Mantel, ehe wir weiterliefen. Aber wir gingen noch nicht nach Hause. Stattdessen führte mich Noah zu seinem noch nicht eröffneten Möbelgeschäft. Er schloss die Tür auf und tastete nach dem Lichtschalter.

Ich staunte über die Fortschritte seit meinem letzten Besuch. Der Laden sah aus, als könne man ihn gleich morgen früh eröffnen, alles stand an seinem Platz, die Möbel waren wunderschön präsentiert.

»Es sieht echt toll aus«, brachte ich heraus und sah mich mit großen Augen um.

Noah legte mir den Arm um die Taille. »Es war die reinste Freude, den Laden einzurichten. Komm, ich will dir was zeigen.«

Er nahm mich mit ins Hinterzimmer und schaltete eine wunderschöne Tiffany-Lampe ein. Das Licht fiel auf die allergemütlichste kleine Sitzecke, die ich je gesehen hatte, mit einem samtbezogenen Zweiersofa voller Kissen und einer Kaschmirdecke über der Rückenlehne. Auf dem kleinen Couchtisch davor lagen Untersetzer und ein kleiner eingetopfter Farn.

»Ich habe mir gedacht, dass du hier vielleicht studieren magst, während ich mich vorne um die Kunden kümmere«, sagte er, und mir wurde vor Rührung die Kehle eng. Ich war sprachlos. »Gefällt es dir?«, fragte Noah hoffnungsvoll.

Ich drehte mich um und schlang ihm die Arme um den Hals. »Ich liebe es! Du bist so ziemlich ungefähr ganz bestimmt der allerbeste Freund des ganzen Universums. Das ist das Allerschönste, was jemals jemand für mich getan hat.«

Er stupste mit seiner Nase gegen meine. »Ich hab dich gern in meiner Nähe.«

»Ich werde immer in deiner Nähe sein«, versprach ich flüsternd, meine Lippen an seinen.

»Wie nah?«, fragte er.

Ich legte den Kopf ein wenig schief. »Hmmm, lass es mich so ausdrücken: Ich habe vor, ein Testament aufzusetzen, das verfügt, dass unsere Herzen nach unserem Tod gemeinsam im selben Glas konserviert werden.«

Tief in seiner Brust hörte ich ein leises, dunkles Lachen. Er drückte die Lippen auf meinen Mund. »So morbide. Wir sind einfach füreinander gemacht.«

»Ja, das sind wir«, stimmte ich ihm zu.

Als er mich inniger küsste, stoben Schmetterlinge in meinem Bauch auf, und im nächsten Augenblick landeten wir verschlungen auf dem Sofa und verloren uns ineinander. Es war wirklich, als seien wir füreinander bestimmt. Ich war nicht ganz sicher, ob ich *Ard na Mara* ohne Noah überlebt hätte, und vielleicht hätte auch er es ohne mich nicht geschafft.

Ich glaubte nicht mehr an Flüche, aber ich glaubte, dass Leben Leid bedeutete. Aber es gab auch all die wunderbaren, herzerwärmenden Augenblicke wie diesen und auch immer wieder atemberaubend aufregende Momente, und die waren Dunkelheit, Schmerz und Kummer wert. Jedes Abenteuer brachte seine Höhen und Tiefen mit sich, aber solange unsere Herzen vereint waren, würden wir nicht nur überleben.

Wir würden im Leben schwelgen.

TRIGGERWARNUNG

Dieses Buch enthält Elemente, die triggern können.

Diese sind:
Tod der Eltern, Krebserkrankung, Autounfall, seelische Grausamkeit innerhalb der Familie, Selbstmord, Mobbing, Missbrauch, Vergewaltigung, Familientragödie.

Was, wenn unsere Liebe mein Untergang ist?

Morgane Moncomble
BAD AT LOVE
Aus dem
Französischen von
Ulrike Werner-Richter
464 Seiten
ISBN 978-3-7363-1299-9

Als Azalées Mutter stirbt, bleibt ihr nichts anderes übrig: Sie muss nach vier Jahren zum ersten Mal in ihre Heimatstadt zurückkehren. Augenblicklich holen sie dort die schrecklichen Erinnerungen an ihre Vergangenheit ein. Doch nicht nur das: Azalée lernt auch ihren neuen Nachbarn Eden kennen. Er ist sexy und geheimnisvoll, und auch wenn sie sich geschworen hat, niemals Gefühle für einen Mann zu entwickeln, berührt er sie auf eine Weise, die ihre Welt mit jedem Tag ein bisschen mehr ins Wanken bringt …

»Wirkungsvoll, überwältigend, tiefgreifend und mutig.« LECTURES DE JENN

LYX

Sterben ist einfach. Die wahre Herausforderung ist das Leben.

Amy Harmon
MAKING FACES
Aus dem amerikanischen Englisch von
Corinna Wieja, Jeannette Bauroth
384 Seiten
ISBN 978-3-7363-1281-4

Seit sie denken kann, ist Fern Taylor in Ambrose Young verliebt. Ambrose, der überall beliebt ist und so schön, dass ein unscheinbares Mädchen wie Fern niemals auch nur auf die Idee gekommen wäre, bei ihm eine Chance zu haben. Ihre Freizeit verbringt sie mit ihrem besten Freund Bailey, der an den Rollstuhl gefesselt ist, aber dennoch das Leben mit jeder Faser aufsaugen will. Eigentlich schien es ganz klar, was die Zukunft für sie bereithält. Bis zu dem Moment, als Ambrose Fern endlich »sieht«, aber so zerbrochen ist, dass sie nicht weiß, ob ihre Liebe genug sein wird …

»Ich liebe, liebe, liebe dieses Buch!« COLLEEN HOOVER